www.b-books.co.kr

www.b-books.co.kr

이해인 장편 소설

다정한 결혼

DAHYANG ROMANCE STORY

contents

프롤로그

　창문 너머로 보이는 밤하늘에 별이 총총 박혀 있다. 잔잔하게 다가와 모래에 부딪히는 파도 소리도 일정한 박자를 두고 들려온다. 철썩철썩, 그런 상투적인 표현으로 파도 소리를 표현하기엔 너무도 아름다운 음악 소리다. 하지만 지금은 그런 것에 아무런 감흥도 들지 않는다. 그녀를 바라보고 있는 남자의 두 눈동자가 더욱 아름다우니까.

　'어디서 봤더라? 많이 본 얼굴인데?'

　그녀는 곰곰이 생각했지만, 기억이 떠오르지 않았다. 머리가 돌아가지 않는다는 표현이 정확하다. 술을 진탕 마신 탓이었다. 오똑한 콧날과 날렵한 턱 선, 짙은 눈썹과 서양인처럼 크고 쌍꺼풀이 있는 눈. 한 번 보면 잊을 수 없는 아름다운 얼굴이기에 분명 그녀가 아는 사람이었다.

　'지금 누워 있는 침대에 오기까지 이야기를 나누었던 것 같은데.'

술기운이 점점 오르는 것일까, 아니면 조금씩 깨는 중일까? 어찌 됐든 지금은 그녀 위에 있는 이 남자의 행동 외에 다른 것은 떠올리고 싶지 않았다.

그녀의 몸 위에서 두 팔로 자신을 지탱하고 있는 이 아름다운 남자가 한 손으로 그녀의 얇은 랩 원피스를 풀고 맨몸을 지그시 눌렀다. 끈적끈적한 동남아 특유의 공기가 그녀를 휘감았지만, 그의 몸에서 나오는 뜨거운 열기에 비할 것이 못 됐다.

'혹시 이 남자는 태양이 아닐까?'

남자의 온몸이 태양처럼 번쩍번쩍 빛나는 상상도 잠시, 그녀는 찌릿한 감각에 신음을 뱉었다.

"아응……."

그의 손이 허리와 배꼽을 지나 가슴을 움켜잡았다. 통증이 느껴질 정도로 센 강도였건만, 그녀의 입에서는 어찌 된 일인지 신음이 흘렀다. 그는 신음이 흐르는 그녀의 입을 자신의 입술로 막았다.

그는 능숙하게 혀로 그녀의 입술을 벌렸다. 그리고 차가운 혀로 입안을 맛보기 시작했다. 그는 키스하면서 브래지어 속으로 손을 넣어 그녀의 젖가슴을 만졌다. 부드럽게 주무르고, 유두를 세게 비틀었다. 하나도 놓치지 않겠다는 듯 혀를 휘감는 솜씨에 그녀는 가슴의 통증은 느껴지지도 않았다.

그의 키스에 온몸이 녹아내리자 그녀는 팔을 그의 목에 둘렀다. 언뜻 만진 그의 몸은 탄탄하고 매끈했다. 아무것도 걸치지 않은 몸에 손이 닿자 그녀는 더욱 흥분됐다.

그는 입술을 떼고 그녀를 응시했다. 그녀 역시 그를 바라봤다. 여전히 그는 알지만, 모르는 사람이었다. 분명 그녀가 알고 있지만, 누군지 명확히 떠오르지 않았다. 하지만 그녀는 술기운과 흥분에 이성을 잃은 지 오래였다. 오로지 이 순간이 계속되기를, 꿈이라면 깨지 않기를 바랄 뿐이었다.

그녀를 물끄러미 바라보던 아름다운 그는 점점 몸을 아래로 내려 그녀의 온몸에 입술로 도장을 찍었다. 빗장뼈로, 젖가슴으로, 유두는 혀로 살짝 건드렸다. 배꼽을 지나 그의 입술이 더 내려갈 것을 예감하고 대담하게 그녀는 무릎을 세우고 다리를 살짝 벌렸다.

그의 입가가 그녀의 기대 어린 몸짓에 슬며시 위로 올라갔다. 촉촉하게 젖은 눈으로 그를 내려다보던 그녀는 순간 얼굴에 열감이 확 올랐다. 하지만 부끄러움은 그 순간뿐이었다.

"아훗, 아아……."

그의 입술이 클리토리스에 닿고 혀가 그녀 안으로 들어와 살짝 움직이자, 그녀는 조금 전의 부끄러움도 잊고 온몸을 떨었다.

'세상에나.'

지금껏 한 번도 맛보지 못했던 쾌락이 온몸에 퍼졌다. 찌릿찌릿한 자극에 그녀는 발가락까지 움츠리며 몸에 힘을 줬다.

"힘 빼요."

목소리까지 완벽하다. 중저음의 목소리로 남자는 말했다. 그의 말대로 힘을 빼면 그대로 정신을 잃을 것 같았지만, 그녀는 최대한 그에게 집중했다.

혀로 그녀의 깊숙한 곳을 촉촉하게 적시던 그는 이제 완전히 그녀 위로 올라왔다. 묵직한 무게가 온몸에 느껴졌다. 이미 절정에 닿을 준비가 된 그녀는 허리를 살짝 들어 그를 맞이했다. 흥분으로 이미 달아올라 그의 행동 하나하나에 그녀는 기대감 어린 눈빛으로 기다릴 뿐이었다.

"아, 아훗……."

"하아……."

그녀 아래로 그의 단단한 살이 강하게 들어오자 두 사람은 동시에 신음을 흘렸다. 그는 얼굴만큼 아름다운 몸으로 움직였다. 강하고 약하게 아름다운 피아노곡을 연주하듯 그녀도 그에게 맞춰 합주했다.

머릿속은 온통 흥분과 쾌락의 파도로 출렁였다. 자신의 안에서 움직이는 거대한 그의 것에 그녀는 교성을 한껏 내지르며 그의 등을 손톱으로 눌렀다. 최고조로 치닫는 움직임이 그의 절정을 말해 줬다.

'이것이 섹스의 맛이라면 왜 나는 이렇게 늦게 안 것일까?'

그녀는 전 남자 친구와 보냈던 5년이라는 세월이 아깝게 느껴졌다.

그가 그녀의 엉덩이를 살짝 들고 더 깊숙이 그의 것을 밀어 넣는 순간, 그녀는 사람들이 말하는 오르가슴의 진정한 의미를 깨달을 수 있었다.

"헉, 헉……."

뜨거운 땀방울이 리드미컬한 움직임에 따라 그의 턱에서 그녀의 이마로 똑똑 떨어졌다. 고여 있는 물웅덩이에 작은 파도가 일듯, 그녀의 몸이 흔들렸다. 안을 휘저으며 찌르고, 때로는 긁어 대는 그로 인해 그녀는 숨이 가빠졌다.

"앙, 아항, 앗, 아앗."

"흡!"

어느 순간 그가 사정없이 그녀 안에서 폭발했다.

거친 숨을 몰아쉬며 그가 위에서 내려와 침대 옆에 누웠다. 한껏 움켜쥐었던 침대 시트에서 힘을 빼고 그녀는 곁눈질로 그를 슬쩍 바라보았다. 땀이 송골송골 맺힌 이마와 이어지는 오똑한 콧날이 여전히 잘생겼다.

'그나저나 이 사람이 누구였지?'

다시금 찾아온 질문이 그녀의 머리를 때렸다. 그녀는 힘들게 몸을 일으켰다.

"어디 가요?"

"저, 물 좀 마시러……."

"아직 안 끝났어요."

"뭐가요?"

그는 대답 대신 그윽한 눈길로 그녀를 향해 웃었다. 그리고 그녀의 팔을 끌어당겨 자신의 몸 위에 앉혔다.

"아……."

너무도 아름다운 그의 몸은 아직도 뜨거웠다. 그리고 조금 전까지 그녀를 황홀하게 만들었던 그의 것이 다시금 단단하게 허벅지에 닿았다. 그는 한 팔로 자신의 몸을 지탱하며 일어났다. 그리고 다른 팔로 그녀의 허리를 단단하게 잡고 그녀에게 키스했다.

농밀하고 찐득한 혀가 그녀의 입술 사이를 비집고 들어와 입안을 탐닉했다. 그녀는 슬며시 눈을 감고 그를 느꼈다. 자신의 젖가슴을 큰 손으로 감싸 쥐는 것을 느끼면서 숨을 헐떡였다.

얼마의 시간이 지났을까. 그는 여전히 그녀의 입술을 머금은 채 그녀를 번쩍 들어 안았다. 정교한 손놀림을 따라 그의 것이 그녀 안으로 쏙 밀려 들어왔다.

"읍!"

깜짝 놀란 그녀가 눈을 번쩍 뜨고 입술을 뗐다. 하지만 이미 그의 것이 그녀 안에서 회오리를 치며 움직이고 있었다.

놀란 것도 잠시, 그녀는 그의 움직임에 따라 엉덩이를 움직일수밖에 없었다. 이성이 사라진 자리에는 본능만이 남았다. 앞서 있었던 정사의 여운도 잊힐 정도로 그녀는 지금의 행위에 집중했다.

두 사람의 움직임이 격해짐에 따라 그녀의 젖가슴도 덩달아 흔들렸다. 마침내 그녀가 또 한 번의 절정에 다다르려 할 때 다시금그가 그녀를 번쩍 안아 올렸다. 그리고 그녀를 침대에 엎드리게 하더니 그대로 그의 것을 밀어 넣었다.

"아……."

폭풍처럼 몰아치는 격정의 움직임이 그녀의 온몸을 휩쓸었다. 오롯이 그에게 몸을 맡긴 채 그녀는 난생처음 느껴 보는 감정에물들었다. 격정의 파도가 절정에 다다랐을 때, 그녀는 마침내 그의이름을 떠올릴 수 있었다.

❋　❋　❋

'아으, 머리야.'

다정은 침대에서 눈을 뜨며 아픈 머리를 부여잡았다. 창으로 들어오는 뜨거운 햇살 때문에 눈이 제대로 떠지지 않는다. 입안이 텁텁하고 속이 메슥거렸다.

어젯밤 제대로 과음을 한 탓에 눈앞이 빙빙 돌았다. 몇 년 만의과음일까. 대학 시절로 올라가니 5년도 더 전의 일이었다.

다정은 한숨을 푹 내쉬고 침대에서 몸을 일으켰다. 그리고 살갗을 스치는 뜨거운 바람에 소름이 확 돋았다. 내려다보니 이불이 내려간 자리에 그녀의 젖가슴이 그대로 노출되어 있었다.

"꺅!"

그녀는 깜짝 놀라 이불을 끌어당겨 몸을 덮었다. 29년 인생을 살아오면서 남자 친구와 밤을 보낸 이후 말고는 단 한 순간도 알몸으로 잠든 적이 없는 그녀였다. 그 말은 곧, 그녀가 어젯밤 누군가와 섹스를 했다는 것이다.

'말도 안 돼. 꿈이었을 텐데?'

그녀는 아픈 머리를 굴리며 기억을 떠올리려 애썼다. 어젯밤 꾼 꿈이 사실은 꿈이 아닌가? 하지만 그럴 리가 없다. 어제 그 능숙한 섹스를 주도했던 사람은 분명…….

"일어났어요?"

"꺅!"

다정은 갑자기 어디선가 나타난 남자를 보고 다시금 비명을 질렀다. 그가 상의를 벗고 허리 아래는 수건으로 가린 채 촉촉하게 젖어서 나타났기 때문이 아니었다. 샤워하고 나온 것처럼 보이는 그의 얼굴이 어젯밤 그녀가 꿈이라고 생각했던 그 섹스의 주인공이었기 때문이다.

"당신, 이건우?"

이건우. 대한민국 사람이라면 모르는 이가 없는 배우 중의 배우, 스타 중의 톱스타였다. 잘생긴 외모와 상냥한 성격으로 인터넷에는 그에 관한 미담이 끊이지 않았다. 일반인이든 연예인이든, 항상 여자들의 이상형 다섯 손가락 안에 드는 그였다.

그런 이건우가 그녀의 눈앞에 수건만 두른 알몸으로 나타난 것이다. 떡 벌어진 넓은 가슴에 조각 같은 근육이 자리 잡고 있었다. 물에 젖은 짙은 갈색 머리카락에선 윤기가 좌르르 흘렀다.

얼굴은 또 어떠한가. 기다란 속눈썹에 아직도 작은 물방울이 몇

혀 햇빛을 반사하고, 오뚝한 콧날은 이마와 완벽한 조화를 이루었다. 촉촉한 입술은 마치 립글로스를 바른 것처럼 주름 하나 없고, 날카로운 턱에는 방금 면도를 마쳤는지 거뭇거뭇한 수염 자국 하나 없었다.

'남자 얼굴이 저렇게 하얗고 뽀얗고 맑을 수 있단 말인가? 게다가 저 몸, 이게 진정 사람 몸이야?'

이 와중에도 다정은 그런 감상에 빠져 있었다.

"이, 이게 어떻게 된 일이에요? 여기는 어디고? 왜 이건우 씨가 나랑?"

"뭐야? 기억 안 나요?"

그는 황당하다는 듯 그녀를 바라보더니 이내 고개를 내저었다. 뭔가 일이 꼬였다는 듯 얼굴에는 귀찮음이 가득했다. 그 사이로 얼핏 실망감이 보이기도 했다.

"내가 왜 이건우 씨랑 있는 건데요? 왜 알몸이고요? 설마 우리 잤어요? 그럴 리가……. 술 취한 여자를 건드린 거예요, 당신?"

다정은 너무 당황한 나머지 머릿속에 떠오르는 질문을 마구잡이로 해 댔다. 그러자 그는 귀찮은 표정으로 대답 대신 허리에 두른 수건을 풀어 바닥에 던졌다. 그 때문에 그녀는 다시금 비명을 지르며 이불로 얼굴을 가렸다.

"뭐, 뭐 하는 짓이에요? 당장 옷 입어요! 아니, 여기서 당장 나가요!"

그녀는 이불 속에서 비명을 내질렀다. 당황하며 변명과 함께 문 닫히는 소리가 들려올 거라 예상한 그녀의 생각과 달리 그는 침대로 다가와 그녀가 덮고 있는 이불을 세게 잡아당겼다. 얼굴을 덮고 있던 이불이 내려가자 그녀는 두 눈을 꽉 감았다.

그는 여전히 알몸인 채 삐딱하게 서서 그녀를 빤히 바라봤다. 빠져들 것 같은 까만 눈동자가 그녀를 응시했다.

"여기 내 방이에요. 나가려면 그쪽이 나가요."

"내 질문에 답부터 해요!"

그녀는 지지 않고 소리쳤다. 자신이 왜 알몸으로 그와 한방에 있는 것인지 이유를 알아야 했다.

"안다정, 나이 스물아홉. 서울에 살고 있고, 글 쓰는 것이 업인 여자."

그는 그녀를 뚫어져라 바라보며 말했다.

"아버지는 어려서 돌아가시고, 어머니와 언니랑 함께 살고 있고요."

"다, 당신, 그거 어떻게 알았어요?"

"그쪽이 말해 줬으니까."

"내가요?"

다정의 눈이 휘둥그레졌다.

"내가 언제요?"

"어젯밤에."

"말도 안 돼……."

"말이 되든 안 되든 그렇게 됐으니 어쩔 수 없고. 기억이 안 난다니 유감이긴 한데, 그것도 어쩔 수 없군. 그럼 이제 좀 나가지 그래? 내가 좀 바빠서 말이지."

"이, 일단 옷부터 좀 입으면 안 돼요? 내 옷도 좀 주고요."

그녀는 고개를 돌리고 눈을 꼭 감은 채 그에게 손을 내밀었다. 어디에 벗어 놨는지 모를 자신의 옷을 찾아 주길 바라면서.

한없이 기다려도 그에게서 아무런 반응이 없자 그녀는 한쪽 눈을 살짝 뜨고 그가 서 있던 방향으로 고개를 돌리려 했다. 하지만 그는 이미 그녀 앞에 앉아 얼굴을 바싹 가까이하고 있었다.

"꺅! 왜 이래요?"

"뭐지? 어제는 그렇게 적극적으로 반응해 놓고선."

"기억 안 나요."

"뭐? 기억이 안 난다고?"

"그, 그래요. 술을 많이 마셨단 말이에요!"

"아무리 그래도 나를 기억 못 할 리가?"

건우는 손으로 다정이 덮고 있던 이불을 빠르게 잡아당겼다. 그의 억센 손놀림에 상반신이 그대로 드러나자 그녀는 팔로 자신의 가슴을 가리고 침대에 누웠다.

"왜, 왜 이러세요?"

"기억 못 한다니까 열받잖아."

그는 다정의 몸 위로 올라타 그녀의 허리를 한 손으로 지그시 눌렀다.

'이, 이 느낌!'

기억이 안 날 리가 없다. 너무도 선명하게 기억났다. 그녀가 그의 몸 위에서 흔들며 맞았던 두 번째 절정도, 그녀 뒤에서 들어온 그와 함께 몸을 움직이던 세 번째 절정도, 모든 기억이 머릿속에 떠올랐다.

그의 얼굴이 점점 그녀에게로 다가오자 그녀는 눈을 꽉 감으며 외쳤다.

"기억나요! 기억한다고요."

그 말에 그는 다정의 몸에서 떨어졌다. 그녀는 다시금 이불로 몸을 가렸다. 온몸이 덜덜 떨려 왔다. 꿈이라고 생각했던 섹스가 실제로 벌어진 일이라는 것이 믿기지 않았다. 그 상대가 이건우라는 것은 더욱 그랬다. 게다가 그의 본모습은 알려진 것과는 전혀 딴판이었다.

"옷 입고 나가요, 이제."

어느새 그는 옷장 문을 열어 옷을 꺼내 입고 있었다. 살짝 그을린 몸에 하얀색 셔츠를 걸치고 검은색 반바지로 갈아입은 그는 여전히 침대 위에 누워 있는 다정을 이상하게 바라봤다. 왜 안 나가냐는 눈빛이었다.

"속옷 좀 주워 주시면 안 될까요?"

"이미 다 본 몸이에요. 그냥 일어나요."

"그래도요……."

다정은 눈물이 핑 돌았다. 술기운에 벌인 하룻밤 상대가 하필 이건우라니. 유명 연예인을 이 먼 타국에서 만난 것도 신기하지만, 어떻게 하룻밤을 같이 보낸 것인지 놀라울 따름이었다. 세간에 알려진 미담 따위와 거리가 먼 저 모습은 또 뭔지, 머릿속이 어지러운 것은 결코 어제 마신 술 때문만은 아니었다.

"처음 해 봐요?"

"네?"

"원 나이트 섹스 처음이냐고요."

차가운 건우의 질문에 다정은 아무 대답도 할 수 없었다. 그의 눈에 의심과 경멸이 가득 찼다.

'당연히 처음이지! 너는 여러 번이냐?'

다정은 욱하는 마음에 눈물 맺힌 눈으로 그를 노려봤다.

"당신 혹시 꽃뱀이야?"

"뭐라고요?"

"순진한 척하면서 나한테 뭔가 뜯어낼 생각이라면 오산이야."

"이봐요, 꽃뱀이라뇨?"

"아니야? 근데 왜 꽃뱀처럼 굴지?"

다정은 볼을 타고 흐르던 눈물이 거꾸로 눈 속에 빨려 들어가는 기분이었다. 그녀는 대충 눈물을 닦고 침대에서 일어났다. 이불로 몸을 둘둘 말고 자신의 속옷이 어디 있는지 찾았다. 빨리 이곳을 떠나고 싶었다.

'저기 있다.'

건우의 발치에 떨어져 있는 브래지어와 팬티를 발견하고 그녀는 종종걸음으로 다가가 그것들을 주워 들었다.

'발밑에 있으면서 주워 주지도 않다니, 나쁜 새끼.'

다정은 속으로 그에게 온갖 욕을 퍼부었다. 그동안 건우는 풀리지 않는 의문이 가득한 눈으로 그녀를 바라볼 뿐이었다. 그녀는 그대로 속옷을 들고 욕실로 들어갔다.

거울에 비친 자신의 모습은 끔찍했다. 어깨를 살짝 가리는 웨이브 머리는 헝클어질 대로 헝클어지고 화장은 번져 있었다. 이불을 치우고 바라본 젖가슴과 빗장뼈엔 어젯밤 이건우의 흔적이 거칠게 남아 있었다.

엉망인 몸 상태만큼이나 기분까지 끔찍해졌다. 어쩌자고 저런 놈과 하룻밤을 보냈나 싶었다. 알려진 성격대로 친절한 인물이라면 좋았을 텐데, 원 나이트 섹스를 했다는 충격보다 이건우의 말투가 더 충격이었다.

'어떻게 만난 거지?'

아무리 기억을 되짚어 봐도 그것만은 떠오르지 않았다. 술집에서 건우를 만난 것은 분명했다. 얼핏 '우와' 하고 놀랐던 기억은

났다. 그런데 어떻게 그의 호텔 방까지 오게 됐을까. 어떻게 그와 섹스하게 됐을까. 어떻게 세 번이나 절정을 맞이했을까?

'아, 좋았는데……'

다시금 지난밤의 섹스를 떠올리자 다정의 온몸이 파르르 떨렸다. 아래가 움찔거리며 지난밤을 다시 원하고 있었다.

'미친……'

그녀는 고개를 세게 내저었다. 꽃뱀 취급까지 받아 놓고 이런 생각이나 하는 자신이 한심했다. 그녀는 빠르게 속옷을 입고 욕실 문을 열고서 나갔다.

"아, 왜?"

건우는 침대에 앉아 누군가와 전화를 하고 있었다.

"그 작품 하기 싫다니까? 내 말이 그렇게 어려워? 싫어."

그는 인상을 찌그리며 화를 냈다.

"여자 주인공을 바꾸라고 해. 걔 연기 더럽게 못하는 거 잘 알잖아. 개봉하고 나서 흥행 실패하면 내 명성에 오점이라고. ……근데? ……내가 어디 있든 무슨 상관이야. 내일 돌아갈 거야. 끊어."

그는 그렇게 전화를 끊더니 침대 위로 휴대 전화를 내던졌다.

'하, 그런 거였어? 소속사도 모르게 도망쳐 여행 온 거야?'

다정은 옷을 입으면서 혀를 끌끌 찼다.

"옷 입었으면 나가요."

통화하는 사이 옷을 다 입은 다정을 보고 그가 말했다.

"다시 한번 말하지만, 나 꽃뱀 아니에요."

"알았으니까 나가라고요."

그녀의 말에 흥미가 없다는 투로 그가 손을 내저으며 말했다.

"절대 아니라고요. 당신은 어떨지 모르지만, 난 평소에 이런 짓

안 해요. 그러니 당신처럼 책임감 없는 사람한테 그런 취급 받을 사람 아니라고요."

그녀는 다시금 힘을 줘 말하고 방문 손잡이를 돌렸다.

"아, 꽃뱀 아니라니까 하는 말인데."

낮은 중저음의 목소리가 그녀 뒤에서 들려왔다.

"그럼 오늘도 나랑 섹스할래요?"

"미친놈."

쾅—

다정은 세게 방문을 닫았다.

'이게 다 지성화, 그 개새끼 때문이야.'

그녀는 전 남자 친구인 성화를 떠올리고 이를 악물었다.

사법 고시를 준비하는 5년간 그녀에게 빌붙어 살아 놓고서는 화이트데이에 다른 여자와 약혼을 했다면서 이별을 고한 놈이었다. 그놈과 만나는 횟수가 줄어들고 섹스도 못 한 지 6개월에 접어들면서 어느 정도 눈치는 챘지만, 그래도 대형 법무법인에 들어가자마자 다른 여자 변호사와의 약혼이라니. 그 충격으로 머리를 식히기 위해 태국 끄라비섬으로 떠나온 여행이었다.

"지성화, 이 개새끼! 창자로 줄넘기를 뛰어도 시원찮을 새끼. 이게 다 너 때문이야!"

다정은 머리끝까지 차오른 분노에 못 이겨 큰 소리로 욕설과 저주를 내뿜었다. 하지만 그녀의 악몽은 이제 시작이나 다름없었다.

1. 재회는 언제나 갑자기?

한 달 후 서울.

"진짜 잘생겼어, 그치?"

지혜의 감탄사에 다정은 노트북 모니터에서 시선을 떼고 두 살 터울 언니를 바라봤다.

"누가?"

"이건우 말이야. 저런 얼굴을 낳은 부모는 또 얼마나 잘났을까?"

지혜가 감탄사를 내뱉은 이유는 텔레비전에 나오는 이건우의 커피 광고 때문이었다. 화면 속 그는 햇빛이 들어오는 밝은 창가에 기대어 서서 창밖을 바라보며 찻잔을 들고 미소 지었다.

『언제나 부드러운 커피의 향기…….』

낮고 부드러운 그의 음색에 지혜는 텔레비전 속으로 빨려 들어 갈 것처럼 몸을 앞으로 수그렸다.

"웩, 느끼해."

다정은 텔레비전 화면에 눈길도 주지 않고 다시금 노트북 모니터로 시선을 떨구며 말했다. 지금 당장 그녀에게 중요한 것은 노트북 화면에 떠 있는 한글 프로그램과 그 프로그램 속 활자였다. 먹고사는 것이 이 노트북에 달려 있었다.

머리를 질끈 올려 묶고 트레이닝 복장으로 차가운 마루에 주저앉아 키보드를 두드렸다. 역마살이 낀 사람처럼 하루가 멀다고 여행을 다니거나 이도 저도 아니면 그냥 밖으로 놀러 다니는 지혜가 웬일로 오늘은 온종일 다정과 함께 집에 있었다.

"너도 이건우 좋아하잖아?"

"내가? 난 저런 놈 안 좋아하거든?"

"웃기시네. 얼마 전까지만 해도 이건우가 나온 드라마, 나랑 같이 꺅꺅거리면서 봐 놓고서."

이해가 되지 않는 듯 지혜가 다정의 옆구리를 발로 찌르며 말했다.

지혜의 말이 옳았다. 다정이 끄라비로 떠나기 전, 이건우가 주연으로 나온 드라마를 지혜와 함께 침을 흘리면서 몰입해 봤다. 그완벽한 신체 조건으로 완벽한 남자 주인공을 연기하는 이건우를 싫어하는 여자가 있다면 비정상일 것이다. 그 비정상인 여자가 오늘은 다정이였다.

"건드리지 마라. 나, 이거 오늘 내로 써서 보내야 하거든?"

"그러게 애당초 너랑 어울리지도 않는 19금 연애 기고를 왜 시작한 거야? 매번 스트레스나 받으면서. 네가 '섹스 앤 더 시티'에 나오는 캐리냐?"

"캐리, 좋지. 지금 나는 그 캐리 브래드쇼가 아니라 공포 영화 주인공 캐리라서 문제지."

"이 언니가 좋은 팁 좀 줄까?"

지혜가 흥미가 동한다는 듯 소파에 넌 몸을 일으켜 앉으며 말했다.

"꺼져라."

"언니한테 말하는 말본새하고는. 어? 또 이건우네? 쟤는 도대체 광고를 몇 개나 찍은 거야?"

지혜의 말에 다정의 눈이 잠시 텔레비전을 향했다. 이번에는 맥주 광고였다.

쌍까풀을 가리는 길고 짙은 속눈썹과 그 사이로 보이는 반짝이는 검은 눈동자. 오뚝한 콧날과 날카로운 턱 선. 강인함과 부드러움이 공존하는 완벽한 그의 얼굴이 번쩍이며 다정의 각막에 닿았다. 하얀 맥주 크림이 살짝 묻은 그의 입술과 힘차게 움직이는 그의 목울대를 보니 끄라비에서의 그 밤이 다시 떠올랐다.

"진짜 잘생겼다."

남의 속도 모르고 지혜는 감탄사를 연발했다.

"저런 남자랑 하룻밤 보내면 얼마나 좋을까?"

"윽."

다정은 인상을 찡그리며 몸을 떨었다.

"왜? 몸이 저렇게 좋은데 기술이 엄청날 것 같지 않아?"

'현란하지. 아주 현란해.'

다정은 속으로 지혜의 질문에 답했다.

"아, 이건우랑 같이 살 여자는 이래저래 진짜 좋을 거야."

"저런 놈이 실상은 엄청 싸가지 없고 바람둥이일 수도 있거든?"

듣다 못한 다정이 끼어들었다.

"얘는. 이건우 미담이 얼마나 도는지 몰라? 인격도 죽인대. 이 세상에서 가장 완벽한 사람일지도 모른다니까?"

"난 그런 거 하나도 안 믿어. 저 사람 직업이 뭔지 몰라? 연기 자야, 연기자. 배우라고. 분명히 저 멀끔한 얼굴 뒤에 악마가 도사리고 있을 것이 분명해."

"비관적인 년. 네 방 들어가서 안 써지는 19금 기사나 써."

"흥, 안 그래도 들어가려고 했네요."

지혜의 타박을 뒤로하고 다정은 노트북을 챙겨 들고 자신의 방으로 도망치듯 들어왔다.

이건우를 팬으로서 좋아했던 게 불과 한 달 전이었다. 하지만 끄라비에서의 밤 이후로 그에 대한 생각이 완전히 바뀌었다. 잊고 싶지만 잊을 수 없는 밤을 선사한 그를 지금은 몹시 싫어했다.

"나쁜 새끼. 네 본성이 언젠가는 밝혀질 거다."

아직도 그에게 당했던 꽃뱀 취급이 분한 다정은 이를 갈며 중얼 거렸다. 타자하는 손가락에도 힘이 가득 실렸다.

❋ ✱ ❋

"내일 있을 인터뷰 잘해라. 말실수하지 말고."

박수고 대표는 건우에게 일부러 하지 않아도 될 말을 꺼냈다.

"내가 언제 일과 관련해서 실수한 적 있던가?"

심드렁한 표정으로 소파에 기대 있는 건우가 답했다. 기다란 다리를 주체하지 못해 꼬아 앉았다. 188센티미터라는 키가 배우로서는 최적의 조건이 되었지만, 일상생활에선 불편할 때가 많았다.

특히 이렇게 모든 물건이 하얀 대표실에 있을 때는 더 그렇다. 발을 조금만 잘못 놀리면 하얀 테이블과 소파에 신발 자국이 남았다. 박 대표에게 또 잔소리를 듣고 싶지 않아 그는 조심스레 다리를 바꿔 꼬았다.

"아마 이번 영화 여자 주인공 잘린 이야기도 물을 거야. 잘 대답해."

"그러니까 내가 언제 그런 거로 실수한 적 있었냐고."

"사람은 실수하는 법이니까. 그리고 이거."

박 대표는 건우를 향해 잡지 한 권을 던졌다. 손가락 한 마디 정도 되는 두툼한 두께의 잡지였다. 한창 잘나가는 여배우가 뇌쇄적인 포즈로 표지를 장식했다.

"이게 뭐야?"

"내일 인터뷰할 잡지사 지난 호. 그냥 읽어 두라고. 다른 연예인들한테 어떤 식의 질문이 나갔는지도 대충 살펴보고, 사진 콘셉트도 생각해 보고. 뭐, 그쪽에서 어련히 잘해 주겠냐마는."

건우는 소파에 널브러진 잡지를 들어 한 장 한 장 넘겨 보았다.

"뭐, 그냥 매우 흔한 여성 패션…… 어?"

대충 흘려 보던 그는 어느 한 기사에서 멈칫했다.

'오르가슴을 부르는 체위'라는 19금 빨간 딱지가 떡하니 달릴 만한 제목의 기사였다. 한데 그 제목보다 더 그의 눈을 의심하게 만드는 것은 그 기사를 쓴 기자의 이름이었다.

"왜 그래?"

갑작스러운 건우의 반응에 이상한 낌새를 느낀 박 대표가 물었다.

"어? 아니야, 아무것도. 근데 이 잡지사 성인 잡지야? 내용이
꽤 야한데?"

"뭐, 세계적으로 유명한 잡지야. 너도 알면서 그래?"

"가끔 인터뷰나 하고 행사에 참석만 했지 이런 노골적인 내용도
실리는지 몰랐는데? 여자들도 이런 이야기에 관심이 많은가 봐?"

"도대체 뭔데 그래?"

잡지를 다시 빼앗으려는 박 대표의 손을 피해 건우는 그것을 자
기 가슴 쪽으로 끌어당겼다. 그리고 다시 한번 방금 눈길을 사로잡
았던 기자의 이름을 바라봤다.

'안다정, 안다정이란 말이지?'

그의 눈이 재미난 예능 프로그램을 막 발견한 것처럼 호기심으
로 빛났다.

'안다정이에요.'

어깨에 살짝 걸린 갈색 머리카락이 굵게 물결치던 그녀였다.

'내 이름이요, 안다정이라고요.'

술을 굉장히 잘한다고 생각했는데, 전혀 아니던 여자. 멋대로
시선을 끌어 놓고 마음이 통하는 대화를 나눠 놓고 다음 날 모든
것을 잊어버린 여자. 그녀의 갈색 눈동자와 도톰했던 입술의 촉감
이 떠올랐다.

"나 부탁이 있는데."

"뭐?"

"내일 나랑 인터뷰한다는 기자 말이야."

"응."

"다른 사람으로 바꿔 줘."

"아는 사람이라도 있어?"

"있지. 잘 아는 사람."

건우는 박 대표를 보며 씩 하고 밝게 웃었다. 지루하기만 하던 그의 삶에 다시금 재미있는 상황이 발생했다.

❊ ✱ ❊

따르르르릉.

가까이서 들려오는 휴대 전화 벨소리에 다정은 인상을 찡그리며 이불을 뒤집어썼다. 지난 며칠간 날밤 새우며 쓴 원고를 새벽에 간신히 잡지사에 보내고 잠들었다. 마감 시간을 지키기 위한 투쟁이었다. 체감상 잠든 지 몇 시간이 안 지났을 터였다. 기껏해야 아침 10시 정도 됐으리라.

'아, 끊겼다. 스팸이겠지. 분명 스팸일 거야.'

벨소리가 끊기자 다정은 스팸 전화였기를 간절히 바라며 다시금 꿈나라행 채비를 했다.

'연인들이 말하는 맛있는 섹스'가 새벽에 보낸 원고의 주제였다. 설문한 것을 정리하고 글 쓰는 데 몰입한 결과, 꿈속조차 19금으로 야했다. 막 꿈속에서 멋진 남자의 애무를 받는 찰나였는데, 끊긴 상황이 몹시 아쉬웠다. 물론 그 남자가 이건우는 절대 아니었다.

따르르르릉.

"아, 좀!"

벨소리가 다시 울리기 시작하자 그녀는 짜증이 치솟았다. 일어날 생각은 없었다. 작은 두 평짜리 방에 손만 뻗으면 닿을 책상 위의 휴대 전화를 살펴볼 생각도 없었다. 지금은 다른 무엇보다 잠이 필요했다.

하지만 벌컥 하고 방문이 열리며 누군가 들어와 다정의 등을 손으로 짝— 내리쳤다.

"아!"

"일어나, 이 계집애야! 시끄러워 죽겠다, 벨소리."

다정은 언니 지혜가 날린 등짝 스매싱에 어쩔 수 없이 눈을 떴다.

"잠 좀 자자, 잠 좀."

"누가 할 소리. 그러니까 전화를 받든지, 전원을 끄든지 좀 해."

"아우우우!"

"아, 발신자가 이 팀장이네?"

"뭐? 진작 말했어야지!"

이불을 걷어차고 일어나 여전히 시끄럽게 울리는 휴대 전화를 집어 든 다정을 향해 지혜는 혀를 쑥 내밀어 보이고는 방에서 나갔다.

'왜 전화했지? 설마 글이 마음에 안 드나?'

온갖 생각이 다정의 머리에 떠올랐다.

3개월 전부터 자유 기고 식으로 이 잡지사에 연애 칼럼을 연재하고 있었다. 성인 여성들이 보는 잡지이기에 19금 수위를 오가는 야한 이야기도 집어넣어 글을 썼다. 프리랜서로 일하기 시작하고 처음으로 정기 계약을 한 것이다.

지금까지 해 온 작가 일만으로는 아무래도 그녀가 생각한 일을 실현하기 어려웠다. 나이도 들고 하니 독립까지는 무리여도 엄마가 일을 쉬어도 될 만큼 방세 겸 용돈이라도 두둑하게 드리고 싶은 마음에 구한 새로운 일감이었다.

　걱정스러운 마음을 숨기고 다정은 전화를 받았다.

　"여보세요?"

　— 아, 다정 씨. 나, 이 팀장.

　다급하게 느껴지는 여자의 목소리가 쩌렁쩌렁하게 울렸다.

　"네, 팀장님."

　다정의 연애 칼럼을 재밌게 여겨 준 은인 같은 이 팀장이었다.

　— 혹시 시간 되면 잠깐 나 좀 도와줄 수 있어? 시급은 짱짱하게 쳐줄게.

　"무슨 일이신데요?"

　— 오늘 굉장히 중요한 인터뷰가 있는데, 담당하는 애가 일이 좀 생겼어. 다정 씨가 예전에 이쪽 일 좀 했잖아?

　'예전이 아니라 지금도 하고 있습니다.'

　다정은 속으로 대답했다. 실제로 아직 리포터의 일도 겸하고 있다. 프리랜서 일만으론 먹고살기 빡빡한 탓이었다. 방송 대본, 드라마 대본, 가끔 펑크 나는 기사 메꾸는 자잘한 일들을 모아도 빠듯했다.

　"네, 그렇죠."

　— 그럼 한 시간 내로 청담동 A 스튜디오로 와 줘. 부탁 좀 할게.

　"지, 지금요?"

　— 택시 타고 와. 영수증 청구하고.

"팀, 팀장님?"

이 팀장은 다정의 대답도 듣지 않고 전화를 뚝 끊어 버렸다. 다정은 끊어진 휴대 전화를 멀뚱히 바라보다 고개를 절레절레 저었다.

'어지간히 급한 인터뷰네. 얼마나 대단한 인물이 기다리고 있기에.'

다정은 더 생각할 것도 없이 자리를 박차고 일어나 외출 준비를 했다. 김포 공항 근처에 사는 그녀가 강남까지 한 시간 만에 갈 방법은 지하철 급행을 타는 수밖에 없다. 택시를 타라니, 그 말은 도로 한가운데서 움직이지 말라는 뜻이다.

화장은 지하철 안에서 하기로 했다. 나이 스물아홉 정도 되면 이런 상황에 대처하는 방법은 생기기 마련이었다.

대충 씻고 옷을 갈아입었다. 머리카락에 가득한 물기를 대충 수건으로 제거하고 두피만 헤어드라이어로 말렸다. 헤어 에센스로 젖은 머리끝을 쭈물거리고 재빨리 옷매무새를 만졌다. 방송에 나오는 인터뷰가 아니라 잡지 인터뷰니 그녀가 사진에 나올 일은 없었다. 그러니 대충 정장은 아니면서 그렇다고 너무 편해 보이지도 않는 원피스를 골랐다.

'이럴 때 입으라고 원피스가 있는 것이지, 훗.'

이 원피스로 말할 것 같으면, 얼마 전 지혜가 백화점에서 사 오고서는 색상이 자신에게 어울리지 않는다며 버리려고 했던 것이었다. 깊은 바다색의 몸에 딱 붙어 몸매가 한껏 드러나는 옷이었다. 그리 작은 키도 아닌 데다 들어갈 곳은 들어가고 나올 곳은 나온 다정에게 완벽하게 어울렸다.

'그러니까 왜 입어 보지도 않고 옷을 사느냐고. 돈이 남아도나.'

다정은 거울에 비친 자신의 모습을 확인하며 입술을 삐죽였다.

"언니, 나 나간다."

구두를 신으며 다정은 언니에게 큰 소리로 말했다.

"어디 가?"

나른한 목소리로 기지개를 켜며 지혜가 방에서 나와 물었다.

"인터뷰 대타."

"어떤 연예인인지 갔다 와서 말해 줘."

"알았어."

"이왕이면 사인도 받아 오고."

"……."

"야, 안다정! 안다정! 대답해야지!"

지혜의 말을 무시하고 다정은 현관문을 쾅 닫고 나왔다.

'사인은 무슨. 그게 얼마나 낯 팔리는 짓인데.'

다정은 속으로 지혜를 향해 욕을 한 바가지로 했다. 자매지간이지만, 성향은 전혀 달랐다.

두 달 전, 다정의 연애가 갑작스럽게 끝났을 때도, 자유연애를 지향하는 지혜는 동생의 한심함에 대해 잔소리를 퍼부었다. 엄마에게는 미안한 마음이 가득하였지만, 다행히 엄마는 모르는 척 눈감아 줬다. 그렇게 떠난 여행에서 엄청난 연예인과 하룻밤을 보냈다는 것은 아무도 모른다.

그 생각을 하니 한숨이 절로 나왔다.

이건우와 보낸 하룻밤을 한여름 밤의 꿈이었다 생각하지만, 텔레비전에서 그가 나올 때마다 열불이 솟는 것은 어쩔 수 없었다.

'분명 성격 이상할걸? 저것도 다 연기야.'

그녀가 말하면 지혜는 어제처럼 눈을 동그랗게 뜨고 이건우 예찬에 들어갔다. 그러면서 좋아할 땐 언제고 왜 태도가 바뀌었냐는 식으로 잔소리를 퍼부었다.

'그건 이건우의 실제 모습을 보기 전이지.'

다정은 집을 나와 올라탄 지하철 창밖으로 보이는 깜깜한 터널 속이 꼭 자신의 미래 같았다. 갑자기 의자에 앉아 있는데도 머리가 핑 도는 것처럼 현기증이 느껴졌다. 일어나자마자 아무것도 먹지 않고 나온 탓인지 속이 메슥거렸다. 어쩌면 이건 모두 떠올리고 싶지 않은 놈을 떠올렸기 때문일지도 모른다.

다정은 고개를 세차게 흔들어 이건우 생각을 깜깜한 터널 속으로 날려 버렸다.

"왔어, 다정 씨? 진짜 진짜로 고마워. 내 생명의 은인이야, 은인."

다정이 도착하자 입구로 마중 나온 이 팀장은 그녀의 손을 양손으로 꽉 잡고 위아래로 흔들어 댔다. 이 팀장의 짧은 커트 머리가 땀에 젖은 것을 보니 어지간히 급한 상황이긴 한 것 같았다.

"인터뷰 대상이 누군데 그러세요?"

"자, 여기 질문 목록. 누군지는 저기 가서 봐. 일찍 오는 바람에 일단 화보부터 찍고 있으니까. 어휴. 살았다, 살았어."

빨간 립스틱을 진하게 바른 이 팀장은 한숨 돌렸다는 듯이 다정의 등을 떠밀었다.

다정은 이 팀장이 건넨 A4 용지를 받아 들고 카메라 셔터가 번쩍이는 곳으로 향하면서 질문 내용을 확인했다. 그리고 순간, 그 자리에 돌처럼 멈춰 섰다. 고개를 절레절레 흔들었다. 제발 자신이 잘못 본 것이길 바라며 그녀는 들고 있던 종이 뭉치로 시선을 떨귀 다시금 확인했다. 역시나 인터뷰 첫머리에 '이건우'라는 이름이 또렷하게 보였다.

"왜 그래, 다정 씨?"

뒤에서 이상하게 여긴 이 팀장의 목소리가 들리자 그제야 다정은 정신을 차렸다.

"아, 아니에요."

그녀는 영원히 멈추고 싶은 다리를 간신히 움직여 카메라 앞에서 포즈를 취하고 있는 남자에게 다가갔다.

번쩍이는 빛 앞에서 자세를 취하고 있는 한 남자, 흰색 면바지와 파란색 셔츠를 입고 자연스러운 자세로 맑은 미소를 한껏 짓고 있는 남자는 현재 그녀가 가장 싫어하는 남자였다.

'이건우…….'

이 무슨 하늘의 장난이란 말인가. 이곳에 오면서도 그를 만나리라고는 단 1초도 생각한 적 없었다. 아니, 천하의 이 팀장이 그렇게 안절부절못할 정도면 이건우급 정도는 되어야 했지만, 그래도 정말 이건우라니.

다정은 다시금 현기증이 일어 발바닥에 꽉 힘을 주었다. 넘어지지 않으려면 정신을 똑바로 차리고 온몸에 힘을 주어야 했다. 메슥거림이 목구멍을 타고 올라왔다.

얼어붙은 그녀와 눈이 딱 마주친 건우가 손을 들어 사진작가를 멈추게 했다.

"오늘 인터뷰할 분이신가요?"

"네? 네……."

"드디어 기다리던 분이 나타났네요. 인터뷰하고 다시 시작해도 될까요?"

그의 질문에 주변 스텝들은 하나같이 '그럼요'를 연발했다.

'나를 못 알아보는 건가?'

다정은 그녀를 향해 부드러운 미소를 띠며 다가오는 건우를 보고 생각했다. 그녀가 태국에서 하룻밤을 함께했던 그와는 전혀 달랐다. 역시 일할 때는 본모습을 숨기는 거라고 그녀는 으레 짐작했다.

"이건우라고 합니다."

"아, 네, 네. 안다정입니다. 처음 뵙겠습니다."

그녀는 기어들어 가는 목소리로 고개를 살짝 숙여 그에게 인사했다.

'못 알아보는 거라면, 끝까지 알아보지 마라. 야발라야히기야.'

그녀는 속으로 주문을 외웠다.

술에 취했던 모습이나 절정을 맞이하던 알몸의 그녀를 잊어 주기를, 화장이 얼룩지고 머리카락은 산발이었던 다음 날 아침의 그녀는 까맣게 잊어버렸기를 바랐다. 아니, 아예 그와 자신의 기억 속에서 그날의 하룻밤이 한꺼번에 사라졌으면 싶었다.

왜 하필이면 자신이란 말인가. 그녀는 짜증이 났다. 인터뷰하기로 했던 기자는 하필이면 오늘 같은 날 아픈 것이고, 이 팀장은 수많은 기자 중 하필이면 프리랜서로 일하고 있는 자신을 불러낸 것인지. 이건우 저놈은 왜 또 자신을 향해 신사처럼 다정한 미소를 띠고 있는지, 모두를 향한 원망이 솟구쳐 올랐다.

두 사람은 스튜디오 한쪽에 마련된 인터뷰 장소로 가서 마주 보고 앉았다. 잠시 뒤 그의 매니저로 보이는 남자가 다가왔다. 이건우처럼 큰 키에 숱이 많은 머리카락을 모조리 뒤로 넘기고, 편안한 셔츠와 청바지 차림이었다.

"커피 드시겠어요?"

감정이라고는 찾아볼 수 없는 건조한 목소리로 건우가 다정에게 물었다.

"아, 네. 고맙습니다."

"형, 여기 커피 좀."

건우는 그 남자를 형이라 부르며 커피를 부탁했다. 남자는 고개를 끄덕이고 자리를 피했다. 어색한 기류가 더 흐르기 전에 다정은 먼저 말을 꺼냈다.

"인터뷰 시작해도 될까요?"

"네, 그러세요."

그의 대답을 듣고 그녀는 휴대 전화를 꺼내 녹음기를 켰다. 나중에 기자에게 파일로 보낼 자료였다.

"이번에 유명한 장보고 감독의 영화에 출연하시게 되었죠? 축하드립니다."

"하하, 감사합니다."

"이번 작품을 선택하시게 된 이유가 있을까요?"

"장 감독님께서 새 작품을 연출하신다는 이야기를 듣고 제가 직접 연락드렸습니다. 아무래도 그런 거장과 함께하는 것은 제 연기 실력을 한 단계 높일 수 있는 기회니까요."

그는 부드러운 음색으로 차분하게 대답했다. 다정은 덕분에 태국 끄라비섬에서의 일은 까마득하게 잊어버리고 인터뷰에 집중했다.

영화 관련 인터뷰가 마무리되고 이제 그의 사생활과 관련된 질문들이 종이에 쓰여 있었다. 첫 질문을 보고 그녀는 미간을 찌푸렸다.

'낭패네.'

다행히 그 순간 아까 나갔던 남자가 양손에 아이스커피를 들고 다가왔다. 그리고 두 사람에게 커피를 건네더니 건우 뒤쪽으로 자리를 잡고 앉았다.

입이 바싹바싹 마르던 다정은 아이스커피를 손에 받아 들고 빨대로 한 모금 들이켰다. 하지만 빈속에 마시는 커피는 그녀에게 아무런 도움도 되지 않았다. 지하철 안에서부터 이상했던 배 속이 더 뒤틀리는 느낌이라 그녀는 결국 커피가 든 일회용 컵을 의자 옆에 내려놓았다.

"얼마 전에 혼자서 여행을 다녀오신 것 같아요? 비밀리에 출국하는 모습이 파파라치에게 찍혀서 곤욕을 치르셨죠? 여배우 캐스팅이 막 끝난 참인 데다 그 캐스팅이 불발됨과 동시에 입국하셔서 이런저런 뜬소문이 생겼는데, 이건우 씨의 견해를 밝혀 주실 수 있나요?"

그녀의 질문에 그의 눈썹이 살짝 위로 올라갔다.

"소문은 소문일 뿐이죠. 촬영이 시작되기 전에 잠시 저만의 시간을 갖고 싶어 떠난 여행이고, 한국에서 그런 일이 있었는지 몰랐어요."

그는 아무렇지 않은 투로 무미건조하게 답했다.

'웃기시네. 네가 잘랐잖아, 그 여배우.'

다정은 호텔에서 들었던 건우의 전화 통화 내용을 떠올리고는 씁쓸한 미소를 지었다.

"하긴, 건우 씨처럼 미담이 많은 분한테 그런 소문이 생기다니, 말도 안 되는 일이죠."

"하하, 그렇게 말씀하시니 좀 쑥스러운데요."

건우는 정말 쑥스러워하는 표정으로 머리를 긁적였다.

"연예계 생활이 힘들 때는 어떻게 하시나요? 도망치고 싶으셨던 적은 없어요?"

다정은 무심코 인터뷰 종이에는 없는 질문을 했다. 이전 질문에 철면피로 응하는 그가 아니꼬웠기 때문이다. 네 본모습 따위 내가 잘 알아, 하는 마음이었다.

"하하, 절대요. 제 몸은 저 하나만의 것이 아니니까요."

"그럼 이번 여행은 힘들거나 해서 도망치셨던 것은 아니네요?"

"당연하죠."

"추천하고 싶은 여행지였나요?"

"음, 아니요. 다른 곳이라면 모르겠는데 이번엔 정말 별로였어요."

그의 목소리는 여전히 부드러웠다.

"미담 제조기로 유명하신데, 정말 그렇게 매사에 친절하고 착하신가요? 욱하거나 하실 때는 없어요?"

"글쎄요. 저는 그냥 평소대로 할 뿐인데…….. 그래도 화가 날 때는 있어요. 예를 들면 제가 연예인이라는 이유로 누군가가 이용하려 할 때요."

"이용이요?"

"네. 요즈음 연예계에 남자 스타들을 상대로 한 범죄들이 많았잖아요. 물론 남자들이 잘못한 일도 있지만, 무고했던 일도 있죠. 남녀 연예인들 모두 피해자가 될 수 있어요. 얼굴이 알려진 공인이라는 이유로 말이죠. 저는 그런 일을 겪을 때면 화가 나더군요."

그녀는 종이만 쳐다봤던 시선을 들어 그를 바라봤다. 그의 기다란 속눈썹 안에 숨겨진 눈동자가 냉철하게 빛났다. 그녀를 꿰뚫어

보는 눈동자였다.

'난 너에 대해 모든 것을 알고 있어.'

그의 눈이 말했다.

'기, 기억하고 있구나.'

그녀는 온몸에서 피가 빠져나가는 기분이었다. 그는 분명 태국에서 만났던 그녀를 기억하고 있었다. 그랬기에 그녀의 질문에 최근 있었던 연예계 꽃뱀 사건을 예시로 들어 대답한 것이다.

"음, 알겠습니다. 다음 질문으로 넘어갈게요. 이상형이 어떻게 되시나요?"

"제가 좀 보수적인 편이라, 순수한 사람을 좋아하는 것 같아요."

"순수한 사람이요?"

"네. 뭐랄까, 요즘은 세상이 너무 성에 대해 열려 있잖아요. 그래서 제 배우자가 될 분은 얌전하고 순수한, 그런 여성이었으면 좋겠어요."

그가 해맑게 웃었다.

'윽, 이 새끼가.'

다정은 건우가 그녀에게 들으라고 하는 말이라는 것을 눈치챘다. 아무 남자하고 자고 다니는 꽃뱀 같은 여자는 싫다는 말을 이렇게 돌려 한 것이다.

"네, 저도 건우 씨 말에 동감이에요. 여자뿐만 아니라 남자들도 순수한 사랑을 하는 사람은 찾기 힘든 것 같아요."

다정은 건우의 눈을 똑바로 바라보며 말했다.

'너도 똑같은 놈이야.'

그런 메시지를 눈에 가득 담아 그에게 쏘아 보냈다. 그 역시 눈길을 피하지 않았다.

"다 끝났나요?"

두 사람의 어색한 기류를 눈치챘는지 건우의 뒤에 앉았던 남자가 자리에서 일어나 물었다.

"아, 네. 다 끝났습니다."

다정은 휴대 전화의 녹음 기능을 정지시켰다. 중간에 산으로 새긴 했어도 해야 할 질문은 다 마무리한 후였다.

"수고하셨습니다. 인터뷰는 다음 호에 실릴 예정이에요. 이 팀장님이 소속사로 보내 드릴 겁니다."

"네, 수고하셨어요. 급하게 오신 것 같은데 유연하게 잘하시더군요."

"이건우 씨한테 이런 칭찬을 들으니 감개무량하네요."

다정은 칭찬하는 건우에게 일부러 비꼬듯 답하고 자리를 피했다. 더는 그와 엮이고 싶지 않았다. 빨리 집으로 돌아가 마저 잠이나 잤으면 싶었다.

"팀장님, 파일 정리해서 담당 기자에게 보낼게요."

"고마워, 다정 씨. 덕분에 살았어."

"하하, 네."

방금 무슨 일이 있었던 것인지 이 팀장이 제발 모르기를 바라며 다정은 인사를 하고 밖으로 나왔다. 그녀는 잠시 입구에 기대서 신발 한 짝 벗은 발을 반대쪽 신발 위에 올렸다. 오랜만에 굽이 높은 구두를 신었더니 부은 발이 아팠다.

가방에서 머리끈을 꺼내 다 마른 머리를 묶었다. 시원한 늦봄 바람이 볼에 닿자 그녀는 답답했던 가슴이 뻥 뚫리는 기분이었다. 요 며칠 마감 때문에 피곤했는지 열감도 있고 여기로 오면서부터 느꼈던 불편한 느낌에 얼른 집으로 돌아가 쉬고 싶었다.

"안다정 씨?"

"네?"

바깥 공기를 쐬며 잠시 숨을 돌리는데 뒤에서 누군가가 그녀를 불렀다. 돌아보니 아까 건우 뒤에 있던 남자였다.

"건우 매니저 최고행입니다. 건우가 잠깐 좀 뵙고 싶다고 해서요."

"저, 저를요? 왜 저를……."

"글쎄요."

어쩔까. 다정은 입술을 깨물며 망설였다. 두 번 다시 마주하고 싶지 않은 이건우의 면상을 떠올렸다. 이중인격을 그대로 드러내는 말투도 고스란히 떠올랐다. 그것만 생각하면 절대로 그를 보고 싶지 않았다. 게다가 이렇게 멋대로 오라 가라 하는 것도 싫었다.

하지만 또 생각해 보면 이렇게 서울에서 우연히 만나게 된 것은 하늘이 내려 준 기회일지도 몰랐다. 이건우와의 찝찝한 관계를 정리하고 나면 더는 그에 대한 생각이 떠오르지도, 떠오르더라도 지금처럼 기분이 나쁘지도 않을 것이다. 그런 생각이 들자 다정은 그를 만나는 것이 썩 나쁘지만은 않다고 결론지었다.

다정이 알겠다고 답하자 최 매니저는 두 눈 가득 의구심을 지우지 못하며 그녀를 데리고 지하 주차장으로 내려갔다. 엘리베이터에서 내리자 건너편에 있는 커다란 밴에 기대선 건우가 보였다. 건우를 본 최 매니저는 다정을 그대로 두고 차로 가 운전석에 올라탔다.

쭈뼛거리며 어찔 줄 모르는 다정을 향해 건우가 긴 다리를 이용해 빠르게 걸어왔다. 다정은 주변을 두리번거렸다. 누군가 있기를, 제발 이놈이 무슨 해코지를 하지 않게 다른 사람들이 있기를 바랐다. 하지만 주차장에는 그녀와 건우, 그리고 차에 탄 최 매니저밖에 없었다.

"안다정 씨?"

"네?"

그녀는 침을 꿀꺽 삼켰다. 그녀에게 말을 건 이건우의 눈동자가 조금 전 인터뷰할 때와는 사뭇 달랐다. 그의 눈은 태국 호텔 방에서의 아침처럼 싸늘하게 식어 있었다.

그가 점점 다가오자 그녀는 뒷걸음질 치다 엘리베이터 철문에 쾅 하고 부딪혔다. 어느새 그는 그녀의 코앞까지 다가와 있었다.

"나 기억하지?"

"아, 아마도?"

"기억하겠지, 당연히."

그는 한쪽 입꼬리를 끌어 올리며 웃었다. 기억하지 못한다면 이 여자는 정말 바보가 분명하다. 그의 미소는 그런 자신감에 차 있었다.

"아직까지 조용한 것을 보면 진짜 꽃뱀은 아니었나 봐?"

"아니라고 했잖아요!"

다정이 발끈하며 목소리를 높였다.

"조용, 조용히."

그는 손을 들어 그녀의 입을 살짝 틀어막았다.

'태국에서도 이렇게 시끄럽게 굴었지.'

그녀는 시끄러운 것만 빼면 괜찮았다. 완벽하지 않아도 나쁘지 않은 수준, 하지만 밤 상대로는 훌륭한.

'물론 대화도 좋았어.'

그는 그 생각에 살짝 미소 지었다.

"앞으로는 보는 일이 없길 바라요."

"하, 기가 막혀."

그녀는 고개를 흔들어 그의 손을 떨쳐 내며 말했다.

"내가 하고 싶은 말이에요. 오늘은 일 때문에 어쩔 수 없었거든
요? 여기로 부르지 않았으면 다시 볼 일도 없었어요!"

"그럼 다행이고."

그는 어깨를 으쓱이더니 뒤로 돌아 차로 걸어갔다.

'재수 없어, 재수 없어, 재수 없어, 재수 없어!'

다정은 혈압이 팍 오르는 기분이 들었다. 고작 이것 때문에 자
신을 굳이 지하 주차장까지 불렀단 말인가. 한 소리 해 주고 싶다
는 생각이 들어 그녀는 차로 향하는 그를 쫓아가기 위해 발걸음을
뗐다. 그리고 그 순간이었다.

'윽, 속이 안 좋아.'

메케한 주차장 냄새가 콧속으로 들어오자 그녀는 갑자기 속이
안 좋아지면서 머리가 어지러웠다. 이윽고 정신이 아득해지면서
그녀는 주차장 바닥에 쓰러졌다.

2. 악연인 걸까?

'이런 소리 들으려고 이 옷을 입은 게 아니야!'

다정은 미니스커트 자락을 움켜잡으며 생각했다. 작년 생일에 성화가 사 주었던 블라우스와 치마를 꺼내 입고 이곳에 올 때만 해도 그에게서 이런 말을 들을 것이라고는 전혀 생각하지 못했다. 아니, 그건 거짓이었다. 그녀도 여자로서의 직감이 있었기에 불안한 마음을 숨기기 위해 한껏 치장하고 이곳으로 나온 것이었다.

"다정아."

성화가 다정의 이름을 정말 다정하게 불렀다. 그는 빳빳하고 하얀 와이셔츠에 에메랄드색 넥타이를 매고 있었다. 기다란 속눈썹의 작고 쌍꺼풀 없는 갈색 눈동자가 그윽하게 그녀를 바라봤다.

"내 이름 부르지 마."

"다정아."

"누가 보면 네가 날 굉장히 사랑하는 줄 알겠다."

그와 달리 다정의 입에서는 찬바람이 쌩쌩 불었다. 그녀를 감싸고 있는 공기 역시 마찬가지였다. 사람 많은 카페에서 이러고 싶은 생각은 그녀로서도 없었다. 하지만 세상에 누가 이런 이야기를 듣고 멀쩡할 수 있단 말인가.

그녀는 자신이 마시던 뜨거운 커피를 그의 면상에 들이붓지 않은 것만으로도 다행이라 여겼다. 만약 부어 버린다면 그의 얼굴만이 아니라 테이블 위에 올려놓은 청첩장도 모두 적셔 버릴 수 있을 텐데, 아쉬움에 입술을 깨물었다. 이 정도의 침착함을 유지하는 것만으로도 그는 다행으로 여겨야 할 터였다.

"나, 정말 널 사랑했어. 그리고 고맙게 생각하고 있다."

"당연히 그래야지, 나쁜 자식아. 내가 너한테 쏟은 시간과 돈이 얼마인데. 내 몸과 마음을 다 바쳤는데, 뭐? 사랑했어? 고맙게 생각해? 그게 화이트데이에 여자 친구한테 할 소리야?"

속사포로 쏟아 내는 다정의 말을 성화는 무표정하게 바라볼 뿐이었다.

"그럼 내가 어떻게 해야 하니? 사랑이 없는 연애를 계속해야 해? 그건 너에게나 나에게나 옳지 않아. 게다가 넌 더 나은 대접을 받을 자격이 있어."

"입으로 방귀 뀌고 앉아 있네."

"다정아."

"왜? 다른 여자를 사랑하게 됐다, 그래서 5년 동안 사법 고시 뒷수발한 나를 떠나겠다?"

다정의 목소리가 점점 커졌다. 주변 사람들의 시선이 느껴졌지만, 신경 쓰지 않았다.

"사법 고시 합격하고 대형 법무법인에 들어가자마자 다른 년이랑 바람이 났다는데, 내가 욕도 못 하니?"

"나도 내가 나쁜 놈인 거 알아. 그래도 목소리는 조금만 줄이자."

성화는 테이블에 올린 다정의 손을 그윽하게 잡으며 목소리를 낮췄다. 그리고 빠르게 주변을 살폈다.

"왜? 동료 변호사라도 있을까 봐?"

"아니, 그런 게 아니야."

"아니면 그녀이 볼까 봐?"

"다정아!"

"왜 자꾸 불러, 나쁜 새끼야!"

다정의 입에서 결국 욕이 튀어나오자 성화는 그녀의 손을 놓고 자리에서 벌떡 일어났다.

"내 할 이야기는 끝났어. 앞으로 볼 일 없겠지. 행복해라. 미안하다."

"지랄도 풍년이다."

그는 고개를 내젓고 그대로 몸을 돌려 카페 밖으로 나가려 했다.

점점 자신에게서 멀어지는 성화를 다정은 물끄러미 바라봤다. 큰 키, 까만 곱슬머리, 떡 벌어진 어깨, 잘생긴 외모. 자신에게 저런 남자 친구가 있었던 지난 5년의 세월이 파노라마처럼 빠르게 머릿속을 지나갔다. 그녀의 청춘을 바쳤던 그다. 다시는 만나지 못할, 그녀의 첫사랑이었다. 29년 평생 유일했던 남자.

"지성화!"

그녀는 자리를 박차고 일어나 이제 막 카페를 나간 성화를 불러 세웠다.

"왜?"

"널 용서하지 않을 거야."

"알아. 그리고 괜찮아."

그는 다시 돌아섰다.

"평생 저주할 거야!"

그는 돌아보지 않았다.

"이 나쁜 새끼야!"

멀어지는 그를 향해 그녀는 눈물을 삼키며 외쳤다.

＊ ＊ ＊

"이 나쁜 새끼야!"

눈을 뜨고 벌떡 일어난 다정은 잠시 상황 파악이 되지 않았다. 여전히 그녀의 눈에서는 눈물이 방울져 흘러내렸다. 분명 자신은 성화와 함께 카페에 있었다. 하지만 그것은 이미 두 달도 더 지난 과거였다. 지금 자신의 눈에 보이는 것은 하얀 커튼이었다.

'꿈이었어. 또 똑같은 꿈.'

가끔 이렇게 반복되는 꿈이 그녀는 원망스러웠다. 왜 몇 번씩이나 이별을 반복해야 한단 말인가.

"일어났어요?"

자신을 향한 낯선 목소리에 다정은 눈물을 닦고 고개를 돌렸다. 철제 의자에 기대 긴 다리를 꼬고 앉아 있는 건우가 보였다. 깜짝 놀란 그녀는 고개를 돌려 주변을 살폈다. 그제야 그녀는 자신이 병원 침대에 앉아 있음을 알아챘다. 하얀 커튼이라 생각했던 것은 맞은편 침상의 가리개였다.

"여기, 병원? 왜?"

"눈앞에서 쓰러지는데 그럼 내가 어떻게 할까요?"

건우는 생글생글 웃으며 작은 목소리로 말했다.

'제발 좀 작은 목소리로 말해, 이 여자야.'

응급실의 간호사와 의사들이 멀찍이 떨어져서도 두 사람을 호기심 가득한 눈으로 바라보고 있었다. 무슨 사이일까, 왜 이건우가 데리고 들어왔을까, 그들의 호기심 어린 눈이 그를 향해 묻고 있었다.

사람들의 시선에 익숙한 직업이라지만, 이런 일은 또 처음이라 그 역시 당황한 상태였다. 그러니 제발, 자신에게 따지듯 물을 것이 아니라 좀 조용히 해 줬으면 좋겠다고, 그는 최대한 웃으며 눈으로 말했다.

'언제나 사람들의 시선을 끄는 여자군.'

그는 얼굴로 지어 보이는 웃음 이면의 의미를 이 여자가 과연 알고 있을까, 궁금했다.

"미, 미안해요."

다정은 고개를 푹 숙였다.

'되는 일이 없구나.'

그녀 인생이 꼬일 대로 꼬인 기분이었다.

"안다정 씨? 그리고 보호자분이신가요?"

한 의사가 다가와 물었다. 손에 들고 있던 환자 기록철을 찰락, 찰락 몇 번 넘기더니 이내 다정과 건우를 번갈아 봤다.

"그냥 아는 사람입니다."

'보호자는 무슨……'

말도 안 되는 호칭이라 생각하며 건우가 의자에서 일어나 대답했다. 그의 대답에 의사는 별다른 반응 없이 다정에게로 시선을 보냈다.

"최근에 무리하셨나 봐요. 이렇게 계속 몸을 혹사시키면 태아한테도 좋지 않습니다. 식사 거르지 마시고, 최대한 휴식을 취하세요. 임신 초기에는……."

"잠, 잠깐만요!"

다정이 손바닥을 펼쳐 앞으로 뻗으며 소리 질렀다. 지금 자신이 무슨 소리를 들은 것인가 싶었다.

"임신이라뇨, 선생님? 그게 무슨 말씀이세요?"

'임신이라니, 뭔 개소리야?'

다정은 당황했다. 건우 역시 안 그래도 큰 눈을 더 크게 뜨며 의사와 그녀를 번갈아 쳐다봤다.

"아직 모르셨나요? 아, 이런. 축하드립니다, 임신 7주네요."

의사는 예의 바른 웃음을 얼굴에 살짝 띠우다 지웠다. 어찌 네 몸에 대해서 그렇게 모를 수가 있느냐는 듯, 책망의 눈빛이 슬쩍 비치다 사라졌다.

'7주, 7주?'

건우는 7주라는 말에 혼란에 빠졌다. 그와 다정의 그 격렬했던 밤은 5주 전이다.

'7주라니, 그럼 내 애가 아닌가?'

그는 빠르게 휴대 전화로 임신 날짜 계산법을 검색했다. 그리고 곧 다시 혼란스러워하며 의사를 황망하게 바라봤다.

임신 날짜는 성관계했을 때부터가 아니라 성관계를 가졌던 날짜에 2주를 더해야 한다. 마지막 월경일을 기준으로 계산하는 것이라나 뭐라나. 알 수 없는 말뿐이었지만 확실한 것은 그와 관계를 맺었던 때가 이 황당한 임신 시기와 일치한다는 것이었다.

"검진은 한동안 한 주에 한 번씩은 받으시는 것이 좋겠네요. 일단 이번 주로 예약해 뒀으니 그때까지는 안정을 취하시는 것이 먼저입니다."

의사는 다정의 황당한 표정은 눈에 들어오지 않는 듯 자신이 할 말을 빠르게 마치고는 고개를 까닥하고 사라졌다. 뒤이어 간호사가 와서 퇴원 절차를 밟으란 말에 어디서 나타났는지 최 매니저가 모든 일을 처리해 주었다.

이 모든 사람의 움직임들이 다정의 눈에는 느린 동작으로 보였다. 흑백으로 된 오래된 텔레비전을 무음으로 틀어 놓은 것 같았다.

건우와 마찬가지로 그녀 역시 배 속에 자리를 잡았다는 그 '태아'가 누구의 아이인지 단번에 알았다. 그도 그럴 것이 근 1년 동안 그녀와 잠자리를 함께한 이는 지금 바로 옆에 있는 이건우뿐이었다.

"오늘 죄송하고 감사했습니다. 병원비는 계좌 번호 주시면 보내 드릴게요."

다정은 병원에서 나와 건우와 최 매니저에게 고개 숙여 인사했다. 최대한 빠르고 자연스럽게 이 자리를 벗어나고 싶었다.

"모셔다드릴게요."

최 매니저가 다정에게 말했다. 사람 좋아 보이는 웃음을 지으며 주차장에서 차를 빼 올 테니 기다리라는 그를 보며 다정은 마음이 복잡했다.

"아, 아니요. 벌써 많이 신세 겼는걸요. 괜찮아요."

"형, 가서 차 가져와. 나 여기 안다정 씨와 나눌 말이 있어."

"아, 아니요. 저는 나눌 이야기가 없는⋯⋯."

"뭐 해, 차 가지고 오라니까?"

다정의 만류에도 불구하고 최 매니저는 건우의 뜻대로 차를 가지러 주차장으로 사라졌다. 파란 하늘과 따가운 햇볕이 다정과 건우 사이의 어색함을 더 부각시켰다. 오가는 사람들의 시선을 피해 선글라스와 모자를 쓰고 있는 건우였지만, 누가 봐도 그는 연예인이었다. 배우의 아우라라는 것 때문에 다정은 이 자리를 더욱 피하고 싶었다.

"할 말이 뭔데요?"

침묵의 시간을 견디지 못하고 결국 다정은 건우를 향해 먼저 말을 걸었다.

"쉿. 이따 이야기해. 차 안에서."

그는 가늘고 긴 손가락을 세워 분홍빛 입술 앞에 댔다. 여전히 촉촉하고 주름 하나 없는 입술이었다.

'어쩜, 모든 동작이 저렇게 우아하고 아름다울까.'

문득 떠오른 감상에 다정은 고개를 세차게 저었다.

'속지 말자. 저 외모 속에 엄청난 놈이 있단 걸 잊어서는 안 돼.'

마음을 다잡고 그를 향해 다시 당당하게 고개를 치켜들었다.

"내가 그쪽 차를 탈 이유가 없거든요? 그러니까 먼저 갈게요."

다정은 자리를 피하는 것이 상책이라 생각했다. 말을 섞어 봐야 지금은 좋을 것이 하나도 없으니까.

"아기 문제, 나랑 상의해야 할 것 같은데?"

덜컹하고 심장이 내려앉는 기분이 들었다. 그가 눈치채지 못하기만을 바랐던 다정의 얼굴에 망했다는 표정이 가득 떠올랐다.

"내가 왜 그쪽이랑 아기 문제를 상의……."

"차 왔다. 타."

뭐라고 더 말하기 전에 그는 밴 안으로 그녀의 등을 떠밀었다. 보통 차와 달리 호화로운 밴 안에서 두 사람은 마주 앉았다. 차가 천천히 출발하자 그는 선글라스와 모자를 벗고 헝클어진 머리카락을 정리했다.

건우는 운전하는 최 매니저를 등지고 앉아 다정을 쏘아봤다. 선글라스를 벗으니 그녀를 바라보는 그의 서늘한 시선이 그대로 밀려들었다.

"집이 어디야?"

"내려 줘요."

건우의 질문에 다정은 빠르게 답했다.

'내가 왜 네 차를 타고 집까지 가니?'

하지만 그도 만만치 않았다.

"집, 어디냐고."

'그래, 내가 한발 양보한다.'

그녀는 그의 기에 살짝 눌렸다.

"가까운 역에서 내려 줘요."

다정의 대답에 건우는 그녀에게 몸을 더 가까이하고 똑바로 바라봤다.

"집, 어디야? 세 번째 물었어."

"……김포 공항 근처."

"근처 어디?"

그 시선이 부담스러워 다정은 집 주소를 이야기했다. 그녀의 대답을 기다렸다는 듯 최 매니저는 김포 공항 방향으로 차를 몰았다.

뒷자리에 건우 앞에 마주 앉은 그녀는 차가 막히지 않기만을 바랐다. 지금 그녀의 머릿속은 임신 사실만으로도 벅찼다.

하지만 그녀의 바람은 말 그대로 바람에 지나지 않았다.

"내 아이 맞지?"

"아니요."

예상했던 질문에 준비했던 대답으로 바로 응수했다. 단 1초의 망설임도 없이.

백미러로 최 매니저와 시선이 마주쳤지만, 그녀보다 최 매니저가 먼저 시선을 돌렸다.

"진짜 아니야?"

"왜 자꾸 반말하세요?"

"그럼 너도 해."

'젠장맞을 놈.'

다정은 울고 싶었다. 원 나이트 섹스 때문에 아이가 생긴 것도 그녀가 원한 일이 아니었고, 그 아이의 아버지가 이건우라는 것은 더더욱 원한 일이 아니었다. 그렇다고 한 생명을 없애는 일은, 세상에, 그녀가 그런 짓을 할 수 있을 리 없었다.

게다가 엄마와 언니에게는 어떻게 말한단 말인가. 혼자서 펑펑 울고 싶었다. 나이 스물아홉 먹도록 이런 일이 자신에게 생기리라고는 단 한 순간도 생각해 본 적이 없다.

'바보 같은 안다정. 생리를 건너뛸 때 단순히 살이 좀 많이 쪘나 보다 했었지? 꼴좋다, 꼴좋아.'

눈물이 솟구치는 것을 다정은 간신히 억눌렀다.

"미치겠네."

그녀의 복잡한 마음을 아는지 모르는지, 건우는 윤기 나는 앞머리를 손가락으로 흐트러뜨리며 말했다.

"걱정 마요. 그쪽 바짓가랑이 안 붙잡을 테니."

그녀는 진심이었다.

아이가 생겼다는 이유로 그에게 매달릴 생각 따위 단 1퍼센트도 없었다. 그런 행동은 그가 말했던 꽃뱀이나 하는 짓이었다. 자신 혼자 아이를 키우는 한이 있어도 절대 그에게 아이 아버지 노릇을 해 달라고 할 생각은 없었다.

"어쩌려고?"

"낳아 키우든, 지워 버리든 내가 알아서 해요."

그녀는 고개를 숙인 채 눈물을 꾹 참고 말했다. 이건우가 무슨 말을 하고 싶은지 그녀도 알 것 같았기 때문이다.

그날, 아침에 얼굴을 마주한 자리에서 자신을 꽃뱀 취급 했던 그였다. 그러니 아이 때문에 자신의 발목을 잡을 것이라 생각할 게 뻔했다.

"뭐? 미쳤어?"

날카로운 목소리에 다정은 고개를 번쩍 들었다. 아름답기만 한 건우의 두 눈에서 차갑고 강한 분노가 그녀를 향해 뻗어 나왔다.

"애를 지우겠다니, 제정신이야?"

순수한 분노다. 정신이 아찔할 정도로 차갑게 그녀를 향해 숨기지 않고 분노를 뿜어내고 있다. 다정은 숨이 막힐 것 같았다. 아무 대답도 할 수 없어 창밖으로 시선을 돌리고 입술을 깨물었다.

'도대체 그럼 나보고 어쩌란 말이야.'

어색하고 기나긴 침묵 끝에 집 앞에 도착했다. 그녀는 태워다 줘서 고맙다는 말을 웅얼거리듯 내뱉으며 차 문을 열고 내렸다.

"이봐, 안다정."

건우가 그녀를 불렀다. 하지만 다정은 그의 부름에 시선조차 주지 않았다. 대신 그녀는 대문을 열고 집으로 도망치듯 뛰어 들어갔다. 쾅 하고 닫히는 철문 소리가 차갑게 뒤통수를 때렸다.

"왜 이렇게 늦었어?"

현관문을 벌컥 열고 들어오는 다정에게 트레이닝복 차림으로 소파에 누워 텔레비전을 보던 지혜가 물었다. 하지만 다정은 지혜를 싹 무시하고 신발을 던지듯 벗고 방으로 들어갔다.

"야! 누구 만났어? 말해 줘야지?"

지혜의 목소리가 크게 울렸다. 다정은 방문을 꼭 걸어 잠갔다.

'임신, 7주, 이건우. 어쩌지? 어떻게 하지?'

엄마와 언니에게 어디서부터 어떻게 설명해야 할지 막막했다.

'아이 아버지가 누구냐고 물으면 뭐라고 해야 할까? 모르는 사람과 하룻밤을 보냈다고 하는 게 충격일까, 그 모르는 사람이 이건우라는 것이 더 충격일까? 아니다. 아이 아빠가 이건우라는 것은 죽을 때까지 비밀로 해야지. 그런데 어떻게 아이를 키우지? 결혼은 할 수 있을까?'

온갖 걱정거리가 머릿속을 헤집었다.

눈물이 앞을 가려 다정은 이불 속으로 기어 들어갔다. 그리고 이불을 머리끝까지 덮고 울음을 터트렸다.

앞으로 맞서야 할 세상이 너무나 무섭고 두려웠다.

❄ ✱ ❄

"임신?"

박 대표의 눈이 휘둥그레졌다. 안 그래도 하얀 얼굴에 핏기가 사라져 시체처럼 보였다. 혹시 하얗게 분장한 것은 아닐까 하는 의심에 건우는 잠시 박 대표를 자세히 뜯어봤다.

"그 여자가 임신했다고? 네 애가 확실해?"

"아마도."

건우는 퉁명스레 답했다. 그도 이런 일이 벌어질 것이라고는 전혀 예상하지 못했다. 운명이니 뭐니, 그런 것이 아니다. 악연이라면 모를까.

자신이 그녀를 리포터로 요청하지 않았다면 평생 만날 일이 없었을지도 모른다. 그녀에게 했던 말이 있으니 임신 사실을 알았다고 해도 자신에게 연락해 오지 않았을 것이 불 보듯 뻔했다.

"아마도?"

"아니, 확실해. 그 여자가 문란한 성생활을 즐기지 않는다는 건 거의 확신해. 그러니 내 애가 맞아."

"어휴."

박 대표는 입고 있는 니트가 자신의 목을 조르기라도 하는 듯 손으로 짜증스레 잡아당겼다.

"어디서? 도대체 언제?"

"한 달 전, 태국 끄라비."

건우의 대답에 박 대표는 눈을 감고 소파에 등을 기댔다. 온통 하얀 물건뿐인 그의 사무실에 시커먼 소식이 날아든 것이 달갑지 않았다.

"넌 언제 알았어?"

"방금."

"방금?"

"나도, 그 여자도 이제야 안 사실이야."

"어떻게 알았는데?"

"갑자기 쓰러지는 바람에 응급실에 데려갔거든."

대충 말하는 건우 옆에서 최 매니저가 조곤조곤 자초지종을 이야기했다. 이야기를 들은 박 대표는 그제야 수긍을 했다.

"그런 일이 있었던 거군, 오늘 그 리포터와."

"어."

"마음이 있어서 부른 거냐?"

"그런 거 아니야."

"운명의 장난인가, 그럼? 하룻밤 상대가 임신이라니."

"장난치고 꽤 심한데."

박 대표는 잠시 생각에 빠졌다.

"아직 언론에서는 모르는 일이겠군."

"어."

"그래도 준비는 해야겠지. 병원에 보는 눈이 많았을 테니까."

빠른 상황 판단이 지금의 박 대표를 있게 했다. 그것은 그의 자신감과 자존감이기도 했다.

"어떤 여자야?"

"글 쓰는 일이 직업인 여자. 가끔 인터뷰도 대타 뛰고."

"뭐 하는 여자냐고 물은 것이 아니야. 어떤 여자냐고 물은 거지."

"흠……."

건우의 이마가 깊게 팼다.

'그녀는 어떤 여자일까?'

건우가 알고 있다고 생각한 그녀는 술에 취한 채 자신에게 안겼던 여자였다. 일어났을 때의 그녀는 아무것도 기억하지 못하는 낯선 사람이 되어 있었다. 물론 그가 아무 여자나 안는 것은 아니고,

그녀 역시 아무 남자에게나 안기는 여자는 아니었다. 적어도 그가 그날 밤 알게 된 그녀는 그랬다.

"시원시원해. 욕도 잘하고. 그래도 개념이 없거나 안하무인은 아니야."

"네 배우자로 합당한 여자야?"

"배우자?"

"네가 저지른 일에 책임은 져야지."

"배우자라……."

건우의 고민이 더 깊어졌다.

"아이를 낳을 생각이래?"

"아마도. 생긴 애를 그냥 없앨 여자는 아니야."

"넌 어떻게 하고 싶은데?"

"책임져야겠지."

담담히 상황을 받아들이는 건우를 보며 박 대표의 입가에 미소가 지어졌다.

"언론에서 최대한 늦게 알길 바라야겠군. 준비할 시간이 필요하니."

"그래도 오늘 당장 밤새며 준비할 거잖아."

걱정도 하지 않는다는 투로 건우가 말했다.

"너 말이야. 그 여자 좋아해?"

"뭐? 무슨 그런 말이 있어?"

"네가 가끔 사라질 때마다 무슨 일이 생기지는 않을까 노심초사했는데, 생각지도 않은 여자 문제를 끌고 들어오니 놀라서 하는 소리다."

박 대표가 웃으며 말했다.

"소진이 이후로 처음 아니야?"

'여기서 걔 이름이 왜 튀어나오는 건데?'

속에서 욱하고 불길이 일었다. 그 불길조차 들키기 싫어 건우는 박 대표를 피해 고개를 돌렸다.

"맞지? 처음?"

건우는 대답하지 않았다.

"소진이는 확실히 잊은 거야?"

"어."

메마른 대답이 돌아왔다.

"이 여자랑 평생 살 수 있겠어?"

"어."

"정말?"

"결혼 같은 거 생각 없었어. 근데 생각이 없다면, 아무하고 해도 상관없잖아? 게다가 그런 면에서 이 여자가 나한테 딱 맞아."

"왜?"

박 대표의 물음에 건우는 그를 향해 고개를 돌렸다. 그러곤 무덤덤한 표정으로 입을 열었다.

"이 여자는 날 싫어하거든."

❋ ✳ ❋

새벽 5시. 전화벨 소리에 건우는 피곤한 얼굴을 손바닥으로 문지르고 전화를 받았다.

"일 터졌다."

짧게 말하고 사무실로 호출하는 박 대표의 전화였다.

'어제 박 대표에게 말을 해 두길 잘했군.'

건우는 가슴을 쓸어내리며 일어났다. 아무것도 모른 상태에서 기사가 터지는 것보다 미리 아는 것이 박 대표의 정신 건강에 도움이 될 터였다.

그는 샤워하고 옷을 갈아입은 후 냉장고 문을 열었다. 매일 아침 그가 마시는 녹즙 재료를 꺼내 믹서를 돌렸다. 그러면서 휴대 전화로 연예 기사란을 확인했다.

인터넷 포털 사이트 메인 화면에 '특종'이라는 커다랗고 굵은 글씨가 보였다. 그리고 모든 포털 사이트의 실시간 검색어가 '이건우, 임신, 이건우의 여자'로 통일된 것을 확인했다.

'제대로 터졌군.'

그는 고개를 저었다. 완성된 녹즙을 마시며 그는 눈으로 기사를 읽었다.

「어제 오후 ○○병원 응급실에 이건우 씨와 한 여성이 나타났다. 두 사람은 함께 의사의 소견을 들었고, 함께 한차로 병원을 나섰다. 한 병원 관계자는 여성이 임신 7주라고 밝히며 이건우 씨가 여성의 보호자로 동행했다고 밝혔다. 이에 이건우 씨 소속사는 아직 확인하고 있다며 말을 아끼는 모습이다.」

'병원 관계자?'

건우의 눈썹이 꿈틀댔다.

'보호자 아니라고 했는데, 분명.'

그는 마시고 있던 녹즙 잔을 식탁에 탕 소리가 날 정도로 세게 내려놓았다. 반쯤 차 있던 잔에서 녹색 액체가 출렁이다 식탁에 몇

방울 튀었다. 하지만 그는 그런 것에 신경 쓰지 않았다. 어떤 놈인지, 병원 관계자라는 놈을 찾아내 작살내고 싶었다.

수두룩한 다른 기사들도 모두 비슷한 맥락이었다. 아직 박 대표가 움직이지 않았는지 소속사의 반응은 대기 중이라는 말뿐이었다.

준비를 마치고 건우는 차를 몰아 소속사로 향했다. 큰일이 분명한데 왠지 마음은 가벼웠다. 당황스럽긴 했지만, 왠지 막막하거나 답답한 것은 없었다.

'뭘 믿고 이러는 거냐?'

자신에게 물어봐도 딱히 대답을 찾을 순 없었다.

"너무 빨리 기사가 났어."

사무실에 들어서자 박 대표가 고개를 절레절레 저었다.

"그러게. 병원 관계자라니……."

"봤니? 지금 그게 누군지 알아내는 중이야."

박 대표는 한숨을 쉬었다. 희끗희끗해진 그의 머리카락을 힐끗 보고 건우는 자신 때문에 더 늘어났다는 소리만 듣지 않기를 염원했다.

"그래도 새벽에 터트린 덕분에 아직 조용한 편인데 아침이 되면 상황이 달라질 거야. 그러니 빨리 그 여자와 상의해야 해."

"후유……."

건우는 처음으로 눈앞이 깜깜해졌다.

그 여자한테 다짜고짜 결혼하자고 하면 어떤 반응일까? 꽃뱀 취급을 했으니 기겁할 것이 뻔하다. 사랑 없는 결혼을 할 여자도 아니었다. 개떡 같은 전 남자 친구와 헤어졌다고 혼자 이별 여행을 떠난 여자니 영화 속 로맨스를 꿈꾸는 스타일이 분명했다. 곤란함에 그는 이마를 긁적였다.

"연기를 해서라도 네 편으로 만들어."

"그런 거 안 통해."

"뭐?"

"이미 내 성격 봤거든."

"너 진짜……."

잔소리를 장전하던 박 대표는 입을 다물었다. 제멋대로 하고 다녀도 배우로서의 명성에 흠을 내는 놈은 아니었다. 그런 그가 본래 성격을 내보이다니, 도대체 어떤 여자이길래 그를 무장 해제 시킨 것인지 궁금했다.

"어쨌든 우리는 그 여자가 아이를 포기하지 않겠다면 너와 결혼 시킬 생각이니까, 알아서 잘 설득해."

"설득은 그 여자보다 다른 사람에게 해야지."

"뭐?"

"나만 믿어. 조금 있다가 데려올 테니까. 대신 사무실에 사람 좀 비워 줘. 그 여자가 누구와도 부딪치지 않도록."

건우는 자신 있게 말했다.

쇼 타임은 지금부터 시작이었다.

❋　❋　❋

짝!

"아야! 뭐야?"

자고 있던 다정은 등에서 느껴지는 찰진 고통에 두 눈을 번쩍 떴다.

'어제도 이런 장면 본 것 같은데?'

그녀는 고통 뒤에 따라오는 짜증에 이불을 뒤집어썼다. 피곤하고 졸렸다. 제발 그냥 이대로 죽을 때까지 잠이나 잤으면 싶었다.

"뭐야? 뭐냐고? 지금 잠이 오냐, 이 계집애야?"

짝!

지혜의 찰진 손목 스냅과 함께 다정의 등에 화끈한 손맛이 다시 느껴졌다.

"왜? 왜 이래? 아파!"

"아프겠지. 당연하지. 아프라고 때렸다, 이 미친년아!"

지혜는 여전히 이불을 덮고 누워 있는 다정의 등짝을 몇 번 더 손바닥으로 내리쳤다.

"아, 진짜! 왜? 뭔데? 문 잠갔는데 어떻게 열고 들어온 거야, 대체!"

다정은 벌떡 일어나 앉아 다시 자신을 향해 날아오던 지혜의 손목을 움켜잡았다. 지혜는 몇 번 안간힘을 쓰더니 이내 힘을 풀고 다정의 손을 뿌리쳤다. 그리고 책상 위에 있던 다정의 휴대 전화를 침대로 던졌다.

"문쯤이야, 태어날 때부터 여기서 살았는데 마음만 먹으면 그냥 열지. 그리고 이 미친년아, 인터넷에 온통 네 사진이 돌아다니고 있는 거 알고나 그렇게 자는 거야?"

"응? 무슨 소리야, 그게?"

어리둥절한 다정은 휴대 전화 전원을 켰다. 어젯밤엔 전화기도 꺼 놓고 이불 속에서 숨죽여 울다 지쳐 잠들었다. 간밤에 무슨 일이 있었기에 인터넷에 그녀의 사진이 돌아다닌다는 것인가.

"어? 이, 이게 뭐야?"

다정은 두 눈을 의심했다.

휴대 전화로 인터넷 창을 열자마자 이건우와 함께 있는 자신의 얼굴이 보였다. 포털 사이트에 메인으로 걸려 있는 사진이었다. 병원 벽에 기대선, 얼굴이 거의 다 가려진 이건우와 그의 옆에서 어쩔 줄 몰라 하며 서 있는 그녀가 떡하니 인터넷 포털을 뜨겁게 달구고 있었다.

누군가 휴대 전화로 촬영한 것인지 해상도는 그다지 좋지 않았지만, 그녀를 아는 사람이라면 누구라도 알아볼 수 있을 정도였다.

더욱 난감한 것은 따로 있었다. 기사 제목이 커다랗게 '이건우의 그녀, 임신?' 이라고 쓰여 있었다.

"너 임신했어?"

지혜는 침대 앞에 서서 팔짱을 끼고 다그치듯 물었다. 크고 날카롭게 옆으로 찢어진 무서운 눈매가 엄마를 똑 닮았다. 그 눈빛 앞에서 작아지는 다정이다.

"그, 그게. 그러니까, 언니."

"너, 했구나? 그렇지? 이 미친!"

지혜는 다시 손바닥으로 다정의 등을 때렸다.

"아파! 아, 아파!"

"누구 애야? 기사대로 이건우 애야?"

"……으응."

다 죽어 가는 목소리로 다정이 대답했다.

"헐, 세상에. 너 진짜 대박이다."

지혜는 다정 옆에 주저앉았다. 그녀의 얼굴에 놀라움이 가득했다.

"아니, 너 같은 곰탱이가 어떻게 이건우를 꾄 거야? 언제? 어디서?"

그녀는 이제 확실히 구경꾼 입장으로 돌아서서 다정에게 닦달했다.

"얌전한 고양이가 부뚜막에 먼저 올라간다더니."

"나가, 나가, 나가."

"에이, 그러지 말고. 말해 봐. 어쩌기로 한 건데? 응?"

손짓으로 쫓아내려 해도 그녀는 다정에게 찰싹 달라붙어 떠날 생각이 없었다. 팔에 엉겨 붙어서 호기심이 가득한 눈으로 다정을 바라봤다.

'언니가 돼 가지고 이게 그렇게 신날 일이냐? 누가 누구더러 미친년이래?'

다정은 끈질기게 달라붙는 지혜를 간신히 떨어내고 다시 이불을 뒤집어썼다.

"아, 혹시 엄마도 이거 알아?"

다정이 이불 밖으로 고개를 내밀고 물었다.

"아니, 아직. 이제 겨우 아침 7시인데, 뭐. 물론 벌써 인터넷 실시간 검색어가 다 이건우와 너에 대한 이야기지만. 엄마 출근 준비하느라 바빠."

"휴우."

"이건우도 지금쯤 알았을 텐데, 우리 집에 오는 거 아니야?"

"그럴 리가 있어? 그 사람이 우리 집을 어떻게…… 헉!"

다정은 눈이 휘둥그레졌다. 그가 자신의 집을 모를 거라 말하려 했건만, 그렇지 않았다. 어제 그녀를 집 앞까지 데려다준 것이 그였다.

"왜? 우리 집 알아?"

"어제 집 앞까지 데려다줬어."

"뭐? 넌 그걸 이제 말하면 어떻게 해? 이건우를 눈앞에서 볼 기회였는데……."

지혜는 아쉬움에 입술을 쭉 내밀었다.

"어쨌든 그럼, 우리 집에 올 수도 있다는 거네?"

"좋냐, 좋아?"

다정은 울상을 지었다.

'아직 시간이 있어. 어떻게든 내가 먼저 엄마한테 말해야 해.'

그녀는 피곤한 몸을 이끌고 침대 밖으로 다리를 내놓고 앉았다. 엄마가 출근해서 사람들에게 둘러싸이기 전에 그녀가 사실을 말해 줘야 한다.

"애, 애들아! 지혜야! 다정아!"

문밖에서 엄마의 다급한 목소리에 설마 하는 마음으로 다정과 지혜는 동시에 벌떡 일어나 방 밖으로 나갔다. 그리고 두 사람 모두 돌이 되어 굳어 버렸다.

"이, 이, 이 사람이 너를 만나러 왔다는데?"

엄마 경숙의 시선은 현관문에 고정한 채 다정에게 말했다.

"잘 잤어요, 다정 씨?"

짙은 감색 슈트를 빼입은, 화보에서 막 튀어나온 듯한 이건우가 다정의 집 안에 서 있었다. 양손에는 과일 바구니와 커다란 꽃다발을 각각 든 채로, 얼굴 가득 미소가 퐁퐁 피어오르는 모습이었다.

조각 같은 외모와 살인 미소의 조화라니. 지혜는 벌써 다리에 힘이 풀리는지 문지방에 몸을 기대고 멍하니 그를 바라봤다.

"이, 이건우 씨가 여기는 왜……?"

너무도 어이가 없어 다정은 제대로 말을 잇지 못했다.

"다정 씨와 다정 씨 어머님 뵈러 왔죠. 드릴 말씀도 있고 해서."

'미, 미친 새끼. 도대체 무슨 말을 하려고?'

다정의 얼굴에서 핏기가 사라졌다. 그리고 그런 그녀를 향해 건우는 더할 나위 없이 행복하고 착한 천사의 미소를 가득 지어 보였다.

'또 만나네, 안다정?'

오늘 새벽 소속사 대표에게 끌려가 자신이 지었던 표정이 지금 그녀와 딴판이었다고 말하면 그녀가 믿을까 싶었다. 그녀의 경악에 가득 찬 모습을 보며, 적어도 그녀가 계획적으로 이 일을 꾸민 것은 아니라는 생각에 건우는 조금이나마 기분이 좋아졌다.

자다가 방금 일어났는지 흐트러진 머리카락에 잠옷 차림이었지만, 그런 그녀가 귀엽게 보이는 것은 아직도 그날 밤에 대한 미련이 남아서라고 생각했다.

좁은 거실 바닥에 총 다섯 사람이 앉았다. 우선 다정의 엄마 박경숙 여사가 소파 맞은편 벽에 기대앉아 호기심 어린 눈으로 건우를 바라봤다. 그 옆으로 언니 지혜가 바싹 붙어 앉아 다정에게 눈짓으로 '뭔데, 이 상황?'이라 묻는 신호를 보냈다.

그리고 두 사람 맞은편, 소파 아래에 이건우와 최 매니저가 무릎을 꿇고 앉아 있고, 다정은 그런 네 사람을 중재라도 하듯 가운데에 앉아 불안에 떨었다.

"아유, 텔레비전에서 보던 것보다 실물이 훨씬 잘생겼네요."

얼굴 가득 만족스러운 웃음을 지으며 말하는 엄마를 보는 다정의 불안함이 더 커졌다. 잠시 시간을 달라는 말과 함께 안방으로 들어갔던 엄마는 화려한 원피스에 빨간 립스틱을 바르고 거실로 나왔다.

'엄마는 지금 이게 무슨 상황인지 알까?'

분명 무슨 상황인지는 몰라도 이건우가 집에, 그것도 작은딸을 만나러 왔다는 것이 흐뭇하고 좋은 모양이었다.

"감사합니다."

건우는 쑥스러워하며 답했다. 그로서는 항상 들어도 적응이 안 되는 말이었다. 주변에서 하도 잘생겼다고 말하니 그러려니 하고 살지만, 실제로 거울을 보면서 자신의 얼굴이 마음에 들었던 적은 없었다. 오히려 연기에 방해가 되는 얼굴이라 여겼다.

"그래, 우리 집에는 어떻게 찾아왔어요? 다정이랑은 또 어떻게 아는 사이일까?"

"다름이 아니라, 음음."

그는 자세를 고쳐 앉더니 절을 하듯이 바닥에 넙죽 엎드렸다. 그와 마찬가지로 슈트 차림에 넥타이까지 맨 최 매니저 역시 옆에서 함께 정중히 고개를 숙였다. 두 사람이 미리 준비한 대사를 읊을 시간이었다.

"다정 씨와 결혼하고 싶습니다. 허락해 주십시오."

"네에?"

"대박!"

"미쳤어요?"

경숙과 지혜의 순수한 반응과 달리 다정은 경악에 차 자리에서 벌떡 일어섰다.

"이건우 씨, 이게 무슨 짓이에요?"

다정은 너무 놀라 목소리가 덜덜 떨렸다.

'이 사람은 정녕 자신이 무슨 말을 하는지 알고나 있는 걸까?'

그녀는 경악에 찬 눈으로 건우를 내려다봤다.

결혼이라니. 임신 사실을 안 어제부터 지금까지 그와의 결혼은 생각조차 해 본 적 없었다.

"우리 다정이랑 뭘 해요?"

"결혼이요, 어머님."

"아니, 왜?"

경숙과 건우는 다정이 이 자리에 없는 것처럼 둘만의 대화를 이어 갔다.

"아, 아직 모르시는군요."

"뭘요?"

"다정 씨와 저 사이에……."

건우는 아무렇지 않게 임신 사실을 경숙에게 알리려 했다. 하지만 다정은 처지가 달랐다.

'으악!'

그녀는 경악했다. 머릿속에서 경고음이 삑삑 울려 댔다.

"잠깐!"

다정이 다급하게 두 사람 사이에 끼어들어 건우의 말을 막았다. 그녀는 눈짓으로 그에게 말하지 말라는 신호를 보냈다.

'제발, 제발 말하지 마.'

그녀는 고개를 살짝 저으며 침을 꿀꺽 삼켰다.

'내가 말하게 해 줘.'

그녀가 보내는 텔레파시가 통하기를 바랐건만, 그는 멀뚱히 이상하다는 눈초리로 그녀를 바라볼 뿐이었다.

"얘가 왜 이래?"

경숙은 딸의 이상한 태도에 고개를 갸웃거렸다. 보다 못한 지혜가 다정의 옷을 끌어당겼다. 다정은 그 끌림에 엉덩방아를 찧으며 주저앉았다.

"다정이랑 뭐요?"

"다정 씨가 제 아이를 가졌습니다. 이렇게 찾아뵙게 되어 죄송합니다, 어머님."

간절한 다정의 바람을 무시하고 건우는 결국 그녀의 임신 사실을 고백하고 고개를 숙였다.

"임신?"

경숙은 입을 벌린 채 눈을 껌벅거렸다. 자신이 제대로 들은 것이 맞나 싶었다.

"다정이가 이건우 씨의 아이를? 임신?"

그녀는 다시 건우의 말을 반복했다.

"네, 어머님. 다정 씨를 제게 주십시오. 아이와 함께 행복하게 살겠습니다!"

건우는 다시금 바닥에 넙죽 엎드렸다.

박 대표에게 말했던, 설득시켜야 할 다른 사람이란 바로 다정의 어머니였다. 젊어서 남편과 사별하고 홀로 딸 둘을 키웠다 들었다. 어머니에 대한 다정의 사랑과 존경은 그날 밤 얼핏 들어서 기억하고 있었다. 그러니 다정이 아무리 싫다 한들, 어머니의 말을 거역하는 게 쉽지 않을 것이란 계산이 섰었다.

"싫어!"

경숙이 반응을 보이기도 전에 다정이 외쳤다. 거실에 있던 네 사람의 눈이 모조리 그녀에게로 쏠렸다. 그녀는 하얗게 질린 얼굴로 고개를 도리도리 저었다.

"애 때문에 결혼이라니, 싫어. 난 절대로 이 결혼 안 할 거야!"

"싫으면? 싫으면 어떻게 할 건데?"

경숙이 다정을 향해 목소리를 깔고 물었다. 화가 났을 때의 목소리였다.

"엄마, 나 정말 이 사람이랑 결혼하기 싫어."

다정의 말에 건우의 눈썹이 꿈틀했다.

'싫다니…….'

그는 여성들 사이에서 이상형으로 늘 상위권을 차지하는 사람이었다. 그런 자신이, 직접 나서서, 결혼을 해 주겠다는데 싫다니. 애까지 가진 여자가 애 아빠가 나서서 결혼해 주겠다는데 싫다니. 그는 자존심에 상처 나는 소리를 들은 듯했다.

"싫은데 임신은 왜 했어?"

경숙은 잡아먹을 것 같은 눈초리로 다정을 째려봤다.

'그러게나 말입니다.'

건우는 속으로 그 질문에 동조했다.

"애 때문에 딸을 팔 거야?"

"팔긴 누가 팔아? 너도 좋으니까 이…… 이 사람이랑 잤을 것 아냐."

다정은 입이 열 개라도 할 말이 없었다.

'그냥 하룻밤이었어. 술김에 저지른 불장난 같은 거라고.'

입 밖으로 그 말을 꺼냈다간 엄마에게 맞아 죽을지도 모른다.

"결혼 안 하면? 너 혼자 애 키울래?"

"엄마도 있고 언니도 있잖아."

"미친년. 내 딸이 미혼모 되는 꼴 보려고 내가 이 나이 먹도록 보험 팔아 가면서 쎄가 빠지게 일한 줄 알아?"

조금만 더 반항하면 아마 밤이 새도록 엄마의 신세 한탄이 시작될 터였다. 엄마의 고생을 모르는 다정이 아니었다. 하지만 그렇다고 해도 이건 너무한다 싶었다.

"그렇다고 사랑도 없는 결혼을 어떻게 해?"

다정은 칭얼거리듯이 두 다리를 쭉 뻗고 휘저었다.

'그게 문제인가?'

건우는 그렇게 간단한 문제로 이 심각한 상황을 벗어나려는 다정이 이해되지 않았다.

'하긴, 사랑을 믿는 여자였지.'

끄라비에서의 대화를 떠올리며 그는 그녀의 어리석은 모습을 이해해 보려 했다.

"이년이."

경숙이 손바닥으로 다정의 등을 찰싹찰싹 세게 때렸다. 다정은 비명도 지르지 못한 채 엄마의 손바닥을 그대로 맞았다. 그녀의 두 눈에서 눈물이 방울져 떨어졌다.

"엄마, 엄마. 얘 임신했잖아. 그만 때려."

지혜가 날아오는 경숙의 손에서 다정을 보호하듯 막아서며 말했다.

"죄송합니다! 다 제 잘못입니다!"

건우가 다시 이마를 바닥에 대고 큰 소리로 말했다.

"한 달 전 태국에서 혼자 바닷가를 걷고 있던 다정 씨를 보고서 제가 첫눈에 반했습니다. 제가 다정 씨를 유혹한 겁니다, 어머님. 그러니 다정 씨를 탓하지 마십시오. 모두 제 잘못입니다. 다정 씨를 사랑하는 제 잘못입니다!"

'사, 사…… 뭐?'

다정은 자신의 두 귀를 의심했다. 그녀뿐만이 아니라 경숙과 지혜 역시 움직이던 자세 그대로 얼어붙었다. 건우의 입에서 나온 사랑 고백에 자신들의 귀가 제대로 붙어 있는지 의심하는 것 같았다.

"헐, 대박."

바람 빠지는 소리처럼 지혜의 입에서 감탄사가 흘러나왔다.

"나 지금 드라마 보는 줄. 야, 그냥 결혼해 버려. 이건우잖아, 이건우. 다른 사람도 아니고 The 이건우."

지혜는 호들갑을 떨며 다정에게 말했다.

"후."

경숙이 길게 한숨을 몰아쉬었다. 이마에 깊이 파인 주름이 그녀의 고뇌를 대신 말해 주었다. 이윽고 그녀의 입에서 중대한 발표가 쏟아졌다.

"여자는 자기를 사랑해 주는 남자를 만나야 하는 거야. 그런 점에서 엄마는 이 결혼에 찬성!"

경숙은 건우의 사랑 고백에 그대로 마음이 넘어갔다.

얼마 안 되는 짧은 결혼 생활이었지만, 그녀는 죽은 남편과 함께하는 동안 행복했었다. 이유는 단 하나, 그가 그녀를 최선을 다해 사랑해 준 덕분이었다. 그 사랑으로 두 딸을 키우면서 힘든 나날을 버텼다. 그러니 다정을 사랑한다는 건우와의 결혼을 반대하고 싶지 않았다. 아이까지 생겼으니 금상첨화 아닌가.

"나도. 나도 찬성."

지혜가 손까지 번쩍 들며 말했다. 다정은 못마땅한 표정으로 그런 지혜를 째려봤다.

"감사합니다!"

건우가 벌떡 일어나더니 90도로 허리를 숙이고 나서 경숙에게 큰절을 올렸다.

"아니, 저기요. 당사자는 나거든요, 나."

"시끄러워."

경숙이 철없는 딸을 타박했다.

"임신이라며? 생명을 없앨 거야? 천벌받아, 너. 그렇다고 너 혼자 애 키울래? 세상이 그렇게 녹록한 줄 알아? 이건우 씨가 받아 줄 때 감사합니다, 하고 살아."

'아, 돌아 버리겠다.'

다정은 완전히 이 상황에 두 손 두 발 다 들었다. 가출해서 혼자서 애를 낳아 키워야 하나, 짧은 순간 말도 안 되는 생각이 스쳐 지나갔다. 하지만 그럴 만한 돈도 없다. 그녀가 할 수 있는 일이라고는 하나도 없었다.

그녀 나이 스물아홉. 이제는 자신을 정말로 사랑해 주는 남자를 만나 서른 살이 될 때 결혼식을 올리고 싶었던 그녀의 꿈은 그대로 물거품이 되고 말았다.

건우와 최 매니저는 미리 준비해 온 시나리오대로 다정과 그녀의 가족에게 이 결혼에 대해 간단하게 설명했다.

"그러니까 먼저 동거부터 시작한다고요?"

지혜가 눈을 동그랗게 뜨고 물었다. 경숙과 다정 역시 놀라기는 마찬가지였다.

'동거라니?'

결혼이면 결혼이지 동거는 또 뭔가 싶어 다정은 건우를 노려봤다. 그는 그녀의 시선을 그대로 받아 내며 어깨를 으쓱였다. 여전히 그의 얼굴에는 미소가 걸려 있었다.

"아직 임신 초기인데 굳이 지금부터 함께 살아야 할 이유가 있을까요?"

경숙이 조심스레 물었다.

"아무래도 주변의 눈도 있으니 다정 씨가 지내기엔 이곳보다 건우 집이 나을 겁니다."

최 매니저가 말했다.

"다정 씨를 보호하기에도 그게 좋고, 그리고…… 두 사람이 시작한 지 얼마 되지 않으니 함께 시간을 보내는 것도 좋을 것 같아서요. 어머님께서 양해해 주시면 감사하겠습니다."

"아니, 뭐 저희야 혼인 신고도 하기 전에 들어간다는 게 걸려서 그러는 거지, 다른 뜻은 없어요."

"혼인 신고도 다음 주 중으로 마무리될 겁니다."

"그렇게나 빨리요?"

"여론을 잠재우기 위해서는 빠르면 빠를수록 좋죠. 괜한 잡음이 생기는 것도 방지하고요."

청산유수로 말하는 최 매니저를 향해 다정은 입술을 삐죽 내밀었다. 그러다 건우가 자신을 향해 히죽 웃는 것을 보고 그녀는 표정과 자세를 다시 바르게 고쳤다.

'뭘 봐?'

'글쎄, 당신?'

두 사람은 그렇게 서로를 바라보는 시선으로 대화를 나눴다.

"결혼식은 어머님께서 좋은 날짜를 정해 주시면 맞춰 준비하도록 하겠습니다."

"아유, 너무 갑작이라 준비를 어떻게 해야 할지……."

경숙은 정말로 막막한 심정으로 다정을 바라봤다. 아비 없이 자랐다는 소리 듣지 않게 하려고 되도록 엄하게 키우려 했지만, 경숙의 성격상 무리가 있었다. 그저 엇나가지 않고 부모 욕 먹지 않는 선에서 스스로 선택한 삶을 살도록 했다. 그런데 딸이 원하지 않는 결혼을 억지로 시키는 게 과연 옳은 일인가 싶었다.

하지만 이미 엎질러진 물. 아이를 지우는 것은 하늘이 노하실 일이었다. 종교를 떠나서 윤리적으로도 다정에게 그런 선택을 하게끔 하고 싶지 않았다. 그렇다면 아이 아빠가 책임을 지겠다는데 굳이 마다할 이유는 없었다. 그것도 이건우 아닌가.

"혼수는 준비하지 않으셔도 돼요, 어머님. 아이가 혼수나 마찬가진데요. 그리고 제게는 다정 씨나 어머님께서 신경 쓰셔야 할 가족도 없습니다."

"가족이 없어요?"

경숙은 고개를 갸우뚱했다.

'이건 처음 듣는 이야기네?'

건우의 말에 다정은 귀를 쫑긋했다.

"어릴 적에 부모님이 이혼하시고, 친할머님께 맡겨져 자란 이후로 부모님을 뵌 것은 할머니 장례식 때 딱 한 번뿐이었습니다. 저스스로 부모님과 절연하고 지내어 고아라고 생각하고 있으니, 제가 결혼한다고 해서 다정 씨에게 시부모님이 생기지는 않습니다."

"어머, 딱해라……."

경숙은 건우의 손을 덥석 잡더니 그 손등을 토닥였다. 고생이라고는 모르고 자랐을 것 같은 고운 손 너머로 그의 평탄하지만은 않았던 삶에 위로를 주고 싶었다.

"부모님의 그늘 없이 자랐는데 이렇게 바르게 잘 큰 거예요? 자수성가까지 하고?"

"네, 뭐……."

"아유, 고생했어요. 우리가 가족이네, 이제. 우리가 가족이야, 가족."

그녀는 눈가에 눈물까지 글썽거리며 그에게 말했다.

"감사합니다, 어머님."

건우는 고개를 꾸벅 숙여 인사했다.

'가족이라……. 얼마 만에 입에 올리는 어머니란 호칭인가.'

근 2년간 누군가에게 어머니란 호칭을 썼던 경우는 연기할 때를 제외하고 단 한 번도 없었다. 그런 그에게 다시 '가족'과 '어머니'가 생겨난 것이다. 뜻하지 않게 이 단어의 무게가 그의 가슴에 팍 꽂혔다.

가볍게 생각했던 이 결혼에 의미가 꽃피는 순간이었지만, 그는 그것까지는 눈치채지 못했다. 단지 경숙의 말에 가슴에 따뜻한 무언가가 퍼지는 기분이 들어 저도 모르게 웃음이 날 뿐이었다. 이번 엔 연기가 아니었다.

3. 그의 집으로

"그럼 말씀드린 대로 진행하겠습니다. 짐은 천천히 옮기고 다정 씨는 내일 건우의 집으로 들어오시면 됩니다."

최 매니저의 말을 끝으로 다정과 건우의 결혼 이야기는 마무리가 되었다. 당사자인 다정의 의견은 중요하지 않았다.

"아유, 그래도 이렇게 갑자기……. 얘가 나이만 먹었을 뿐이지 할 줄 아는 게 아무것도 없는데."

경숙은 눈물까지 글썽이며 건우의 손을 붙잡고 말했다.

'누가 보면 내가 정말 좋은 결혼 하는 줄 알겠네. 엄마, 이건우 한테 지금 속고 있는 거거든요?'

잔뜩 들뜬 엄마와 지혜를 새초롬한 눈으로 째려보던 다정은 속 이 뒤집히는 심정이었다.

단 한 번의 실수가 이런 사태를 초래했다는 것이 믿기지 않았 다. 지금까지 그렇게 밝은 인생은 아니었지만, 뿌연 안개가 그녀의 앞길을 모조리 막아선 기분이었다.

"괜찮습니다. 다정 씨만 있으면 돼요. 제게는 다정 씨와 저를 닮은 아이를 주신 것만으로도 충분합니다."

"그렇게 말해 주니 내가 속에 쌓였던 한이 다 풀리네."

"이렇게 갑작스럽게 찾아뵈었는데도 저를 믿고 결혼을 허락해 주셔서 감사할 따름입니다."

"그런 말 말아. 아이를 책임지겠다는 거로도 나는 이 서방한테 고마운 마음이니."

어느새 경숙은 건우에게 '이 서방'이라는 호칭을 붙였다. 그녀의 얼굴에서는 웃음이 떠나지 않았다.

"아닙니다. 제가 오히려 죄송하죠. 결혼식도 올리지 못하고 이렇게 보쌈해 가듯이 따님을 데려가는걸요. 정말 죄송합니다, 장모님."

"장, 장모님? 아유."

장모님이라는 말에 경숙의 입이 귀에 걸렸다.

'괜히 The 이건우가 아니구나.'

다정의 마음속에 순수한 감탄이 흘렀다. 지금까지 이렇다 할 연기력 논란이 없었던 그였다. 하지만 그렇다 하더라도 어쩌면 지금 그녀의 가족 앞에서 하는 행동들이 그의 인생 최고의 연기일지도 모른다는 생각에 혀를 내둘렀고, 곧 그녀의 생각이 딱 맞았음을 알 수 있었다.

"그럼요, 장모님이시고 처형이신 걸요."

"어머. 처형이라니, 좋아라. 제부—"

"네, 처형—"

오늘 처음 본 사람들이 아닌 것처럼 다정을 제외한 모두가 알콩

달콤한 분위기 속에서 웃음이 떠나지 않았다.

"좋아? 좋으냐?"

건우와 이야기를 나누기 위해 외출 준비를 하던 다정이 뒤따라 들어온 지혜에게 툴툴거렸다.

"좋다. 당연히 좋지. 내 제부가 이건우인데."

"동생을 공양미 삼백 석에 팔아먹고 좋단다."

"팔기는? 네가 심청이냐? 뭐, 엄마한테 효도하기는 했네."

지혜의 말에 다정은 한숨을 푹 내쉬었다.

'그래, 미혼모로 사느니 저런 놈과 함께 애를 키우는 것이 더 나을지도 몰라.'

그녀는 자신 앞에 놓인 어두운 미래에 건우가 한 줄기 빛이라도 되어 주기를 바랐다. 어쩌면 아이를 모른 척하는 놈보다 책임을 지려는 그가 조금은 더 나을지도. 아무리 이건우라 해도 말이다.

✳ ✳ ✳

건우와 최 매니저를 따라 다정은 그의 소속사 건물로 들어섰다. 최 매니저는 건물을 둘러싸고 카메라 셔터를 눌러 대는 기자들과 진을 친 채 건우를 기다리고 있는 팬들을 피해 겨우겨우 지하 주차장으로 차를 몰았다.

다정은 새삼 스캔들이 몰고 오는 파장을 피부로 느꼈다. 자신에게도 청천벽력인 임신 소식이 이건우와 최 매니저, 이 건물 사람들에게도 역시 예상하지 못했을 일임이 분명했다.

그녀와 마찬가지로 이 결혼에 대해 건우 역시 선뜻 승낙한 것은 아닌 것 같았다. 그렇지 않고서야 이곳으로 오는 동안 그 잘생긴 얼굴을 망가뜨리는 미간 주름을 잡고 한일자로 입술을 꾹 다물고 있지 않았으리라.

"빨리 걷지?"

"아, 네."

앞서 걸어가다 뒤를 돌아본 건우가 찬바람이 쌩쌩 부는 말투로 다정에게 말했다. 그는 자기의 울타리 안에 들어선 그녀가 의기소침해진 것도 모르는 것 같았다.

평일, 한창 바쁜 오후 시간이건만 어찌 된 영문인지 세 사람은 직원이나 소속사 연예인으로 보이는 사람을 단 한 명도 만나지 않고 대표실로 들어설 수 있었다.

'이것도 다 The 이건우여서 가능한 걸까?'

설마, 하는 마음이 들었지만, 다정은 금세 그 생각을 잊어버렸다.

대표실 안은 말 그대로 온통 하얀색이었다. 눈이 부실 정도였다. 그리고 그곳에 하얀 옷을 입은 남자가 하얀 소파에서 일어나 다정을 맞이했다. 그가 신고 있는 신발과 눈동자, 머리카락만 붉은빛이 도는 갈색이었다. 그 색감이 흰색과 너무도 상반되어 뇌리에 강하게 박혔다.

"어서 오세요. 기다리고 있었습니다."

그는 환하게 웃으며 하얀 손을 다정에게 내밀었다. 미소 짓는 입술 사이로 새하얀 이가 반짝였다.

두 사람이 인사를 나누는 동안 최 매니저와 건우는 남자가 앉아 있던 소파 한쪽을 차지하고 앉았다.

"이리 앉으세요."

남자는 그녀를 이끌어 반대편 소파에 앉혔다.

"건우 소속사 대표 박수고입니다. 박 대표라고 부르시면 돼요."

"아, 네."

"우리 건우 때문에 다정 씨가 고생이네요. 다정 씨 역시 생각지도 못했던 임신이겠죠?"

그녀는 건우를 한 번 힐끗 쳐다본 후 고개를 끄덕였다. 그는 그녀에게 눈길도 주지 않고 휴대 전화만 만지작거렸다.

"이런 말씀 드리기 뭐하지만, 저는 그래도 한시름 놨습니다."

"네?"

"이놈이 하도 제멋대로 굴어서 언젠가 사달이 나도 크게 나지 싶었어요. 그래도 여자 문제를 끌고 들어와서 깜짝 놀라기는 했습니다만, 다정 씨는 딱 봐도 연예인 등쳐 먹는 꽃뱀은 아니신 것 같으니까요."

"네?"

'또 꽃뱀 타령이냐? 이게 꽃뱀이라는 거야, 아니라는 거야?'

다정은 헷갈리는 박 대표의 말에 그냥 입을 다물었다.

"아, 다정 씨를 평하려는 것이 아닙니다. 건우에게서 대충 들었지만, 두 사람 사이의 일이 우발 사건으로 끝날 일이었다는 것을 압니다. 이런 식으로 상황이 진행된 것에 대해 서로 유감이라는 것도 알고요."

그의 말에 건우가 입술을 삐죽거렸다.

"일단 다정 씨 가족에게 상황을 정확하고 상세하게 알려 드리지 못한 점은 죄송합니다."

"아니요, 그건 감사하게 생각해요."

"하하, 그런가요? 하지만 상황이 상황이니만큼 모든 진실을 알고 있는 우리 네 명은 서로에게 솔직해야겠지요?"

"네, 그렇죠."

다정은 기어들어 가는 목소리로 답했다.

"서로에게 마음이 있는 것은 아니고, 다정 씨는 아이를 혼자 키우는 것보단 건우라도 있는 것이 어떤 면에서는 더 좋겠죠?"

'글쎄요.'

그녀는 대답 대신 씁쓸한 미소를 지었다. 이 결혼이 그녀의 선택으로 이루어진 것이 아닌 것은 분명했지만, 그렇다고 인제 와서 어깃장을 놓고 싶은 마음도 없었다.

"건우 역시 다정 씨와는 또 다른 이유에서 이 결혼이 필요한 상태입니다. 그러니 쇼윈도 부부 생활이라도 두 사람은 함께 있는 것에 동의하는 것으로 알고, 자 여기."

박 대표는 A4 용지 뭉텅이를 탁자에 올리고 다정에게 쓱 밀었다.

"여기 저희 쪽에서 준비한 약정서입니다. 자세히 읽어 보시기 바랍니다."

"지, 지금요?"

"시간이 없어서요. 이미 온라인뿐만 아니라 오프라인에서까지 건우와 다정 씨의 관계, 임신 사실, 결혼 여부 등에 대해 관심이 많습니다. 그에 맞는 대응을 위해서는 다정 씨가 지금 이 계약서를 읽고 검토하고 사인하는 데 오랜 시간을 드릴 수 없습니다. 기껏해야 한 시간 정도예요."

'한 시간이라니. 얼핏 봐도 족히 스무 장은 되어 보이는데.'

다정은 기가 턱 막혔다. 첫 장에는 '약정서'라는 굵은 글씨와 함께 건우와 다정의 신상 정보를 적어 넣는 곳이 있었다.

"꽤 많은 내용인데요."

"뭐 인터넷에서 사이트 가입할 때 나오는 일반적인 조항들 같은 겁니다. 중요한 내용은 3페이지를 보면 돼요."

'3페이지, 3페이지.'

다정이 속으로 장수를 세며 넘긴 3페이지에 여섯 개 조항이 커다란 돋움체로 쓰여 있었다.

「이 약정서는 사인한 즉시 효력이 발생한다.

1. 안다정은 이건우와 그의 주변에 대한 모든 일에 비밀을 유지한다.

2. 서로의 필요에 의하였을 때 부부의 의무를 다하여야 한다. 하지만 필요한 경우가 아닐 시, 서로의 사생활에 간섭하지 않는다.

3. 서로에게 사랑의 감정을 키우지 않는다.

4. 서로에게 거짓말하지 않는다.

5. 각자의 고유 재산은 본 계약과 무관하다. 단, 효력 발생 즉시 이건우는 생활비를 비롯한 양육비, 안다정의 품위 유지비에 대한 모든 금액을 매달 빠짐없이 지급한다. 금액은 이건우와 안다정이 상의하여 결정한다.

6. 본 계약을 위반한 자는 누구든 다시는 아이를 볼 수 없다.」

'다시는 아이를 볼 수 없다고?'

다정은 경악했다. 허울뿐인 쇼윈도 부부이지만, 그렇다고 위반할 시에 아이를 뺏겠다니. 아이 때문에라도 꾹 참고 살아야 한다는 소리나 마찬가지였다.

내친김에 그녀는 첫 장부터 꼼꼼하게 계약서를 전부 읽어 내려 갔다. 그녀의 예상대로 계약서는 총 열아홉 장으로 되어 있었다. 그리고 박 대표의 말대로 3페이지를 제외하면 대부분이 각 조항에 대한 자세한 설명과 예시였다.

독서가 취미인 그녀에게 열아홉 장 분량 정도는 10분도 채 걸리 지 않았다. 한 번 훑고 난 뒤 다시 한번 살펴볼 때는 조금 더 신중 하게 두 배의 시간을 들여 읽어 내려갔다. 그리고 다시 펜을 들고 중요하다고 생각되는 부분에 표시해 두는 것도 잊지 않았다.

"어떤가요? 사인할 준비가 됐습니까?"

한 시간쯤 지나자 박 대표가 다정에게 물었다. 앞서 그가 말했 던 대로 데드라인은 정말 한 시간이었다. 다정이 서류를 검토하는 모습이 인상 깊었는지 박 대표는 제대로 흥미가 동한 표정을 지었 다.

"한 가지 조항을 더 추가하고 싶어요."

곰곰이 생각에 잠겼던 그녀가 입을 열었다.

"뭐죠?"

"제가 원한다면 이건우 씨를 떠날 수 있게 해 주세요."

"떠난다?"

"이혼할 수 있게 해 달라는 말이에요."

"이해가 안 되는데요."

이해가 되지 않는 것은 박 대표만이 아니었다. 한 시간 동안 다 정이 고민하는 사이 휴대 전화만 만지작거리던 건우가 꼬고 있던 다리를 풀고 그녀를 응시했다. 이혼을 할 수 있게 해 달라니, 지금 도 결혼하기 싫어 난리면서. 다정이 언젠가는 당연히 이혼하겠다

84

고 난리를 칠 것이 뻔히 보였다.

"합당한 사유가 발생했을 시에 이혼할 수 있다는 특별 조항을 넣어 달라는 말이에요. 살다 보면 저도, 더는 참을 수 없다고 생각될 때가 있을 것 아닌가요? 그때는 아이와 함께 이건우 씨를 떠날 수 있게 해 주세요."

"흠."

"제가 너무 과한 것을 바라는 건가요?"

"아니요. 지당하신 말씀이군요."

"형!"

듣고 있던 건우가 소리쳤다.

"회사에서는 대표라고 부르랬지."

"박 대표, 난 싫어. 반대야. 이혼은 절대로 안 돼."

건우가 다정을 노려보며 말했다. 세상 사람들이 다 이혼을 한다해도 자신만은 그런 짓, 할 생각이 없었다.

"왜요? 이건우 씨 부모님이 이혼했던 것 때문에요?"

다정은 집에서 들었던 건우의 부모님 이야기를 꺼냈다.

그는 어려서 부모가 이혼한 이후에 조모 손에서 컸고, 할머니가 돌아가셨던 중학교 3학년 이후에는 아버지도 어머니도 만난 적이 없었다. 사실상 고아나 다름없었다.

그리고 그녀의 예상대로 그는 그 이유로 이혼이라는 제도에 증오심을 느꼈다. 세상에서 가장 멍청한 제도, 가장 이기적인 제도라고 생각했다.

"어쨌든 난 절대 이혼 같은 것 안 해."

"그럼 난 이 결혼 안 해요."

두 사람은 서로를 노려봤다. 눈이 빠져라, 절대 시선을 먼저 거

두지 않겠다는 오기가 그들 사이를 오갔다.

"왜 인제 와서 이러는 거지? 아까 집에서는 한마디도 못 하더니."

"인제 와서 생각해 보니 굳이 결혼까지 할 필요가 있나 싶어서 그래요. 엄마야 옛날 사람이니 여자 혼자 아이 키우는 것을 겁내겠지만, 나는 아니에요."

"요즘 세상도 그쪽이 말하는 옛날이랑 별반 다르지 않거든."

"그런 말조차 옛날 말이거든요."

"한마디도 안 지는군."

건우의 비꼬는 말에 다정의 눈초리가 매섭게 바뀌었다.

"됐고요, 나는 내 임신에 대한 책임으로 당신이란 남자까지 떠안고 살아가고 싶지 않거든요?"

"떠안고 살아? 당신이? 나를?"

이번에는 건우의 눈이 매섭게 번쩍였다.

'흥, 절대 안 졸아!'

다정은 그를 마주 노려보았다.

"당신도 임신에 대한 책임을 지기 위해 결혼까지 할 이유는 없다고 봐요. 그래서 하는 말이에요. 내가 제안한 조항 하나 받아들이지 못하겠다면 이 결혼에 대해서 다시 생각해 봐야겠어요."

그녀의 말에 그의 얼굴이 딱딱하게 굳었지만, 아무 대꾸도 하지 않았다. 그래도 그 얼굴에서 으르렁거리는 소리가 들리는 것만 같아 그녀는 심장이 두근두근 뛰었다.

"음, 다정 씨의 의견을 존중하죠."

"형! 아니, 박 대표!"

조용히 생각에 잠겼던 박 대표가 결국 다정의 편에 섰다. 건우는 자리에서 벌떡 일어났다.

"절대, 절대 안 돼!"

"이건우. 자신의 행동에 책임지는 법을 이번에 배우라고 했을 텐데? 결혼 생활 역시 마찬가지야. 쇼윈도 부부라고 해도 다정 씨가 이혼을 생각할 정도라면 정말 네게 잘못이 있다는 거니까, 그것도 받아들이고 책임지도록 해."

"말도 안 돼……."

건우는 사색이 되어 털썩 주저앉았다.

'저 여자의 반응을 보면 모르나? 그녀는 어떻게 해서든 나와 이혼하려 할 것이 뻔해.'

그는 이 계약 결혼이 망해 가는 것이 보였다.

반면 다정은 그렇게 이혼을 반대하는 건우가 이상하게 느껴졌다.

'나를 싫어하는 거 아니었나? 이혼을 정말 싫어하네? 나라도 상관없다는 거야?'

다정은 온갖 의문이 떠올랐지만, 이내 그것들을 내쫓았다. 그녀로 인해 당황하는 건우를 보는 것이 조금은 고소했다.

"자, 사인해, 이건우."

박 팀장이 다정이 요구한 조항을 추가하여 수정한 계약서 세 뭉치를 한동안 노려보다 건우는 결국 펜을 들어 사인했다. 최 매니저가 조용히 내민 인주에 엄지손가락을 누르고 계약서에 지장을 찍었다.

"자, 다정 씨?"

"네, 좋아요."

다정은 펜을 들어 자신이 사인할 곳을 찾았다. 그리고 순간 움찔하며 손을 멈추고 건우를 노려봤다.

"이건우 씨?"

"왜?"

"당신 스물여덟 살이에요?"

"근데?"

"나 스물아홉이거든요?"

"그래서?"

건우는 어깨를 으쓱하더니 다시금 휴대 전화를 손에 들었다. 어차피 같이 늙어 가는 처지에 나이가 무슨 대수냐는 태도였다.

'건방진 자식. 이 누나가 결혼 생활을 하면서 교육 좀 해 주마.'

지금까지 존대했던 자신의 어리석음을 뼈저리게 후회하며, 각오를 다진 다정은 계약서에 시원하게 사인했다.

"자, 계약은 이걸로 됐고."

손뼉을 짝 치며 박 대표가 말했다. 속이 시원하다는 말투였다.

"이것은 잠시 후에 기자들에게 전달될 소속사와 건우의 견해 표명입니다. 잘 읽어 보시고, 두 사람 모두 숙지하시기 바랍니다."

건네받은 종이에는 이렇게 갑자기 결혼 발표를 하게 되어 송구하다는 인사와 함께 첫눈에 사랑에 빠진 두 사람의 임신 소식을 전하고 있었다. 결혼식은 조만간 좋은 날짜를 정해서 치를 것이고, 태교를 위한 동거를 먼저 시작한다는 것, 혼인 신고는 다음 주 중으로 진행할 것이고, 두 사람의 결혼을 축하해 달라는 내용이었다.

그리고 개인의 의료 정보를 누설한 병원 관계자를 고소할 수도 있으나 건우와 다정이 새 생명을 잉태한 좋은 소식의 빛을 바래게 하지 않도록 먼저 사과해 준다면 다른 조치는 취하지 않겠다는 말도 있었다.

'역시 사업은 아무나 하는 것이 아니야.'

솔직한 심정으로 다정은 철두철미하게 준비한 박 대표에게 혀를 내둘렀다. 어쩌면 그는 그녀가 계약서에 사인하지 않을 경우를 대비했을지도 모른다고 생각하니 조금은 그가 무서워졌다.

"다 끝났지? 데려다줄게."

건우가 자리에서 벌떡 일어나 뒤도 돌아보지 않고 대표실을 나섰다. 그의 뒤를 따라 최 매니저가 빠르게 이동했다.

"다정 씨가 고생이 많겠어요. 미안합니다."

싱글벙글 웃는 얼굴로 사과하는 박 대표를 보자니 다정은 자신이 과연 옳은 선택을 한 것이 맞는지 두려워졌다.

＊　＊　＊

"무슨 일 있으면 바로 연락하고."

"응."

코맹맹이 소리로 대답하며 고개를 끄덕이는 다정의 눈가에 눈물이 그렁그렁 맺혔다. 문 앞까지 배웅을 나온 경숙은 딸이 걱정되어 이것저것 계속 챙기기 바빴다.

"넌 나 닮아서 입덧이 심할 거야. 그러니까 입덧 시작하면 엄마한테 바로 전화해. 친정 음식 먹으면 좀 가라앉을 테니까."

"으응."

"몸조심하고."

경숙은 눈가에 맺힌 눈물을 들키지 않으려 다정을 꽉 끌어안았다. 일을 나갔기에 망정이지, 지혜가 있었다면 분명 둘 다 놀림거리가 됐을 것이다. 차가운 면이 있는 큰딸보다 언제나 막내 같은 다정이 눈에 더 밟히는 것은 경숙 혼자만의 비밀이었다.

"시집 못 갈까 봐 걱정했는데 자랑스럽다, 딸."

여느 때 같으면 분위기 깨는 경숙의 말에 핀잔 섞인 대답을 했을 터지만, 오늘만큼은 다정도 아무 말 없이 엄마를 꼭 안았다.

'자랑스러운 딸이 될게요, 이제부터라도.'

다정은 다짐에 다짐을 더했다.

"네 아버지가 살아 계셨으면 좋았을걸. 어서 가. 엄마도 출근해야 해."

그 말을 마지막으로 경숙은 몸을 돌렸다. 떠나는 뒷모습까지 보다가는 울음을 터트릴 것 같아 출근 핑계를 대고 집으로 황급히 들어갔다.

"흑, 흐흑."

건우가 보낸 고급 세단이 출발해 골목길을 꺾어 태어나면서부터 살았던 집이 보이지 않자 다정은 눈물이 쏟아졌다. 아버지와 어머니가 신혼 생활을 시작했던 곳이었다. 아버지가 마지막으로 숨을 거두었던 곳이기도 했다.

아버지가 가꾸던 텃밭, 지혜와 그녀를 위해 아버지가 만드신 그네 벤치가 선명하게 떠올랐다. 이렇게 갑자기 집을 떠나게 될 줄은 꿈에도 몰랐다.

옆자리에서 운전하는 최 매니저가 신경 쓰여 소리를 삼키려고 해도 눈물이 마구 넘쳐흘렀다.

'엄마 말대로 아버지가 살아 계셨다면 어땠을까?'

다정은 울면서 어릴 적 돌아가신 아버지를 떠올렸다. 딸아이가 임신한 것에 놀라실 것이 뻔하다. 하지만 그녀를 임신시킨 이건우를 흠씬 두들겨 패 주지 않았을까. 아버지라면 당연히 그러셨을 거라며 가슴이 미어졌다.

훌륭한 사람이 되지는 못해도 자랑스러운 딸이 되고 싶었는데, 지금 자신의 모습은 이도 저도 아니었다.

"자, 닦아요."

갑작스럽게 눈앞에 등장한 티슈에 다정은 고개를 들어 최 매니저를 바라봤다. 그는 운전대를 잡고 앞을 바라보고 있었다. 그녀의 울음소리에 반응해 티슈를 건넨 것이다.

"감사합니다."

코를 킁— 풀고 그녀는 고개를 돌려 창밖을 바라봤다. 그녀의 눈에 파란 하늘이 시리게 들어왔다. 여름이 다가오고 있건만, 마음은 왜 이렇게 시린 것인지 알 수가 없었다.

"심란하죠?"

"네?"

다정은 고개를 돌려 최 매니저를 바라봤다. 그는 여전히 앞만 바라보며 운전하는 중이었다.

"건우 같은 놈이랑 어떻게 같이 살아야 하나, 덜컥 애가 생겨 결혼까지 하는 것이 맞는 일일까, 과연 앞으로의 내 삶은 어떻게 될까, 수많은 생각이 머릿속을 휘젓고 있을 테죠."

그는 차분한 음색으로 말을 이어 갔다.

"앞으로 다정 씨의 삶이 어떻게 될지는 아무도 모르는 일이에요. 하지만 내가 다정 씨의 많은 고민을 조금은 긍정적인 방향으로 이끌어 줄 수는 있죠."

"긍정적인 방향이요?"

"일단 건우. 겉보기에는 싸가지 없고 개념 없는 이중인격으로 보이죠?"

"……네."

다정은 순순히 인정했다. 왠지 최 매니저에게는 솔직해도 될 것 같았다.

"보이는 그대로예요."

"네?"

"저와 박 대표, 그리고 다정 씨가 보는 모습이 건우의 실제 성격이에요."

"긍정적인 방향으로 가기엔 전혀 도움이 안 되는 대답인데요?"

"그렇죠? 그래도 자신에 대해 잘 파악하고 있는 놈이에요. 그러니 지금까지 데뷔하고 10년 동안 다른 그 누구에게도 본모습을 들킨 적 없었죠."

그의 말은 알 것 같으면서도 모르는 것투성이였다.

"자신의 본모습이 나쁘다는 것을 아니 다행이라는 건가요?"

"네. 세상에는 자신이 하는 일이, 자신의 성격이 나쁘다는 것도 모르는 사람이 많아요. 하지만 건우는 알고 있죠. 그리고 그것이 자신에게 도움이 되지 않는다는 것도 알아요. 그러니 다정 씨가 그 점을 잘 이용하면 건우의 성격은 함께 사는 데 그렇게 큰 문제가 되지 않을 거예요."

'그놈의 성격을 이용해라?'

여전히 알 수 없는 최 매니저의 말이었지만, 다정은 그래도 마음 한쪽에 쌓여 있던 불안이 조금은 사라진 것 같았다.

"아기 문제는 걱정하지 말고요."

'어떻게 걱정을 안 합니까? 네?'

그녀는 눈으로 레이저를 살짝 쏘아 보냈다.

"아이가 생겼는데, 그것도 실수로, 어쨌든 사랑 없는 결혼, 어쩌나 싫은 건 이해합니다. 하지만 사랑해서 결혼했어도 그 사랑이 뒤통수를 치는 예도 있어요. 건우에 대해서는 아무 기대도 없을 테니 오히려 더 나을 수도 있어요."

다정은 묵묵히 듣기만 했다. 그녀 역시 이제 더는 최 매니저를 바라보지 않았다. 시리도록 파란 하늘을 향해 씁쓸한 시선만 던질 뿐이었다.

"건우 부모님에 대해서는 지난번 다정 씨 어머님께 말씀드린 대로입니다. 건우는 부모님에 대한 원망이 가득한 애예요. 어쩌면 사춘기 시절의 반항심을 지금까지 이어 온 것인지도 모르죠. 하지만 그래서 더욱 자기 가족에 대한 애착이 강해요. 아이도 좋아하고요. 그러니 아이 문제로 건우와 다툴 일은, 솔직히 그 아이가 잘되는 방향으로의 의견 차이 정도라고 생각하면 돼요."

깜빡이를 켠 채 사이드 미러를 확인하며 좌측 차로로 들어서던 최 매니저가 말했다. 운전 솜씨 하나는 기가 막히게 부드러웠다.

'아이를 좋아하는 이건우.'

하지만 다정이 걱정하는 것은 아이가 아니었다. 자기 자식 미워하는 부모가 얼마나 될까 싶었다. 원해서 생긴 아이가 아니라 하더라도 말이다.

"솔직히 저는, 저를 싫어하는 사람과 함께 살아야 하는 것이 더 걱정이에요."

무슨 말이라도 해 주면 좋으련만, 야속한 최 매니저는 그녀의 말을 들었는지 못 들었는지 얇은 입술을 꾹 다물고 운전만 했다.

어느새 차는 고급 주택들이 즐비한 한남동으로 들어섰다.

"저기 보이는 저 회색 집이에요."

그가 손가락으로 가리킨 집을 바라본 다정은 입이 쩍 벌어졌다.

집 근처에 진을 치고 있는 기자들이나 그들을 막아서고 있는 경호원들 때문이 아니었다. 3층으로 보이는 현대식 저택이 밖에서 봐도 엄청 넓어 보이는 정원 한가운데에 있었다. 그리고 그 정원을 둘러싼 담과 커다란 대문까지, 드라마에서나 보던 으리으리한 저택이었다.

"이 큰 집에 혼자 살아요? 이건우 혼자?"

"네. 이제 다정 씨랑 두 사람이 살겠네요. 아이가 태어나면 셋이 살 집이고요."

그녀는 침을 꿀꺽 삼켰다.

두 사람이 탄 차가 대문 근처를 지나자 주차장 철문이 열렸다. 기자들이 터트리는 플래시를 피하고자 다정은 모자를 더 푹 눌러썼다. 그나마 최 매니저의 조언으로 옷을 차려입었기에 망정이지, 하마터면 꼬질꼬질한 모습으로 사진에 찍힐 뻔했다.

차가 완전히 안으로 들어서자 뒤에서 철문이 자동으로 내려갔다. 시끌벅적했던 바깥 소음이 줄어들었다.

"다정 씨."

문을 열고 내리려는 그녀를 최 매니저가 불러 세웠다.

"네?"

"건우가 다정 씨를 싫어한다고 생각하지 말아요."

"네? 그게 무슨……."

"내가 얼핏 듣기로 건우는……."

그 순간 차의 조수석 문이 벌컥 열렸다.

"안 내리고 뭐 해?"

위아래 트레이닝복 차림의 건우였다. 화장조차 하지 않은 집에 있을 때의 편안한 모습이었다.

'혹시 냉동 인간이 아닐까? 인간미라고는 찾아볼 수 없는 진짜 그의 얼굴.'

찬바람이 쌩쌩 부는 그의 얼굴을 보니 그런 생각이 들었다.

"내려. 걸을 때 웬만해서는 뒤돌아보지 말고. 건너편 집 담벼락에 올라가 있는 기자들도 있거든."

"아, 응."

집에서 대충 챙겼던 짐은 건우와 최 매니저가 하나씩 들고, 두 사람은 다정보다 앞서 걸어갔다.

주차장에 있는 계단을 따라 올라오니 저택을 두르고 있는 정원이 한눈에 들어왔다. 가운데에 있는 작은 연못과 나무를 제외하면 그냥 잔디밭이었다.

'취향 참…… 단순하네.'

다정은 다른 단어를 떠올릴 수 없었다.

'아까 최 매니저님 하던 말을 마저 듣고 싶은데.'

아쉬운 마음에 다정은 입술을 삐죽 내밀었다. 하지만 최 매니저는 저택 안으로 가방을 옮겨 주고 편히 쉬라는 말과 함께 떠났다.

저택은 차 안에서 바라본 것보다 훨씬 넓었다. 현관문을 열자마자 양옆으로 위치한 신발장과 펜트리 공간이 어제까지 그녀가 지냈던 방보다 훨씬 넓었다. 정면에는 건우가 눈을 감고 있는 옆얼굴이 커다란 액자로 벽 한 면을 차지하고 있었다.

신발을 벗고 들어가자 그의 사진 왼편으로 방문 두 개가 마주보고 있었고, 가운데 화장실이 보였다. 그를 따라 오른편으로 복도를 따라가니 널따란 거실이 나왔다. 바닥은 상앗빛으로 반짝이는 대리석이었다. 블랙 앤 화이트의 조화가 매우 세련되고 깔끔했다. 거실 창밖으로는 너른 잔디와 잔디밭 한가운데 서 있는 나무 한 그루와 그 나무 왼편으로 얼핏 연못이 보였다.

거실과 이어진 주방, 그리고 그곳에서 이어지는 다이닝 룸. 다이닝 룸엔 10인용 식탁과 의자만이 놓여 있었다. 다이닝 룸을 지나면 2층으로 올라가는 계단이 있었다.

"앉아."

건우가 소파를 가리켰다. 다정이 우물쭈물하며 폭신한 소파에 앉자 그는 주방으로 가 두 개의 커다란 냉장고 중 하나를 열더니 오렌지 주스 두 잔을 따라 왔다. 그리고 한 잔을 그녀에게 건넸다. 차가운 주스 온도가 손바닥을 타고 올라왔다.

"네가 쓸 방은 2층 왼쪽 방이야. 내 방은 오른쪽. 가운데 욕실이 있어. 배가 더 부르기 전에 아래층 손님방을 수리해서 옮겨 줄게."

"어, 응. 고마워."

다정은 방을 2층에서 1층으로 옮겨 준다는 건우의 세심함과 배려에 놀랐다.

"여기, 새 휴대 전화."

그는 거실 테이블 서랍을 열더니 휴대 전화 하나를 내밀었다.

"아무래도 기존 전화기는 당분간 쓰지 않는 것이 좋을 거야."

안 그래도 인터넷에 떠도는 사진을 알아본 지인들이 확인 전화를 걸어 대는 통에 그녀뿐 아니라 엄마와 언니의 휴대 전화, 집 전화까지 다 전원을 꺼 놓은 상태였다.

"어머님이랑 처형 연락처, 내 연락처랑 고행이 형, 박 대표 번호는 저장해 놨어."

'그새 우리 엄마랑 언니하고 연락처도 주고받았어?'

지혜가 그의 전화번호를 받고 얼마나 신났을지 안 봐도 뻔했다.

"와이파이 비밀번호는 메시지로 보내 줄게. 그리고…… 인터넷은 해도 되지만, 너나 내 기사에 달린 댓글은 보지 마."

'웬 걱정? 욕이 엄청나나 보네.'

그녀는 고개를 끄덕여 답했다. 그런 사소한 것까지 신경 써 주는 그의 모습이 신기했다.

그는 말을 마치고 오렌지 주스를 들이켰다. 주스가 넘어가는 목울대의 움직임이 너무 율동적이어서 다정은 침을 삼키며 그를 바라봤다.

"아기한테 좋지 않아."

주스를 마시던 그는 그녀의 시선을 눈치챘는지 말을 덧붙였다. 그녀는 이어진 그의 말에 입에 한 모금 머금었던 주스를 뿜을 뻔했다.

'그럼 이 주스도 아이 때문에?'

그의 세심한 배려가 모두 아이만을 위한 것으로 생각하니 그녀는 왠지 씁쓸했다. 그에게 아무것도 기대하지 않았지만, 모래 씹은 기분을 떨칠 순 없었다.

"계약서에 적혀 있던 생활비는 얼마로 할까?"

"얼마나 줄 수 있는데?"

"얼마면 돼?"

그의 물음에 그녀는 똥 씹은 표정으로 그를 쳐다봤다.

"이왕 똑같은 대사 하는 김에 원빈 성대모사도 하지 그래?"

"웃기지 마. 연기자는 모사 같은 것 안 해. 나만의 것으로 만드는 거야."

"잘났네."

"얼마 필요해?"

"글쎄? 그냥 한 장 정도면 되지 않을까?"

"한 장? 의외로 그런 데서 헤픈 구석이 있군."

"뭐라고?"

건우의 말에 다정이 발끈해 일어났다.

"계좌 번호 불러. 바로 입금해 줄 테니."

그녀는 자리에 다시 앉으며 일부러 힘을 주어 계좌 번호를 불렀다. 그는 입꼬리에 살짝 비웃음을 달고 휴대 전화를 만지작거렸다.

"입금했다. 확인해 봐. 매달 오늘 날짜에 넣어 줄게."

"알았어."

"지금 확인해. 부부 사이에서도 돈거래는 확실히 해야지."

그의 닦달에 그녀는 새로 받은 휴대 전화에 은행 애플리케이션을 깔고 로그인을 했다. 그리고 계좌에 찍혀 있는 금액을 보고 두 눈이 휘둥그레졌다.

"이, 이게 뭐야?"

"뭐?"

"천만 원?"

"왜? 한 장이라며? 1억을 부른 건 아닐 것 아냐?"

"백만 원 말한 거야. 천만 원이라니. 이걸 무슨 수로 한 달 동안 다 써?"

그녀는 너무 놀라 침을 꿀꺽 삼켰다.

"뭐, 안심되긴 한다. 아까 했던 말을 정정하지. 의외로 검소하네."

"검소고 뭐고, 너무 많아."

"쓸데가 있을 거야. 그리고 이 정도는 받아 둬야 앞으로 나랑 같이 사는 데 억울하지 않을 것 아냐."

"그래도……."

"많이 줘도 불만이냐? 왜? 진짜 백만 원만 받을래?"

"어느 정도 적정선을 지켜서 줘야지. 이렇게 많이 주면 내가 진짜 꽃뱀이 된 기분이잖아."

얼마나 꽉 쥐었는지 휴대 전화를 든 다정의 손가락이 하얗게 질릴 정도였다.

'천만 원이 뉘 집 개 이름도 아니고?'

그녀는 너무 큰 금액에 정신이 아찔했다. 그녀가 반년 동안 일해서 아껴 모아야 통장에 찍힐 수 있는 금액이 한 번에 들어온 것이었다.

"알았어. 그럼 오백만 원으로 하지."

"그것도 많아."

"좋아. 그럼 3개월에 한 번씩 천만 원 입금할게. 너도 생활해 보면 알겠지만, 자기 관리하는 데 의외로 많은 돈이 들어갈 거야."

"내가 굳이……."

"난 내 여자가 후줄근하게 하고 다니는 것 싫어. 최대한 꾸미고 다녀. 기자들한테 사진 찍힌 것을 네가 보면 내가 사라고 하기 전에 쇼핑도 하고 머리도 하고 그럴걸?"

"……."

"배우 부인이 되는 일이 어디 쉬울 줄 알았어? 게다가 나는 대한민국에서 손꼽히는 톱스타라고."

"알았어. 3개월에 천만 원씩."

"좋아."

이왕 이렇게 된 거, 돈 받는 값을 확실히 해 주겠다는 쪽으로 다정은 마음을 굳혔다. 쓴 돈이 아깝지 않게, 하지만 최대한 아끼는 쪽으로.

"한동안 집 밖에 못 나가니까 할 수 있는 한 바깥세상에 대한 관심을 끊어 보도록 하고."

그의 말에 그녀는 궁금증이 일었다.

"넌 뭐 할 건데?"

"난, 저거."

그녀의 질문에 그는 거실 한구석에 쌓여 있는 상자들을 가리켰다. 크고 작은 다양한 크기의 택배 상자들이 무더기로 쌓여 있었다. 집의 화려함에 사로잡혔던 그녀에게 그제야 그것들이 눈에 들어왔다.

"저게 뭔데?"

"응? 이거…… 아기 것."

"뭐?"

'아기 것, 이라니?'

다정은 쉽게 이해가 가지 않았다. 이제 겨우 7주, 그것도 배 속에서 7주 된 아이에게 필요한 것이 뭘까 싶었다. 그녀의 궁금함에 답이라도 하듯 건우는 상자의 포장을 하나씩 벗겼다.

"이건 아기 침대 만들 거. 이건 침대 머리에 달아 둘 모빌, 이것도 모빌. 아, 이것도. 그리고 이건 아기 딸랑이. 이건 아기 옷. 인터넷으로 보다가 너무 예뻐서 전부 다 시켰지. 그리고 이건 신발, 이건 양말, 이건 내복. 저건 아기가 탈 유모차. 저건 자동차. 저건 로봇이랑 인형……."

눈이 반짝반짝 빛나며 정말로 신이 난 그는 저도 모르는 새 얼굴 가득 미소 짓고 있었다. 연기나 가식이 아니라 진심에서 우러나온, 빛이 나는 미소였다. 그래서 그 모습을 보고 있던 다정은 어안이 벙벙했다.

'이건우……. 진심으로 아이를 기다리는 거야? 내가 임신한 사실을 싫어한 것 아니었어?'

바라던 아이가 아님에도, 사랑하는 사람과의 아이가 아님에도 그는 진심으로 태어날 아기를 기대하고 있었다.

"풋."

다정은 실소를 터트렸다. 아기를 기다리는 다 큰 아이를 보니 저절로 웃음이 났다.

"왜 웃어?"

얼굴 가득했던 웃음기를 지우고 건우가 싸늘한 표정으로 물었다.

"흠흠. 아기가 남자애야, 여자애야?"

다정도 억지로 웃음을 참으며 물었다.

"웅? 그건 아직 모르지……."

"태어날 때면 더 좋은 물건들이 나올 거야. 더 예쁘고 더 신기한 물건들. 지금 당장 필요하지 않은 것들도 엄청 많이 샀어, 너."

"그, 그래도 예쁘고 멋진데."

그가 당황해서는 변명했다. 어제 다정이 박 대표와 이야기를 나누며 계약서의 내용을 고려하고 있을 때, 그는 힘들게 고르고 골라 큰돈 들여 장바구니를 비운 것이었다.

"반품."

그녀는 그가 들고 있는 로봇과 인형을 빼앗아 들어 쌓여 있는 상자들 반대쪽에 내려놓으며 말했다. 그리고 내친김에 손가락으로 다른 물건들을 더 가리켰다.

"저것도, 저것도, 이것도. 반품, 반품. 다 반품해."

"하지만……. 이거 다 내가 이틀 동안 시간 쪼개 가며 주문한 거야."

그의 말에 다정은 자신이 계약서를 쓰는 동안 계속해서 휴대 전화만 만지던 그를 떠올렸다. 그게 다 이 물건들을 쇼핑하기 위한 것이었다고 생각하니 허탈한 웃음이 났다.

"그런 물건들을 눈에 보일 때마다 사 재끼면 이 집을 가득 채우게 될걸? 지금 당장 필요한 건 그런 게 아니니까 다 반품해. 이런 게 필요할 때가 되면 내가 말할게."

억울한 표정을 지으며 건우가 고개를 푹 숙이고 자신이 산 물건들을 바라봤다. 이 많은 물건을 반품하는 것도 큰일이었다. 언제 사이트를 다 돌아다니며 반품을 한단 말인가. 그는 다정 모르게 몇 가지는 숨겨 놓겠다 다짐하며 목록을 머릿속으로 정리했다.

다정은 그런 그를 못 본 척 2층으로 올라갔다.

왼쪽 방문을 열자 엄청 큰 공간이 나타났다. 그녀의 친정, 이제 진짜 친정이 되어 버린 집과 크기가 비슷한 방이었다. 그 한가운데 킹사이즈로 보이는 커다랗고 고풍스러운 침대가 하얀 침구류로 감싸여 있었다. 그리고 같은 디자인의 화장대와 옷장이 보였다.

"하아."

그녀는 방문을 닫고 침대에 앉아 한숨을 몰아쉬었다. 따뜻하고 폭신폭신한 침대의 감촉과 얼룩 하나 없이 눈부시게 하얀 침구류, 자신과는 전혀 어울리지 않는 고풍스러운 가구들이 그녀의 기를 죽였다.

'하나같이 다 마음에 안 들어.'

그녀는 무릎을 끌어안고 고개를 파묻었다.

이상한 나라에 떨어진 앨리스도 처음에는 이런 기분이었을까 싶다. 그나마 아이처럼 순수한 얼굴로 배 속의 아기를 기대하는 건우의 얼굴이 떠오르면서 조금이나마 걱정이 줄어들었다. 최소한 그는 아이만큼은 미워하지 않을 테니까.

4. 개싸가지

쨍그랑.

유리 깨지는 소리에 다정은 잠에서 깼다. 집 밖에서 들린 소리인가 싶어 창문을 바라봤지만, 꼭꼭 잠긴 채였다. 새벽을 알리는 푸르스름한 기운이 방 안에 스며들었다.

'누구지? 도둑인가?'

반소매와 반바지 잠옷 차림으로 그녀는 이불 속에 누워 잠시 몸을 부르르 떨었다. 그러고 나서 이불 밖으로 빠져나와 차가운 새벽 공기에 맨발바닥을 잠시 적응시키고 침대에서 일어섰다. 불안함에 세차게 뛰는 가슴을 달래며 그녀는 방문을 열었다.

'이건우를 깨워야 하나?'

잠시 고민하던 그녀는 어떤 상황에서도 그와 마주치고 싶지 않아 홀로 살금살금 1층으로 걸어 내려갔다.

"시끄러워. 알았으니까 끊어."

'응? 이건우?'

거실에서 들리는 건우의 목소리에 다정은 계단 중간쯤에서 발걸음을 멈췄다. 고개를 빼고 거실을 내려다보니 거칠게 전화를 끊고 소파에 휴대 전화를 던지는 그가 보였다. 그가 입은 실크 파자마가 부자연스럽게 펄럭이는 소리를 냈다.

거실부터 부엌으로 이어지는 바닥에 유리잔이 깨져 파편이 사방으로 흩어져 있었다. 안에 들어 있던 음료가 와인이었던 것인지 핏빛 물방울도 사방에 흩뿌려져 있었다.

무슨 일인지 모르지만, 분위기가 심상치 않았다. 그녀는 다시 걸음을 뗐다. 대신 이번에는 발소리를 숨기지 않았다.

"더 내려오지 마."

그가 인기척을 느끼고 말했다. 분노 때문인지 호흡마저 거칠었다.

"무슨 일이야?"

그녀의 질문에 그는 대답하지 않았다. 대신 몸을 숙여 깨진 유리잔 중에 그나마 조각이 큰 것들을 손으로 집어 들었다.

"도와줄게."

"필요 없어."

싸늘한 목소리에 거실로 막 내려온 다정의 몸이 그대로 얼어붙었다.

'이놈이, 도와준다는데 까칠하게 굴기는.'

그녀는 그의 말을 무시하고 발 앞에 떨어진 것들을 치우기 위해 허리를 숙였다. 그리고 투명하게 반짝이는 유리잔의 조각을 집어 들었다.

"아야!"

하지만 유리잔의 깨진 면이 거친 탓에 다정의 오른쪽 집게손가락이 깊게 베였다.

'힝, 아파라.'

새빨간 피가 손가락을 타고 손목까지 흘렀다.

"내려오지 말라고 했지?"

건우는 다정에게 다가섰다.

"도와주려고 한 거니까 시비 걸지 마."

그녀는 몸을 홱 돌려 2층으로 올라가려 했다. 왼손으로 다친 손가락을 받치고 핏방울이 바닥에 떨어지지 않게 최대한 감싸 쥐었다. 화끈화끈한 열감이 벌어진 상처에서 느껴졌다.

"멍청이."

"뭐? 누가 멍청이야? 어? 어? 뭐 하는 거야?"

멍청이란 말에 다시 그에게로 돌아선 그녀의 몸이 공중으로 붕 떠올랐다. 그가 뒤에서 그녀를 안아 올린 탓이었다.

"살 좀 빼야겠다."

"뭐라고? 내려 줘, 당장!"

"버둥거리지 마. 더 무거워. 그리고 피 떨어진다."

다리를 휘저으며 내려오려고 버둥거리던 그녀는 핏방울이 떨어질까 봐 움직임을 멈췄다. 무겁다고 말한 것과 달리 그는 그녀를 번쩍 안아 들고 2층으로 성큼성큼 올라갔다. 안정감이 느껴지는 부드러운 움직임이었다. 그녀를 받치고 있는 그의 팔에 힘이 꽉 차 있었다.

방으로 들어선 그는 그녀를 침대에 살포시 내려놓았다.

"기다려."

건우가 밖으로 나가고 나서야 그에게 안겼다는 사실에 상처 난

곳보다 얼굴이 더 화끈거렸다. 그날 밤 이후 그와의 첫 신체 접촉이었다. 불현듯 그의 알몸이 머릿속에 스쳐 지나갔다.

그날 일을 떠올리지 않으려고 애쓰는데 그가 방으로 들어섰다. 손에 어디선가 찾아 꺼낸 구급상자와 젖은 수건을 든 채였다.

여전히 양손을 가슴 앞으로 모으고 어찌할 바 몰라 하는 다정을 힐끗 쳐다본 그는 그녀 앞에 무릎을 꿇고 앉았다. 그리고 손을 뻗어 그녀의 다친 손을 잡아끌었다. 그러곤 피로 물든 손과 팔을 젖은 수건으로 닦아 냈다. 상처를 받치고 있던 반대 손도 닦아 주었다.

"내려오지 말라니까 고집부리더니 꼴좋다."

"야!"

"빼지 마. 지혈이 안 되잖아."

여전히 베인 손가락에서 피가 흘렀다.

"지혈하는 거니까 오해하지 마라."

"뭘?"

질문하던 다정의 목소리가 목구멍 속으로 쏙 사라졌다. 건우가 피가 나는 그녀의 손가락을 자신의 입속으로 넣은 것이다.

"뭐, 뭐, 뭐 하는 짓이야?!"

너무 당황해 말을 버벅대며 손가락을 빼려는 그녀의 힘보다 그녀의 손을 쥐고 있는 그의 힘이 더 컸다. 그는 뜨거운 혀로 그녀의 손가락을 휘감은 뒤 천천히 빨았다.

'아흣.'

그녀는 귀까지 피가 솟구치는 걸 느꼈다. 심장을 돌던 뜨거운 열기가 머리끝까지 뻗었다. 뜨겁게 화끈거리는 얼굴이 창피했다.

계속 그녀의 손가락을 천천히 빨면서 그는 다정을 올려다보았다. 기다란 속눈썹 사이로 깊은 쌍꺼풀과 반짝이는 까만 눈동자가 보였다. 떠올리려 하지 않아도 건우가 위에서 자신을 내려다보던 태국에서의 밤이 다시 떠올랐다. 침이 꿀꺽 넘어가고 얼굴은 더 새빨갛게 타올랐다.

"야한 생각 중이군."

그는 그제야 그녀의 손가락을 놓아주었다.

"그런 거 아니야."

"맞는데 뭘."

"그렇게 해서는 지혈 따위 되지 않는다고!"

"됐는데?"

"그럴 리가……?"

과학적 근거를 두고 말하던 다정은 말을 삼켰다. 거짓말처럼 계속 흐르던 피가 살짝 방울져 올라올 뿐 지혈이 되고 있었다.

그는 구급상자에서 소독약과 거즈를 꺼내 손가락을 소독했다.

"야한 생각을 했다고 해도…… 뭐, 이해해. 잊을 수 없는 밤이었을 테니까."

"그런 거 아니거든?"

"얼굴이 야한데, 뭘."

그가 눈을 천천히 깜빡이며 말했다.

그 역시 하루도 잊지 못했던 그날 밤의 정사가 떠올랐다. 그때도 그녀는 얼굴을 붉게 물들이며 살짝 추어올린 눈으로 그를 바라봤다. 햄스터처럼 통통한 볼에 불만이 가득한 것만 빼면 그날 본 모습과 별반 다르지 않았다.

그녀는 귀엽고 예쁘고 과감하고 섹시한 여자였다. 어쩌면 그날 그가 그녀의 비밀의 문을 열었을지도 모른다.

그는 그녀의 손가락에 약을 바르고 거즈를 감아 반창고로 고정했다.

"나도 네 기대에 부응하고 싶지만, 검진받기 전까지는 좀 참자고."

"내 기대라니, 무슨?"

"이 집에서, 나와의 첫날밤?"

"이, 이, 이 변태!"

그녀는 앉아 있던 침대에서 벌떡 일어나 그를 세게 밀쳤다. 그 때문에 그가 뒤로 밀리며 엉덩방아를 찧었다.

"뭐 하는 짓이야!"

그 역시 벌떡 일어나 그녀에게 소리쳤다.

"그런 기대 한 적 없어!"

"너 지금 온몸이 빨개졌거든? 호흡도 거칠고?"

"네, 네가 먼저 이상한 짓을 하니까 그렇지!"

"멍청하게 손가락을 다친 게 누군데?"

"그러게 누가 잔을 던지래? 왜 애먼 잔은 깨고 난린데? 그것도 이 새벽에!"

다정과 건우는 서로에게 지지 않고 큰소리쳤다.

"풉!"

그녀와 설전을 벌이던 그가 갑자기 허리를 숙이더니 입을 가리고 웃기 시작했다.

"이건우. 뭐야, 너? 왜 그래?"

"하하하하."

그는 이제 아예 박장대소를 했다. 눈가에 눈물까지 맺혔다.

"미쳤어? 돈 거야?"

다정은 변화무쌍한 그의 모습에 어이가 없었다.

"도대체 뭐냐고!"

"크큭, 그게 말이지."

그는 눈가에 맺혔던 눈물을 손가락으로 쓱 닦아 냈다.

"나 영화에서 잘렸거든."

"설마……."

'나 때문에?'

다정은 뒷말을 삼켰다.

"너 때문이 아니야. 아이 때문도 아니고."

"하지만."

"물론 그 이유이긴 하지만, 그게 순전히 네 잘못은 아니란 말이야. 따지고 보면 피임을 제대로 하지 않은 내 잘못도 있으니까."

그는 웃음기를 얼굴에서 쓱 지우고 말했다.

그가 웃은 것은 다른 이유 때문이었다. 복잡했던 머릿속이 그녀와 실랑이를 벌이는 사이 아주 말끔하게 깨끗해진 탓이었다. 어떤 큰일이 벌어져도 이 여자와 함께라면 잊을 수 있을까, 하는 생각이 들었다.

'알면 다행이구나, 이건우.'

안 그래도 다정은 임신인 줄도 몰랐던 자신을 원망하다 문득 궁금증이 일곤 했다.

"저기, 궁금한 게 있는데."

"뭔데?"

"그날, 왜 피임을 하지 않았던 거야?"

그녀의 질문에 건우는 피식 웃음을 흘렸다.

'아, 웃지 마라. 살인 미소란 널 두고 하는 말이야, 이놈아.'

순간순간 그의 진짜 모습을 잊게 만드는 그림 같은 얼굴에 다정은 상상 속에서 자신의 허벅지를 꼬집었다.

"기억이 안 나?"

"안 나."

"하긴, 그날 술을 꽤 마셨지."

"이유나 말해."

"글쎄, 나도 기억이 잘 안 나는걸?"

'거짓말.'

그는 웃는 얼굴이긴 해도 진지한 어투로 말했지만, 왠지 그녀는 그의 말을 믿을 수 없었다. 분명 그는 그날 있었던 일을 모조리 기억하고 있었다.

"암튼, 너랑 엮이면 내 생각대로 되는 게 없는 것 같아. 그게 웃겨."

"무슨 말인지 모르겠거든?"

"뭐, 몰라도 상관없어."

건우는 어깨를 으쓱하더니 바닥에 떨어진 수건을 집어 들었다.

"다시 한번 말하지만, 영화 일은 네 잘못이 아니야. 그리고 세간의 말들도 그냥 모르는 척해. 내 이미지를 엄청나게 잘 만들어 주는 일은 박 대표가 열심히 하고 있으니까. 우리는 그 장단에 맞춰 주면 되는 거야."

말을 마친 그는 아침 먹으러 씻고 내려오라 말한 뒤 구급상자까지 마저 손에 들고 그녀의 방을 떠났다.

혼자 남은 그녀는 건우의 말과 그의 다양한 성격을 떠올리며 혼란에 빠졌다. 싸가지 없는 이건우, 젠틀한 이건우, 아이 같은 이건우, 아리송한 이건우. 그리고 엄마 앞에서 자신을 사랑한다 말하던 이건우. 어떤 것이 그의 진짜 모습일까 궁금했다. 아마도 마지막 이건우는 절대 진짜가 아니니라.

그리고 또 하나의 의문점, 그날의 일. 과연 무슨 일이 있었던 것일까.

세수를 마친 그녀는 거울을 보며 자신의 아랫배에 살며시 손을 올려 보았다.

'이 안에 7주 된 생명이 있단 말이지?'

어젯밤 잠들기 전 인터넷으로 찾아보았던 태아 사진들을 떠올렸다. 하지만 여전히 실감이 나지 않기는 마찬가지였다.

곰돌이 젤리 모양의 덩어리, 작디작은 2센티미터의 아무런 존재 감이 없는 이 아이가, 약간의 감기 기운과 화장실을 자주 가게 만 드는 것 외에 딱히 아직은 아무런 일도 하지 않는 이 아이가 생판 모르는 남남을 부부로 만들었다. 전혀 다른 삶을 살아가던 두 사람 을 이어 주었다.

너무 순식간에 그녀의 삶이 180도로 변했다. 연예인과 결혼이라 니, 임신이라니. 본래의 안다정과는 절대적으로 동떨어진 삶이다. 한숨이 절로 나왔다.

"안다정, 밥 먹으러 내려오라니까 뭔 청승이냐?"

"깜짝이야."

갑자기 욕실 문이 열리며 거울에 건우의 얼굴이 비치자 그녀는 깜짝 놀란 가슴을 쓸어내렸다.

"애 떨어질 뻔했잖아!"

"어이쿠, 미안."

그는 양손을 가슴 앞에서 합장하며 고개를 푹 숙였다.

"밥 먹어."

"노크 좀 해 줄래? 다 벗고 있을 수도 있잖아?"

"다 본 몸인데?"

"변태."

"밥 먹으라고."

"나 아침 안 먹어."

"너 말고 아기 먹으란 거야."

"으! 으! 으!"

다정의 분노를 악다무는 소리에 건우는 희희낙락하게 미소 지었다.

"예쁜 말만 써. 변태라느니 그런 말은 태교에 좋지 않아."

"참는 스트레스가 더 좋지 않을걸?"

"그런가? 암튼 빨리 내려와."

말을 마친 그는 몸을 돌려 욕실을 나갔다.

'네 이놈을.'

다정은 분한 마음에 이를 갈며 어제 그가 준 휴대 전화의 연락처 목록을 뒤져 그의 이름을 찾아냈다. 그리고 '건우'라고 되어 있는 이름을 바꾸었다. 그녀의 진심을 듬뿍 담아서.

'개싸가지'라고.

❊ ❊ ❊

"감사해요, 팀장님."

다정은 현관으로 들어서며 놀란 입을 다물 줄 모르는 이 팀장에게 감사의 말을 전했다. 아침을 먹으며 건우와 으르렁거리는 와중에 그녀의 머릿속을 스치는 생각이 있었다. 바로 그녀가 프리랜서로 일하고 있는 여성 잡지와 인터뷰를 하는 것이었다.

이 팀장에게 연락해 단독 인터뷰를 제안하자 웬 떡이냐 싶은 반응으로 촬영 팀을 데리고 달려왔다.

"다정 씨, 괜찮아? 깜짝 놀랐잖아. 다정 씨랑 이건우 씨랑 그렇고 그런 사이였다니."

이 팀장은 쉬지 않고 입을 놀렸다. 그녀가 다정을 바라보는 시선에도 변화가 있었다. 그전까지는 그저 재미있는 기사를 기고하는 밑에서 일하는 기자 중 하나였다면, 지금은 한마디로 다정에게 잘 보이기 위해 갖은 애를 쓰고 있었다.

"그래서 이건우 씨가 자기를 요청했던 거구나."

"네? 그게 무슨……."

"몰랐어? 지난번 그 인터뷰, 이건우 씨 측에서 자기가 인터뷰를 맡아 줬으면 좋겠다고 연락해 왔거든. 나는 무슨 일인가 했는데, 애인이랑 비밀리에 알콩달콩하고 싶었던 거였네. 로맨틱해라."

웃으며 말하는 이 팀장을 따라 다정도 희미하게 미소를 지었다. 하지만 그 얼굴 뒤로는 이해되지 않는 이 팀장의 말에 어리둥절했다.

'이건우가 나를 지목했다고? 나를? 왜?'

이 팀장과 촬영 팀을 거실로 안내하고 음료수를 준비하면서도 다정은 계속 같은 의문을 떠올렸다.

"오셨어요. 죄송합니다, 이제 준비가 끝나서."

건우가 2층에서 내려와 이 팀장과 촬영 팀에게 일일이 악수를 하며 인사했다.

"아니에요. 이렇게 초대해 줘서 저희가 감사하죠. 경황도 없을 텐데, 정말 우리랑 해도 괜찮겠어요?"

이 팀장은 건우와 음료를 따라 나누어 주는 다정을 함께 바라보며 물었다.

"물론이죠. 이왕 하기로 한 인터뷰, 다정 씨가 잘 알고 지내는 팀장님과 해야 하는 게 도리죠."

"그렇게 말씀해 주시니 감사하네요. 우리도 깜짝 놀라던 차였는데 이렇게 먼저 연락을 주셔서 감사해요."

"그럼, 시작할까요?"

"네. 사진부터 찍을까요?"

"그러죠."

건우는 다정의 손을 잡아끌어 소파에 앉았다. 두 사람의 양옆으로 얼굴을 환하게 만들어 주는 반사판과 조명이 설치되었다.

흰 면바지에 상아색 니트를 입은 건우와 연노랑색 원피스를 입은 다정이 서로의 손을 잡아 가지런히 무릎 위에 올렸다.

"다정 씨 표정이 너무 굳어 있는데요? 부자연스러워요."

이 팀장의 말에 다정이 당황했다. 아무래도 이런 촬영은 처음이다 보니 어떤 표정을 지어야 할지 도저히 감이 오지 않았다.

"잠시만요."

건우가 갑자기 이 팀장에게 말했다. 어리둥절한 표정을 짓는 이 팀장을 향해 미소를 살짝 지어 보이고, 그는 다정에게 머리를 가까이했다.

"안다정."

그녀의 귀에 대고 건우가 조용히 이름을 불렀다.

"왜?"

그녀는 여전히 앞만 바라보며 대답했다.

"네가 날 엄청 안 좋아하는 건 알겠는데, 네가 제안해 준 고마운 일을 너 때문에 망칠 것 같거든?"

"어쩔 수 없잖아. 나는 처음이야, 이런 상황."

"나도 부인이랑 하는 촬영은 처음이야."

그녀의 투정에도 그는 밀리지 않았다.

"상상력을 동원해서 나를 네가 사랑하는 사람이라고 생각해."

"그게 말처럼……."

"아니면 오늘 새벽에 떠올렸던 걸 다시 상상해 보든가. 나도 그러고 있으니."

"떠올렸던 거?"

"끄라비."

'흐악.'

그의 말에 그녀의 귀까지 새빨갛게 달아올랐다.

"그 야한 장면 대신 사랑하는 사람과의 하룻밤을 좀 상상해 주면 안 될까? 지금 얼굴이 아주 야해서 도저히 촬영이 안 될 것 같은데."

"너 진짜……."

"웃어."

"이따 인터뷰 끝나고 두고 봐."

그는 킥킥 웃으며 다정의 어깨를 한쪽 팔로 끌어안았다. 그리고 그녀에게 더욱 바싹 몸을 밀착시켰다.

"이제 좀 커플 같네요."

이 팀장의 목소리에 다정도 보란 듯이 웃으며 건우의 어깨에 머리를 기댔다. 그리고 자연스럽게 한 손을 그의 허벅지 위에 올렸다. 편안함과 관능이 묻어나는 손길이었다. 과감한 신체 접촉에 그도 자신의 어깨에 기댄 다정의 머리에 입을 맞췄다.

"콘셉트를 바꿔야겠는데요? 건우 씨랑 다정 씨가 우리 잡지를 확실히 잘 이해하고 있네요."

이 팀장은 그렇게 말하고 조명을 조금 더 어둡고 진한 색으로 바꿨다. 조명이 준비되는 사이 두 사람의 의상과 메이크업도 변했다.

건우는 드레스 셔츠에 정장 바지를 입고 있었지만, 셔츠의 단추가 풀어 헤쳐져 있었다. 그의 탄탄한 가슴과 배 근육이 그대로 드러났다.

다정 역시 검은색 시폰 드레스로 갈아입었다. 어깨가 드러나는 오프 숄더 형태라 가슴 위로는 헐벗은 것처럼 보였다.

두 사람은 이 팀장의 요청에 따라 자세를 잡았다. 건우가 소파에 기대어 눕고 그의 위로 다정이 올라가 그윽한 눈으로 아래를 내려다봤다. 그의 손이 그녀의 허리를 잡고, 그녀의 손이 그의 탄탄한 가슴 위에 있었다.

그런 식의 야릇한 촬영이 한 시간가량 이어졌다. 서로의 위치가 바뀌고 더 대담한 손길로 다정을 어루만지는 건우의 모습이 추가됐다. 자세를 잡을 때마다 다정은 침을 꼴깍꼴깍 삼켰지만, 촬영이 시작되면 언제 그랬냐는 듯 긴장을 풀고 건우의 리드를 따랐다.

"좋아요. 다정 씨, 나 다정 씨 다시 봤어."

촬영이 끝나고 편한 복장으로 갈아입고 내려온 다정을 향해 이 팀장이 말했다.

"렌즈 속 다정 씨 보니까 이건우 씨가 어떻게 다정 씨한테 빠졌는지 알겠더라."

"감사합니다."

이 팀장의 말이 좋은 뜻인지 나쁜 뜻인지 살짝 고개를 갸우뚱하면서도 다정은 씁쓸한 미소를 지으며 답했다.

"아, 그리고 며칠 전에 제가 건우 씨 인터뷰한 내용 말인데요."

"그건 다정 씨가 알아서 처분해. 우리는 오늘 걸로 쓰면 되니까."

"네, 그럴게요."

이 팀장은 다정이 말하기도 전에 며칠 전 인터뷰를 모조리 무(無)로 만들었다.

"자, 인터뷰 시작할까요?"

"시장하지 않으세요? 간단하게 요기부터 하시죠?"

건우가 부엌에서 거실로 나오며 말했다. 그가 가리킨 다이닝 룸의 식탁에는 잡지사 사람들을 기다리며 다정과 만들었던 카나페와 샐러드, 그리고 방금 그가 만든 오일 파스타가 잔뜩 준비되어 있었다.

"어머, 이럴 필요까지는 없는데."

말은 그렇게 하면서도 이 팀장과 십여 명의 스태프가 다이닝 룸으로 발걸음을 옮겼다.

"차린 것은 별로 없지만, 그래도 맛있게 드세요."

"잘 먹겠습니다."

그들이 저마다 접시 채우는 것을 보고 다정과 건우는 주스 한 잔씩만 손에 들고 다시 거실로 나와 소파에 앉았다.

"피곤해?"

그가 걱정스러운 얼굴로 물었다.

'나 말고 아기한테 묻는 거지? 다 알아.'

다정은 고개를 저었다.

"고맙다. 이렇게까지 해 주고."

"나도 책임이 있으니까."

다정은 오렌지 주스를 꿀꺽 삼켰다.

"그보다…… 지난번 인터뷰에 일부러 나를 요청했다면서?"

"……"

"다 들었어. 나를 어떻게 알고?"

"다 방법이 있어."

"설마 너, 나 스토킹했어?"

"캑, 스토킹?"

마시던 주스에 사레가 걸린 건우가 되물었다.

"내가 무슨 일을 하는지 조사한 거냐고."

"우연히 알게 됐을 뿐이야. 넘겨짚지 마."

"아주 능글맞구나."

"능글?"

"그래. 그렇게 아무것도 모르는 얼굴로 사람을 불러 놓고. 실제로는 내가 어떻게 반응하는지 보고 싶었던 거잖아."

"네 마음대로 생각해."

다정이 쏘아붙이자 건우는 귀찮은 듯 손을 내저었다.

"혹시 나한테 마음 있어?"

"뭐?"

"끄라비에서부터 나를 못 잊었던 거 아니야? 그래서 그 '우연히' 알게 된 기회를 이용해 나를 다시 보고 싶었던 거 아니냐고?"

기가 막힌다는 표정으로 그가 그녀를 바라봤다. 그리고 천천히 고개를 내저었다.

"아니야?"

"절대 아니야."

"정말?"

"신께 맹세해."

"아깝네. 계약 위반으로 이 모든 걸 몽땅 되돌릴 기회였는데."

그녀의 말에 뭐라 하려던 그는 입을 다물었다. '아깝다'란 말이 그녀가 말한 의미와 다를 수도 있지 않을까 하는 생각이 들었다. 어쩌면 자신을 좋아해 주길 바랐던 걸지도 모르지 않는가.

그렇게 생각하니 이유는 알 수 없지만, 웃음이 났다.

5. 양 한 마리, 양 두 마리……

집을 둘러보는 지혜와 경숙의 목소리가 거실에 앉아 있는 다정의 귀까지 따갑게 닿았다. 구경을 시켜 주겠다는 건우를 따라 그녀들은 1층과 2층을 샅샅이 훑었다. 아직 다정조차 가 본 적 없는 지하에 있다는 운동 기구를 모아 놓은 방과 집 옆쪽으로 붙어 있는 별채에 있는 서재까지, 그녀들은 '세상에' 와 '어머, 어머'를 남발하며 돌아다녔다.

오늘은 다정이 건우의 집으로 들어온 지 사흘째 되는 날. 그녀가 입을 옷가지들을 커다란 여행 가방 세 개에 나눠 담고 언니와 엄마가 도착했다. 물론 그 전에 건우가 '장모님, 우리 집에 언제 오실 건데요?' 라는 애교 섞인 전화를 한 탓도 있었다.

'도대체 네가 무슨 생각을 하는지 난 하나도 모르겠다, 정말.'

사람 좋은 웃음, 나긋나긋한 말투의 건우를 보며 다정은 팔짱을 낀 채 소파에 앉아 눈으로만 그들을 좇았다.

그는 매일같이 입고 있던 트레이닝복을 벗어 던지고 말끔하게 차려입었다. 까치집이었던 머리도 깔끔하게 뒤로 넘겨 빗고 면바지에 폴로셔츠 차림으로 변신한 그는 누가 보더라도 배우였다.

'내가 그렇게 편한 건가?'

그녀 앞에서는 이렇듯 차려입지를 않는 그를 어떻게 생각해야 할지 다정은 퍽 난감했다.

"야, 여기 진짜 좋다."

"어, 그래."

지혜가 호들갑을 떨면 거실로 와 다정에게 바싹 붙어 앉았다. 그런 그녀에게 다정은 무뚝뚝하게 답했다.

"너 뭐가 그렇게 불만이야?"

지혜가 경숙의 귀를 피해 속삭이며 물었다.

"이 결혼이랄까?"

"웃기시네. 그러는 애가 애는 왜 가졌냐?"

"내가 갖고 싶어 가졌냐? 갖고 싶어 가졌어?"

"너 이건우랑 서로 좋아하는 사이 아니야? 너도 마음이 있으니까 이건우랑 만나서 그런 짓도 한 거 아냐."

지혜의 말에 다정은 말을 말자는 생각에 대답도 하지 않고 두 눈을 감았다.

'네가 뭘 알겠니?'

그녀는 만사가 다 귀찮았다. 빨리 엄마와 언니가 볼일을 마치고 돌아갔으면 싶었다. 아무것도 모르는 그녀들을 상대하느니 차라리 싹수없는 놈과 둘이서만 있는 것이 속이 편했다. 최소한 그와 단둘일 때는 연극 따위 하지 않아도 되니까.

하지만 그녀의 바람과는 달리 엄마와 언니는 건우가 준비한 점심과 저녁 식사까지 함께 했다.

"너무너무, 너무 맛있어요, 제부."

식사를 마치고 모두가 거실에 모인 자리, 지혜의 눈에서 하트가 뽕뽕 날아가 건우에게 박혔다. 그에게 잘 보이기 위해서인지 지혜와 경숙도 모두 평소와는 다르게 멋지게 차려입었다.

"맛있었다니 다행이네요."

능글맞은 눈웃음을 치며 그가 답했다.

'장모님과 처형한테 잘 보이는 길이 이 결혼 생활을 좌지우지한다. 그러니 잘해 봐.'

박 대표의 훈수대로 그는 최선을 다하고 있었다.

"시간이 너무 늦었네. 슬슬 집에 가자, 지혜야."

경숙이 슬쩍 손목에 찬 시계로 시간을 확인하더니 지혜의 옷깃을 잡아끌었다.

"왜? 이제 겨우 10시인데."

"너 내일 출판사 가야 한다며."

"오후에 만나도 돼, 오후에. 이래 봬도 내가 이건우 처형 되는 사람이라고. 출판사에서도 얼마나 난리인데."

지혜는 의기양양하게 어깨를 펴며 자랑했다.

"그새 출판사에 자랑했어?"

못마땅한 다정이 물었다.

"이미 다 알고 있더라, 뭐. 내가 너보다 유명했던 탓에 네가 내 동생이라고 알려진 거지. 지금은 네가 더 유명하지만."

몇 해 전, 여행 수필로 대박 작가가 된 지혜가 생글 웃으며 토로했다.

"뭐 덕분에 내 책들도 다시 잘 팔리고 있어. 고맙다, 동생."

그녀의 말에 다정을 뺀 모두가 웃었다.

'하하하 호호호. 모두가 아주 즐겁구면.'

다정은 이 상황에서 웃음이 나지 않아 아주 고역이었다. 그녀는 엄마와 언니 앞에서 다정을 굉장히 아끼는 척하는 건우의 모든 행동이 마음에 들지 않았다.

"주무시고 가세요, 어머님."

경숙에게 건우가 말했다.

"아니야, 집에 가야지."

"여기는 제 집만이 아니라 다정 씨 집이기도 해요. 그러니 주무시고 가세요. 1층에 손님방도 있는데요."

"그럼, 그럴까?"

경숙과 건우의 대화에 다정은 눈알을 굴렸다. 안 된다고 해 봤자 말이 통할 리 없다. 오히려 싸가지 없는 딸이 될 뿐. 그녀는 입을 다물었다. 나중에 이건우만 다그치면 된다는 생각이었다.

"우리, 자고 가도 될까, 딸?"

경숙이 다정의 눈치를 보며 물었다.

"그래, 엄마. 주무시고 가세요. 여기 방도 많은데 뭘."

다정은 억지 미소를 지으며 말했다. 요 며칠 낙원에서 살고 계신 엄마를 억지로 지옥으로 끌어 내릴 필요야 없지 않은가.

그녀의 허락이 떨어지자 경숙과 지혜는 말 그대로 발을 동동 굴리며 손을 맞잡고 좋아했다. 건우는 두 사람을 모시고 손님방으로 안내했다. 아침에 도착해서 집 구경을 할 때 한 번 봤겠지만, 두 사람은 다시 꺅 소리를 내며 흥분했다.

다정은 고개를 저었지만, 마음속으로는 두 사람을 이해했다. 그녀 역시 이 집을 둘러보면서 속으로 감탄사를 연발했으니까. 특히 손님방은 집주인이 머무는 방이라고 해도 믿을 정도로 멋지고 높은 킹사이즈 침대와 호텔에서나 볼 수 있는 폭신하고 새하얀 침구가 준비되어 있었다. 오늘 중요한 손님이 오신다고, 특별히 그가 집안일을 돌봐 주러 일주일에 세 번 출근하는 아주머니에게 강조한 덕분이었다.

"우리도 이만 올라갈까?"

엄마와 언니가 방에서 쉬기로 했다며 건우가 다정에게 손을 내밀었다. 그녀는 슬쩍 그의 뒤로 시선을 던졌다. 엄마와 언니가 숨어서 지켜보지는 않을까 하는 걱정 때문이었지만, 다행히 두 사람은 아직 손님방의 감흥에서 헤어나지 못한 모양이었다.

그녀는 그의 손을 무시하고 소파에서 일어나 저벅저벅 큰 걸음으로 2층으로 올라갔다. 이제 내일 아침이 올 때까지는 푹 쉴 수 있다는 안도감이 들었다.

그녀는 자신의 방으로 들어가 문을 닫았다. 그리고 입고 있던 바지를 벗고 이어 티셔츠도 벗었다.

벌컥, 탁.

"꺅! 너 뭐야!"

다정은 갑작스레 자신의 방으로 들어온 건우를 보고 깜짝 놀라 바닥에 떨어진 옷가지로 자신의 몸을 가렸다.

"노크, 노크, 노크! 내가 말했지?"

그녀는 여전히 속옷만 입은 몸을 가린 어정쩡한 자세로 그에게 소리 질렀다.

"시끄러워. 장모님이랑 처형이 올라오길 바라는 거야?"

건우는 피곤한 표정으로 다정에게 툭 내뱉더니 걸치고 있던 셔츠를 벗었다. 그는 온종일 긴장하고 있던 근육들을 모조리 이완시켰다. 그가 원하는 것은 단 하나, 침대에 쓰러져 자고 싶었다.

"꺅!"

그녀는 탄탄한 그의 알몸에 비명을 지르다 삼켰다. 그가 손가락을 입에 가져다 대며 조용히 하란 신호를 보냈다.

"나가!"

그녀가 입을 악다물고 이 사이로 말했다.

"못 나가."

그도 마찬가지로 이를 악다물며 답했다.

"왜 못 나가?"

"두 분이 계시는데 각방 쓸까? 아직 혼인 신고서에 찍은 도장이 마르지도 않았는데?"

"아직 신고 전이니까 부부 아니거든? 그러니까 그때까지는 각방을 써도 무방할 것 같은데?"

다정은 물러서지 않았다.

"뭐, 나는 상관없지만, 어머님께서 마음 아파하실 텐데."

청산유수로 말하는 건우의 얼굴을 한 대 치고 싶은 걸 다정은 꾹 참았다.

"바닥에서 자."

"미안, 나 바닥에서는 못 자. 허리가 아파서."

그는 혀를 쏙 내밀어 보이더니 바지까지 벗고 팬티 바람으로 침대 이불에 쏙 들어갔다. 그도 딱히 이 상황이 즐거운 것은 아니지만, 저렇게까지 싫어하는 다정을 보니 오히려 오기가 생겼다.

"그럼 내가 바닥에서 잘 거야."

"그냥 침대로 오지? 바닥이 차서 아기에게 좋지 않아."

'으아아아악!'

그녀는 속으로 악을 썼다. 왜 모든 것이 그의 마음대로 되는 것일까 싶었다. 그녀는 뒷걸음질로 화장대 의자에 걸쳐 두었던 잠옷을 챙겨 입고 그가 누워 있는 침대에 몸을 뉘었다. 최대한 그와 몸이 닿지 않도록 침대 끝에 가까이.

"그럼, 굿 나이트."

그는 인사와 함께 등을 돌리고 누워 있는 그녀를 끌어안았다. 그의 팔이 단단하게 그녀의 허리를 껴안았다.

"끄악! 왜 이래? 이거 놔."

"어쩔 수 없잖아. 이 좁은 침대에서."

졸린 목소리로 그가 말했다.

"좁다니. 킹사이즈 아냐? 이렇게 넓은데. 저리 가, 빨리."

"졸려. 말하지 마. 너 말할 때마다 목소리가 울려."

그는 그녀의 목덜미에 얼굴을 묻고 뜨거운 숨을 내쉬었다.

'끄아악.'

그녀는 몸이 확 달아오르는 것을 느꼈다. 반소매와 반바지를 입은 탓에 옷에 가려지지 않은 맨살에 그의 뜨거운 살갗이 그대로 닿았다. 달콤한 그의 향기가 콧속을 간지럽혔다.

빠져나가기 위해 몸부림을 치자 그는 억센 힘으로 그녀를 자신에게로 돌려 눕혔다. 그리고 기다란 두 다리로 그녀의 다리를 감쌌다. 말 그대로 그녀는 그의 품 안에 꽉 잡혔다.

"뭐 하는 짓이야?"

"부부들이 하는 짓? 그냥 자, 안고만 있을 테니."

"글쎄, 난 싫어."

"2번 조항."

"뭐?"

"2번 조항."

그가 나지막하게 다시 말하자 그녀는 그제야 머릿속에 계약서 2번 조항이 떠올랐다.

부부로서의 모든 일에 협조한다.

"그게 뭐?"

"오늘 하루, 나도 협조할 만큼 했어. 그러니 너도 이제 좀 협조 하지 그래?"

엄마와 언니 앞에서 훌륭한 사위 노릇을 했으니 그녀도 이제 부 부로서의 일에 협조하라는 말이었다. 하지만 그녀가 생각했던 '부 부로서의 모든 일'에 이런 것은 포함된 적이 없었다.

"싫어."

"아직 상황 파악이 안 되나 본데, 우린 이미 한 번 몸을 공유했 거든? 네 배 속에 내 애도 있고 말이지. 그러니 꼭 안 된다고만 몰 아칠 상황은 아닌 거 같은데?"

"아무리 그래도 쇼윈도 관계에서 그런 짓을 하고 싶지는 않아."

"그런 짓이라니 말이 너무하네."

그가 몸을 살짝 떼더니 그녀의 눈을 똑바로 바라보며 침울한 목 소리로 말했다.

그로서도 자신의 말이 무리라는 것은 인식하고 있었다. 그녀에 게 관심이 없는 것처럼 굴었지만, 옆에 가까이 있으니 신경이 쓰였 다.

이렇게 함께 누운 것도 사실 그녀를 놀리고 싶은 마음에서였지 만, 끄라비에서의 밤이 계속 떠올랐다. 남자로서의 본능 때문인지 그날 밤처럼 그녀의 몸을 갖고 싶은 것인지 헷갈렸다. 하지만 '그런 짓'으로 규정해 버린 그녀의 말에 상처받은 자신은 또 뭐란 말인가.

"정말 아무 짓도 안 할 거지?"

"정말 이러고만 잘 거야."

"그럼 최소한 옷이라도 입고 자면 안 돼?"

"미안하군. 난 원래 다 벗고 자는 스타일이라. 지금 입고 있는 속옷도 벗어 버리고 싶거든."

그녀는 포기하기로 했다. 말이 통할 놈이 아니다. 조금 더 몰아붙였다간 오히려 속옷도 벗어 버릴 놈이었다. 실실 웃는 그의 얼굴이 그녀의 예상이 확실하다고 말해 주고 있었다.

"걱정하지 마. 안 잡아먹을 테니."

그는 그 말을 끝으로 눈을 감았다. 소중한 것을 감싸듯 그녀를 꼭 끌어안고, 그녀의 정수리에 자신의 뾰족한 턱을 올린 채.

눈을 감자 피곤이 한 번에 몰려왔다. 어디선가 들려오는 쿵쿵 소리가 잠이 들려는 그의 의식을 자꾸 깨웠다.

"너 되게 시끄럽다. 잠도 못 잘 정도로."

그가 나지막하게 잠에 취한 목소리로 말했다.

"내가 뭘?"

"심장 좀 조용히 시켜라."

"윽. 시끄러우면 떨어져서 자면 될 거 아냐."

뾰족하게 날이 선 목소리로 다정이 투덜거렸다.

'심장아, 나대지 마라.'

두근두근 심장 뛰는 소리가 자신의 귀에까지 선명하게 들려 다정은 어찌할 바를 몰랐다. 건우에게서 조금 떨어지려고 하면 그의 팔과 발이 억센 힘으로 그녀를 끌어당겼다.

"일찍 자. 내일 병원 검진 가야 해."

'검진? 아, 산부인과. 드디어 내일이구나.'

다정은 심란해졌다. 드디어 내일이면 아이의 실체를 두 눈으로 확인하게 되는 것이다. 그렇게 되면 이 결혼이 조금은 실감이 날까 싶었다.

"네가 쓴 글 읽어 봤는데……."

'내가 쓴 글?'

다정은 갑작스러운 그의 말에 어리둥절했다.

"야한 글 잘도 쓰더라. 누가 보면 선수인 줄 알겠어."

'아, 연애 기고.'

그녀는 얼굴이 화끈 달아올랐다. 그녀의 지인 중에서도 극히 일부만이 연애 기고에 대해서 알고 있었다.

"어떻게 알고 읽은 거야?"

"다 방법이 있지. 암튼 잘 쓰던데?"

"어이구, 고마워라."

그녀는 당혹스러운 마음을 들키지 않기 위해 오히려 당당한 척 답했다.

"알았다."

무언가 깨달은 그녀가 얼굴을 살짝 들어 그의 턱을 쳐다보며 외쳤다.

"뭘?"

"인터뷰 요청을 어떻게 한 건지. 잡지에 실린 내 글을 보고서 한 거지? 출판사에 연락해서 나로 바꿔 달라고 한 거였어."

"똑똑하네, 생각보다."

"너 자꾸 나 무시할래?"

"킥킥."

그가 그녀의 머리카락에 얼굴을 파묻고 웃었다. 그 간질거리는 입김에 그녀는 몸을 살짝 비틀었다.

"그거 읽으니까 더 못 참겠더라고."

"뭘?"

"잘 알 텐데?"

"무슨 소린지 난 하나도 모르겠거든?"

"집중하면 느껴질 거야."

'그게 무슨……? 헉!'

다정은 건우의 말을 이해하자마자 온몸이 경직됐다. 그녀의 배에 닿은 그의 몸 일부분이 뜨겁고 단단했다.

"이 변태!"

"허허, 아기가 듣는다. 예쁜 말 좀 써. 그리고 이건 어쩔 수 없어, 남자니까. 그나마 네가 임신했으니까 참는 거야."

"아이고, 어찌나 고마우신지."

그녀가 한껏 비꼬아 말했다.

"물론 내일 검진 가서 의사 선생님께 물어볼 생각이지만."

"뭘 물어봐?"

"임신 중 부부 관계?"

"미친 거 아니야? 다시금 말하지만, 너랑 그런……."

그녀는 '짓'이라는 단어 대신 사용할 말을 떠올리기 위해 애썼다.

"나랑 섹스하지 않겠다고? 아니면 나와의 섹스가 싫다고?"

'섹스'라는 단어가 뭔 대수냐는 태도로 그가 물었다.

"둘 다."

"거짓말쟁이군."

"뭐라고?"

그녀가 발끈했다.

"나와 했던 섹스가 싫었을 리 없거든. 내가 기억하는 바로
는……."

다시금 그녀의 얼굴에 열이 확 차올랐다.

"그리고 앞으로의 일은 어떻게 될지 모르는 거니까 너무 단언하
지는 말고. 알겠어?"

그가 그녀를 내려다보며 반짝이는 눈으로 물었다.

"절대, 네버."

그녀가 단호한 목소리로 말했다.

"아무튼 네가 쓴 '오르가슴을 부르는 체위' 잘 읽었어. 언제 한
번 써먹어 보자고. 실제로 가능한지 궁금한 체위도 있었거든."

"너, 진짜 맞는다."

"큭큭큭."

그녀의 대답에 그는 소리 죽여 웃었다. 그녀를 안고 있으니 그
녀 안에 들어갔던 그 밤이 떠올랐다. 본능적으로 몸이 반응하는 것
을 간신히 참고 있었다.

술에 취해 그를 받아들이던 그녀가 아니었다. 아무것도 기억하
지 못한 채 그를 싫어하는 그녀만 남아 있으니, 그가 할 수 있는
일이 없었다.

'슬픈 일이군.'

그것이 그가 기억하는 마지막 생각이었다. 몰려오는 잠에 그의
의식이 가라앉았다.

반대로 다정은 눈을 감았다가 뜨면 아침이 오길 바라며 수많은 양을 세기 시작했다.

'양 한 마리, 양 두 마리……. 아, 길고 긴 밤이 되겠구나.'

6. 행동 지침

결국, 못 잤다.

거의 뜬눈으로 밤을 지새운 다정은 여전히 그녀를 안고 쿨쿨 잠들어 있는 건우가 얄미웠다. 밤새 그가 잠들었다 생각될 때마다 그의 가슴을 손가락으로 슬쩍 밀었다. 하지만 그때마다 더 악착같이 그녀를 품에 안는 그였다.

아침이 다가오는 시간이 돼서야 다정을 안고 있던 건우의 몸에 힘이 풀렸다. 그녀는 슬그머니 그의 품에서 빠져나와 침대맡에 섰다. 온몸이 뻐근하니 아우성을 쳤다. 기지개를 쭉 켜자 뼈마디마다 두둑, 하는 소리가 요란하게 났다.

아직 꿀잠에 빠진 건우의 얼굴에 막 창문으로 햇살이 쏟아졌다. 다정은 자신보다 하얗고 뽀얀, 잡티 하나 없는 피부를 보며 잠시 감상에 빠졌다.

'개싸가지. 잘생긴 외모에 자꾸 넘어갈 뻔해서 큰일이야.'

그녀는 밤새 자신을 괴롭힌 그에게 복수할 방법을 잠시 고민했다. 그러다 문득 화장대 위에 놓인 작은 고무줄 몇 개와 새빨간 립스틱을 집어 들고 의미심장한 미소를 지었다.

고이 잠든 그의 머리카락을 고무줄로 이리저리 묶고 립스틱으로 그의 입술과 볼을 빨갛게 칠했다. 유치하지만, 고무줄을 풀기 위해 고생할 그를 상상하니 지난 밤 그녀가 당했던 일에 대한 보상으로 충분했다.

'귀여워.'

그녀는 솔직한 감상에 이내 고개를 내젓고 휴대 전화 카메라로 그의 모습을 찍었다. 그 언제를 위한 보험이란 생각에 기분이 좋아졌다.

사진을 저장하고 소리가 안 나게 조심해 방문을 닫고 1층으로 내려갔다. 벽에 걸린 디지털시계가 8시를 알리며 깜박거렸다.

"엄마? 언니?"

다정은 엄마와 언니가 지난밤 머물렀던 손님방 문을 열었다. 하지만 두 사람의 모습은 어디에도 보이지 않았다. 대신 가까이 다가선 침대 베개 위에서 두 사람이 다정에게 남긴 메모를 발견할 수 있었다.

「이 서방 신경 쓸까 봐 새벽에 슬쩍 나간다.」

수첩에서 뜯어낸 것처럼 가장자리가 울퉁불퉁하게 찢긴 종이에 꼼꼼하게 마지막까지 힘주어 쓴 글씨체는 딱 봐도 엄마의 것이었다. 다정은 이어서 읽었다.

「너한테 잘해 주려고 애 많이 쓰던데 너무 투덜거리지 말고. 그래도 평생을 함께할 사람이고, 애 아빠니까 무언가 네 마음에 들지 않는 면이 있더라도 좀 참고 견뎌 봐. 살다 보면 정이란 게 생기니까. 사랑한다, 우리 딸.」

다정은 엄마의 사랑이 담긴 조언에 눈물이 핑 돌았다. 엄마가 이렇게 건우를 좋아하는데 너무 눈치 없이 싫어하는 티를 냈나 싶었다.

「아기 사진 받으면 바로 메시지 보내. 그리고 제부한테 사인 좀 부탁해 줘. 한 100장만?」

엄마의 편지를 읽은 감동은 지혜의 추신으로 싹 사라졌다.

「망할 년. 네가 어떻게 그렇게 남자들을 후리고 다니는지 신기할 따름이다.」

언젠가 언니가 결혼할 사람이라며 데리고 온 남자에게 언니의 실체를 꼭 알려 주리라, 다정은 굳게 마음먹었다.

그녀는 메모지를 고이 접어 반바지 주머니에 넣었다.

"으아아악! 이게 뭐야!"

갑자기 2층에서 건우의 비명이 들렸다.

'일어났구나. 누나를 만만히 보면 그렇게 되는 거란다.'

다정은 득의양양한 웃음을 지었다.

"으아악, 안다정!"

희미한 미소로 시작했던 그녀의 웃음은 고무줄을 풀며 고통에 찬 비명과 짜증을 내뿜는 건우의 목소리에 깔깔거리는 큰 웃음소리로 바뀌었다.

✻ ✻ ✻

빠르게 기자들을 통과해 주차장으로 들어오는 최 매니저의 밴을 다정은 계단에 쭈그리고 앉아 기다렸다. 그녀는 계속 건우를 노려보고 있었다. 그도 지지 않고 마주 응수하니, 둘 사이에 스파크가 튀었다.

"카메라 앞에서는 좀 웃지?"

그가 미소를 지으며 입술을 앙다문 상태에서 복화술로 말했다. 주차장 문밖에 아직도 남아 있는 파파라치들을 의식한 미소였다.

일어나서 꽁꽁 묶여 있는 고무줄을 머리카락에서 제거했던 고통이 아직도 두피를 얼얼하게 했다. 생각지도 못했던 복수라 제대로 화를 낼 여유도 없었다.

"난 연기자가 아니라서."

다정은 그렇게 말하고 집에서 그가 미리 건네주었던 검은색 마스크를 썼다. 검은색 모자까지 쓰니 그녀의 얼굴이 전부 가려졌다.

"늦겠다, 타."

차창 밖으로 고개를 내민 최 매니저가 건우와 다정을 향해 고갯짓으로 인사를 한 후 말했다. 두 사람은 건성으로 고개를 끄덕이고 밴에 올라탔다.

차가 출발하고 집에서 멀어지자 다정은 마스크를 턱 아래로 내렸다.

"옷이 이게 뭐야?"

"옷이 뭐?"

"이게 옷이야? 다 찢어진 걸레 조각이지."

"이게 패션이야."

청바지의 가닥가닥 찢긴 구멍으로 발이 걸려 입을 때 고생했던 다정은 건우의 대답에 인상을 찡그렸다. 패션이라니. 패션을 주도하는 연예인이 하는 말이니 더 뭐라 할 수도 없었다.

"너나 입을 것이지, 왜 나도 이렇게 입히는 건데?"

"네 옷, 촌스러워."

"뭐라고?"

"미안하지만, 내 이름에 걸맞는 격이라는 게 있거든. 지금 네가 입은 옷이 위아래, 신발까지 얼마인지 알아? 수백만 원 돈이야."

"헐."

다정은 넝마 같은 바지와 평범한 하얀색 티셔츠, 그리고 누가 봐도 헌것처럼 보이는 스니커즈가 왜 수백만 원 돈이 되는지 이해할 수 없었다.

"게다가 시밀러 룩이 유행이거든."

"시밀러 룩?"

"커플 룩 같은 거야. 모르면 인터넷 찾아봐."

그는 그 말을 끝으로 더는 대화를 할 생각이 없다는 표시로 팔짱을 끼고 눈을 감았다. 기다란 다리는 맞은편 의자에 툭 하고 얹은 채 거의 누운 듯 편안한 자세로 모자를 눌러썼다.

아기를 처음 보는 첫 검진 날, 두 사람은 그렇게 서로에 대한 불만이 가득한 채 닷새 전 예약된 산부인과 진료를 위해 병원에 도착했다.

"웃어라."

"흥."

콧방귀를 낀 다정은 보란 듯이 이건우 앞에서 마스크를 올리고 모자를 푹 눌러썼다.

건우는 잠시 고개를 내젓고 이내 차 문을 열고 내렸다. 그리고 다정을 향해 손을 내밀었다. 매우 상냥한 연기자의 얼굴을 한 이건우가 그녀 앞에 있었다. 마스크 아래 똥 씹은 얼굴을 하고 있으면서도 그녀는 그의 손을 잡고 밴에서 내렸다.

병원을 오가는 이들 중에 건우를 알아보는 사람들이 생기면서 웅성거리기 시작했지만, 어디선가 경호원들이 나타나 두 사람을 둘러쌌다.

"이리 와요."

건우는 다정을 한쪽 팔로 감싸 안았다. 그리고 경호원들이 안내해 주는 길을 따라 천천히 그녀를 보호하며 걸었다.

"웬 존댓말?"

엘리베이터 안에서 다정이 건우에게 속삭이듯 물었다.

"응? 아아……. 아무래도 우리는 첫 만남부터 결혼까지 속전속결로 진행됐으니까. 다른 사람들이 볼 때 서로 존댓말을 하는 것이 캐릭터에 맞겠다 싶어서."

"아주 대단한 배우네. 캐릭터 분석도 완벽히 하고."

그녀는 목소리를 최대한 낮추며 빈정거렸다. 하지만 돌아오는 것은 그녀를 더욱 강하게 끌어당기는 그의 팔과 낮은 웃음뿐이었다.

경호원들과 최 매니저는 산부인과가 있는 별관 3층 입구까지 두 사람을 안내했다. 다행히 그곳까지 따라오는 사람들은 적었다. 팬처럼 보이는 이십 대 여자들과 기자로 보이는 남자 몇 명이 다였다.

"1층 로비에 가 있을게. 귀찮게 하는 사람 있으면 바로 연락해."

"응."

당부하는 최 매니저에게 건우가 귀찮다는 듯 고개를 끄덕이며 답했다.

"웬일? 이건우다, 이건우."

"저 여자가 임신해서 결혼한다는 그 여자인가 봐."

"완전 평범한데?"

"그러게. 연예인 뺨칠 줄 알았는데."

"나보다 통통한 것 같지 않아?"

'이봐요, 아줌마들. 나도 나를 잘 알거든요?'

산부인과 앞 대기실 의자에 앉아 있는 다정의 귀에 마찬가지로 대기 중인 다른 두 환자의 말소리가 들려왔다. 듣지 않으려 해도 너무 대놓고 크게 말해서 안 들을 수가 없었다.

165센티미터 키에 56킬로그램. 일반인들 사이에서야 어떨지 몰라도 연예인들 사이에서는 전혀 날씬하다고 할 수 없는 몸뚱이라는 것을 다정도 잘 알고 있었다. 게다가 지금은 훤칠하다 못해 그림 같은 남자와 나란히 앉아 있지 않은가.

그렇다고 이렇게 대놓고 외모 지적을 받다니. 마스크 안에서 화끈거리며 얼굴이 달아올랐다. 화도 나고 수치심도 들었다.

"괜찮아요?"

건우가 그런 그녀의 손을 꽉 잡으며 물었다.

끄덕끄덕. 그녀는 말없이 고갯짓으로만 대답했다.

'이게 다 이건우 너 때문이야. 모든 게 다 네놈이랑 엮여서 그래.'

화가 부글부글 끓었다. 이 일이 어찌 다 그만의 잘못이겠냐 싶지만, 그래도 끓어오르는 분노를 쏟아 낼 대상이 그밖에 없었다.

"걱정하지 마요. 아기는 건강할 테니까."

남의 속도 모르고 그는 다정하게 말했다. 그녀는 다시금 고개를 끄덕였다. 지금 입을 열었다간 사람들이고 파파라치고 뭐고 짜증을 낼 것이 뻔했다.

"혹시 꽃뱀한테 발목 잡힌 거 아니야?"

"설마."

"에이, 그렇지 않고서야 이건우가 갑자기 결혼까지 한다고?"

"그치? 저렇게 평범한 여자한테 반할 리도 없고."

배가 불룩한 임산부와 그녀의 보호자로 보이는 두 여인은 계속해서 험담을 이어 나갔다.

'듣자 듣자 하니까.'

다정은 더는 참지 못하고 아까부터 그녀의 신경을 긁는 아줌마들을 향해 고개를 홱 돌렸다. 모자와 마스크에 가려져 있기는 해도 그녀의 시선을 받은 두 여자가 움찔하는 것이 보였다. 그리고 두 여자의 눈이 갑자기 휘둥그레졌다.

쪽.

건우가 다정을 자신에게로 끌어당기더니 마스크 위로 그녀의 볼에 입을 맞췄다. 그 모습을 본 주변 사람들의 시선이 당장에 건우와 다정에게로 쏠렸다. 그녀의 귀에 카메라 셔터 누르는 소리가 찰칵찰칵 들릴 정도였다.

"무슨 짓이야?"

깜짝 놀랐지만, 이를 악물고 목소리를 아주 많이 낮춘 다정이 물었다.

"저런 말에 일일이 반응할 필요 없어."

그가 그녀의 귓가에 속삭였다. 얼굴에는 여전히 미소가 가득했다. 그녀를 바라보는 시선에서 꿀이 뚝뚝 흘렀다.

데뷔 10년 차인 그도 처음에는 연예계의 생태를 몰라 많이 고생했었다. 선배들의 군기를 잡으려는 행동이나, 후배들의 버릇없음, 방송사의 갑질, 시청자들의 무시무시한 악성 댓글까지. 이제 연예인의 부인으로 살아야 할 다정 역시 이런 일들을 겪게 될 것이었다. 바로 자신 때문에.

그래서 그는 그녀에게 조금은 이 삶을 살아가는 지혜를 나눠 주고 싶었다.

"저 사람들이 바라는 게 지금 네가 보냈던 시선 같은 거야. 그럴 땐 오히려 보란 듯이 행동하는 게 좋아."

"보란 듯이?"

"그래. 할 수 있겠어?"

"뭘?"

도전적인 그녀의 시선에 그가 씩 웃었다. 그는 손가락으로 그녀의 얼굴을 가리고 있는 마스크를 끌어 내렸다. 당황했지만, 그녀는 간신히 얼굴에 미소를 띠었다. 힘을 준 입꼬리가 부들부들 떨렸다.

"눈빛."

그가 다시 속삭였다.

"지금 내 눈이 뭘 말하는지 봐."

꿀물.

사랑.

그녀는 그가 말하는 바를 깨달았다. 그가 그녀를 바라보는 시선에 사랑이 가득하듯이, 그녀가 그를 바라보는 시선도 그러해야 한다는 뜻이었다. 그녀는 최대한으로 마인드 컨트롤을 했다.

'나는 저놈을 사랑한다. 나는 저놈을 사랑한다. 나는 이건우를 사랑한다.'

어느새 그녀의 눈에 조금은 그를 향한 사랑이 스며들었다.

"잘하네."

정말 사랑스러운 동물을 바라보는 시선으로 그가 그녀를 향해 말했다. 그러더니 갑자기 그녀를 향해 고개를 숙였다.

'뭐 하는 짓……?'

그가 하는 행동을 그녀가 깨닫기 전에, 그는 그녀의 입술에 입을 맞췄다. 따뜻하고 촉촉한 그의 입술이 닿았다 떨어지는 동안 그녀는 눈을 번쩍 떴다.

"이번엔 감지 그래?"

그가 속삭였다. 두 눈을 동그랗게 뜨고 놀라서 그를 바라보는 그녀가 왠지 귀엽게 보였다. 그는 다시 그녀를 향해 고개를 숙였다. 이번에는 조금 더 길게 도톰한 그녀의 입술에 키스했다.

이번에 다정은 건우의 입맞춤에 맞춰 눈을 감았다. 그리고 그의 입술 감촉이 떨어지고 잠시 후 눈을 떴다. 누가 보더라도 완벽한 커플의 완벽한 키스였다. 사랑이 가득한, 가슴 떨리게 만드는 한 편의 영화처럼.

"정말 잘하는데?"

그가 다시 그녀의 귀에 속삭였다.

"대박, 정말 멋지다."

"진짜 사랑하나 봐."

역시 그의 생각대로, 그녀의 속을 뒤집어 놨던 두 여인의 반응이 180도로 바뀌었다. 그녀를 향한 주변의 시선 역시 불쾌함에서 부러움으로 순식간에 변했다.

다정은 얼굴을 건우의 가슴팍에 기댔다. 자연스러운 그녀의 움직임에 순간 그가 움찔했다.

"왜, 보란 듯이 행동하라며?"

그녀가 기댄 자세 그대로 고개를 들어 그를 향해 말했다.

"재밌군."

그는 다시 고개를 숙여 그녀의 이마에 입 맞췄다. 그의 생각보다 더 당차게 상황을 모면해 나가는 그녀가 조금은 마음에 들었다.

'이런 일에 당황하지 않겠어.'

다정은 이미 목까지 벌겋게 달아올랐지만, 내색하지 않으려 최대한 애썼다. 어쩔 수 없이 이런 달콤한 모습을 사람들에게 보여야 한다면, 나야말로 최고의 배우가 되어 주마, 다짐했다.

"안다정 님, 들어오세요."

간호사의 부름에 다정과 건우가 손을 잡고 일어나 진료실로 들어갔다.

사십 대 후반으로 보이는 단발머리의 여의사는 잠시 두 사람을 빤히 바라봤다. 아무래도 호기심이 동한 모양이었다. 이십 대 초반의 간호사 역시 힐끗거리며 건우를 쳐다보느라 정신이 없었다.

"두 분 먼저 축하드릴게요. 영광이네요."

"감사합니다."

"아기가 건강한지 한번 볼까요? 여기로."

다정은 의사와 간호사가 안내하는 대로 바지를 갈아입고 커다란 의자에 누웠다. 양쪽 다리를 올려놓는 철판이 발목에 차갑게 닿았다. 매년 건강 검진 때나 받았던 질 초음파는 언제나 기분이 이상했다.

건우는 머리맡에서 긴장한 그녀의 손을 여전히 꼭 잡고 있었다.

산부인과 진료가 처음일 텐데도 낯설어하거나 민망해하지 않고 차분한 그가 조금은 믿음직스러운 진짜 남편처럼 느껴졌다.

"여기 있네요. 7주 4일쯤 크기네요."

화면에 보이는 무언가의 크기를 재더니 의사가 말했다. 건우와 다정은 초음파 모니터를 뚫어져라 바라봤다. 어디요, 라고 묻기 전에 두 사람은 동시에 아기를 확인했다. 둥그런 타원 모양인 작은 그림자의 움직임이 보였다. 다정이 인터넷으로 보았던 젤리 곰 모양이 그대로 나타났다.

"심장 소리도 들어 볼래요?"

"심장 소리요?"

"네. 듣고 싶지 않아요?"

"듣고 싶어요!"

다정과 건우는 동시에 큰 소리로 대답했다.

두 사람은 서로의 손을 꼭 잡고 잔뜩 흥분에 차서 아기의 심장 소리를 처음으로 들었다. 콩닥콩닥하는 소리가 슈슈, 하는 기계음과 함께 선명하게 들렸다.

'이게 내 아이란 말이지?'

아기의 심장 소리를 들으니 다정은 가슴이 벅차올랐다. 자신의 배 속에서 이 작은 생명이 힘을 내고 있다는 생각에 경이감도 들었다.

"입덧은 어때요?"

"아직은 괜찮아요. 친정 엄마도 늦게 하셨다더라고요."

"엽산이랑 비타민 꼬박꼬박 챙겨 드시고 절대 안정 하셔야 해요. 며칠 전처럼 저혈압으로 쓰러질 수도 있으니까 무리해서 일하거나, 스트레스받는 일도 없어야 하고요."

절대 안정 하라는 말에 건우의 입술이 살짝 삐죽거렸다.

"남편분 마음은 알겠지만, 임신 초기에는 조심해야 하거든요."

"네?"

건우는 무슨 소리인지 모르겠다는 표정으로 반문했다.

"신혼인 건 알겠지만, 임신 초기에 부부 관계는 조금 위험해요. 최소 9주가 지날 때까지는 참으세요, 남편분."

의사는 건우를 향해 한쪽 눈을 찡긋했다.

'우와 귀신이다.'

의사의 말에 다정은 소름이 돋았다.

"네, 알겠습니다."

건우의 담담한 대답에 다정은 그의 생각이 궁금해졌다. 지난밤 그가 했던 말이 진심인지 장난인지 모르겠지만, 그가 묻기도 전에 의사가 대답한 것이나 마찬가지였다. 그런데 이렇게 담백한 대답이라니.

"2주 후에 뵐게요."

"감사합니다."

두 사람은 여전히 감동에 벅차 손을 꼭 잡고 진료실 밖으로 나왔다. 간호사가 프린트기에서 아기의 초음파 사진을 꺼내 다정에게 건넸다. 두 사람은 그 사진을 함께 보며 드디어 아기의 부모라는, 두 사람이 부부라는 실감을 했다.

"갈까요?"

건우가 다정의 어깨를 감싸 안고 말했다. 그녀는 사진에서 눈을 떼지 못하고 고개를 끄덕여 답했다. 앞을 보는 둥 마는 둥, 그녀는 그가 안내하는 대로 엘리베이터를 타고 1층으로 내려가 최 매니저와 경호원들이 기다리는 로비로 걸어갔다.

"이건우."

어디선가 꾀꼬리 같은 맑은 목소리가 건우의 이름을 불렀다.

그 목소리에 잘 걸어가던 건우의 걸음이 갑자기 멈췄다. 그의 옆에서 함께 걷던 다정도 그가 갑자기 멈춘 탓에 사진에서 눈을 떼고 그를 바라봤다.

'이건우?'

그의 눈에서 혼이 사라진 것 같았다. 아무것도 없는 어둠, 그의 눈은 어둠 그 자체였다. 눈만이 아니라 얼굴과 몸에서 혼이 빠져나간 사람처럼 그는 정면을 응시했다.

"오랜만이네."

다시 들려온 여자 목소리에 다정은 그제야 건우의 시선이 향하는 곳을 바라봤다. 로비 한가운데에 아름다운 여자가 서 있었다. 다정은 아무 말 없이 넋이 나간 그와 여자를 번갈아 바라봤다.

기다란 갈색 머리카락이 아름답게 물결치고, 날씬한 몸을 한껏 드러낸 핫팬츠에 민소매 티셔츠를 입은 그 여자가 그를 향해 매력적이고 사랑이 한껏 담긴 함박웃음을 지었다. 가지런한 치아가 매력적으로 빛났다.

그 여자, 정소진이었다.

7. 그들이 사는 세계

'정소진, 정소진, 정소진.'

다정은 휴대 전화로 인터넷 포털 검색창에 어제 병원에서 보았던 정소진을 검색했다. 화려한 프로필이 화면에 떴다. 대기업 간부인 아버지와 어머니 사이에서 외동딸로 자란 소진은 열여섯에 아역으로 데뷔, 현재 스물여섯 살의 데뷔 10년 차였다. 하지만 다정이 알기로 그녀는 몇 년 전부터 연예계에서 보이지 않았다.

'이유가 뭘까?'

스크롤을 내리자 그에 관련된 기사를 찾을 수 있었다. 그녀의 기억대로 정소진은 2년 전 프랑스로 보석 디자인을 공부하기 위한 유학길에 올랐었다. 그리고 그것이 연예계에서의 마지막 소식이었다.

'분명 이건우 놈과……'

다정은 자신의 옆 소파에 트레이닝복을 입고 길게 누워 텔레비전을 시청하는 건우를 흘깃 바라본 다음, 마저 검색창을 확인했다.

'역시.'

건우와 정소진의 스캔들은 소진이 프랑스로 떠나기 전까지 4년 동안 지속됐었다. 뜬소문이냐, 진실이냐를 두고 많은 논란이 있었고, 두 사람은 그때마다 친한 선후배 사이라고 선을 그었다. 하지만 다정은 어제 두 사람에게서 느낀 바가 있었다.

어제, 확실하게 건우를 부르는 소진과 분명히 시선이 마주쳤음에도, 분명히 걸음을 멈췄음에도 건우는 그녀를 무시하고 다시 걸었다. 다정의 어깨를 감싸 안은 손에 힘이 꽉 들어간 채 그는 소진에게 다시는 시선을 두지 않고 그대로 앞만 보고 걸었다.

다정의 눈엔 씁쓸한 미소로 그와 다정을 물끄러미 바라보는 소진이 보였다. 소진과 눈이 마주쳤을 때 왠지 모를 불안감에 다정은 그 시선을 피하지 않고 똑바로 마주했다. 그때는 그녀가 누군지 확실히 떠올리지는 못했지만, 잘한 일이라 생각했다.

"이건우."

다정은 건우를 불렀다. 그가 고개만 돌려 힐끗 그녀를 바라봤다. 뭐냐, 하고 그의 눈이 물었다.

"너, 정소진이랑 사귄 거 맞지?"

하지만 그는 이내 고개를 돌려 다시 텔레비전 속 예능 프로그램을 바라봤다. 화면 속에서 한창 인기 있는 걸 그룹이 나와 열심히 몸 개그를 하고 있었지만, 하나도 웃기지 않았다.

"말해 봐. 사귄 거 아니야?"

"알아서 뭐 하게?"

"그냥. '일반인'의 호기심이랄까?"

"그런 거에 관심 가질 시간에 책을 읽어."

그는 계속 말을 돌렸다.

"뭐, 네가 말을 안 해도 어제 두 사람 표정을 보니까 딱 사이즈 나오던데."

"……."

"왜 헤어졌어? 정소진이 너한테 뭐 잘못한 거라도 있어? 네 성격으로 봐서는 정소진이 찼으면 찼지, 네가 찬 건 아닐 텐데. 어제 분위기는 정소진이 너한테 꽤 잘못한 것 같은 분위기였단 말이지."

"텔레비전 보는데 시끄럽게."

건우는 신경질적으로 소파에서 일어나더니 다정의 말을 무시하고 2층으로 올라갔다.

'어쭈, 피하나?'

그녀도 자리에서 일어나 그를 쫓아갔다. 자신의 방으로 들어가려는 그를 간신히 따라잡아 닫히는 문을 밀었다.

처음으로 그의 방을 접한 그녀는 움찔해서 걸음을 멈췄다. 자신의 방과 정반대로 온통 검은색으로 칠해진 방이었다. 가구도 침구도 회색과 검은색으로 되어 있었다.

'시커먼 놈 같으니라고.'

그녀는 짧게 감상평을 했다.

"뭐야, 너?"

그의 눈에 그녀는 다시금 움찔했다. 얼마 전 차 안에서 낙태를 말하는 그녀에게 보였던 그 순수한 분노와 같은 눈이었다. 그래도 밀리고 싶은 마음은 절대 없었다.

"왜 피하는데?"

"말하고 싶지 않아."

"왜?"

"2번 조항."

그의 입에서 또다시 계약서의 조항이 튀어나왔다.

'윽. 외웠나?'

다정은 머릿속으로 곰곰이 2번 조항이 무엇이었는지 떠올렸다. 그동안 건우는 옷장 문을 열고 옷을 갈아입었다. 그녀는 나가지 않고 몸을 돌린 채 조항을 떠올리기 위해 애썼다.

"안 나갔나?"

그의 말에 그녀는 몸을 돌렸다. 어느새 완벽한 연예인으로 변신한 그가 그녀 앞으로 가까이 다가왔다.

"사생활 간섭이라 이거야?"

"똑똑하네. 생각해 내다니."

"간섭하는 거 아니거든?"

"간섭이야."

"어쨌든 사귀긴 했었다는 거네?"

"……."

문을 막고 서 있는 다정에게 가까이 다가온 그는 그녀의 눈을 뚫어져라 내려다보았다. 머리 하나 더 큰 그를 올려다보느라 고개가 아플 지경이었지만, 다정은 물러서지 않았다.

'도대체 뭐가 알고 싶은 걸까, 이 여자는.'

그는 순순히 말해 줄 생각도, 그렇다고 계속 그녀에게 시달릴 생각도 없었다. 안 그래도 어제 소진을 만난 탓에 온 신경이 그쪽에 실려 있어 마음의 여유가 없었다.

"나 외출한다. 밥은 알아서 차려 먹어."

"나도 밖에 나가고 싶은데."

"알고 싶은 것도 많고, 하고 싶은 것도 많은 여자군. 따라와."

그는 그녀를 옆으로 슬쩍 밀고 밖으로 나갔다. 그녀는 아무 말 없이 그를 쫓아갔다. 어쨌든 정소진이라는 소재로 그를 곤란하게 만들고 싶었던 의도는 성공적이었으니까. 물론 두 사람의 관계를 알게 되자 찝찝한 기분이 드는 것은 그녀 스스로 인정하고 싶지 않아 모르는 척했다.

그는 그녀를 데리고 정원을 지나 지하 주차장으로 내려갔다. 주차장 불을 켠 그는 벽에 걸린 열쇠 중 하나를 그녀에게 건넸다.

"저거 타면 돼."

그가 턱짓으로 가리킨 차는 까만색 스포츠카 옆에 있는 빨간색 미니 쿠퍼였다. 이 집에 처음 왔을 땐 기분이 별로였던 터라 눈에 들어오지도 않았던 것들이었다.

"운전은 할 줄 알겠지?"

"나 완전 운전 잘하거든?"

"그럼 사고 내지 말고 잘 타라. 앞으로 네 애마니까."

"웅? 이거 내 차야? 나한테 주는 거?"

"3도어 미니 쿠퍼야. 내 취향 아니다. 아기 태어나면 좀 더 큰 차로 바꿔야 하지만, 그때까지는 혼자 탈 만할 거야."

그는 그렇게 말하고 까만색 스포츠카에 탑승했다.

똑똑똑.

다정이 창을 두드리자 그는 창문을 내려 그녀를 바라봤다.

"왜?"

"임산부가 운전하는 게 얼마나 위험한지 알아?"

"아직 배도 안 나왔잖아."

"그런 말이 아니라……."

"그럼 운전하지 말고 그냥 택시 불러 다니든가. 내가 없을 때

나가고 싶은 걸 억지로 참을 수는 없을 것 같아서 준 거니까 알아서 해."

그는 차갑게 말하고 다시 창문을 올렸다. 시동이 걸리고 차의 움직임에 맞춰 주차장 문이 열렸다. 잠깐 사이기는 했지만, 밖에 진을 쳤던 사람들이 얼추 사라진 것을 알 수 있었다.

문이 다시 닫히고 주차장에 덩그러니 남은 다정은 그가 선물한 자동차를 바라보다 어깨를 으쓱했다. 언제가 될지 모르지만, 이 비싼 외제차를 몰 수 있다는 생각에 기분이 살짝 좋아졌다.

다정은 살짝 신나는 기분으로 정원을 지나 저택 안으로 들어갔다.

"아, 좋다. 이건우 없으니까 아주 살 만하고만."

텅 비어 있는 집 안으로 돌아온 다정은 건우가 누웠던 소파에 몸을 뉘며 중얼거렸다. 몸을 쭉 펴고 기지개를 켜며 높다란 천장을 바라보았다.

'거짓말하지 마, 안다정.'

그녀는 손등을 이마에 올리고 눈을 감았다. 이렇게 넓은 집에 혼자 있다는 것이 즐겁지 않았다. 싸가지 없는 언동으로 늘 다투게 되지만, 건우가 없는 집이 이렇게 쓸쓸하다는 것이 믿기지 않았다.

따르르르릉.

온 집 안을 울리는 전화벨 소리에 그녀는 눈을 번쩍 떴다. 테이블 위에 있는 골동품인 줄로만 알았던 전화기가 시끄럽게 울려 댔다.

"여보세요?"

— 아…….

다정의 목소리를 들은 상대가 말을 잇지 못했다. 여자인 것은 분명했다.

"여보세요?"

— 이건우 씨 집 아닌가요?

"누구⋯⋯?"

— 아, 저는⋯⋯.

여자는 다시 말을 삼켰다.

'혹시?'

다정은 순간 육감이 발동했다. 건우를 찾는 여자 전화, 어제 만났던 건우의 옛 애인 정소진. 분명했다.

"말씀하세요."

— 저는 정소진이라고 해요. 건우 씨가 휴대 전화를 받지 않아서요. 집에 있나요?

다정은 바로 대답할 수 없었다. 육감이 정확했던 탓에 말문이 막혔다. 여자의 육감이 이렇게 무서운 것이라니, 오스스 소름이 돋았다.

"방금 나갔어요. 휴대 전화는 갖고 나간 것 같은데⋯⋯. 운전 중이라 못 받을지도 모르겠네요."

— 아, 그렇군요.

"나중에 다시 걸어 보시겠어요? 아니면 제가 전화 왔었다고 전해 드릴게요."

— 아니요, 잠깐만요.

전화를 끊으려는 다정을 소진이 급하게 막았다.

— 저기, 혹시 시간 되시면 저랑 만나 주실 수 있나요?

"저를, 왜⋯⋯?"

— 부탁드려요.

잠시 아무 말 없이 고민에 빠졌던 다정은 결국 소진과 약속 시각과 장소를 정하고 전화를 끊었다. 무슨 일로 소진이 자신을 만나려고 하는지 궁금했다. 건우를 찾는 이유가 궁금한 것도 있었다.

'이렇게 빨리 그 빨간 외제차를 타게 될 줄이야.'

그녀는 결심이 선 듯 심호흡을 한 번 크게 했다.

✳ ✱ ✳

'사람 없는 곳을 잘도 골랐네. 하긴, 얼마나 잘 알겠어.'

다정은 소진과 약속한 장소 앞에 주차하고 생각에 빠졌다. 서울에서 가까운 외곽, 인적이 드문 강변에 있는 카페였다.

그녀는 안으로 들어가기 전 다시금 깊이 심호흡했다. 남편 될 사람의 옛 애인이 만나자고 한 이유가 뭘까, 그 호기심이 그녀를 여기까지 오게 한 것이다. 독이 될지, 득이 될지는 만나 봐야 알 일이었다.

그녀는 입고 온 원피스의 매무새를 바로잡았다. 어제 얼핏 본 것만으로도 자신이 정소진에 비해 얼마나 부족한지 알고 있는 그녀였다. 그래서 꾸민다고 꾸몄지만, 정소진 발끝에 미치지도 못할 것이 뻔했다.

카페 문을 열고 들어서자 널따란 정원 같은 실내의 한쪽 구석 테이블에 앉아 있는 소진이 보였다. 그녀는 어제와 전혀 다르게 발목까지 오는 꽃무늬가 화려한 히피 스타일 원피스를 입고 있었다. 긴 머리카락을 푼 천사같이 예쁜 인형의 모습이었다.

"정소진 씨."

"아, 안녕하세요?"

소진이 일어나며 생긋 웃었다. 티 하나 없이 맑은 얼굴로 그녀는 진심으로 다정을 반기고 있었다.

"앉으세요."

소진의 손짓에 따라 다정은 그녀의 맞은편에 앉았다. 두 사람이 자리에 앉자 단정하게 유니폼을 차려입은 종업원이 다가와 메뉴판을 내밀었다.

"전 아이스커피 주세요. 다정 씨는요?"

"저는…… 오렌지 주스 주세요."

그녀가 주문하자 순간 소진의 웃고 있는 입술이 움찔했다. 종업원이 사라지자 소진의 얼굴에 다시금 빠르게 미소가 번졌다. 조금 전의 반응을 들키지 않으려는 듯.

"임신, 축하해요. 몇 주예요?"

"7주 됐어요."

"7주……. 그렇구나."

소진이 흘러내린 옆머리를 귀 뒤로 넘겼다. 하얗고 가느다란 손가락조차 예뻤다. 끼고 있는 실반지들이 헐렁거리지는 않을까 염려될 정도로 가느다란 손가락이었다.

살짝 내리깐 속눈썹은 길고 풍성했다. 볼 터치를 한 듯 볼은 복숭앗빛으로 물들어 있었다.

"건우 씨, 사랑해요?"

고개를 들고 그녀가 갑작스레 질문했다.

"네?"

"건우 씨를 진심으로 사랑하는지 알고 싶어요."

"그게 왜 알고 싶은데요?"

다정은 방어적으로 답했다.

"다정 씨가 여기 나왔다는 건, 저랑 건우 씨가 어떤 사이인지 안다는 거겠죠?"

그 질문에 다정은 대답하지 않았다.

"우리, 정말 서로를 사랑해요. 그러니까 솔직하게 말해 주세요."

'왜일까? 왜 기분이 나쁠까?'

소진의 이야기를 들으며 다정은 슬슬 기분이 나빠졌다. 소진이 하고 싶은 말이 뭘까 싶었다. 이곳에 온 것을 후회했다.

다정이 입을 열려는 순간, 종업원이 돌아와 두 사람 앞에 각각 주문한 음료를 내려놓았다. 두 사람 모두 갈증 났었는지 음료를 들고 목을 축였다.

"정소진 씨, 나한테 무슨 말이 듣고 싶은 건가요?"

음료를 내려놓은 다정이 소진에게 물었다.

"건우 씨, 정말 사랑해요?"

"……사랑하니까 결혼하겠죠."

다정은 엄마 앞에서 사랑한다 말하던 건우를 떠올렸다. 그리고 어제 소진을 무시하며 지나쳤던 그를 떠올렸다. 오늘 외출하기 전 그녀에게 보냈던 시선을 떠올렸다.

"아기 때문은 아니고요?"

"……."

"미안해요. 기분 나쁘게 하려는 것은 아니었어요."

"정소진 씨."

"네."

다정은 사실대로 말할 수 없었다. 그것은 그도 원하지 않는 일임이 분명했다. 또한 계약서의 조항들과 별개로 그녀는 사실을 말하고 싶지 않았다.

"저, 건우 씨를 사랑해요."

"……."

소진의 눈동자가 커졌다. 전혀 생각하지 못했던 대답인 듯했다.

"됐나요?"

"……."

말을 잇지 못하고 망연자실한 소진을 바라보며 다정은 무릎 위에 올려놓은 손을 꽉 쥐었다. 왠지 모르게 나쁜 짓을 하는 기분이었다.

"이만 가 볼게요."

"다정 씨."

일어나려는 다정을 소진이 절박한 목소리로 불러 앉혔다.

"진심이 아니라면, 아기 때문이라면…… 떠나 주세요."

"이봐요, 정소진 씨!"

다정은 자리에서 벌떡 일어났다.

"부탁드려요. 우리 정말 사랑해요. 서로가 서로에게 첫사랑이에요. 연예계 생활 하면서 서로에게 힘이 되었던 사이예요. 그러니 제발 부탁이에요."

"부탁이라도 어쩔 수 없어요. 건우 씨와 나 사이에는……."

"아이라면, 내가 키울게요! 내 친자식처럼 키울게요."

소진은 눈물을 글썽이며 애원했다.

'뭐 이런 미친…….'

다정은 경악했다. 아직 배 속에 있는 아이를 키워 주겠다니. 이 건우 때문에 자기 자식도 아니면서 키우며 살겠다고 헤어지라니. 무슨 이런 여자가 있나 싶었다.

"지금 다정 씨를 사랑한다고, 그 사람이 말해도 진심이 아니에요."

소진은 절절한 말투로 말했다.

"2년 전이잖아요."

듣다못해 다정이 말했다.

"두 사람이 사귀었던 거 2년 전이잖아요."

"그래도 우리 사랑은 변하지 않았어요."

"변했어요."

그녀는 다시 자리에 앉아 아직 남아 있는 오렌지 주스를 벌컥벌 컥 들이켰다. 그리고 앞에서 눈물을 글썽이며 불쌍한 표정으로 그 녀를 바라보는 소진을 향해 당차게 입을 열었다. 이 멍청한 여자에 게 한마디 해 주지 않고는 못 배길 것 같았다.

"사랑이 변하지 않는다는 말을 믿는다면 소진 씨가 아직 세상을 모르는 거예요. 사랑은 변해요. 사랑은 움직이는 거예요. 지금 당 장 사랑한다고 말하면서도 뒤로는 그 사랑을 배신할 수 있는 것이 사랑이라는 감정이에요. 그 사랑을 배신하지 않기 위해 자기 자신 을 스스로 다잡는 사람이 있는가 하면, 그깟 사랑이라면서 배신을 아무렇지 않게 하는 사람도 있어요."

다정은 지성화를 떠올렸다. 그녀의 사랑을 아무렇지 않게 배신 한 사람을. 단 한 순간도 불신한 적이 없던 그녀의 믿음을 아무렇 지 않게 배신한 사람을.

한 사람의 사랑이 계속되는 동안에도 상대편의 사랑은 그렇게 변화하는데, 소진이 말하는 '그들의 사랑'은 이미 2년 전 이야기 였다.

"하물며 지금 당장 사랑하는 사람들조차 변하는데, 소진 씨가 말하는 '우리'라는 건 벌써 2년이나 지난 사랑이에요. 그리고 내 가 자세한 사정은 모르지만, 건우 씨는 이미 소진 씨에 대한 사랑이 한참 전에 사라진 것 같던데요."

"……."

"그러니까 더는 '우리' 사이에 끼어들지 마세요."

그녀는 일부러 '우리'라는 단어를 강조했다. 소진과 건우와 달리 '지금 사랑하고 있는 우리'라는 의미에서. 그리고 그것을 알아들은 듯 소진이 고개를 푹 숙였다. 그와 동시에 소진의 무릎 위로 떨어지는 눈물을 그녀는 모르는 척하고 일어났다.

"건우 씨에게 오늘 만남은 말하지 않을게요. 그럼, 다음에 또 보는 일 없었으면 좋겠네요."

그 말을 끝으로 다정은 카페를 나왔다. 뒤도 돌아보지 않고 차에 올라 시동을 걸었다. 그대로 사이드 미러나 백미러 한 번 바라보지 않고 집으로, 건우와 자신의 집으로 차를 몰았다.

'잘했어. 잘한 거야. 이건우도 분명 나한테 잘했다고 할 거야.'

더는 카페가 보이지 않는 곳까지 운전해 온 다정이 갓길에 차를 세웠다. 핸들에 양손을 올려놓고 숨을 몰아 내쉬었다. 뭔가 심각한 잘못을 저지른 사람처럼 심장이 두근거렸다. 핸들을 잡은 손에 힘이 들어갔다.

"욱."

갑작스러운 메스꺼움에 그녀는 차 문을 벌컥 열고 다급하게 밖으로 뛰어나갔다. 그리고 갓길에 바짝 붙어 서서 속에서 올라오는 토기를 게워 냈다.

생각해 보니 오늘 건우가 차려 줬던 간단한 아침 식사 이후로 오후 4시가 되어 가는 지금까지 먹은 것이라고는 조금 전 마셨던 오렌지 주스가 다였다.

'이래저래 최악이네.'

그녀는 차에서 티슈를 찾아 꺼내 입가에 묻은 침을 닦아 냈다. 그리고 씁쓸한 심정을 가슴에 한가득 안고 집으로 다시 출발했다.

❀ ✱ ❀

"가기 싫어."

다정은 인상을 찡그렸다.

"내가 꼭 가야 하는 거야?"

그녀는 양손을 허리에 얹고 욕실 문틀에 삐딱하게 기대어 서서 건우에게 물었다.

"당연한 거 아니야? 널 소개하는 자리잖아."

그는 별 이상한 사람 다 보겠다는 표정으로 세수를 하던 손길을 멈추고 그녀를 바라봤다.

"일찍 말해 줬어야지. 바로 당일에 이렇게 말하는 법이 어디 있어?"

"어디 갈 일 있었어? 별로 할 일도 없잖아? 어차피 집에만 있을 거였으면서."

"그걸 말하는 게 아니잖아."

다정은 화가 치밀었다.

"상의는 할 수 있는 거잖아. 이렇게 통보만 하는 법이 어디 있냐는 말이야."

그녀의 항의에도 건우는 듣는 둥 마는 둥 다시 세수하는 데 여념이 없었다.

"내 말 듣는 거야?"

"어. 미안하네. 됐지?"

그는 수건으로 얼굴의 물기를 훔치며 사과했다.

'아주 세상 혼자 살지?'

그가 보지 않을 때 그의 머리에 살짝 꿀밤 먹이는 시늉을 했다.

점심을 먹고 난 후 그가 가야 할 곳이 있다며 외출 준비하라는 말이 이 일의 발단이었다. 어디에 가냐는 그녀의 질문에 그는 아무렇지 않게 지나가는 투로 대답했다.

'동기 아역 배우들 모임.'

오랜만에 만나자는 약속이 잡혔는데, 결혼할 여자를 소개시켜 주기로 했다며 그녀에게 준비하란 것이었다. 그것도 모임 세 시간 전이 되어서야.

한숨을 쉬고 화를 내 봐야 이미 소용없는 일이기에 그녀는 건우를 한 번 노려보고 욕실로 들어갔다.

"대충 씻어. 헤어숍에 갈 거니까."

"숍?"

"어."

"거기는 왜?"

"내 여자가 후줄근한 것 싫거든."

그 말을 남기고 그는 방으로 사라졌다.

'그 말은 지금 내가 후줄근하다, 이거잖아?'

다정은 다시금 욱하고 올라오는 화를 애써 꾹 참으며 그의 말대로 '대충' 씻기 시작했다.

"너무 과한 거 아니야?"

다정이 치마를 끌어 내리며 건우에게 물었다.

숍에서 머리단장과 화장을 마치자 그는 그녀를 잘 아는 디자이너숍에 데리고 가 옷을 사 주었다. 몸에 착 달라붙는 검은색 미니 드레스를 골라 주고 가방과 신발까지 맞춰 샀다. 치렁거리는 액세서리를 귀와 목, 손가락에 착용했다. 스스로가 생각하기에도 지금까지 그녀 인생에서 가장 아름다운 모습이었다.

하지만 모임이 있는 바에 도착하자 다정은 걱정이 되었다.

처음 가는 칵테일파티이고 그녀가 주인공인 데다, 모임에 참석하는 사람들이 모두 배우라는 것에 두려움이 엄습했다. 얼마나 대단한 사람들이 모였을까 싶고, 아무리 예쁘게 꾸몄어도 그 사람들 눈에는 뻔히 어색해 보일 거란 생각이 들었다.

"걱정하지 마."

그런 그녀의 속도 모르고 그는 망설임 없이 차에서 내렸다. 그러자 한 남성이 다가와 그녀가 앉은 조수석 문을 열어 주었다. 그녀가 차에서 내리자 그는 운전석에 올라타 차를 몰고 주차장으로 사라졌다.

'아, 발레파킹이구나.'

뭔가 싶었던 다정은 대리주차 요원이었다는 것을 알고 얼굴이 달아올랐다. 그녀는 경험한 적이 없는 서비스였다.

"들어가자."

건우가 팔을 내밀었다.

"치마가 너무 짧아. 불편해."

그녀가 다시금 치마를 끌어 내리며 말했다.

"그 정도 길이 가지고 뭘."

그가 그녀의 손을 잡아 자신의 팔에 둘렀다.

"앉으면 속옷이 다 보일 것 같은데."

"괜찮아."

"난 안 괜찮아."

바 안으로 들어서며 불만을 토로하던 다정은 입을 다물었다. 온통 금색 타일로 꾸며진 복도가 조명으로 번쩍였다.

"어서 오십시오. 모두 기다리고 계십니다."

훤칠한 키의 남자가 두 사람을 보더니 90도로 허리를 숙여 인사하며 말했다. 그리고 그들을 데리고 앞서 복도를 걷더니 엄청나게 큰 문을 양쪽으로 열었다.

잔잔한 클래식 음악이 흐르는 어두운 방 안에 모인 네 명의 남자가 낮은 테이블 소파에 둘러앉아 와인을 마시고 있었다.

"여, 이건우. 드디어 왔군."

두 사람이 도착한 것을 가장 먼저 확인한 남자가 손을 흔들며 자리에서 일어났다.

'어? 한재민이다!'

다정은 자신의 두 눈을 의심했다. 끼리끼리 논다고 했던가. 그녀가 보고 깜짝 놀란 한재민은 건우와 어깨를 나란히 하는 유명 배우 중 한 사람이었다. 게다가 그의 옆과 맞은편에 앉은 세 사람 역시 한국에서 내로라하는 배우였다. 그들은 모두 슈트를 빼입은 채 술을 마시고 있다가 두 사람을 향해 벌떡 일어났다.

"어서 오세요, 다정 씨."

재민이 웃으며 그녀에게 손을 내밀어 악수를 청했다.

"네, 안녕하세요."

얼떨떨한 마음처럼 그의 손을 잡는 그녀의 목소리도 떨려 왔다.

"저는 한재민입니다. 여기는 박연호, 이창민, 그리고 여기는……."

"최재원입니다."

재민의 말을 끊고 재원이 끼어들었다. 재원은 눈으로 다정을 위아래로 훑었다. 그 시선이 왠지 꺼림칙해 다정은 슬쩍 치마를 끌어내리며 자리에 앉았다.

"자식, 갑자기 결혼이라니. 깜짝 놀랐다."

"뭐, 그렇게 됐어."

연호의 말에 건우는 그를 위해 주문한 양주를 크리스털 잔에 따르며 답했다.

"임신 몇 주예요?"

"이제 8주 되어 가요."

"와, 8주라……. 몸조심해야 할 때네요."

"네, 아무래도……."

친절하게 말을 걸어 주는 재민 덕분에 다정은 조금이나마 긴장이 풀렸다. 창민이 옆에서 두 사람의 대화를 들으며 호응하거나 가끔씩 끼어들어 그녀에게 질문하기도 했다. 대부분 건우와 관련된 질문이었지만, 그녀는 미리 준비된 답변으로 무난히 넘어갔다. 일전에 잡지사와 진행했던 인터뷰가 이럴 때 도움이 될 줄은 몰랐던 그녀였다.

"그럼 건우가 다정 씨한테 한눈에 반한 거예요?"

"네, 뭐, 그렇다고 할 수 있죠."

"항상 외로워 보였는데, 다정 씨 우리 건우 잘 좀 부탁해요."

"아유, 아니에요. 제가 잘 부탁드려요."

어느 정도 긴장이 풀리자 다정은 재민, 창민, 연호와 함께 이야기를 나누며 자연스럽게 웃을 수 있게 되었다.

"다정 씨는 참……."

한참 이야기를 듣고 있던 재원이 다정에게 말을 걸었다. 그녀는 무의식적으로 다리를 모으고 허리를 폈다. 왠지 그의 눈초리가 그녀를 부담스럽게 하고 긴장되게 했다.

"남편 친구들이 모인 자리에서 편안하네요? 너무 신이 나 보이기도 하고요."

갑작스러운 재원의 말에 다정은 너무 놀라 입을 다물었다. 그녀만이 아니라 함께 이야기를 나누던 세 남자, 그리고 조용히 술을 마시며 그들을 지켜보던 건우까지 정지 버튼이 눌린 텔레비전 화면처럼 멈춰 버렸다.

탕.

그 무거운 침묵을 깨고 건우가 들고 있던 크리스털 잔을 테이블에 거칠게 내려놓았다. 그의 눈이 무섭게 날 선 빛을 발했다. 순식간에 모든 사람의 시선이 그에게로 쏠렸다.

"최재원, 너 지금 뭐라고 했어?"

그는 끓어오르는 분노를 삭이며 침착하게 물었다.

"왜? 내가 못 할 말 했어?"

재원은 입가를 비스듬히 끌어 올리며 웃었다. 누가 보더라도 명백한 비웃음이었다.

"친구들끼리 모인 자리에 불청객이 껴서는 너무 해맑게 즐기잖아."

"야!"

재민이 재원의 팔을 당기며 제지했다.

"애가 생겨서 결혼하는 사람치고 너무 밝은 것 아니야?"

"너 지금 뭐라고 했어?"

건우는 재원의 멱살을 잡아 일으켰다.

"다 널 위해 하는 말이야, 나는. 꽃뱀한테 물렸다는 소리가 사실인지 아닌지 내가 지금까지 쭉 지켜봤거든."

재원의 입에서 나온 '꽃뱀'이라는 단어에 다정은 등줄기에 오스스 소름이 돋았다.

"이 새끼가……."

퍽.

건우의 주먹이 재원의 왼쪽 얼굴에 꽂혔다. 재원은 비틀거리더니 바텐더가 있는 곳까지 밀려가 의자를 잡고 간신히 몸을 지탱했다.

"워, 워. 두 사람 모두 그만해."

"다정 씨 앞에서 뭐 하는 짓이야."

다른 친구들이 건우와 재원을 막아서며 싸움이 번지는 것을 말렸다. 다정도 건우의 팔을 잡아당겼다.

"그만해."

그녀를 돌아본 건우의 얼굴이 분노로 일그러져 있었다.

"그만 가자."

그녀는 어떻게든 자리를 피하고 싶었다. 원치 않았던 자리에 나와 원치 않은 소리를 들었더니 가슴이 답답했다. 일반 사람들도 아니고 건우의 친구까지 그녀를 꽃뱀 취급 하는 것에 열불이 났다.

'그러게 치마가 너무 짧다고 했잖아!'

짜증이 치밀어 올랐다.

"소진이랑 헤어지고 고작 고른 것이 그런 여자냐?"

"재원아!"

"레벨이 있지. 너 정도 되면 여자는 가려서 만나야 할 것 아니야. 소진이가 뭐가 되냐?"

재원의 오만함에 다정은 기가 찼다. 그의 말인 즉, 소진과 사귀었던 건우였으니, 그다음으로 만날 여자는 소진보다 나아야 하는 것 아니냐는 뜻이었다. 대한민국을 대표하는 배우이니 그 배우자도 그 정도 급에 맞추어야 하지 않느냐는 질타였다.

"가자."

한참을 재원을 노려보던 건우가 이번에는 다정의 손을 잡아끌었다. 그녀는 마지막 재원의 말이 마음에 걸려 건우의 손에 끌려 문으로 향하면서도 시선은 계속 뒤를 향한 채였다.

"잠깐만."

그녀가 걸음을 멈췄다.

"왜? 뭐 두고 왔어?"

건우가 의아한 표정으로 물었다.

"아니, 이대로는 그냥 못 가겠어."

다정이 걸음을 돌려 다시 재원에게로 향했다.

"안다정."

당황한 건우가 따라와 그녀의 손목을 잡아 멈춰 세웠다.

"놔 봐."

"진정해. 네가 화난 것은 알겠는데……."

"알면 놔. 그냥 이대로 가면 내가 너무 바보처럼 보일 것 같아서 싫어. 정말 꽃뱀이 된 기분이라고."

"……."

"놔."

그녀의 말에 그는 손을 놓았다.

"저기요, 최재원 씨."

다정이 자리에 앉아 있는 재원을 불렀다. 웨이터가 갖다줬는지 얼음주머니를 방금 맞았던 얼굴에 대고 소파에 기대앉아 있던 그가 그녀를 올려다봤다. 다른 세 사람 역시 흥미로운 시선으로 그녀를 바라봤다.

"당신들이 사는 세상에서는 사람을 그렇게 무시해도 되나 보죠?"

그녀는 재원을 내려다보며 말했다. 그는 대답하지 않았다.

"적어도 제가 사는 세상에서는 당신 같은 사람을 보고 오만방자하다는 표현을 써요. 그리고 친구의 부인이 되는 사람이라면, 이미 어느 정도 친구와 급이 맞는 것 아니겠어요? 당신의 논리대로라면 오히려 당신이야말로 건우 씨의 급에 맞지 않아요. 레벨이라는 게 있는데 당신 같은 친구를 뒀다면 사람들이 뭐라고 생각하겠어요?"

그녀가 또박또박 말을 잇자 그의 표정이 일그러지더니 일순 시뻘겋게 변했다.

"그래도 당신을 친구라고 생각하는 사람이 있기에 한마디만 더 할게요. 배우 생활 하면서도 이런 식으로 오만방자하게 굴면 그 생활 길게는 못 할 거예요. 변변찮은 급의 일반인이었던 제 눈에는 그런 것이 확실하게 보이거든요."

재원의 얼굴이 분노로 일그러지는 것을 보면서도 다정은 말을 마치자마자 몸을 돌렸다. 그리고 자신을 기다리고 있는 건우에게로 걸어갔다.

"제법이네, 안다정."

건우가 그녀를 향해 미소 지으며 말했다. 그녀는 들은 척도 하지 않고 스스로 문을 열고 밖으로 나왔다.

바 밖으로 나오니 시원한 바람이 불어 앞머리를 흩날리게 했다. 그녀는 손으로 머리카락을 정리하고 마침 발레 기사가 몰고 온 건우 차에 올라탔다. 그녀를 뒤따라 건우도 운전석에 올라탔다.

"미안해."

차가 도로 위를 한창 달려가는 중에 다정이 건우에게 사과했다.

"뭐가?"

그가 물었다.

"네 친구한테 못된 말 해서 미안해. 기분 나빴다면 사과할게."

그래도 자신을 친구들에게 소개하려 한 자리에서 괜한 다툼을 만든 것 같아 마음이 불편했던 그녀였다.

"괜찮아."

그가 그녀를 슬쩍 바라보고 말했다.

"정말?"

"정말. 그리고 그 자식 내 친구 아니야."

"아니야?"

놀란 다정이 되물었다.

"그런 놈이라면 친구라고 하기 창피해. 네 말이 맞아."

"내 말?"

"그 자식이 오히려 내 급에 맞지 않는다고."

그렇게 말하고 그는 한쪽 입가를 끌어 올리며 미소 지었다.

"그리고 오늘 일은 오히려 내가 너한테 사과해야지. 미안해. 억지로 끌려 나간 자리에서 그런 말이나 듣게 해서."

"그렇게 말해 주면 고맙고. 주먹은 안 아파?"

"괜찮아. 더 패 주지 못해 아쉬울 뿐이야."

"고마워. 그래도 남편이라고 아내 때문에 화를 내기는 하는구나."

그녀가 한숨 섞인 말을 토했다.

"당연하지."

그가 말했다.

'뭐가 그렇게 당연한데? 아내를 보호하는 남편 역할이? 아무리 사랑 없는 결혼을 한 사이여도 배역이 정해졌으니 훌륭하게 소화해 내는 배우라는 거야?'

그녀는 입 밖으로 흘러넘칠 것 같은 질문들을 막기 위해 창밖으로 시선을 돌렸다.

8. 평온도 잠시

드디어, 건우와 다정이 법적으로 완벽한 부부가 됐다. 혼인 신고를 마치고 돌아오는 길에 엄마로부터 무당에게서 3개월 후로 결혼식 날짜를 받았다는 전화가 왔다. 임신은 8주 차에 접어들었으니 결혼식 무렵에는 배가 조금은 불러 있을 것이다.

── 그날이 네 사주에 딱 좋대.

엄마는 용하다는 무당에게 거금을 들여 날을 받아 왔다며 신이 나 계셨다.

휴대 전화에는 아기의 사진도 저장되어 있고, 마음만 먹으면 산부인과 홈페이지에서 아기 심장 소리도 들을 수 있건만, 다정은 아직도 가끔 모든 것이 실감 나지 않았다. 어떤 날은 피부가 아릿할 정도로 현실로 느껴졌고, 어떤 날은 마치 꿈을 꾸는 것처럼 몽롱하기만 했다.

건우에게는 말하지 않았지만, 이제 정소진이 아무리 용을 써도 두 사람을 갈라놓는 방법은 정식 이혼밖에 없었다.

"날짜 좋네. 준비하러 다녀야겠군."

결혼 날짜를 전해 듣고 건우는 별다른 반응 없이 담담하게 말했다.

박 대표의 수완이 얼마나 좋은지 여론은 벌써 그에게 호의적으로 바뀌었다. 꽃뱀이니 어쩌니 했던 다정을 향한 무수히 많던 의혹과 욕설들도 사라졌다.

이미 엎질러진 물, 그는 이 결혼을 끝까지 책임질 생각이었다. 다정이 이 결혼을 어떻게 생각하든 그것은 별개의 문제지만.

"이제 밖에 다녀도 되겠다."

"정말?"

"응. 같이 장 보러 가도 돌 맞을 일은 없겠어."

"같이……?"

"마음에 안 들어도 어쩔 수 없어."

그의 말을 들으니 외출할 수 있다는 생각에 기뻐했던 다정의 기분이 착 가라앉았다. 그녀가 원하는 것은 그 없이, 마스크도 모자도 쓰지 않고, 선팅으로 시커먼 차를 타지 않고 밖으로 나가는 것이었다. 사람들의 시선 속에서 벗어나 자유롭게 외출하는 것이 얼마나 행복한 일인지 새삼 깨달았다.

게다가 요즘 들어 임신으로 인한 호르몬의 영향 때문인지 기분이 좋다가도 금세 우울해졌다. 몸속에서 호르몬이 폭죽을 터트리며 파티 중이니 어쩔 수 없는 노릇이지만, 그래도 이렇게 올라갔다 내려갔다 하는 기분에 그녀는 어깨를 늘어트렸다.

"장 보러 갈까?"

그녀의 표정을 살핀 그가 물었다. 그녀가 이런 표정을 지으면 언제부터인지 신경에 거슬렸다. 웃는 얼굴을 보는 것도 드문 일인데, 울적한 것은 더 보기 싫었다. 벌써 애가 둘인 박 대표가 귀띔해 주지 않았다면 그녀를 오해할 뻔했다.

"장?"

"냉장고에 먹을 것도 다 떨어져 가고. 마트 가서 한 바퀴 돌고 오지, 뭐."

"이 시간에 무슨 장이야."

밤 11시가 넘은 시간이니 문을 연 곳도 없다고 생각한 다정이 입술을 삐죽거리며 말했다.

"양재에 새벽 2시까지 하는 큰 마트가 있으니까 거기로 가자. 늦어서 사람도 별로 없을 테니."

"진짜로, 지금 가자고?"

"싫어?"

그녀는 건우의 눈을 바라봤다. 병원에 다녀온 이후로 조금은 그녀에게 부드러워진 그였다. 선뜻 외출을 제안하는 그의 손을 덥석 잡고 싶었다.

'호의일까, 아닐까?'

그것이 궁금했다. 그가 아이 때문에 자신에게 잘해 주는 것이지 그 이유를 빼고는 자신에게 관심도 없을 것이라는 생각에 다시 기분이 가라앉았다. 분명 그가 좋아진 것임에도 그건 또 그것대로 인정하고 싶지 않았다.

"빨리. 더 늦으면 이 기회도 없어."

그가 웃으며 소파에 앉아 있는 다정을 향해 손을 뻗었다. 바람이나 쐬자는 생각으로 그녀는 그의 손을 잡고 일어났다.

건우의 말대로 차를 타고 집에서 20분쯤을 달려 도착한 커다란 마트는 아직도 영업 중이었다. 이전에는 24시간 영업하던 곳이라는 그의 말에 다정은 고개를 끄덕이며 감탄했다. 보통 마트의 두 배는 되어 보이는 크기에 놀라던 차였다. 같은 서울 내에 살고 있었음에도 자신은 모르는 세상이 그에게 존재했다.

마트 안에는 쇼핑하는 사람들이 그렇게 많지 않았다. 그 때문에 두 사람을 봐도 심하게 몰려들지 않고 멀찍이서 구경하는 정도였다.

건우는 다정의 손을 잡고 카트를 밀었다. 그녀 역시 그의 옆에서 나란히 걸었다. 두 사람은 잘 인식하지 못하고 있었지만, 병원에서의 입맞춤 이후로 조금은 신체 접촉이 자연스러워진 상태였다. 이제 손잡는 일쯤은 아무렇지 않았다.

팬이라며 다가오는 사람에게 건우는 깍듯이 인사했다. 그 사람들은 다정에게도 '예뻐요'나 '건우 오빠 잘 부탁해요'라며 살갑게 굴었고, 그녀 역시 웃으며 인사했다.

'원래 쇼핑을 좋아하는구나.'

다정은 마트에 들어서자마자 눈이 반짝반짝 빛나는 건우를 포착했다. 전번 날 아기 물건들을 잔뜩 사 놓고 눈을 반짝이며 설명하던 그가 떠올랐다.

"뭐 해 먹을까?"

그가 그녀를 바라보며 물었다.

"글쎄……."

그녀는 시큰둥하게 대답했다.

"뭐 먹고 싶은 것 없어? 입덧 시작하기 전에 많이 먹으라고 하던데. 그래야 입덧도 좀 수월하게 지나간대."

"네가 그걸 어떻게 아는데?"

"인터넷."

자랑스레 휴대 전화를 들어 보이는 그에게 그녀는 어련하시겠어, 하는 눈빛으로 슬쩍 시선을 흘겼다.

"카레나 해 먹을까?"

"카레 별로 안 좋아해."

"왜?"

"당근. 익힌 당근은 별로야."

"편식쟁이군. 우리 애가 엄마를 닮으면 안 될 텐데."

건우가 지나가는 투로 뱉은 말에 다정은 귀가 새빨개졌다. 처음으로 그의 입에서 나온 '우리 애'라는 단어 때문이었다. 그는 정말로 우리 사이에 아이가 생긴다는 것을 실감하는 걸까 싶었다.

"당근만 안 좋아해. 다른 건 다 먹어."

"그럼 당근만 좋아하기 시작하면 되겠네."

"으."

그녀는 인상을 찌푸리며 항의했지만, 어느새 그는 카트에 당근을 실었다.

"당근 많이 먹으면 가슴 커진다더라. 좀 먹도록 해."

그는 그녀의 어깨를 끌어안고 귀에 속삭였다.

'이, 이, 변…….'

얼굴이 새빨개져서 큰 소리로 외치려던 그녀는 간신히 그 말을 삼켰다. 아기를 위해, 이제는 하고 싶은 말도 함부로 뱉어서는 안 된다.

"어? 안다정?"

순간 뒤에서 들려오는 익숙한 남자 목소리에 다정의 발이 돌처럼 굳었다. 다시는 들을 일이 없을 거라 생각했던 목소리였다.

"다정아."

돌돌돌돌.

그녀를 향해 다가오는 카트 소리에 그녀는 앞으로 움직이려 했다. 하지만 그녀의 어깨를 안고 있는 건우는 이미 그 소리에 반응해 몸을 돌린 뒤였다.

"와, 다정이 맞구나. 멀리서 봐서 아닌 줄 알았다."

너무도 반가워하는 목소리에 그녀는 간신히 몸을 돌렸다. 지성화, 3개월 전 그녀를 무참히 떠났던 그가 환하게 웃으며 눈앞에 서 있었다.

"다정 씨, 누구?"

건우가 다정을 향해 상냥한 어투로 물었다. 그녀를 바라보는 그의 얼굴에 호기심이 한가득이었다.

"아, 저기⋯⋯."

"안녕하세요? 다정이 동아리 선배예요."

머뭇거리며 말을 잇지 못하는 그녀를 대신해 성화가 대답했다. 그는 건우를 향해 손을 내밀어 악수까지 청했다.

"지성화라고 합니다. 여기 제 명함."

짧은 악수 뒤, 성화가 내민 명함을 받고 건우는 잠시 뚫어져라 그것을 바라봤다. 이윽고 그는 가면 쓴 얼굴로 성화를 향해 웃어 보였다.

"저는 명함이 없네요. 그래도 제가 누군지는 아시겠죠?"

"하하, 물론이죠. 이건우 씨를 이렇게 만나다니 영광이네요. 다정이랑 혼인 신고 하셨다는 소식을 오늘 뉴스에서 봤습니다. 축하 드립니다."

"감사합니다."

두 사람이 이야기를 나눌 동안 다정은 한마디 말도 못 하고 안 절부절못했다. 이 순간, 이 자리를 피하고 싶었다. 저 철면피 같은 성화가 도대체 무슨 낯짝으로 자신에게 알은척을 한 것인지 알고 싶지도 않았다.

"성화 씨."

성화를 부르는 목소리에 세 사람이 동시에 그곳을 바라봤다. 위 아래로 멋지게 회색 정장을 차려입고 붉은빛이 도는 머리카락은 단정하게 올려 묶은 멋진 여성이 손에 아보카도가 담긴 망을 들고 다가왔다.

"아……."

그녀를 본 성화의 얼굴에 살짝 당혹감이 퍼졌다.

'그 여자구나!'

다정은 그 여자가 누구인지 단번에 알아차렸다. 순간 욱하고 화 가 치밀어 올랐다. 그녀를 두고 바람을 피우게 만든, 성화와 같은 법률 사무소에서 일하는 동료 변호사, 성화의 약혼녀였다.

"가요, 건우 씨."

다정은 건우의 옷깃을 잡아끌었다. 하지만 그는 움직일 생각이 없어 보였다. 오히려 이 상황이 재밌는 듯 그의 얼굴 가득 웃음이 만연했다. 그를 잡아끄는 그녀의 손힘보다, 그녀의 어깨를 안고 있 는 그의 손힘이 더 강했다.

"여기는 제 약혼녀입니다."

이름 따위는 알 필요도 없는 사람이라는 듯, 성화는 약혼녀의 이름은 말하지 않았다. 그녀는 건우를 알아보고 놀란 표정이었다. 자신의 약혼자가 건우와 이야기를 나누는 것에 어지간히 놀란 모양이다.

"다정 씨와 같은 동아리였다고요? 저는 그 이야기를 들은 적이 없어서……. 무슨 동아리였죠?"

"다도입니다. 우리나라 전통 다도요."

"와, 그렇군요."

"다정이가 우리 동아리에서 동아리장을 3년이나 연임했습니다."

"처음 듣는 이야기네요."

"아직 만난 지 얼마 되지 않았으니까요. 속도위반이라니. 어지간히 급했나 보다, 다정이 너?"

성화는 다정을 향해 웃으며 말했다.

'결국은 그 말이 하고 싶었던 거야?'

다정은 울컥했다. 말 한마디 섞고 싶은 생각이 없었건만, 아기를 위해 이제는 입을 조심해야겠다고 생각했건만, 그런 그녀를 건드리는 성화였다.

"내가 뭘 하든 네가 상관할 바가……."

"제가 급했습니다."

그녀의 말을 자르며 건우가 끼어들었다.

"제가 다정 씨를 많이 원했거든요. 서로 많이 알아 가기도 전에 속도위반을 할 정도로요."

그의 얼굴은 웃고 있었지만, 분위기는 냉랭했다.

'이건우?'

웃는 사람이 화나면 더 무섭다는 게 이런 상황을 두고 하는 말일까? 그는 조금 전과 분명 얼굴도 말투도 똑같이 친절하건만, 다정은 그가 화나 있다는 것을 알 수 있었다. 그의 눈이 그렇게 말하고 있었다. 그리고 그 위화감을 느낀 것은 성화도 마찬가지였다.

"아, 그렇군요."

성화의 얼굴이 조금 전과 다르게 일그러졌다. 그녀를 비웃던 웃음이 사라지며 점점 딱딱하게 굳어 갔다.

"어쨌든 결혼 축하드립니다. 명함 드렸으니 필요하실 때 꼭 찾아 주세요. 다정이도 마찬가지고."

"필요할 때?"

건우가 감정 없는 목소리로 물었다. 그의 한쪽 눈썹이 꿈틀거렸다.

'이 새끼, 도대체 뭐지?'

눈앞의 남자가 다정을 비웃는 것에 건우는 속에서 생소한 분노가 부글부글 끓어올랐다.

'감히 내 여자를 비웃어?'

게다가 그 남자가 다정의 옛 연인이라는 것이 더 화를 돋웠다.

"제가 이혼 전문 변호사라서요. 사람 일이란 어찌 될지 모르는 것이니까."

한쪽 입술을 끌어 올리며 성화가 웃었다.

'이혼할 때 찾으라는 말이잖아!'

화가 난 다정이 더 이상 참지 못하고 다시 입을 열려는 찰나였다.

"왠지 다시 만날 일은 없을 것 같군요."

건우가 말했다. 이번에는 달랐다. 얼굴에 매너 좋은 미소도 없었고, 억양에도 찬바람이 쌩쌩 불었다. 더는 성화에게 친절한 얼굴을 한 이건우는 그 자리에 없었다. 가면이 벗겨진 그가 다정의 어깨를 더 세게 끌어당겨 안았다.

"아, 오해는 마세요."

급변한 분위기를 인지했는지 성화가 손을 저었다.

"이혼 전문이라도 꼭 그 일만 맡는 것은 아니니까요, 하하."

그는 억지웃음을 지으며 말했다. 이마에서는 굵은 땀이 흘러내렸다. 그의 옆에서 상황을 주시하던 약혼녀의 얼굴이 찡그려졌다.

"축하한다, 안다정. 또 보자."

그는 황급히 만남을 마무리 짓더니, 슬며시 다정에게 다가왔다.

"연락할게."

귓가에 살짝 들린 그의 말에 그녀는 화들짝 놀랐다.

'연락을 왜 한다는 거야?'

어이가 없었다. 더 할 말이 뭐가 있단 말인지, 정말이지 저런 놈을 5년이나 사랑했던 자신이 믿기지 않았다.

그는 그 말을 남기고 약혼녀와 함께 유유히 그 자리를 떠났다.

'뭐가 지나간 거야, 대체? 왜 하필 여기서 저 인간을 만난 건데?'

다정은 방금 있었던 일이 믿기지 않았다. 다시는 볼 일이 없을 거라 생각한 지성화를, 그것도 그가 알은척을 해서 말을 섞게 됐다는 것이 놀라웠다. 게다가 그는 끝까지 머저리처럼 굴었다. 무슨 말이 하고 싶어서. 건우의 한마디에 아무 말도 못 하고 지질하게 물러날 것이면서 뭘 얻고 싶었던 걸까.

"저 새…… 인간이야?"

낮은 목소리로 건우가 물었다. 그는 아직도 다정의 어깨를 끌어안고 있었지만, 이전보다 더욱 힘이 들어가 있었다. 목소리에도 손힘에도 깊은 분노가 느껴졌다.

"뭐, 뭐가?"

"네 사랑을 짓밟았다는 남자가 저 작자냐고."

그는 작게 으르렁거렸다.

"그걸 네가 어떻게……. 설마 내가 말했어?"

"넌 정말이지, 그날 일이 전혀 기억에 없는 거군."

그는 이 사이로 분노 섞인 한숨을 토했다.

'으악, 창피해!'

다정은 얼굴이 확 달아올랐다. 창피함에 머리끝부터 발끝까지 온몸에 벌레가 기어 다니는 기분이었다.

"어디까지 아는 거야?"

"전부?"

그녀의 질문에 건우는 질문으로 답했다.

"저 인간이냐고 물었어."

"그렇다면?"

"하."

그는 그녀의 어깨에 둘렀던 손을 내렸다.

"믿을 수가 없군."

그러곤 고개를 절레절레 저었다.

"뭐가?"

"네가."

"무슨 뜻이야?"

"저런 인간한테 버림받았으면 좋아하고 축제를 벌여야지, 뭐 대단한 사랑이 떠나갔다고 이별 여행이냔 말이야."

카레에 필요한 재료를 하나씩 카트에 담으며 건우가 말했다.

그녀에게 말한 것처럼 저런 작자를 떠나보내고 이별 여행을 떠난 것도, 그곳에서 만취해 울던 것도 이해되지 않았다. 고작 저런 작자 때문에 두 사람이 이런 상황에 놓이게 된 것도 믿을 수가 없었다. 고작 저런 작자 때문에······.

"함부로 말하지 마."

다정이 이를 악물고 말했다. 그녀의 어투에 놀란 그가 뒤로 돌아섰다.

"네가 그렇게 함부로 말할 수 있을 정도로 쉬운 사랑 아니었어."

"뭐? 너 설마 아직도······."

"지금 네 눈에 보이는 그 하찮은 사랑이 내 눈에도 똑같이 보여. 쪽팔릴 정도라고. 그렇다고 그 하찮은 사랑이 지속되던 순간에도 그렇게 하찮기만 했던 것은 아니야."

"······."

그녀는 입술을 깨물었다. 이런 말을 하는 자신이 싫었지만, 아무것도 모르면서 함부로 말하는 건우를 그냥 두고 볼 수는 없었다.

"나도 내 눈을 파내고, 내 심장을 도려내고 싶지만, 너도 알다시피 사랑이 그렇게 쉽지만은 않잖아."

"나도 알다시피?"

말을 이어 가던 다정은 아차 싶었다. 그래도 내뱉은 말을 주워 담을 수는 없었다.

"그래. 너도 정소진 씨 사랑했었잖아."

그녀의 말에 그는 싸늘한 표정으로 몸을 돌렸다. 밥 생각이 싹 사라졌다. 장이고 뭐고, 지금 그녀에게 헛소리하지 말라고 소리 지르고 싶은 것을 가까스로 참고 있었다.

그는 카트에 담았던 물건들을 도로 제자리에 돌려놓았다. 돌돌

카트를 움직여 채소 칸에 아까 담았던 당근까지 내려놓았다. 그때까지 그녀는 그의 뒤를 따라다녔다.

"집에 가죠, 안다정 씨."

마트 밖으로 나와 카트까지 거칠게 제자리에 밀어 넣고 건우가 말했다.

"그러죠, 이건우 씨."

다정 역시 지지 않고 맞받아쳤다.

달까지 구름 속으로 사라진 밤, 굵은 빗줄기가 집으로 돌아가는 차창을 때리기 시작했다. 그녀는 차창에 머리를 기대고 눈을 감았다.

❅　❅　❅

냉랭한 분위기가 집 안을 맴돌았다. 함께 밥을 먹고, 함께 텔레비전을 보고, 함께 시간을 보내기는 했다. 하지만 다정과 건우는 서로에게 단 한 마디도 걸지 않았다. 마트에 다녀온 후로 며칠째 똑같은 상황의 반복이었다.

다정은 자신의 방과 거실을 오갔고, 건우는 소파에 누운 자세 그대로 텔레비전만 봤다. 침묵도 왠지 이 집에서는 호화롭게 둥둥 떠다니는 기분이었다.

"이건우."

여느 때와 다름없이 침묵으로 시작한 아침과 점심을 끝내고 나서 참다못한 다정이 먼저 건우를 불렀다.

"……."

"야, 이건우."

그는 소파에 누워 텔레비전을 보던 자세 그대로 고개만 돌려 발치에 서 있는 다정을 힐끗 쳐다봤다.

"답답해서 못 견디겠어. 언제까지 말 안 할 건데?"

"왜? 이제야 나랑 대화가 하고 싶어졌어?"

"뭐라고?"

그가 뉘었던 몸을 일으켜 앉았다. 그리고 리모컨으로 보고 있던 텔레비전을 껐다.

건우는 침묵하는 며칠 동안 결심한 바가 있었다. 이 상황이 모두 다 불만인 양 계속 투덜거리는 다정의 태도를 바꿔 보겠다는 심산이었다.

그녀는 피해자가 아니고, 그는 가해자가 아니었다. 엄밀히 말해서 이 결혼의 최대 피해자는 그녀 배 속의 아기였다. 그러니 그녀의 태도는 그에게 분명 문제가 있어 보였다. 그래서 그녀가 먼저 말을 걸 때까지 인내심을 가지고 기다렸다. 그리고 드디어 오늘, 그녀가 말을 걸어왔다.

"무슨 말만 하면 투덜거리면서 불만에 찬 목소리잖아. 근데 인제 와서 나랑 대화가 하고 싶은 거냐고."

"내가 언제……."

"지금도 그러고 있잖아."

다정은 입을 다물었다. 그의 말이 옳았다. 하지만 그와의 첫 만남 자체가 좋은 기억이 아닌 데다 지금의 결혼 생활도 그녀가 원한 상황이 아니었다. 게다가 그의 변화무쌍한 표정 속에 숨은 진짜 얼굴을 알기에 그녀의 입에서 좋은 소리가 나갈 리 없었다. 하지만 그래도 조금은 자중했어야 했는지도 모른다.

"지금 이 상황이, 나 때문만은 아니잖아."

"그럼 나 때문인가?"

"둘 다의 잘못이라고 해 두자. 그래, 암튼 뭐 때문에 화가 났는지도 모르겠지만, 화가 났다고 아무 말도 안 하고 그냥 그렇게 꽁하게 있는 것, 별로야."

허리에 양손을 올리고 따졌다. 요 며칠 참았으면 오래 참은 것이다.

"그래서?"

"말을 하라고, 말을. 뭣 때문에 화가 나서 그렇게 꽁한 건데?"

다정의 질문에 건우는 고개를 홱 돌렸다.

'말하기 싫다 이거냐?'

마음에 들지 않는 그의 태도에 그녀가 한 소리 내뱉으려 입을 연 순간, 그가 고개를 돌려 다시 그녀를 바라봤다. 눈빛은 여전히 싸늘했다.

"다시는."

그는 한마디 한마디를 분명하고 딱딱하게 강조하며 말했다.

"내 앞에서 정소진 이야기 꺼내지 마."

"……."

"다, 시, 는."

'어떻게 말을 안 하냐. 그 여자가 널 원하는데.'

다정은 입을 꾹 다물었다. 잠시 후 그녀는 그와 똑같은 조건을 내걸었다.

"너도 내 앞에서 지성화 이야기 꺼내지 마."

"……."

"나도 그 사람, 별로 떠올리고 싶지 않아."

"……."

186

"알겠어?"

"알았어."

그는 다시 텔레비전을 켜며 말했다. 그녀가 정소진 이야기를 꺼내지 않는다면 그 역시 성화인지 뭔지 하는 놈의 이야기를 꺼낼 이유가 없었다. 지나간 사람은 지나간 사람이니까. 굳이 현재의 삶에 불러낼 이유가 없다.

"그럼 이제 된 거지?"

다정이 다시 물었다.

"이제 된 거냐고."

대답 없는 그에게 다시 물었다.

"뭐가?"

"이 상태로 저녁 먹다간 체할 것 같아."

"……."

"말 안 하는 것보다 싹수없어도 말하는 게 더 낫다고."

피식. 그의 입꼬리가 슬쩍 올라갔다 내려왔다. 그녀의 솔직한 어법은 신기할 만큼 마음을 편안하게 했다. 주변에 모두 가면을 쓰고 살아가는 사람들만 있어서 그런지 박 대표나 최 매니저처럼 그에게 솔직한 사람들만 곁에 두게 되었다. 다정도 이제 그런 사람 중의 하나였다.

"웃지만 말고, 대답해."

"화해하자는 거야, 다시 싸우자는 거야?"

건우가 웃으며 물었다.

'그래, 그 잘생긴 얼굴로 웃기나 해라.'

다정은 속으로 생각했다. 그 잘생기고 빛나는 얼굴로 웃을 때면 심장이 두근두근 뛰었다. 싸늘하게 식은 그의 눈빛은 얼음보다 차가웠다. 매일 얼굴 보고 살게 된 거, 이왕이면 좋은 얼굴 보자는 마음이 들었다. 태교에도 그것이 더 나을 테니까.

"아유, 제가 언제 싸움을 걸었다고 그러세요?"

그녀 역시 웃으며 말했다.

"옷 갈아입어."

그가 소파에서 일어나며 말했다.

"응? 왜?"

"저녁은 외식하자."

"진짜?"

다정은 자신의 귀를 의심했다. 건우와 함께 외식할 수 있으리라고는 생각해 본 적도 없었다. 외출이라면 기껏해야 병원을 오가는 것이 전부라고 생각했는데, 외식이라니.

"박 대표가 일을 잘 처리한 덕분에 여론도 호의적으로 돌아왔고, 영화도 다시 들어갈 거니까."

"영화 다시 해?"

놀라서 묻는 그녀에게 그는 자신감 넘치는 미소를 지었다. 당연하지, 내가 누군데, 하는 표정을 지어 보이다 약간 쑥스러워 얼굴 옆에 손가락으로 브이를 만들어 보였다.

"오, 잘됐네. 축하해, 이건우."

그녀는 주먹으로 그의 가슴을 툭 쳤다.

그는 웃으며 2층으로 걸음을 옮겼다. 뒤따라오는 그녀를 앞세워 계단을 올라가게 했다.

"그러니까 축하도 할 겸 외식이란 말이지?"

"그래."

"아무거나 다 돼?"

"아니."

그가 답했다.

"치, 비싼 건 안 되는 거야? 돈도 많으면서."

다정은 계단을 오르던 걸음을 멈추고 뒤돌아서서 그를 바라보며 투덜거렸다.

'이렇게 보니 진짜 잘생겼네. 속눈썹도 길고, 눈동자도 예쁘고.'

계단 위에서 마주 보니 아래에 서 있는 그와 눈높이가 딱 맞았다. 올려만 보던 그를 이렇게 마주하니 정말 연예인을 눈앞에 두고 있다는 생각이 들어 심장이 콩닥콩닥 뛰었다.

"비싼 게 안 된다는 게 아니라, 아기한테 해가 되는 건 안 된다는 뜻이야."

"아하."

손가락을 딱 튀기고 뒤돌아서려는 그녀를 그가 팔을 잡아 멈춰 세웠다.

"왜?"

"미안하다."

"응?"

잘못 들은 건가 싶을 정도로 진지한 사과였다.

'웬 사과?'

어리둥절한 그녀의 표정에 그는 사뭇 심각한 표정으로 그녀를 지그시 바라봤다.

"미안하다고."

"뭐가?"

"그냥 이것저것."

"……."

"자, 다시 올라가."

그는 그녀의 몸을 돌려세워 올라가라고 재촉하며 뒤에서 밀었다.

동화 속 공주님의 행복한 결말 같은 결혼을 바라지는 않았겠지만, 그래도 그녀 나름대로 꿈꾸는 미래가 있었다는 것을 알기에 마음 한쪽 구석에 걸리는 바가 있었다. 그는 그것에 대해 사과하고 싶었다. 두 사람 모두의 과실이 있었지만, 어쨌든 이 결혼 생활로 끌고 들어온 것은 자신이었으니까.

다정은 복잡한 마음을 안고 계단을 올라갔다. 사과하다니, 그녀가 생각했던 이건우와 달라 낯설었다. 게다가 사과를 받고 나니 그녀 역시 그에게 미안한 마음이 스멀스멀 피어났다. 그녀와 마찬가지로 이 계획에도 없던 임신과 결혼이 그의 인생도 어지럽혔을 것이 뻔하다. 그런데도 그녀는 자신의 처지만 생각하며 그의 입장 따위 알고 싶어 하지도 않았다.

"뭐 먹을래?"

"이것저것 다 먹고 싶긴 한데."

"그럼 뷔페로 가자. 음식 잘 나오는 호텔 알고 있어. 안전한 곳이니 편하게 먹을 수 있을 거야."

그녀는 고개를 끄덕였다. 그리고 옷을 갈아입으러 방으로 들어서는 건우를 불렀다.

"있잖아, 이건우."

건우가 무슨 일이냐는 표정으로 돌아봤다.

"나도 미안해."

그는 어깨를 으쓱해 보이더니 방으로 들어갔다. 아무렇지 않아 하는 이 순간까지 그의 인생에도 폭풍우가 몰아쳤을 텐데, 왜 그걸 몰랐을까. 다정은 씁쓸한 표정으로 자신의 방문을 열었다.

"맛있어요?"

맞은편에 앉은 건우의 얼굴에 놀라움이 가득했다. 눈동자도 커지고 먹고 있던 손동작도 테이블에 올려놓고 멈춘 채였다.

"네, 엄청 맛있어요."

다정은 그를 향해 열성적으로 고개를 끄덕이며 대답했다.

호텔 뷔페라는 말에 옷장에 들어 있는, 건우가 마련해 준 예쁜 원피스도 꺼내 입고 화장도 한 그녀였다. 항상 목과 어깨를 가리고 있던 머리카락도 한껏 올려 묶었다. 이런 비싸고 고급스러운 호텔에 오는 것도 처음이지만, 앞에 앉은 상대가 이건우였다. 그것도 그녀의 남편.

뷔페를 먹는 사람들의 시선이 가끔 머물렀지만, 두 사람을 방해하는 움직임은 없었다. 그녀가 평소에 가 봤던 뷔페와는 음식의 질도 사람들의 분위기도 달랐다. 이곳을 '안전한 곳'이라고 설명했던 그의 말이 이제야 이해가 갔다.

흔들리는 촛불과 그 촛불에 맞춰 흔들리는 하얀 식기들의 그림자까지, 지금 이 순간 그녀에게는 모든 것이 완벽했다.

"천천히 먹어요, 체할라."

그의 다정한 말에 그녀는 고개를 끄덕이면서도 먹을 것에서 시선을 떼지 못했다. 원체 먹는 것을 좋아해 다이어트를 못하는 그녀였지만, 스스로 생각해 봐도 오늘은 많이 먹고 있었다. 한 손에는 킹크랩 다리, 한 손에는 스테이크를 찍은 포크가 들려 있었다.

그는 손을 뻗어 그녀의 입가에 묻은 소스를 손으로 닦아 주었다. 오늘따라 그녀가 매우 예뻐 보였다.

'이렇게 예쁘면 없던 감정도 생기겠는걸.'

위험하다고 생각했다. 그녀에게 마음이 있다는 걸 필사적으로 피하는 그였는데, 촛불과 조명에 반짝이는 그녀의 눈동자는 엄청난 빛을 발하며 그를 유혹했다.

"너무 많이 먹었어. 돼지 같아 보이지 않았어?"

음식을 다 먹고 호텔을 나오면서 그녀가 물었다. 그녀의 어깨를 감싼 그의 손에 대한 답례처럼 그녀는 그의 허리에 한쪽 팔을 두른 채였다.

"응, 돼지 같았어."

"야."

"솔직하게 말했을 뿐이야."

킥킥거리며 웃는 그의 허리를 다정이 손가락으로 쿡 찔렀지만, 그는 웃음을 멈출 수 없었다. 정말 신혼부부가 된 것 같은, 색다른 느낌에 기분이 둥둥 떴다. 파파라치 걱정이 절대 없는 매우 안전한 곳이지만, 그래도 혹시 모르게 사진이 찍힌다 해도 다정한 커플처럼 보일 것이다. 그는 그것도 나쁠 것이 없다는 생각이 들었다.

'어차피 내 여자잖아.'

그가 마음속으로 다짐하는 것과 동시에 누군가 지하 주차장으로 들어서는 두 사람의 앞을 막아섰다.

"정소진……."

'헐. 세상에 만상에.'

다정은 너무 놀라 입을 떡 벌리고 소진을 쳐다봤다. 하지만 소진은 다정에게는 시선도 주지 않고 건우만 바라봤다. 여전히 늘씬한 몸매를 자랑이라도 하듯 몸에 딱 붙는 원피스를 입은 그녀가 팔짱을 끼고 건우의 얼굴을 뚫어져라 바라봤다.

"네 동선은 SNS만 확인해도 다 알 수 있어."

또다시 그들 앞에 나타난 우연이, 우연이 아니라고 그녀는 말했다.

"나랑 얘기 좀 해."

소진이 입을 열었다.

"……."

하지만 건우는 대답도 없이 그녀만 빤히 바라볼 뿐이었다.

'도대체 왜 인제 와서……'

그의 마음속에 온갖 감정이 소용돌이쳤다. 소진을 향한 분노와 증오, 그리고 그만큼의 그리움. 하지만 이제야 그에게 다시 나타난 그녀를 받아 줄 만큼 그는 천사가 아니었다. 게다가 자신은 유부남이었다.

"나랑 얘기 좀 해, 건우 씨."

"가자."

소진을 무시하며 그는 다정을 안은 팔에 힘을 주고 앞으로 다시 걸음을 뗐다. 애매한 상황에 끼어 버린 다정은 침을 꿀꺽 삼키고 가만히 두 사람을 번갈아 바라봤다.

"이건우!"

두 사람 앞을 소진이 다시 막아섰다.

"하고 싶은 말이 뭔데?"

감정 없는 눈으로 건우가 그녀를 향해 물었다. 싸늘함에 모든 것을 얼려 버릴 것 같은 목소리였다.

"둘이 조용한 데서 이야기하고 싶어."

"여기서 말해."

"……."

"할 말 없으면 비켜."

그의 냉정함에 옆에서 지켜보던 다정조차 꼼짝없이 얼어붙을 정도였다.

"다정 씨, 자리 좀 비켜 줄래요?"

소진이 다정을 향해 말했다. 다정은 건우를 올려다보았다. 이 남자는 내 남편인데, 이제 어쩔 수가 없는데. 어떻게 해야 할지 모르겠다.

"부탁할게요."

소진이 다정에게 사정했다.

'사랑하는 사이라고 했어. 서로에게 첫사랑이라고.'

눈물을 글썽이던 소진이 떠오르자 다정은 이 두 사람 사이에 끼어든 것이 어쩌면 자신일지도 모른다는 생각이 들었다. 그런 생각이 들자 그의 허리에 둘렀던 그녀의 팔이 풀리며 바닥으로 떨어졌다.

"갔다 와. 먼저 집에 가 있을게."

"그럴 필요 없어."

건우는 다정을 보낼 생각이 없었다. 남편이니까 보란 듯이 소유권을 주장해도 되건만, 바보처럼 한발 물러서는 다정이 마음에 들지 않았다.

'착한 거야, 멍청한 거야?'

그는 이를 악물었다.

"건우 씨, 제발."

"내 눈앞에 나타나지 않겠다고 한 거 아니었어?"

참고 있던 분노가 소진을 향해 터졌다.

"……."

"다시는 날 보지 않겠다고 프랑스로 간 건 너야. 그것도 전화로, 내 말 따위는 듣지도 않고 네 말만 하고 끊었어. 2년 전에 그렇게 가 놓고 인제 와서 할 이야기란 게 뭔데?"

"그때는 그럴 만한 사정이 있었어. 내가 다 설명할게."

"필요 없어. 이미 가정이 있는 남자에게 그런 설명은 안 해도 돼."

'오, 싸늘해라.'

다정은 속으로 혀를 끌끌 찼다.

'정소진이 잘못했네. 비겁하게 전화로 이별을 고하다니.'

고개를 젓고 소리 내어 혀를 차고 싶은 것을 꾹 참느라 힘들었다.

"정말 사랑해서 결혼한 거 아니잖아."

"입 조심해."

건우의 눈에서 불꽃이 튀었다.

"내 아내가 임신한 건 알 텐데. 남녀가 애를 가지려면 무슨 일을 해야 하는지 모르는 건 아니겠지."

"……."

"그리고 난 사랑하지도 않는 여자랑 섹스하는 그런 남자가 아니야."

건우의 말에 다정은 입술을 삐죽거렸다.

'거짓말쟁이.'

다정은 건우가 마음에 없는 섹스를 했던 상대였다. 그래서 방금 건우의 말이 마음에 들지 않았다. 원치도 않게 이 두 사람의 사랑 싸움에 끼어 이용당하는 것 같아 기분이 나빠졌다.

"다시는 우리 앞에 나타나지 마."

"건우 씨."

"경고했어."

그는 소진을 살짝 밀치고 다정과 함께 다시 차를 향해 걸었다. 이번에는 소진도 두 사람을 막지 못했다.

다정은 힐끗힐끗 건우를 쳐다봤다. 차를 타서도 그는 무표정한 얼굴로 운전만 할 뿐이었다.

"있잖아."

"말하지 마."

침묵을 견디지 못한 다정이 대화를 시도하자 건우가 차갑게 그 말을 잘랐다.

"조용히 가자."

"두 사람, 기분 나빠."

"……."

그녀의 말에도 아무 대답 없이 운전만 하는 건우를 잠시 바라보다 다정은 입술을 삐죽거리며 창밖으로 시선을 던졌다. 차는 불빛에 반짝이는 한강 다리 위를 달리고 있었다.

'세상의 조형물은 이렇게 반짝이고 아름다운데 사람 사는 일은 왜 이렇게 우여곡절이 많아 힘든 걸까.'

그녀는 자신만큼이나 힘들었을 건우의 연애사에 절로 감정 이입이 됐다. 그녀는 그의 편이었다. 2년이나 지나서 과거의 연애 감정을 이어 가려는 정소진이 웃길 뿐이었다.

이런저런 생각에 빠져 조용히 집 앞에 도착했다.

"먼저 들어가."

그는 주차장 대신 대문 앞에 차를 세우며 말했다.

"왜? 어디 가려고?"

다정은 깜짝 놀라 물었다.

"잠깐 바람 좀 쐬고 올게."

"시간 많이 늦었는데, 그냥 들어가지 않고?"

"갔다 올게."

결국, 그는 그녀만 집 앞에 남겨 둔 채 다시 차를 몰고 어둠 속으로 사라졌다.

9. 깨끗이 과거가 되어 줘

'어디에 있는 거야, 대체.'

다정은 입술을 깨물었다.

푸르스름한 새벽빛이 거실 창을 넘어 스멀스멀 기어 왔다. 돌아오겠지, 라는 생각으로 몇 시간째 소파에 앉았다 누웠다를 반복했다. 눈에 들어오지도 않는 텔레비전 쇼 프로그램을 몇 가지 반복해서 보는 사이 아침이 밝았다.

잠을 못 잔 탓에 뼈마디가 아프고 으슬으슬 한기가 돌았다.

'감기 걸리면 안 되는데.'

그녀는 소파에서 걸쳐 두었던 카디건을 걸치고 부엌으로 갔다. 찬장을 이쪽저쪽 열어 보다 루이보스 티백을 찾아냈다. 그것을 컵에 담아 정수기의 온수를 부어 뜨겁게 우려냈다. 붉은빛이 살짝 도는 갈색으로 컵 속의 물이 물들었다.

'임산부에게 좋은 차래.'

언젠가 아침 식사 자리에서 그녀 앞에 뜨거운 찻잔을 내려놓으며 그가 말했었다. 그에 대한 감정만큼 씁쓸함이 밀려오는 차 맛이었다. 하지만 지금은……. 그 씁쓸함이 달콤하게 느껴졌다. 그에게 마음이 열린 탓이다. 그를 마음에 들인 탓이다. 그녀는 그 달콤하고 씁쓸한 맛 때문에 서글퍼졌다.

뜨거운 차가 몸속을 데우니 그제야 한기가 조금 사라졌다.

따르르르릉.

거실 테이블에 올려 두었던 휴대 전화가 울렸다.

'건우다.'

그녀는 빠른 움직임으로 휴대 전화를 향해 달려갔다.

테이블 위의 두 대의 휴대 전화. 하나는 기존에 그녀가 쓰던 것이었고, 다른 하나는 건우가 준 것이다. 짧고 간결한 기계음으로 울려 대는 전화는 기존에 쓰던 전화였다. 그 말은 그의 전화가 아니라는 것. 그녀는 실망감을 가득 안고 전화기를 들었다.

[성화=개자식]

두 눈을 의심했다. 지성화라니. 그녀는 빨간색 수신 거부 버튼을 길게 눌렀다.

'지금 네놈 따위 상대할 때가 아니야.'

밤새 집으로 돌아오지 않는 건우에게 전화를 걸었으나 꺼져 있다는 안내 멘트만 수없이 들었다. 그녀에게서 연락이 온 것을 확인하면 그가 분명 전화해 줄 것이라 믿었건만, 허탈함에 화가 날 지경이었다.

따르르르릉.

또다시 성화의 이름이 휴대 전화 화면에 떴다. 다정은 다시 수신을 거부했다. 그러자 또다시 연달아 전화벨이 울렸다.

"왜."

결국 그녀는 전화를 받았다. 용건만 듣고 빨리 치워 버리자 생각했다.

— 어? 받네?

'네놈이 자꾸 거니까.'

다정은 대꾸하지 않았다.

— 만나자, 할 말이 있어.

성화는 마치 아직도 그녀가 자신의 애인이라도 되는 것처럼 친근한 웃음까지 흘리며 말을 걸어왔다.

"나는 할 말이 없는데."

— 내 말만 들으면 되겠네.

"넌 출근 안 하니?"

— 오늘 주말이야.

'아, 벌써 주말인가?'

시간이 어찌 가는지 몰랐다. 하긴, 건우를 기다리는 밤사이 며칠은 지난 것 같았다. 이 집에 들어온 지도 벌써 열흘가량이 지났다.

"암튼 난 할 말도 들을 말도 없어."

다정이 무뚝뚝하게 말했다. 그러자 수화기 건너편에서 깊은 한숨 소리가 들렸다.

— 나와. 아니면 내가 들어간다.

"나오라니?"

— 이건우 집 앞이야.

"뭐?"

그녀는 깜짝 놀라 2층 자신의 방으로 뛰어 올라갔다. 방 창문으로 집 앞을 훤히 내다볼 수 있었다.

그녀는 하늘하늘한 흰 레이스 커튼 뒤에 살짝 몸을 가리고 밖을 내다보았다. 맞은편 집 담장 아래 서 있는 성화가 보였다. 언젠가 그녀가 선물했던 체크무늬 셔츠를 입고, 언젠가 그녀가 사 주었던 청바지와 신발을 신고 그가 이 집을 바라보고 있었다.

"너 미쳤어? 여기가 어디라고 찾아와?"

— 말했잖아. 할 말이 있다고.

"하, 나한테 하고 싶은 말은 이미 예전에 다 했던 거 아니었어?"

— 벨 누를까?

"진짜 미친 거야?"

— 아니면 여기 기자들도 좀 있는 것 같은데, 재밌는 이야기를 나눠 볼까?

욕이 입 밖으로 튀어나올 것 같아 그녀는 급히 입술을 앙다물었다.

'허허, 아기가 듣는다. 예쁜 말 좀 써.'

건우의 목소리가 귓가를 울렸다.

"아지트에서 만나."

— 흠, 이건우가 집에 있나?

둘이 자주 가던, 학교 앞의 카페에서 만나자는 그녀의 제안에 성화는 슬며시 비꼬는 투로 말했다.

"만날 거야, 말 거야? 난 아무래도 상관없는데."

— 알았어. 아지트에서 기다릴게.

그녀는 대답하지 않고 전화를 끊었다. 그러곤 곧장 건우에게 전화를 걸었다.

— 전화기가 꺼져 있어……

하지만 여전히 여자의 기계음만 들려왔다.

'이건우, 어디 간 거야? 성화를 만나러 나간다고 하면 불같이 화를 낼까? 아니면 아무런 관심도 없을까?'

건우의 반응이 궁금한 것은 또 왜일까. 정말 그를 좋아하게 된 건가 싶어 그녀는 짜증이 났다. 건방지고, 싹수없고, 자기밖에 모르는 이건우와 엄마에게 잘하고, 아기를 기다리고, 그녀를 옹호하던 이건우. 둘 중 어떤 이건우가 진짜 그의 모습인지 알 길이 없어 답답했다.

[나 잠깐 외출해. 확인하면 연락 줘.]

그녀는 건우에게 문자를 보내 뒀다. 보나 마나 말도 안 되는 소리를 지껄일 성화와의 만남에서 꺼내 주기를 바라며.

아지트에 도착한 다정은 감회가 새로웠다. 이곳에 처음으로 발을 들인 것도, 마지막으로 방문했던 것도 모두 성화와 함께였다.

딸랑.

입구 문을 밀며 들어서자 위에 달려 있던 종이 새침하게 소리를 냈다. 주말이라 그런지 손님들이 보이지 않았다.

'하긴, 요즘 대학생들은 이런 오래된 카페엔 오지 않을 거야.'

그녀는 잠시 빈 카페 안을 둘러보다 칸막이로 가려져 있는 자리에서 일어나는 성화를 발견했다.

그녀가 다가가 그의 맞은편에 앉자 그는 종업원을 불렀다.

"뭐로 마실래?"

그녀는 그의 질문에 대답하는 대신 종업원이 가져온 메뉴판에서 키위 주스를 골라 주문했다. 그가 아이스커피를 달라고 하자 종업원은 메뉴판을 들고 돌아섰다.

"피곤해 보인다."

그가 그녀를 향해 다정하게 말했다. 3개월 전 당당하게 이별을 고할 때와 하나도 달라진 것이 없는 음색이었다.

"이건우랑 살더니 너도 그새 연예인이라도 된 거야?"

그는 그녀가 모자에 마스크까지 쓰고 나타난 것을 비꼬며 말했다.

"바빠. 용건만 말해."

"이건우랑 헤어져."

"하."

삼류 드라마에나 나올 법한 말에 김이 빠진 다정이 한숨을 토했다.

종업원이 키위 주스와 아이스커피를 들고 와 두 사람 앞에 내려놓았다. 그 짧은 순간에도 다정은 이곳에 온 것을 후회했다.

"내 애일 수도 있잖아."

"무슨 소리야, 그게?"

그녀는 이해가 되지 않아 그를 바라봤다. 정말 농담하는 기색 하나 없이 진지한 얼굴로 그는 심각하게 말을 이었다.

"네 배 속의 아기가 내 애일 수도 있잖아."

"너 바보야?"

"……."

"너랑 나랑 관계를 맺은 게 언젠데?"

"응?"

법대까지 나온 놈이……. 다정은 고개를 저었다. 한심함이 밀려왔다.

"이 애가 네 애였으면, 이미 내 배가 남산만큼 불렀을 거야."

"……."

"제발 한심한 소리 좀 하지 마. 쪽팔리니까."

정말 창피했다. 저런 남자를 사랑했다니, 인생을 걸려고 했다니, 비참하기까지 했다. 사시를 어떻게 통과했을까. 한심하고, 불쾌했다.

"아무튼, 이혼해."

"미쳤어?"

"그래. 네가 그놈이랑 어떻게 엮였는지 모르겠지만, 임신했다니. 애를 가져서 결혼을 한다니. 내가 가만히 있을 수 있겠어?"

그는 미간을 찌푸리며 화를 냈다.

"그게 너랑 무슨 상관인데?"

"왜 상관이 없어? 너는 내 여자인데."

"미친놈."

욕을 안 하려 해도, 안 할 수가 없어 다정은 결국 입 밖으로 욕을 쏟았다.

"네 입으로 나와의 사랑이 끝났다고 했어. 나를 더는 사랑하지 않는다고, 다시는 볼 일이 없을 거라고 했다고. 근데 인제 와서 뭐? 네 여자?"

"실수야. 내가 실수한 거야. 사람은 누구나 실수를 하잖아."

"실수?"

"그래, 실수. 내가 너에게 한 짓은 무슨 말로도 용서받을 수 없다는 것을 알아. 하지만 한 번만 용서해 줘. 다시 내게 와 줘. 평생 너와 네 아이에게 헌신하면서 살게."

그는 침을 튀겨 가며 열변을 토했다.

"이러는 이유가 뭐야?"

"널 사랑해."

"남 주기 아까운 거 아니고?"

"……."

그녀의 말에 그는 입을 다물었다.

"왜? 정곡을 찔렀어?"

"그런 거 아니야."

"아무것도 아닌 여자라 변호사 애인으로 갈아탔는데, 그 아무것
도 아닌 줄 알았던 여자가 대한민국에서 제일 잘나가는 연예인과
결혼한다니 이상한 기분 든 거 아냐."

"아니야."

"아니긴 뭐가 아니야."

내가 널 얼마나 잘 아는데. 다정은 인상을 썼다. 아침에 마셨던
루이보스 차의 쓴맛이 목구멍으로 넘어왔다.

"그 여자랑은 어떻게 할 건데? 조금 있으면 결혼식 아니야?"

"……."

역시 대답하지 못하는 성화다.

"네가 이건우랑 이혼한다고 하면 나도 파혼할게."

"네가 파혼하고 오면 나도 이혼을 고려해 볼게."

그녀의 대답에 성화의 이마에 주름이 더 자글자글해졌다.

"왜? 먼저 파혼은 못 하겠어?"

"네가 이혼한다고 하면 파혼할 수 있어."

"네가 원하는 거잖아. 네가 정말 나를 원하면 먼저 행동으로 보

여 줘야지."

그는 다시금 입을 다물었다.

"남자가 되도록 해, 지성화."

볼일 다 봤다. 더 들을 말도 하고 싶은 말도 없기에 그녀는 자리에서 일어났다.

"다정아. 그 새끼는 널 진짜 사랑하는 게 아니야."

"……."

"어쩌다 애를 가졌는지 모르겠지만, 합의하고 한 관계가 아니면 민형사상 소송도 걸 수 있어. 그 자식도 연예계 인생을 끝장내고 싶지 않으면……."

촤악—

다정은 마시다 남은 키위 주스를 그의 얼굴에 뿌렸다. 초록색의 진득한 액체가 그의 정수리부터 얼굴까지 덮고 체크 셔츠를 따라 뚝뚝 흘러내렸다.

"뭐 하는 짓이야!"

그가 자리에서 벌떡 일어나 티슈를 집더니 정신없이 얼굴을 닦았다.

"너야말로 뭐 하는 짓인데?"

탁 소리가 나게 컵을 다시 내려놓고 다정이 물었다.

"이 아이는 사랑으로 만든 아이야. 네가 함부로 입을 놀려도 되는 대상이 아니라고. 그리고 뭐? 민형사상 소송? 너 결국 나보고 그 사람 돈 뜯어내고 너한테 오라는 소리야?"

"그런 게 아니야."

"아니긴 뭐가 아니야? 너도 다른 사람들처럼 나를 꽃뱀 취급 하는 거잖아."

말을 하다 보니 열이 머리끝까지 솟구쳤다.

"내 말은 그런 뜻이 아니야. 네가 곤란한 상황에 빠진 것 같아서 한 말이지. 널 사랑하는 마음에서 나온 말이라고."

"그렇게 날 사랑한다면 깨끗하게 과거가 되어 줘."

그녀는 한마디 한마디에 힘을 주어 말했다.

"난데없이 나타나서 과거를 현재로 끌어오지 마. 구질구질하게 매달리지도 말고."

"뭐? 구질구질?"

그가 얼굴과 옷을 닦던 티슈를 바닥에 던지며 목소리를 높였다.

"그래, 구질구질."

다정 역시 목소리를 높여 쏘아붙였다.

"차라리 나를 배신하던 네가 지금보다 훨씬 나아 보여. 그러니까 다시는 내 앞에 나타나지 마. 또다시 연락하면 그땐 정말……"

그녀는 잠시 이 말을 마저 할까 말까 고민했다. 그리고 아기가 듣지 않기를 바라며 배 위에 살짝 손을 올렸다. 그리고 마저 입을 열었다.

"그땐 정말 죽여 버린다."

이글거리는 눈으로 성화를 마지막으로 노려보고 다정은 불구덩이에서 도망치듯 카페를 떠났다.

＊　＊　＊

빠앙.

가까이서 들려오는 커다란 클랙슨 소리에 건우는 화들짝 놀라 눈을 번쩍 떴다.

'이런.'

밖이 환한 것을 보고 그는 망연자실하게 차에 있는 시계로 시간을 확인했다. 아침 10시가 막 지나고 있었다.

지난밤, 복잡한 마음을 정리하려는 생각에 차를 타고 한강 둔치에 왔다. 다리 밑에 있는 어둑한 곳에 차를 세워 놓고 편의점에서 맥주 한 팩을 사 왔다. 복잡한 일이 있을 때면 생각을 정리하기 위해 그가 자주 하는 행동이었다.

달빛과 조명에 반짝이며 흘러가는 강물을 바라보다 잠깐 눈을 붙인다는 것이 그대로 곯아떨어졌다.

'안다정!'

불현듯 떠오른 다정의 얼굴에 그는 말 그대로 사색이 되었다. 그녀 혼자 집에 두고 온 것이 뒤늦게 떠오른 탓이었다. 임산부 혼자 집에 두다니, 그것도 아무런 설명조차 하지 않고 그대로 나왔다. 그녀가 밤새 걱정하며 기다렸을 거라 생각하니 초조함에 입술을 깨물었다.

'망할. 소진이 때문에 정신이 팔리다니, 잘하는 짓이다.'

최선을 다하겠다고 마음먹은 지 얼마나 되었다고 그녀를 혼자 내버려 둔 것인지. 건우는 자기 자신을 책망했다.

다시는 만날 일이 없다고 생각했던, 그래서 제대로 정리하지 못하고 마음의 서랍 속에 처박아 두었던 소진을 만난 탓에 혼란스러워 다정을 배려하지 못했다. 그를 기다리고 있을 다정에게 뭐라고 변명해야 할까.

전화를 걸려 했건만, 휴대 전화 배터리가 방전되었는지 전원이 켜지지 않았다. 시동을 걸고 빠르게 운전해 집으로 향했다.

집에 도착해 주차장에 주차하고 현관문을 열기 전 그는 침을 꿀

껙 삼켰다. 어쨌든 신혼인데 아내에게 말도 없이 외박한 셈이니 그녀가 뭐라 욕을 해도 다 받아들일 각오를 다졌다.

"안다정? 나 왔어."

문을 열고 안으로 들어서며 그가 다정을 불렀다.

"안다정? 어디 있어?"

1층에서는 어디에서도 그녀의 모습을 찾을 수 없었다.

'화가 많이 났나?'

걱정스러운 마음을 한가득 안고 2층으로 올라가 그녀 방문 앞에 섰다.

똑똑똑.

그녀의 방문을 두드렸다.

"나 왔어. 화났어?"

조심스레 그는 문을 열었다. 하지만 방 안에는 쓸쓸한 공기만 가득했다. 볼을 부풀리고 화가 나서 툴툴거리는 그녀의 모습은 그 어디서도 발견할 수 없었다.

그를 기다리지 않고 집을 비운 그녀를 생각하니 왠지 섭섭한 마음에 가슴 한쪽이 시큰거렸다. 그는 휴대 전화를 충전기에 연결하고 욕실로 향했다. 욕조 가득 뜨거운 물을 받고 몸을 담갔다. 복잡한 심경이 물속에 녹아 사라지길 바라며 머리끝까지 물에 잠겼다.

10. 어쩌자고

바람 좀 쐬고 들어온다는 것이 집에 도착할 무렵엔 벌써 점심 시간이 되어 있었다.

여전히 건우에게선 연락이 없었다. 부재중 전화를 확인했는지, 문자를 확인했는지 알 길이 없다.

지치고 힘든 마음을 추스르고 집으로 돌아온 그녀는 주차장 문이 열리자마자 건우의 검은색 스포츠카를 발견했다.

'이건우? 돌아왔어?'

그녀는 빠르게 자신의 차를 주차하고 마당을 가로질러 집으로 뛰어 들어갔다.

"이건우?"

거실에 불이 환하게 켜져 있는 것을 보니 그가 돌아온 것이 분명했다. 하지만 거실과 부엌에서는 그의 모습을 찾을 수 없었다. 그녀는 허겁지겁 2층으로 올라가 그의 방문을 벌컥 열었다.

"노크 좀 하지?"

이제 막 샤워를 마친 터라 허리에 수건만 두르고 있던 그가 말했다. 집에 없었던 다정에게 섭섭한 마음이 아직 풀리지 않아 볼멘소리가 절로 나왔다.

그녀는 그의 모습이 어떻든 눈에 들어오지 않았다. 하룻밤 못 봤을 뿐인데 이렇게 눈앞에 있는 그가 무척 반가웠다. 그에게 가까이 다가섰다. 아직 물기가 마르지 않은 머리카락에서 물이 흘러 그의 탄탄한 가슴을 따라 흘렀다.

"왜?"

"어디 갔었어?"

"그냥 여기저기."

그는 시선을 피하며 답했다. 뭐라 답할까. 솔직하게? 한강 변에 차를 세워 두고 맥주를 마시다 잠이 들었다면 믿어 줄까 싶었다. 생각을 정리한다는 것이 잊고 싶었던 기억들까지 불러들이는 바람에 더 복잡해졌다고 하면 어떤 반응을 보일까.

"내가 얼마나 전화했는데. 문자도 보내고."

다정의 말에 그는 입에 웃음이 걸리려는 것을 간신히 참았다. 너무도 쉽게 자신의 마음이 변하는 것이 어색했다.

"미안, 꺼 놓고 확인 안 했어."

"……."

"저기, 나 옷 좀 갈아입게 나가 있어."

그는 그녀에게서 몸을 돌렸다. 널따란 등이 눈앞에 보이자 그녀는 손을 들어 냅다 그의 등을 한 대 때렸다.

짝—

"아!"

그가 화들짝 놀라 몸을 움찔하며 다시 그녀를 쳐다봤다. 불에 덴 것처럼 등이 화끈거렸다.

"뭐 하는 짓이야?"

"미안? 꺼 놓고 확인을 안 했어?"

"그래, 그렇다고 했잖아."

"아직도 네가 뭘 잘못했는지 모르지?"

다정은 화가 나 미칠 것 같았다. 연락되지 않는 그를 걱정하며 밤을 지새웠던 자신이 바보처럼 느껴졌다. 그는 전화기를 확인할 생각도 '못' 한 것이 아니라 '안' 한 것이었다. 그녀가 그를 걱정할 거라고는 생각조차 하지 않았다는 뜻이다.

"사과했잖아."

"사과 같은 소리 하고 있네."

짝! 짝!

그녀는 손바닥으로 그의 팔뚝을 더 때렸다. 미웠다. 미운 만큼 세게 때렸다. 그의 몸에 묻은 물기 때문에 더 찰진 소리가 났다.

"그만해!"

다시 그를 때리려는 그녀의 손목을 그가 꽉 움켜잡았다. 더 맞았다간 화상이라도 입을 것 같았다. 연락 없이 기다리게 한 것이 미안해 그녀의 화를 받아 주려 했지만, 아픈 것은 견딜 수 없었다.

"봐."

"그만 때려. 아파."

"……."

"봐, 빨개졌잖아."

그는 자신의 하얀 팔뚝에 난 손자국을 보여 주었다.

"무슨 여자가 이렇게 폭력적이야?"

"맞을 짓 했잖아."

"미안하다고."

"놔. 빨리 놔."

"놓으면 또 때리려고?"

그녀는 대답 대신 그를 노려봤다.

"말로 해. 뭣 때문에 화가 난 건데?"

"내가 얼마나 걱정했는지 알아?"

"걱정? 네가? 나를?"

"……그래."

그녀의 대답에 무표정했던 그의 입꼬리가 위로 올라갔다. 만족스러운 마음에 웃음을 참을 수 없었다.

'걱정했다고?'

왜 기분이 좋아지는지 모르겠지만, 입꼬리부터 희미하게 웃음이 번져 눈까지 그녀를 향해 미소를 흘렸다.

"뭐야, 왜 웃어?"

"그러게. 왜 웃음이 날까?"

"이거나 놓으시지?"

"싫다면?"

"이게……."

그녀는 팔에 힘을 주어 빠져나가기 위해 애를 썼다. 하지만 그럴수록 그녀를 잡는 그의 힘이 더 세져 아프기만 했다.

"아프니까 놔줘."

"때리지 마."

"알았어."

그녀의 대답에 그는 손을 놨다. 그녀는 잡혔던 손목을 문질렀다.

그의 손자국이 손목 위에 선명히 남아 있었다.

'우씨.'

그 자국을 보니 다정은 다시금 화가 났다. 어느새 몸을 돌린 그의 등에 다시 한번 손바닥을 날렸다.

짜악—

그가 휘청하더니 몸을 홱 돌렸다. 그 격한 움직임에 그의 허리에 걸쳐 있던 수건이 스르륵 바닥으로 떨어졌다. 그녀는 너무 놀라 양손으로 얼굴 전체를 가렸다.

"미안!"

그녀는 눈을 꽉 감은 채 손도 내리지 않고 웅얼거렸다.

"야, 미안하다고."

그에게서 아무런 대답도 없자 그녀는 슬며시 손을 내려 가늘게 눈을 떴다. 그러자 눈앞에 탄탄한 그의 가슴이 떡하니 보였다. 깜짝 놀라 뒷걸음치는 그녀의 허리를 그의 팔이 휘감아 안았다.

뜨거운 그의 몸이 얇은 티셔츠 사이로 열기를 내뿜었다. 얼굴이 화끈 달아올라 그녀는 침을 꿀꺽 삼켰다.

"때리지 말라고 했을 텐데."

"미안해."

"네가 잠자는 사자의 코털을 건드린 거야."

"그게 무슨…… 읍!"

그녀에게로 그의 얼굴이 천천히 다가와 순식간에 입술을 머금었다. 병원에서 나눴던 짧은 입맞춤이 아니다. 농밀하게 맞춘 입술 사이로 그의 혀가 그녀의 입술을 천천히 벌렸다. 혀가 들어오는 것이 느껴지자 그녀의 눈도 함께 스르르 감겼다.

그의 가슴 위에 올린 손으로 그의 뜨거운 열기가 그대로 전해졌다. 그녀처럼 쿵쿵 뛰는 심장도 느껴졌다.

촉촉하고 부드러운 그의 입술이 그녀의 입술을 머금고 혀를 휘감았다.

"네가 먼저 자극한 거야."

'응?'

입술을 뗀 그의 말에 의아할 틈도 없이 그는 그녀를 안아 침대에 눕혔다. 폭 감기는 이불의 촉감과 무겁게 그녀를 짓누르는 그의 몸이 현실을 잊게 했다.

그는 그녀의 목덜미를 핥았다. 달콤하니 맛있는 아이스크림을 맛보듯 부드럽게 눌러 핥았다.

언제부터였을까. 그녀는 이런 식으로 그를 자극했다. 자신은 아무것도 모른다는 듯 순수하고 맑은 눈동자로 바라보고 툴툴거리면서도 그를 걱정하는 말을 숨기지 않았다. 그녀의 이중적인 마음이 그와 같은 것일까. 알 수 없는 기대감에 그녀를 안고 싶어졌다.

"아……."

어디선가 바람이 불어왔다. 바다의 짠 내음이 코를 간지럽혔다. 그녀는 어느새 한 달 전 끄라비에서의 밤으로 돌아가 있었다.

다정의 헐떡이는 신음에 맞춰 그의 입술이 그녀의 티셔츠 속으로 비집고 올라갔다. 그는 그녀의 배에 가슴골에 빗장뼈에 진한 잇자국을 남겼다.

"으, 그…… 그만해."

"싫은데."

온몸 가득 비집고 들어오는 희열에 들떠 그녀는 정신을 차릴 수가 없었다. 묵직한 그의 무게에도 그녀의 배를 날카롭게 찌르는 그의 것을 어렴풋이 느낄 수 있었다.

"아홋…… 그, 그만해."

"하아……."

그는 긴 한숨과 함께 그녀의 가슴에 얼굴을 묻고 쓰러졌다.

자극한 것은 그녀면서 인제 와서 그만하라니. 그렇다고 싫다는 여자를 겁탈하는 미친놈은 아니기에 힘이 잔뜩 들어간 자신의 것을 진정시키기 위해 다른 것에 신경을 집중했다.

예를 들면, 그녀가 쓰러져 있는 이불의 바늘땀 수를 세는 일이라든가.

"이, 이건우?"

"……."

"야, 무거워."

그가 입으로 밀어 올린 티셔츠 사이로 불어오는 바람이 그대로 느껴졌다. 그녀는 그의 머리카락을 손으로 쓰다듬었다.

'정신을 잃은 건가?'

끓어오르던 희열이 빠르게 식어 가자 아쉬운 마음에 그녀는 입술을 핥았다. 아직도 그의 거칠었던 혀의 맛이 입안에 돌아다녔다.

"움직이지 마."

"응?"

"더 진도 나갈까 봐 식히는 중이니까, 자극하지 말라고."

"내가 언제……."

"조용. 자극하지 말랬지."

그는 그녀의 말을 잘랐다.

'내가 하는 말이 다 자극이란 말이야?'

입술을 삐죽 내밀고 다정은 천장을 바라봤다. 새까만 천장에 구불거리는 형상의 조명이 주황빛으로 반짝였다. 낮에도 조명을 밝혀야 한다면 굳이 왜 방을 온통 검은색으로 도배했을까 싶었다.

얼마나 시간이 지났을까. 열기를 다 식혔는지, 그가 천천히 일어났다. 그가 옷을 입는 사이 그녀는 올라간 티셔츠를 끌어 내렸다. 그리고 눈을 감고 침대에 누워 그대로 있었다.

"됐어, 눈 떠도 돼."

그의 말에 눈을 뜨자 자신을 내려다보는 그의 얼굴이 보였다. 청바지에 셔츠를 대충 걸친 채, 머쓱하기도 하고 무언가 안타까워 보이는 눈으로 다정을 바라보고 있었다. 그녀는 몸을 일으켜 앉았다.

"미안하다."

그가 말했다. 짐승처럼 본능에 충실해 그녀를 안다니, 변명의 여지가 없었다.

"뭐가?"

"방금 일어난 일."

"네가 사과하는 게 더 기분 나빠."

그녀는 무미건조하게 답했다. 마음이 통했다고 생각했다. 서로가 원한 키스고, 서로가 원한 애무였다. 그런데 그가 사과하니 기분이 나빴다. 원치 않았던 일을 저지른 듯 구는 태도가 마음에 들지 않았다.

"오해는 하지 말아 줘."

"무슨 오해?"

"너한테 다른 감정이 생긴 게 아니야."

'뭐라고?'

그녀는 그의 얼굴을 빤히 쳐다봤다.

"너를 사랑하는 게 아니란 거야. 그러니 조항을 어긴 것도 아니라고."

쿡쿡하고 가슴을 찌르는 통증에 다정은 입을 꾹 다물었다.

"뭐야, 그 얼굴?"

당황하며 건우가 물었다.

"내 얼굴이 뭐가?"

"설마, 너…… 나 좋아해?"

얼굴까지 붉히며 곤혹스러워하는 표정으로 그는 한 발 뒤로 물러나며 물었다.

'왜 그렇게 아픈 표정이야? 나를 싫어했잖아?'

괜한 오해를 사고 싶지 않아 건넨 사과였는데, 상처받은 그녀의 얼굴을 보고 나니 그는 왠지 심각한 잘못을 저지른 기분이 들었다.

"그럴 리가!"

다정은 발끈해 침대에서 벌떡 일어났다. 조금 전의 흥분과는 다른 고조된 감정으로 얼굴이 확 달아올랐다. 속마음을 들켰다는 창피함과 인정하고 싶지 않은 감정이 충돌하면서 그를 노려보게 만들었다.

"절대 아니거든!"

"……."

"아니라고!"

아무 말 없이 그녀를 응시하는 그를 향해 그녀는 다시 한번 힘주어 말했다.

그렇게까지 아니라고 하니 건우도 혹시나 하는 생각에 두근거리던 마음을 진정시켰다. 기대라도 했던 걸까. 아니라고 하니 가슴 한구석이 따끔거려 이상했다.

"알았어."

"아니……."

"알았으니까 그렇게 반복할 필요 없다고. 서로가 서로에게 감정이 없으니, 됐네. 안 그래?"

"그, 그래……."

모래를 삼킨 것 같은 까끌거리는 감촉이 입안을 채웠다.

두 사람은 잠시 서로를 바라보다 동시에 고개를 돌렸다.

'어? 가방?'

다정은 그제야 방문 옆에 있는 여행용 가방을 발견했다.

"어디 가?"

그녀는 당황했다.

"스케줄 때문에 한동안 집을 비워야 할 것 같아."

"스케줄?"

"영화 대본 리딩도 있고……. 스태프들이랑 합숙 스케줄이 있어."

그는 옷장에서 옷을 꺼내 가방 쪽으로 신경질적으로 던지며 답했다. 그녀에겐 시선도 주지 않았다. 찔리는 마음을 감추기 위해서였다.

사실 스케줄 따위, 이번 주에는 아무것도 없다. 그저 생각을 정리하고 싶어 잠시 집을 비우기로 했을 뿐. 어느새 마음을 동요시키는 다정이 없는 곳에서 자꾸만 나타나 주위를 산만하게 만드는 소진과도 해결을 보고 싶었다.

거짓말 같은 것 하고 싶지 않았다. 다정에게는 왠지 진실만 말하고 싶었다. 하지만 그녀에게 소진에 대해서 일일이 설명하고 싶지 않았다. 이미 지나간 과거에 대해서 말해 봤자 변명처럼 들릴 것이 뻔했다.

하지만 그냥 넘어가 주길 바랐던 그의 바람과는 달리, 다정은 왠지 지금 그가 하는 말을 믿을 수가 없었다. 영화 크랭크 인까지는 시간이 꽤 있었다. 대본 리딩도 굳이 합숙까지 할 이유는 없을 것이다. 그런데 왜? 그녀가 연예계 일에 대해 아무것도 모른다 생각하는 걸까.

"가지 마."

그녀 자신도 모르게 입에서 불쑥 튀어나온 말이었다.

"응?"

그가 어리둥절한 표정으로 그녀를 바라봤다.

"안 가면 안 돼?"

'가지 마.'

그녀는 절박한 마음으로 그를 향해 물었다.

"하지만 촬영이 곧 시작돼. 집중하려면……."

"아기가 뭐 먹고 싶다고 하면 어떻게 해?"

"뭐?"

"먹고 싶은 게 생기면 어떻게 하냐고. 내가 아니라 아기가 먹고 싶은 걸 텐데……."

자신 때문이 아니라 배 속 아기를 위해서라면, 그렇다면 가지 않고 집에 머물러 주지 않을까. 그녀는 그것이 통하길 바랐다.

"고행이 형한테 연락해."

다시 고개를 돌리고 짐을 싸며 그가 말했다. 그녀는 입을 꾹 다물었다.

'거짓말쟁이.'

그는 분명히 이 집에서 나가기 위해 거짓말을 하고 있었다.

"내 말 들었어? 고행이 형한테……."

"너랑 같이 가는 거 아니야? 최 매니저님?"

"아……."

'거봐, 거짓말이었지?'

그녀는 말 대신 표정으로 그를 비난했다. 자신에게 거짓말까지 하면서 이 집을 나가야 하는 이유가 뭘까? 그녀는 정말 그 이유가 알고 싶었다.

'설마 정소진 때문은 아니겠지, 이건우?'

대놓고 묻고 싶은 것을 꾹 참았다. 정소진에 관해서 물었다가는 평화 협정을 맺은 것이 깨진다. 그가 거짓말을 했다고 해서 그녀까지 조항을 깰 이유는 없다. 그까짓 사생활, 끝까지 간섭하지 않아 주마, 말도 안 되는 다짐을 했다.

"여기."

그는 바지 뒷주머니에서 지갑을 꺼내 카드를 한 장 빼더니 그녀에게 내밀었다.

"이게 뭐야?"

그녀는 그것을 받아 들지 않고 뻐딱하게 물었다.

"내 카드. 뭐 먹고 싶은 것 생기면 일단 시켜서 먹어. 다녀와서 맛있는 거 사 줄게."

"나도 돈 있어."

"알아. 그냥 써."

그는 그녀의 손을 잡더니 그 위에 카드를 떡하니 올려놓았다. 그리고 그녀의 손을 주먹 쥐듯 감싸 카드를 잡게 했다.

"길지 않아. 잠깐이면 돼."

"……."

"정말 잠깐이야. 며칠만 집에서 기다려 줘."

망연자실하게 손에 쥔 카드만 내려다보는 그녀 앞에 잠시 서 있던 그는 바닥에 던졌던 옷가지들을 여행 가방 안에 거칠게 쑤셔 넣었다. 그리고 인사도 없이 방을 나섰다.

탁—

현관문이 닫히는 소리가 들리고 그녀는 방바닥에 주저앉았다. 바닥의 미지근한 온기가 피부로 느껴졌다.

'감기 걸리면 안 되니까.'

보일러를 살짝 돌리며 말하던 건우가 떠올랐다.

'나쁜 놈.'

어쩌다가 이렇게 되어 버렸을까, 다정은 눈물이 핑 돌았다.

어쩌자고 마음을 열었을까, 그녀는 다리를 끌어 모아 고개를 파묻었다.

혼자 남은 텅 빈 집이 그녀를 삼킬 듯이 어둠 속에 잠겨 갔다.

❊ ❊ ❊

이틀간 비가 시원하게 쏟아지더니 오늘 아침에는 태양이 반짝하고 구름 사이로 얼굴을 내밀었다. 여름을 부르는 비였는지 비가 그치고 나자 기온이 부쩍 올라가 더는 위에 걸칠 카디건이 필요 없어졌다.

다정은 며칠 전 온라인 서점에서 주문한 문학 전집 중 한 권을 손에 들고 정원으로 나왔다. 혼자서라도 태교에 열중해 보겠다 결심하며 음원 사이트에서 태교에 좋다는 클래식도 결제해 휴대 전화에 저장해 두었다.

정원 한가운데 있는 나무의 이름은 모르겠으나, 둘레가 굵고 잎사귀가 작아도 줄기가 길게 늘어져 책 읽기에 딱 좋은 그늘을 만들어 주었다. 그 옆의 연못에선 큰 잉어 두 마리가 한가롭게 헤엄치고 있었다. 매일 아침 식사를 마친 건우가 하던 것처럼 다정은 그를 대신해 연못으로 고기들 밥을 던져 주었다.

그녀는 연못을 두르고 있는 큰 돌 위에 앉아 책을 폈다. 그리고 휴대 전화에 저장된 클래식 목록을 플레이했다.

"음, 흐음."

많이 들었던 클래식 음악이 흘러나오자 그녀는 그 음을 따라 흥얼거렸다. 책을 펴서 한 페이지, 두 페이지 콧노래와 함께 읽어 내려가던 그녀는 이내 책을 덮었다.

"아오."

그녀는 짜증과 함께 책을 바닥에 툭 던졌다. 글이 눈에 들어오지 않았다. 괜히 클래식을 흥얼거리며 아무렇지 않게 시간을 잘 보내는 '흉내'를 냈을 뿐이다.

그 이유는 간단했다. 오늘로 나흘째, 건우가 집에 들어오지 않고 있었다. 그에게서는 아무런 연락도 없었다.

괜히 그에게 자신이 무얼 하고 있는지 알리는 것 같아 그가 준 카드를 사용하지 않았다. 그 없이도 잘 지내는 것처럼 보이기도 싫고, 카드 사용을 하지 않으면 궁금해서라도 연락해 오지 않을까 했던 것이다.

'전화도 없다니, 정말 너무한 것 아니야? 세상에 어떤 신혼부부가 이렇게 연락도 없이 떨어져 있냐고!'

섭섭하고 속상했다.

'도대체 어디에서 무얼 하는 건데?'

그녀는 손톱을 깨물었다.

'네 동선은 SNS만 확인해도 다 알 수 있어.'

문득 그녀는 소진이 했던 말이 떠올랐다. 소진을 병원과 호텔에서 우연처럼 마주칠 수 있었던 건 모두 SNS로 중계되는 건우의 사진 덕분이었다. 그러니 그녀도 잘만 하면 그가 어디에 있는지 찾을 수 있지 않을까?

"좋아! 내가 찾는다! 찾아!"

자리에서 벌떡 일어나 하늘을 향해 외쳤다. 집에 들어오지 않는 그를 찾아 멱살을 잡아, 질질 끌고서라도 데리고 오겠다 다짐했다.

'제발, 정소진이랑 같이 있지만 마라.'

거실로 들어온 그녀는 기도하는 심정으로 SNS를 뒤졌다. 해시태그로 이건우와 관련된 검색어를 모두 뒤졌지만, 어느 곳에서도 그의 흔적을 발견할 수 없었다.

분명 진짜 합숙에 들어간 것은 아니었다. 묘하게 그녀의 시선을 피하던 그였다. 잡힐세라 빠르게 집을 떠나던 그였다.

'그렇다면 어디로 갔을까. 설마……'

그녀는 제발 아니기를 바라며 '정소진'을 검색했다. 소진의 계정을 하나하나 살펴보던 다정은 오늘 올라온 어느 사진에서 멈칫하며 손을 멈췄다.

머리를 하나로 묶어 올린 소진이 어느 건물의 커다란 유리창에 비친 사진이었다. 그리고 그 유리창 너머 의자에 앉아 있는 건우의 모습이 희미하게 보였다. 아니, 사실 다른 사람이 봐서는 누군지 알 수 없는 남자의 실루엣이었다. 하지만 다정은 알 수 있었다. 그

남자는 분명 이건우였다. 그렇게 생각하는 데는 소진이 쓴 글귀도
한몫했다.

「오랜만에 함께. 맑은 하늘만큼 맑아지길…….」

'함께, 라고 했다…….'

다정의 머릿속에 천둥 번개가 쾅 쳤다. 정말로 벼락에 맞은 것
처럼 가슴이 저릿저릿 아파 왔다. 숨 쉬는 것을 잊은 것처럼 멈췄
던 숨을 간신히 다시몰아 내쉬고 들이마셨다.

사진을 올린 시간은 불과 5분 전이었다. 빠르게 태그해 놓은 위
치가 어디인지 확인했지만, 경기도 광주라고만 떠 있었다. 경기도
광주의 커다란 유리창이 있는, 카페로 보이는 곳. 이 단서만으로
건우가 있는 곳을 찾아낼 수 있을지 막막했다.

잠시 고민을 하던 그녀는 어딘가로 전화를 걸었다.

— 여보세요?

굵직한 남자의 목소리가 들렸다.

"안녕하세요, 최 매니저님?"

— 아, 다정 씨.

그녀는 최 매니저에게 밝은 목소리로 인사를 했다.

— 무슨 일 있어요? 어디 아파요?

그는 갑작스러운 그녀의 전화에 걱정이 앞선 듯했다.

"아니에요, 아픈 곳 없어요."

— 그럼 무슨 일로…….

"이건우, 어디에 있어요?"

— 네?

225

"이건우, 어디에 있냐고요. 최 매니저님은 아시죠?"

— 그게…….

최 매니저는 당황한 듯 말꼬리를 흐렸다.

"정소진이랑 있는 거 맞죠?"

— …….

"다 아니까 말씀해 주세요. 그 두 사람 어디 있어요?"

다정은 점점 다급해졌다.

— 어디 있는지 알면 어떻게 하려고요?

침착함을 되찾은 최 매니저가 물었다.

'어떻게 하냐고?'

"……."

대답할 수 있을 리 없다.

— 두 사람 계약 결혼인 것 기억하죠?

"네……."

— 둘이 풀 이야기가 있어서 그런 거니 그냥 기다려 주지 그래요?

'할 이야기 없다고 했어요, 이건우가.'

다정은 그 말이 입안에서 맴돌았다. 하지만 최 매니저는 그녀의 침묵을 다른 뜻으로 받아들인 것 같았다.

— 설마, 다정 씨 건우를…….

"아니에요, 그런 거."

최 매니저가 볼 수 없는 데도 다정은 손사래를 치며 부정했다.

"그런 게 아니라……. 어, 엄마가 찾아서 그래요."

— 어머니요?

"네. 그러니까…… 결혼식 때 입을 한복, 한복을 맞춰 주신다고 요."

급한 대로 그녀는 거짓말을 했다.

"웨딩드레스도 맞추러 가야 하는데, 시간이 별로 없는데, 자꾸 집을 비우니까……. 정소진이랑 같이 있다가 사진이라도 찍히 면……."

당황해 이 말 저 말이 마구잡이로 쏟아졌다.

— 흠, 알겠어요. 제가 가서 데리고 올게요.

"아니요!"

— 네?

"제가 갈게요."

— 왜 굳이…….

"제가 가면 두 사람이 설령 사진이 찍혀도 그냥 선후배 사이로 넘어갈 수 있잖아요."

그녀의 말에 그는 잠시 생각에 잠긴 듯 침묵했다.

— 지금 주소 찍어 보낼게요.

"감사합니다."

— 다정 씨가 급한 일이 있어 보여서 알려 주는 거예요. 그러니 조용히 집으로 데려오세요.

"네, 그럴게요."

그녀는 보이지 않는 상대에게 고개를 넙죽 숙여 인사했다.

최 매니저는 전화를 끊고 얼마 지나지 않아 경기도 광주의 한 카페 주소를 보내 주었다. 다정은 그 주소를 검색해 소진이 사진을 올렸던 곳과 같은 곳임을 확인했다.

'그래도 최소한 최 매니저님한테는 어디에 있는지 알리는구나, 이건우.'

다시금 그에게서 소외당했다는 생각에 서글퍼졌다.

"아가야, 아빠 찾으러 가자!"

그녀는 배에 살짝 손을 올리고 힘을 내어 말했다. 아직 외이(外耳)
조차 보이지 않을 태아에게 일부러 더 크게 말했다.

'스트레스는 태아에게 좋지 않습니다, 이건우 이 자식아.'

최 매니저가 알려 준 카페에 도착한 다정은 씩씩거리며 차에서
내렸다. 이곳으로 오는 시간 동안 마음을 추슬러 진정하려 했지만,
생각처럼 쉽지 않았다. 아까 듣던 클래식 따위 집어치우고, 평소에
자주 즐겨 듣는 신나는 대중가요를 볼륨 높여 틀었다. 하지만 음악
이 귀에 들어오지 않았다.

사진을 확인하자마자 달려왔으니 그사이 두 사람이 어딘가로 이
동하지 않았으리라 확신하며 그녀는 카페로 발걸음을 옮겼다. 소
진의 사진에서 봤던 커다란 창문이 있는 회색 콘크리트 건물과 일
치했다.

"어서 오세요. 몇 분이신가요?"

자동문이 열리며 안으로 들어서자 모델처럼 키가 크고 잘생긴
남자 직원이 그녀를 웃으며 맞이했다. 카페 안에는 두세 팀의 손님
들이 산발적으로 자리 잡고 있었다. 서로가 서로에게 관심 없는 부
류. 행색으로 보나 분위기로 보나, 여유가 좔좔 흘러 돈 좀 있다
싶은 상류층이 분명했다.

"찾는 사람이 있어요."

"아, 일행분이 와 계시나요?"

"네, 저기요."

그녀는 손가락으로 건우와 소진을 가리켰다.

"아……."

의외라는 직원의 눈빛.

'이 사람은 저 둘에 대해 얼마큼 알고 있을까?'

다정은 착잡한 기분이었다.

"안내해 드리겠습니다."

그 직원은 금세 웃는 표정으로 돌아오더니 그녀보다 앞서 걸었다.

100미터 남짓 되는 거리가 가까워질수록 그녀는 건우와 소진을 자세히 볼 수 있었다. 서로 마주 보고 있는 두 사람. 소진이 그녀를 등지고 앉아 있고, 건우는 맞은편에서 그런 소진을 희미한 미소와 함께 바라보고 있었다. 테이블에는 아이스커피 두 잔과 먹음직스러워 보이는 케이크 하나, 포크는 두 개. 분통이 터졌다.

"일행분이 오셨습니다."

직원의 말에 두 사람의 시선이 동시에 다정에게로 쏠렸다.

"안다정?"

건우가 의자에서 어정쩡하게 일어났다. 안 그래도 큰 눈이 더 커졌다. 여기에 있어서는 안 되는 사람이 시야에 들어왔으니 놀랄 수밖에.

'네가 어떻게 여기를? 그보다 왜?'

소진과 만나는 것을 다정이 알게 됐다는 생각이 들자 온몸의 피가 흘러 나가는 착각이 들었다. 하지 말아야 할 짓을 하다 들킨 것 같아 건우의 눈빛이 불안하게 흔들렸다.

"너 어떻게 여기를……."

"안녕하세요?"

'놀랐냐? 놀랐겠지.'

다정은 웃으며 고맙다고, 생과일주스 한 잔 부탁한다 말하며 직원을 돌려보냈다. 그리고 놀라서 말을 잇지 못하는 건우를 무시하고 소진에게 인사했다. 매우 반가운 사람을 만난 것처럼 아주 밝은 얼굴과 목소리로.

"네…… 또 뵙네요."

소진이 어두운 얼굴로 말했다. 그녀도 꽤 놀란 눈치였다. 기다란 속눈썹 사이로 그녀의 눈동자가 불청객을 맞이한 소회를 털어놓았다.

"합석해도 되죠?"

"……."

"할게요. 다 아는 사이니까."

대답을 기다리지 않고 다정은 옆 테이블에서 의자를 가져와 두 사람의 테이블에 함께 앉았다. 그녀가 의자에 앉자 건우는 고개를 살짝 흔들며 자리에 앉았다. 어쩔 수 없다는 듯이.

"너 여기는 어떻게 왔어?"

따지듯 묻는 건우를 다정은 살짝 째려봤다.

"네가 준 차 몰고 왔어."

"그 말이 아니라, 여기 어떻게 알고 왔냐고."

그의 질문에 다정은 자연스럽게 소진을 바라봤다. 그녀의 시선에 소진이 움찔하며 등을 쫙 폈다.

"여기 있는 정소진 씨가 아주 친절하게 SNS에 사진을 올리셨더라고."

소진의 눈썹이 한쪽만 살짝 찡그려졌다. 다정은 다시 건우를 쳐다봤다. 그의 시선은 다정이 등장한 이후로 줄곧 그녀만을 향해 있었다.

긴장된 분위기 속에서 직원이 토마토 주스를 그녀 앞에 내려놓고 갔다. 그녀는 달짝지근한 음료로 목을 살짝 축이고 입을 뗐다.

"여기가 촬영 장소야? 난 정소진 씨도 이 영화에 합류하는지 몰랐네."

"……."

"네가 생각하기에도 이상하지?"

건우는 대답하지 않았다.

"말해 봐. 여기가 대본 리딩과 촬영 때문에 스태프들과 합숙하는 장소냐고."

"……."

"왜, 또 내가 사생활 간섭한 거야?"

그는 대답 없이 무표정하게 그녀를 바라보기만 했다. 화를 내는 그녀에게 할 말이 없었다. 입이 열 개라도 할 말이 없다. 그녀에게 거짓말을 하고 며칠씩 집에 들어가지 않았으니 그녀가 열을 내는 것도 무리가 아니었다. 게다가 막 소진과 자리를 만들었는데 이렇게 들켜 버렸으니. 그는 입을 굳게 다물었다.

'이렇게 나온다 이거지?'

그녀는 굳게 닫힌 건우의 입술 대신 소진에게로 다시 고개를 돌렸다.

"정소진 씨."

"네, 안다정 씨."

"지난번에 둘이 만난 자리에서 분명하게 말했던 것 같은데요."

"……."

"우리 사이에 끼어들지 말라고 했죠?"

공기를 날카롭게 가르며 다정이 따졌다.

"둘이…… 만났었어?"

건우가 끼어들었다. 처음 듣는 이야기였다.

'왜, 무슨 이유로?'

두 여자가 대면한 이유를 듣고 싶어 소진을 바라봤지만, 그녀는 그의 시선을 교묘히 피했다. 다정 역시 마찬가지였다. 피가 싹 빠져나가는 것처럼 한기가 돌았다. 속에서는 반대로 부글부글 화가 치밀었다.

'그런 것도 모르다니, 둘이 내 이야기는 하지도 않은 거야?'

간신히 가라앉혔던 다정의 마음에 돌멩이가 날아왔다.

"말해, 둘이 만났었냐고."

그의 목소리가 살짝 떨렸다. 다정은 그를 싹 무시했다. 지난 나흘 동안 그녀를 무시했던 것처럼 그녀 역시 그를 무시했다. 어떤 기분인지 한번 당해 보라지.

"가정이 있는 남자와 데이트를 할 거였으면 사진은 조심해서 올렸어야죠."

그녀의 말에 소진은 입술을 한일자로 꾹 다물고 자리에서 일어났다.

"건우 씨, 나 먼저 갈게. 나중에 마저 이야기해."

"정소진 씨."

"그쪽하고는 할 이야기가 없어요."

소진이 다정을 향해 차갑게 말했다.

"왜 할 말이 없어?"

펑— 폭약이 터진다면 이런 소리가 날까. 다정은 자신의 머릿속에서 폭약 터지는 소리를 들었다. 인내심을 담고 있던 상자가 산산이 조각났다. 단순하기 짝이 없는 그녀 인생 29년 동안 이렇게 화가 난 순간은 다시없었다.

"내가 당사잔데, 왜 할 말이 없어?"

"이것 봐요, 말이 너무 짧잖아요? 어디서 함부로……."

"왜? 나보다 나이도 어린 애한테 반말도 못 해? 내 남편하고 바람피우는 여자한테 말도 못 놓니?"

"안다정 씨!"

소진이 클러치백을 테이블에 탁 올리며 말했다. 다정을 내려다보는 소진의 눈에 분노가 일렁였다. 다정은 자리에서 일어나 소진을 노려봤다.

"그만해, 두 사람 모두."

자리에서 일어나며 건우가 두 여자를 말렸다. 분위기가 과열되면 시선을 끌게 된다. 아무리 사람이 별로 없는 곳이라지만, 위험하다.

"소진이 너, 가. 나중에 연락할게."

"가긴 어딜 가? 나 아직 할 말 안 끝났어."

"그만해, 안다정."

건우가 다정의 손목을 잡아당겼다. 그 반동으로 다정은 소진을 향했던 시선을 거둬 건우를 노려봤다.

"연락 줘. 기다릴게."

멀어지는 소진의 발걸음 소리가 커다란 카페를 울렸다. 여전히 건우는 다정의 손목을 꽉 잡고 놓지 않았다. 그녀를 바라보는 시선에 안타까움이 느껴졌다.

"놔."

"일단 진정해."

"놔."

차가운 그녀의 목소리에 그가 손목을 놨다.

"집에 가서 얘기하자."

"흥, 그러시든지."

그녀는 몸을 홱 돌려 빠른 걸음으로 카페 밖으로 나와 뒤도 돌아보지 않고 차에 올랐다. 차창 너머로 건우가 계산하고 나오는 것이 보였다.

밖으로 나온 그는 차에 올라탄 그녀를 슬쩍 보더니 자신의 차로 걸어갔다. 그 모습까지 보고 그녀는 차를 출발시켰다.

'따라올 테면 따라와 봐라.'

그녀는 액셀을 힘껏 밟았다. 전에 자신 있게 건우에게 운전을 잘한다고 했던 말은 농담이 아니었다. 그녀는 절대로 그가 따라오지 못할 정도의 빠른 속도로 집을 향해 차를 몰았다. 아기를 위해 안전 운전을 다짐했던 것도 지금 이 순간 치밀어 오른 분노 때문에 잊어버렸다. 신호 하나 없는 외곽이라니, 건우와 소진이 만난 곳이 이렇게 외진 곳에 있다는 것이 유일하게 마음에 드는 순간이었다.

11. 내 아내야

현관문이 쾅 소리가 나게 닫혔다. 잇따라 빠르고 무거운 발걸음 소리가 들렸다.

"넌 무슨 임산부가 운전을 그렇게 험하게 해?"

어지간히 바삐 쫓아왔나 보다. 건우가 집으로 들어서자마자 거실 소파에 앉아 유유히 우유에 시리얼을 타서 먹고 있는 다정에게 소리쳤다. 그녀는 시큰둥한 표정으로 그를 무시하고 텔레비전을 켰다. 이제 막 그녀가 매주 챙겨 보는 드라마가 시작했다.

"안다정!"

건우가 다가와 다정의 손에 들린 리모컨을 빼앗아 텔레비전을 끄더니 그녀가 앉은 반대쪽으로 던졌다. 그의 말을 무시하는 것을 용납할 수 없었다.

"드라마 할 시간이야."

그녀는 팔을 뻗어 리모컨을 집어 들고 다시 텔레비전을 켰다.

그러자 그가 다시 그녀 손에서 리모컨을 빼앗았다.

"뭐야!"

다정이 소리쳤다. 건우의 눈과 시선이 마주치자 그녀는 호흡을 잠시 잊어버리고 숨을 삼켰다. 그의 눈이 분노로 이글거리며 타올랐다.

"리모컨 내놔."

그녀는 그를 향해 손을 내밀었다.

"달라고."

퍽!

다정의 말을 무시하고 건우는 벽을 향해 리모컨을 던졌다. 리모컨의 뚜껑이 부서지더니 안에 들었던 배터리가 튀어나왔다.

"뭐 하는 짓이야?"

너무 놀라고 화가 난 다정은 자리에서 벌떡 일어나 그를 마주 노려보았다.

"너야말로 뭐 하는 짓인데?"

"내가 뭘?"

"집에서 기다리라고 했잖아."

그가 한 자 한 자 딱딱하게 말했다.

"내가 왜 그래야 하는데?"

"내가 기다리라고 했으니까."

"네가 뭔데?"

"……."

"네가 뭔데 내가 네 말을 들어야 하는데?"

다정은 그의 무서운 얼굴에 지지 않고 물었다.

"그 잘난 머리로 기억하지 못하나 본데, 우리 계약 결혼 조항에

236

네 말을 무조건 들어야 한다는 내용은 없었어. 다른 여자랑 바람피워도 내가 모르는 척해야 한다는 조항도 없었고."

"바람?"

그는 한쪽 눈썹을 치켜들었다.

'이 여자가 무슨 소리를 하는 거야. 바람이라니.'

다정이 고작 그런 이유로 자신을 찾아온 것인가 싶어 열불이 났다. 잠시나마 그녀를 반가워했던 자신이 바보처럼 느껴졌다.

"그래, 바람. 내가 네 부인인 것을 잊은 건 아니겠지?"

"너 나 안 좋아한다며? 마음 없다며?"

"그게 뭐?"

"나도 너한테 마음 없고, 서로한테 마음 없는데 어떻게 할까? 이렇게 결혼했으니 도 닦으며 살까?"

그는 빈정거리며 말했다.

"누가 도 닦으며 살래?"

"그럼?"

"……."

"바람피우면 안 된다는 조항은 없어도 사생활에 간섭하지 말라는 조항은 있었지. 너 이거 사생활 간섭이야."

그렇게 말하고 그는 다정을 노려보던 시선을 거둬 부엌으로 갔다. 소용돌이치는 마음을 가라앉히기 위한 따뜻한 커피 한잔이 절실했다.

소리 지르며 싸우는 건 그가 싫어하는 것 중 하나였다. 차라리 말을 안 하고 혼자서 화를 가라앉히는 것이 그의 스타일이었다. 물론 지난번 다툼으로 다정이 그의 이런 행동을 싫어한다는 것도 알고 있었다.

"거짓말하지 말았어야지!"

다정이 부엌으로 그를 쫓아오더니 소리쳤다.

"거짓말을 하니까 그렇잖아. 차라리 정소진 만나러 간다고 솔직하게 말했으면 기다리지 않았을 거 아냐."

그녀의 말에도 그는 묵묵부답으로 컵에 내려지는 커피만 바라볼 뿐이었다.

"뭐라고 말을 좀 해 보시지?"

다정이 쏘아붙였다.

"정소진을 만나서 들을 말이 있었어."

한참 만에 그가 몸을 돌리고 입을 열었다.

"그게 뭔데?"

"나도 몰라."

"뭐?"

"걔가 나한테 할 말이 있다면서 자꾸 나타나길래 정리하려고 한 거야."

"믿을 만한 소리를 해."

"못 믿을 건 뭔데?"

"벌써 몇 년 전에 헤어진 사이인데 이제 와 무슨 할 말이 있다는 거야? 너 내가 바보로 보여?"

"그러니까 나도 모른다고."

"차라리 바람피우는 거면 그렇다고 말해!"

다정이 소리쳤다.

"뭐가 어째?"

건우도 언성을 높였다.

"구차하게 변명하지 말고 그냥 정소진이랑 다시 만난다고 남자

답게 인정하란 말이야!"

　말도 안 되는 소리로 자신을 나쁜 놈 취급 하는 다정이 싫었다. 소진을 만난 진짜 이유도 모르면서 마치 자신을 바람이나 피워 대는 놈, 꼭 지성화 같은 놈처럼 보다니. 다정에 대한 실망이 이만저만이 아니다. 화가 머리끝까지 끓어오르니 오히려 머리가 차갑게 식었다.

　"그만하자. 너랑 더는 말하고 싶지 않아."

　"나는 계속해야겠어."

　"진짜 부부가 되려는 생각이 없으면 바람이든 뭐든 신경 쓰지 마. 내가 소진이 만나는 게 억울하면 너도 다른 남자를 만나든지."

　"그게 말이야, 방귀야? 내 인생을 왜 쇼윈도 부부로 쇼하는 데 바쳐야 하는데?"

　"네가 그렇게 하겠다고 사인했잖아."

　"네가 생각할 시간이나 줬어? 아직 아이를 어떻게 할지 이런저런 고민도 못 한 상황에 쳐들어와서 사랑하네, 첫눈에 반했네 한건 너야."

　"그럼 술 취해서 아무 남자하고 자지 말지 그랬어."

　짝—

　건우의 얼굴이 세게 돌아갈 정도로 그녀는 뺨을 때렸다. 그의 얼굴에 빨갛다 못해 하얀 손자국이 선명했다. 왼쪽 입술이 살짝 찢겼는지 피가 보였다. 그는 혀로 입안에서 볼을 더듬었다.

　그녀도 놀랐다. 그를 때린 손이 얼얼한 통증과 함께 덜덜 떨렸다. 처음으로 사람의 뺨을 때려 봤다. 그 통증이 그대로 심장까지 흔들었다. 그의 말 때문인지 손의 통증 때문인지 모르겠지만, 눈에 눈물이 맺혔다. 고개를 돌려 그녀를 바라보는 그의 얼굴이 눈물에 번져 희미하게 보였다.

"우리 부부 첫 부부 싸움이네."

그가 말했다.

다정은 그에게서 몸을 돌렸다. 그의 얼굴 따위 보고 싶지 않았다. 그녀는 2층으로 올라갔다. 옷장에서 큰 가방을 꺼내 며칠 동안 입을 옷을 대충 욱여넣었다.

"어디 가려고?"

어느새 건우가 그녀의 방 문틀에 기대어 지켜보고 있었다. 그녀는 그의 질문에 대답하지 않았다.

"안다정."

"왜."

"묻잖아, 어디 가느냐고."

짐을 다 챙긴 그녀는 가방을 들고 그의 앞에 섰다.

"네가 무슨 상관인데?"

"무슨 상관?"

"그래, 무슨 상관."

"난 네 남편이야."

"하!"

다정은 콧방귀를 꼈다.

"넌 이제부터 나한테 신경 쓰지 마. 내 사생활이니까."

"방금 내 말 못 들었어?"

"들었어. 네가 내 남편이라고."

"그래."

"나도 네가 내 남편인 거 알아. 오늘 나도 네 부인 노릇을 한 거였어. 근데 넌 나한테 뭐라고 했어? 아무 남자랑 자지 말지 그랬냐고?"

그녀의 말에 그는 시선을 떨궜다. 그녀에게 뺨을 맞기도 전에 자신이 잘못했다는 것을 깨달았다. 말이 입 밖을 나서는 순간 후회했다. 매서운 따귀에 정신이 번쩍 든 것도 사실이다.

"그 말은 실수였어. 미안해."

"……."

"들었어?"

그의 질문에 그녀는 조용히 한숨을 쉬었다.

"그래, 들었어."

다정은 그를 피해 방 밖으로 나갔다. 그가 뒤에서 그녀의 가방을 낚아챘다.

"어디 가냐니까?"

"너하고 지금은 함께 있을 수가 없어."

"사과했잖아."

"그래, 알아. 근데 내가 꼭 그걸 받아들여야 하는 건 아니잖아."

"……."

"그리고 이제부터 이건우 씨는 내 배 속에 있는 아기한테만 신경 써 줬으면 해. 나도 이건우 씨한테 신경 쓰지 않을 테니."

"안다정."

"다정 씨라고 부르든가 아니면 누나라고 불러."

"안다정!"

다정은 손을 홱 들었다. 건우가 그녀의 손을 보고 움찔했다.

"또 맞을래?"

"갑자기 누나는 무슨 누나야? 그것도 부부 사이에."

"그럼 다정 씨라고 불러. 존대까지는 바라지도 않아. 존중은 해 줄 수 있잖아, 당신 애를 가진 여자인데."

"……."

"갈게."

그녀는 그의 손에서 가방을 힘껏 뺐었다. 그리고 뒤도 돌아보지 않고 1층으로 내려가 현관문을 열었다. 뒤에서 문이 닫히는 소리가 났지만, 그가 따라오는 기색은 없었다.

'운전할까, 택시 탈까?'

그녀는 잠시 현관 앞에 서서 고민했다. 그러다 그녀는 주차장이 아닌 대문으로 발걸음을 옮겼다.

미워 죽겠는 그를 피해 나온 집인데, 그가 준 차를 타는 것이 이치에 맞지 않는다는 생각에서였다. 게다가 자신은 임산부였다. 이런 기분으로 운전을 하면 무슨 일이 나도 크게 날지 모른다는 생각에 택시를 잡기로 했다.

대문을 열고 문밖으로 살짝 고개를 뺀 그녀는 잠시 주변을 살폈다. 남아 있는 기자나 팬들이 있는지 둘러봤다. 누가 봐도 짐 가방인 것이 분명한데 아무렇지 않게 당당하게 들고 나갈 수는 없었다. 그녀가 이건우와 함께 산 그 짧은 시간 동안 박 대표가 정말 일을 잘해 놓은 것인지, 집 밖에는 아무도 없었다.

터덜터덜 그녀는 무거운 발걸음으로 집 밖으로 나가 대문을 닫았다. 철컹, 하고 철문 닫히는 무거운 소리가 들려왔다. 새삼 그 무게에 놀라 그녀는 순간 움찔했다.

'어디로 갈까…….'

힘없는 발걸음을 끌고 정처 없이 골목을 내려왔다.

'집으로 갈까?'

못 간다.

그녀는 고개를 절레절레 저었다. 지금 이 시각에 엄마와 언니가 있는 집으로 간다면 걱정할 것이 분명했다. 쏟아질 질문과 잔소리를 생각하면 그곳은 쉴 수 있는 공간이 아니다. 그녀에게는 생각할 수 있는 조용한 공간이 필요했다.

결국, 큰길까지 나와 택시를 잡았다.

"기사님, 가로수길로 가 주세요."

그녀는 목적지를 말하고 차 뒷좌석에 몸을 깊이 파묻었다.

가로수길로 간다고 해서 딱히 갈 곳이 있는 것은 아니었다. 늦은 시간까지 영업하는 카페에 갈 생각이었다. 건우에게 큰소리 땅땅 치고 나왔는데, 갈 곳이 없다고 집 앞에 앉아 있을 수는 없으니 일단 자리를 옮겨야 했다.

"아이고, 갑자기 웬 비래?"

기사 아저씨의 말에 다정은 차창 밖으로 시선을 돌렸다. 어둠이 내려앉은 거리에 억센 비가 쏟아졌다. 예보에도 없던 소나기였다.

"아가씨, 우산 있어요? 바로 그칠 비가 아닌데?"

"아니요."

"비 맞으면 감기 걸릴 텐데."

기사 아저씨는 비가 들이치자 창문을 올렸다.

'그러게요. 나 비 맞으면 안 되는데…….'

가출한 날 비가 쏟아지다니. 비도 함부로 맞을 수 없는 몸이 서글프기만 했다.

"흑."

다정의 입에서 울음이 터졌다.

"아가씨? 왜 울어요?"

"흑, 흐윽."

"어이구, 뭔 일이래?"

"어흑, 흐흑, 엉엉."

기사 아저씨의 말은 귀에 들리지 않았다. 서러운 마음에 눈물이 쏟아졌다.

백미러로 그녀를 바라보던 기사 아저씨는 헛기침을 몇 번 하더니 라디오 볼륨을 높였다. 잔잔한 발라드 음악이 흘러나왔다.

부부 싸움 해도 친정으로는 가지 말라는 말이 있다더니, 안 가는 것이 아니라 갈 수가 없었다. 이 넓은 세상에, 이 불쌍한 임산부 하나 갈 곳이 없다는 게 그렇게 서러울 수가 없다.

'어쩌자고 그런 놈을 좋아하게 됐을까?'

자책하고 원망했다.

그저 마음이 쓰이는 거라고, 아이 아빠로서 책임을 다하려는 그의 모습에 마음이 동한 것으로 생각했다. 정소진을 보고 단순히 질투심이 생긴 것으로 생각했다.

그런데 아니다. 그에게서 모진 말을 들으니 심장에 화살을 맞은 것처럼 아팠다. 아파 죽을 것 같았다. 가슴이 너무 아파서 그를 볼 수가 없었다.

하지만 막상 집을 나오니 그가 보고 싶었다. 쏟아지는 빗방울마다 그의 얼굴이 보였다. 웃고 있는 그, 화를 내는 그, 키스하던 그. 방울방울 모두 그다.

그게 또 가슴 아파 눈물이 났다.

끼익끼익, 와이퍼가 건우의 얼굴을 지웠다.

"감사합니다."

"조심해서 가요."

"네, 안녕히 가세요."

다정은 떠나가는 택시를 향해 허리를 꾸벅 숙여 인사했다. 그녀의 손엔 기사 아저씨가 준 우산이 들려 있었다. 여전히 무지막지하게 내리는 비는 우산을 무서울 정도로 때려 댔다.

간신히 도착한 가로수길에 영업 중인 카페가 딱 하나 있었다.

"죄송하지만, 손님. 저희 영업시간이 한 시간밖에 안 남았는데 괜찮으시겠어요?"

다정은 고개를 끄덕였다.

주문했던 따뜻한 코코아를 들고 비가 부딪치는 창가에 앉았다.

'한 시간 뒤에는 또 어디로 자리를 옮겨야 할까?'

그녀는 생각에 잠겼다.

위이잉. 위이잉.

갑자기 울리는 휴대 전화 진동에 다정은 가방에서 전화기를 꺼냈다. 제대로 화가 난 탓에 기존에 쓰던 전화기만 챙겨 왔는데 그것이 울린 것이다.

[개자식]

'어휴, 넌 또 뭐냐.'

전화기에 뜬 이름을 보자마자 그녀는 한숨을 내쉬었다. 안 그래도 복잡한 지금, 또 뭘 거들려 전화인지. 그녀가 망설이는 사이 전화가 끊겼다.

"휴우……."

'이런 모습 들키고 싶지 않아.'

안도하고 있을 때 다시 전화가 울렸다.

[개자식]

세 글자가 눈을 아프게 했다. 다정은 손가락으로 화면을 밀어 그의 번호를 차단했다.

얼마의 시간이 지났을까. 이번에는 모르는 번호로 전화가 울렸다.

'혹시 이건우?'

다정은 전화를 받을까 말까, 한참을 망설이다 통화 버튼을 눌렀다.

— 나야.

성화의 목소리가 빗소리와 함께 들려왔다.

"하아, 또 너야? 왜?"

다정은 짜증이 솟구쳤다.

— 뭐 하니?

"알아서 뭐 하게?"

— 비 오니까 보고 싶어서.

"……."

어처구니가 없어 다정은 침묵했다.

— 그 자식 옆에 있니?

"없어."

— 그럼 만나자.

"뭐 하러?"

— 할 이야기가 있어.

그는 밝은 목소리로 말했다.

'정신을 못 차렸구먼.'

"또 무슨……."

다정은 한 소리 해 주려다 멈칫했다.

'내가 소진이 만나는 게 억울하면 너도 다른 남자를 만나든지.'

건우의 말이 떠올랐다.

'좋아, 얼마든지.'

심술궂은 마음이었지만, 당장 누구라도 만나고 싶었다. 그것이 지성화라는 것이 약간은 마음에 걸렸지만, 혼자 있고 싶지 않은 마음이 더 컸다.

"알았어. 여기 가로수길 카페오레야."

성화는 웃으며 20분 내로 카페에 오겠다며 전화를 끊었다.

다정에게 다른 마음이 있는 것은 아니었다. 그저 딱히 갈 곳도, 만날 사람도 없을 때 그가 전화해 왔을 뿐.

'할 이야기가 있다니 듣기나 하자. 갈 곳은 그 이후에 정하면 되겠지.'

안일한 마음이 그녀를 지배했다.

'지난번같이 헛소리를 하면…….'

문득 드는 걱정도 그녀는 고개를 저으며 먼 곳으로 던져 버렸다. 혹시라도 지난번 같은 헛소리를 지껄이면 앞으로 다시는 전화를 못 하게끔 혼쭐을 내 줄 생각이었다. 이래저래 그를 만나는 것이 나쁜 일은 아니라고 스스로 합리화를 시켰다.

"집 나왔니?"

정말로 20분도 안 되어 나타난 성화는 다정에게 손 들어 인사를 하다 말고 물었다. 그녀의 의자 옆에 놓인 큰 가방을 보고 하는 말이었다.

"잠깐 외출한 거야."

그녀는 가방을 발로 살짝 밀어 의자 밑으로 숨기며 말했다.

"이 시간에? 그렇게 큰 짐을 들고?"

"……."

"가자."

그는 다가와 그녀의 짐을 덥석 집어 들더니 말했다.

"어딜?"

"따라와."

"됐어. 할 말 있다며. 하고 싶은 말이나 하고 가."

그녀는 차갑게 말했다.

꼬르륵.

"헐."

갑자기 배 속에서 소리가 나자 그녀는 당황했다.

'하필 이런 순간에.'

무안함에 얼굴이 달아올랐다.

"큭큭. 배고프니? 밥 안 먹었어?"

"상관 마."

그는 그럴 생각이 없어 보였다.

"어차피 여기 조금 있으면 문 닫잖아. 늦게까지 영업하는 곳을 알아. 거기로 옮기자."

"……."

"어서. 밥은 먹고 살아야지."

그녀는 마지못해 자리에서 일어났다. 늦게까지 영업하는 곳이라면 그를 보내고 나서도 시간을 때울 수 있겠다 싶었다.

가방을 들고 앞서가는 성화를 보며 그녀의 마음속에선 여러 가지 복잡한 심경이 회오리쳤다.

✽　✼　✽

도착한 건물을 확인하고 다정은 성화 쪽으로 고개를 홱 돌렸다.

"야! 겨우 온 곳이 호텔이야?"

그의 차가 멈춘 곳이 다정의 짜증을 돋웠다. 그녀가 아무리 노려봐도 그는 웃을 뿐이었다.

"오해하지 마. 여기 레스토랑이 늦게까지 영업해. 배고파하는 것 같아서 데려온 거야."

"……."

"안 먹을 거야?"

안 먹겠다고 대답하기에는 여기까지 오는 동안 배 속이 시끄럽게 신호를 울려 왔다.

"나 밥 먹을 동안 할 이야기 있으면 다 하고 가."

"알았어."

다정은 성화의 다짐을 받고 차에서 내렸다.

호화로운 5성급 호텔의 대리석 바닥이 환한 불빛에 번쩍거렸다. 돌바닥조차 건우와 소진처럼 화려해, 다정은 이곳에 있는 자신이 한없이 초라해지는 기분이었다.

"많이 출세했다, 지성화. 이런 데도 다 올 줄 알고."

자신과는 모텔만 다녔던 성화였는데. 아니, 모텔비도 아까워하던 그였는데 호텔이라니. 짧은 시간 동안 그가 얼마나 많이 변했는지 눈으로 확인하니 착잡한 마음이 들었다.

"다 네 덕분이지."

"알긴 아는구나."

"들어가자."

그녀의 심드렁한 표정에도 성화는 웃기만 했다. 그는 한 손엔 그녀의 가방을 들고, 반대편 손으로는 그녀의 손을 잡아끌었다. 뿌리치려는 그녀의 힘에도 그는 손을 놓지 않았다.

결국 성화에게 질질 끌려간 다정은 호텔 엘리베이터에 올라탔다.

"다정아."

엘리베이터 문이 닫히자 조용히 옆에 서 있던 성화가 갑자기 그녀를 향해 돌아섰다.

"왜?"

미간을 찌푸린 그녀에게 그는 한 발짝 더 다가섰다. 그녀가 뒷걸음질 치자 엘리베이터 벽에 붙은 손잡이가 허리에 닿았다.

"아오, 아파."

그녀가 허리를 문지르며 아파해도 그는 신경 쓰지 않고 한 걸음 더 다가섰다. 그와 그녀의 몸이 닿았건만, 그는 피할 생각이 없는 듯 그녀에게 더 밀착해 왔다.

"뭐 하는 짓이야? 저리 안 비켜?"

"……."

"지성화, 좋은 말로 할 때 비켜라."

눈꼬리를 한껏 올리고 째려봐도 그는 꿈쩍도 하지 않았다.

"너 내가 밥 먹을 동안 할 얘기 하고 가라 했지?"

"그럴 수가 없겠다."

그가 부드럽게, 그윽한 눈빛으로 그녀에게 말했다.

"너랑 이렇게 밀폐된 공간에 있으니까 견딜 수가 없어."

"견딜 수가 없으면 뭘 어쩌려고?"

"글쎄, 어떻게 할까?"

그는 웃으며 그녀를 향해 고개를 숙였다.

점점 더 가까이, 그의 입술이 그녀의 입술에 닿을 정도로 가까이, 더 가까이 다가왔다. 서로의 숨결이 뜨겁게 느껴질 정도로 가까워졌다. 그리고 두 입술이 맞닿으려는 순간, 그녀는 있는 힘껏 무릎을 세워 그의 급소를 찼다.

"헉!"

눈을 감고 그녀에게 다가오던 그는 큰 충격에 눈을 번쩍 뜨고 고통으로 얼굴을 일그러뜨렸다.

"너, 죽는 수가 있어."

"다, 다정아……. 아흐, 다정아."

"왜? 아프냐? 멍청한 널 보는 내 마음도 아프다."

"아으."

그는 말을 잇지 못하고 몸을 웅크리고 허리를 두드리며 고통을 삭였다.

"한 번만 더 허튼수작해 봐. 내가 죽여 버릴 테니까."

그녀는 허리에 양손을 짚고 씩씩거리며 말했다.

딩동—

어느 정도 성화의 고통이 진정되었을 때쯤 엘리베이터가 레스토랑이 있는 층에 도착했다. 다정은 그를 돌아보지 않고 엘리베이터에서 내렸다. 그도 허리를 약간 수그린 채 일그러진 얼굴을 하고 그녀를 따라 내렸다.

"맛있니?"

"어."

다정은 성화가 시켜 준 큼직한 스테이크를 썰어 입에 넣었다. 부드러운 육즙이 입에서 펑펑 터져 잠시나마 행복감이 들었다.

'이런 상황에서도 배가 고프다니, 사람이란 존재는 무섭구나.'

다정은 꾸역꾸역 고기를 입속으로 밀어 넣었다.

"할 이야기 해."

어느 정도 배가 불러 오자 그녀는 성화에게 말했다.

"나 파혼했어."

"캑."

갑작스러운 그의 파혼 선언에 먹고 있던 고기가 탁, 하고 목에서 걸렸다. 그녀가 사레에 걸려 힘들어하자 그가 물 잔을 그녀 쪽으로 밀었다.

"파혼이라니?"

그녀가 물을 마신 뒤 냅킨으로 입을 닦고 물었다.

"네 말대로 파혼했다고."

별일 아니라는 듯 그가 가볍게 말했다.

'세상에, 미친놈.'

다정은 성화의 얼굴을 얼이 빠져 바라봤다.

"널 원하니까 파혼한 거야. 네 말대로 내가 먼저 행동했어. 그러니 이제 너도 이혼해."

"싫어."

"뭐? 왜?"

그는 어이가 없다는 표정으로 그녀를 바라봤다.

"이혼을 고려해 보겠다고 했지, 이혼하겠다고 하진 않았어."

"인제 와서 이러면 안 되지. 내가 널 위해 얼마나 큰 것을 포기했는데."

"그게 나랑 무슨 상관인데?"

"네가 파혼하면 내게 온다고 했잖아."

"다시 말하지만, 그렇게 말한 적 없어."

황망한 표정의 그를 보며 그녀는 한숨을 짧게 내쉬었다.

"내 덕분이라 생각해."

"덕분이라니? 뭘?"

"네 약혼녀였던 그 여자 말이야. 너한테는 한없이 과분하거든. 괜히 결혼해서 바람피우다 걸렸으면 너, 아마 그쪽 세계에서도 생 매장당했을걸?"

"그걸 네가 어떻게 알아?"

"나보다 너를 더 잘 아는 사람이 있을까?"

"……"

성화는 대답하지 않았다. 그도 알 것이다. 지난 세월 동안, 서로 에 대해 얼마나 많은 것을 알게 되었는지. 굳이 묻지 않아도, 굳이 대답하지 않아도 서로의 눈빛만 봐도 무엇을 원하는지 알게 된 그 들이었다.

"모자라도 어쩜 이렇게 모자라니."

"뭐, 상관없어."

그는 그녀를 향해 몸을 가까이하며 말했다.

"어쨌든 나는 이제 솔로야. 아무것도 거리낄 게 없어. 너만 나 한테 오면 돼."

"미안하지만, 나는 결혼한 몸이야. 나는 거리낄 것이 아주 많 아."

"괜찮아. 기다릴게."

"어휴."

그녀는 들고 있던 포크와 나이프를 접시 위에 내려놓았다. 반쯤 먹은 스테이크가 아직 먹음직스럽게 그녀의 칼질을 기다렸지만, 입맛이 싹 사라졌다.

"할 말 다 했니? 그럼 이제 가라, 너."

"벌써 다 먹었어? 아직 많이 남았는데."

"네 덕분에 입맛이 싹 사라졌어."

"그래도 더 먹어. 아기를 위해서라도 먹어야지."

"좋은 말로 할 때 가라."

그녀의 협박에도 그는 웃기만 할 뿐 일어날 생각이 없어 보였다. 그녀는 잠시 그를 바라보다 의자를 밀고 일어났다. 어리둥절한 표정으로 그가 따라 일어났다.

"네가 안 간다면 내가 간다."

그녀는 그의 발치에 있던 자신의 가방을 들고 입구로 향했다.

"계산할게요."

"내가 낼게."

성화가 얼른 쫓아와 다정이 내민 계산서를 가로챘다.

"야. 나도 돈 있거든?"

"알아. 이건 그냥 파혼 기념으로 내가 사는 거야."

그녀가 뭐라고 더 덧붙일 것도 없이 그는 서둘러 직원에게 카드를 건네 계산을 끝냈다.

"걱정하지 마. 이런 거로 생색내거나 하지 않을 테니."

레스토랑을 나오며 성화가 말했다.

"그래, 잘 먹었다. 아주 고맙네."

"이제 어디 갈까?"

엘리베이터를 기다리며 그가 물었다.

"남이사."

"남이라니, 섭섭하게."

"가라, 가. 제발 부탁이다."

때마침 도착한 엘리베이터에 올라타며 다정이 말했다.

"바에 갈까? 루프탑 좋은데, 여기."

"밖에 비 오던 거 잊었니?"

다정이 1층을 눌렀다.

"그럼, 지하에 있는 칵테일 바에 가지 뭐."

"너나 가."

"가자. 가서 술 한잔하자."

"나 임산부야."

"아……."

그의 표정이 순간 일그러졌다.

'멍청이. 네가 어떻게 사법 고시에 붙었는지 정말 미스터리다.'

그녀는 고개를 절레절레 저었다.

'갈 곳도 없는데 여기서 묵을까?'

문득 떠오른 생각이 그녀는 마음에 들었다. 기껏해야 하루나 이틀인데, 기분 전환도 할 겸 비싼 돈 한번 써 보자 하는 생각이었다. 하지만 그러다 또 고개를 저었다.

'아니야, 돈이 한두 푼도 아니고. 모텔로 가자. 아니면 찜질방에 가든가.'

자신의 처량한 신세에 한숨이 절로 나왔다.

1층에 도착해 그녀는 잠시 리셉션 데스크를 바라봤다. 24시간 직원이 대기하는 곳이니 방이 있는지, 있으면 1박에 얼마인지 물어나 볼까 싶었다.

"자고 가."

옆을 따르던 성화가 그녀의 시선이 향한 곳을 보고 말했다.

"신경 쓰지 마."

"모텔이나 찜질방에서 잘 생각이면 아서라. 애도 있는데."

"……."

"와, 방 잡아 줄게."

그는 대답도 듣지 않고 앞서서 리셉션으로 걸어갔다.

'어쩔까.'

그의 말대로 이 호텔에서 자는 것이 가장 좋다는 것을 그녀도 알고 있었다. 그녀만을 위한 것이 아니라 배 속 아기를 위해서. 자신은 이제 아기의 엄마니까. 결심이 선 그녀는 그를 따라가기 위해 한 발 내디뎠다.

그 순간, 그녀의 팔을 잡는 손이 있었다.

"아!"

뒤돌아본 그녀의 눈이 동그랗게 커졌다. 툭, 하고 들고 있던 가방이 로비 바닥에 둔탁한 소리를 내며 떨어졌다.

"이건우?"

너무 놀라 꼼짝도 할 수 없었다.

'눈이 불타오르고 있다는 표현을 이럴 때 쓰는 것일까.'

그녀는 건우를 보며 생각했다.

분노로 인해 두 눈이 이글거리며 불타고 있던 건우는 그녀를 잠시 쳐다보더니 이내 앞서 걷다 뒤돌아본 성화를 발견했다.

"너 여기는 어떻게……?"

아직도 건우의 등장이 믿기지 않아 얼떨떨한 다정이 말을 삼켰다. 그녀를 바라보는 그의 눈이 너무도 매서웠다.

"가자."

"어딜?"

"집에 가자고."

그는 바닥에 떨어진 그녀의 가방을 주워 들었다. 그리고 그녀의 손을 잡아 호텔 입구로 끌었다.

"놔. 안 갈 거야."

그녀는 힘껏 그의 손을 뿌리쳤다.

"안다정. 좋은 말로 할 때 따라와."

그는 주위 시선을 신경 쓰는 듯했다. 그녀 역시 주변을 슬쩍 살펴보았지만, 리셉션에 있는 직원 한 명을 제외하고는 로비엔 세 사람밖에 없었다.

"너야말로 좋은 말로 할 때 가."

"집에 가서 이야기해."

"싫어."

"안다정!"

"너 내가 누나라고 하든가, 다정 씨라고 부르라 했지?"

"……."

건우와 다정은 서로를 노려봤다.

"안녕하세요, 이건우 씨. 오랜만에 뵙네요."

"……."

성화가 다가오며 건우에게 인사했다. 하지만 건우는 성화를 노려볼 뿐 아무런 말도 하지 않았다.

"이런 데서 만나다니, 우연은 아닌 것 같네요. 그렇죠?"

성화의 질문에 다정은 마음속으로 고개를 끄덕였다. 그의 말대로 그녀가 이곳에 있는 것을 건우가 어떻게 알았을까, 의문이 들었다.

"또 볼 줄 몰랐는데, 어떻게 여기 계시는지 모르겠군요."

성화를 향해 살짝 미소 지으며 건우는 딱딱한 목소리로 예의를
차려서 말했다.

물론 다정과 성화가 궁금해하는 것에 대해선 대답하지 않았다.

"그러게요. 제가 어떻게 여기에 있을까요?"

히죽 웃으며 성화가 되물었다.

건우는 인상만 살짝 찡그릴 뿐 아무런 말이 없었다.

"다정아, 가자. 방 잡았어."

"방?"

건우의 목소리가 갈라졌다.

"다정이가 갈 곳이 없다고 하더군요."

"너……."

그는 다시 다정을 노려봤다.

"집에 가자."

그녀의 손목을 잡았다.

"놓으시지?"

그녀의 반대쪽 손목을 성화가 잡았다. 가운데 낀 그녀는 두 남
자를 번갈아 바라볼 뿐이었다.

"당신은 상관하지 마. 당신이 끼어들 일이 아니야."

건우는 가면을 벗고 성화에게 차갑게 말했다.

"미안하지만 그렇게는 못 하겠는데?"

"못 해?"

낮고 무거운 목소리로 건우가 되물었다.

"그래. 다정이가 싫다고 하잖아. 그리고 나도 싫거든."

성화는 건우를 마주 노려보며 말했다.

"당신이 싫든 좋든 내 아내야."

건우가 말했다.

"놔."

건우의 무서운 기세에 눌렸는지 성화가 잡고 있던 다정의 손목을 살짝 놨다. 그 순간을 놓치지 않고 건우는 다정을 자신에게로 잡아끌었다. 멀뚱히 서 있는 성화를 뒤로하고 두 사람은 호텔을 나섰다.

호텔 앞에 서 있는 건우의 스포츠카에 다다르자 다정은 걸음을 멈췄다. 비는 아직도 무섭게 쏟아졌다.

"타."

건우가 조수석 문을 열고 말했다.

"싫어."

다정이 그를 째려보며 대답했다.

"두 번 이야기 안 해. 타."

"싫어. 가려면 너 혼자 가."

건우는 뒷좌석으로 다정의 가방을 던졌다. 그리고 그녀를 번쩍 들어 안았다.

"야! 뭐 하는 짓이야! 내려 줘! 내리라고!"

그녀가 아무리 발버둥을 쳐도 그는 꿈쩍도 하지 않았다. 아무 말 없이 그는 그녀를 조수석에 얌전히 내려놓고 문을 쾅 닫았다. 차 앞으로 돌아 운전석으로 오는 그를 그녀는 시선으로 좇았다. 째려보는 그녀를 보는 척도 안 하고 그는 차에 올라탔다.

"벨트 매."

"집에 가기 싫어."

"출발한다."

그녀의 말은 듣지도 않고 그가 시동을 켜고 차를 움직였다. 그녀는 불만이 가득한 얼굴로 입술을 깨물고 안전띠를 맸다.

타닥타닥. 차에 부딪치는 빗방울이 그녀의 마음을 폭격한 돌멩이 같았다.

"여긴 어떻게 알고 왔어?"

"……."

"어떻게 알고 왔냐니까?"

험악한 분위기처럼 말도 뾰족하게 나왔다.

"네 휴대 전화."

"내 휴대 전화?"

"최 매니저가 기본으로 설정해 놓는 것이 있지."

"뭔데?"

"위치 추적."

딱딱하게 굳은 얼굴로 그가 말했다. 조금 전 성화를 대할 때보다는 온기가 돌아와 있었다.

'기가 막혀.'

다정은 허, 허, 하며 헛기침을 했다.

"도대체 어떤 삶을 살아가고 있길래 위치 추적이 기본이야?"

"……."

"그래서 최 매니저님한테 전화해서 내 위치를 여쭤본 거야?"

"아니."

"그럼?"

"내 휴대 전화에 연동시켜 놨어."

아무렇지 않게 그는 말했다. 기가 막히고 코가 막혀 다정은 그의 얼굴을 빤히 바라봤다.

"당당하다, 너?"

"어, 당당해."

"사람 모르게 위치 추적하는 게 당당하니?"

"당당해. 내 사람 지키려고 하는 거니까."

"하, 내 사람?"

"조용히 가자. 집에 가서 얘기해."

"왜? 차 안에도 파파라치 있니?"

"……."

"그래 말을 말자, 말을 말아."

그녀는 입을 다물었다.

빗줄기가 흐르는 차창에 머리를 기대고 어두운 하늘을 올려다봤다. 하루 동안 있었던 일들이 밀물처럼 차올라 머릿속을 괴롭히다 썰물처럼 한꺼번에 밀려 나갔다. 피곤이 몰려와 그녀는 눈을 감았다.

잠시, 아주 잠깐 눈을 감는다는 것이 깊은 잠에 빠져들었다.

❋ ❋ ❋

"으음. 응?"

눈을 뜬 다정은 주변이 컴컴해 깜짝 놀랐다.

"일어났으면 들어가자."

옆에서 들려온 건우의 목소리에 다시금 놀랐다.

언제 집에 도착했는지 주차장에 차를 세워 두고 그녀가 일어날 때까지 기다린 모양이었다.

"깨우지."

"자길래."

건우는 먼저 차에서 내렸다. 주차장에서 올라와 마당을 가로질러 집으로 들어가는 동안 다정은 말없이 그의 뒤를 따라갔다.

"얘기 좀 해."

집으로 들어와서도 아무 말 없이 2층으로 발걸음을 옮기는 건우를 향해 다정이 말했다.

"피곤해. 나중에."

그는 멈추지 않고 2층으로 올라갔다.

집을 나서기 전에 그가 부쉈던 리모컨이 깨끗하게 조립되어 테이블 위에 놓여 있었다.

'부수질 말 것이지.'

다정은 그것을 보니 머리꼭지가 도는 기분이었다. 자신이 집을 나간 뒤 그 혼자 부서진 리모컨 쪼가리를 모아 조립하는 모습을 상상하니 화가 났다.

"이건우!"

그녀는 그의 방까지 쫓아갔다. 불도 켜지 않은 채 그는 옷을 갈아입는 중이었다.

"왜?"

"호텔엔 왜 온 거야?"

셔츠의 단추를 풀며 건우는 대답할 거리를 찾았다. 소진과 다정이 만났다는 말에 화가 나, 그것에 관해 물어보려 했었다. 그런데 정작 그 일에 대해서는 한마디도 묻지 못했다.

다정이 집을 나가고 나서 어디로 가는지 위치 추적 애플리케이션을 계속 보고 있었다. 가로수길 카페에서 호텔에 이르기까지, 두 시간도 안 되는 동안 수만 가지 생각에 잠겼었다.

그러다 집에 데려와야겠다고, 자신이 보기 싫다면 그녀를 집에 두고 자신이 나가야겠다는 생각을 하고 호텔로 향했다. 그런데 호텔 로비에서 그녀와 지성화를 보게 된 것이다.

"왜 왔냐고."

자꾸 질문하는 그녀를 힐끗 보고, 그는 단추를 풀던 손을 아래로 떨궜다.

'얼마나 운 거냐, 도대체.'

분홍빛으로 부어 있는 그녀의 눈을 보니 가슴이 찌릿찌릿 아파왔다.

"너 나 좋아해?"

그녀의 질문에 그는 손과 함께 바닥으로 떨궜던 시선을 그녀에게로 돌렸다.

"대답해. 너, 나 좋아해?"

그녀는 대답을 재촉했다. 무언가 맡겨 놓은 사람마냥 따지고 들었다.

'어떻게 할까? 솔직하게 말할까?'

흔들리는 시선으로 자신을 바라보는 그녀를 향해 그는 한 걸음 한 걸음 다가갔다. 문가에 서 있던 그녀가 한 발짝 뒤로 물러나려다 그대로 멈췄다.

"뭐? 왜?"

"싫지는 않아."

"뭐?"

다정은 자신의 귀를 의심했다. 그가 한 말이 믿기지 않았다. 자신을 싫어한다고만 생각했는데, 헷갈렸다.

"헷갈린다, 정말. 난 널 잘 모르겠어. 네가 어떤 사람인지도 모르고, 어떤 얼굴이 진짜인지도 모르겠어."

"……."

"내가 아는 건 네가 아기 때문에 나와 덜컥 결혼했다는 거야. 나도 마찬가지고."

다정이 말하는 동안 그는 조용히 그녀를 응시했다.

"괜찮아."

그가 말했다.

"난 안 괜찮아. 도대체 뭐가 괜찮다는 거야?"

"내가, 내가 널 알아."

그의 말에 그녀는 입을 꾹 다물었다.

'네가 나에 대해 도대체 뭘 아는데?'

그녀는 도전적인 눈빛으로 그를 째려봤다.

"내가 너랑 결혼한 이유가 아이 때문만은 아니야."

"그게 무슨 소리야?"

그는 대답 대신 그녀에게 한 발 더 다가섰다. 그리고 손을 들어 그녀가 등지고 있는 그의 방문을 쾅 닫았다. 움찔 놀라는 그녀의 등이 닫힌 문에 닿았다. 캄캄한 어둠 속에서 서로의 숨결이 매우 가까이 느껴졌다.

"문은 왜……!"

그녀의 항의하는 목소리를 그가 입술로 삼켰다.

"뭐 하는……?"

입술을 떼자 다시 그녀의 입에서 곤란해하는 목소리가 흘렀다. 그는 다시금 그녀의 입술을 삼켰다. 그리고 천천히 혀로 그녀의 입술을 벌렸다. 뜨거운 숨결과 함께 그녀의 혀가 그의 혀를 감싸 안았다.

녹아든다는 표현을 이럴 때 쓰는 것이라고 그녀는 생각했다. 지금 자신이 그에게 녹아들고 있었다.

이 키스의 의미가 무엇인지 고민하고 싶지 않았다. 그녀는 그를 좋아하니까. 그렇게 되어 버렸으니까. 하지만 그는 아니다. 그녀를 싫어하지 않지만, 좋아한다고 하지는 않았다.

고민하고 싶지 않았는데, 한번 머릿속에 들어온 생각이 그에게 녹아드는 동안 계속 그녀를 괴롭혔다.

"그만해."

그녀는 주먹으로 그의 가슴을 밀었다. 좋아하면 좋아하는 거지, 싫어하지는 않는다니. 뭐가 그렇게 복잡한 걸까 싶어 가슴 한쪽에 따끔따끔 생채기가 났다.

"그만해. 그만했으면 좋겠어."

그는 아무 말 없이 뒤로 물러났다. 그녀는 몸을 돌려 방을 나가기 위해 문을 열었다.

그 순간 뒤에서 그가 그녀를 안았다. 그의 양손이 그녀의 허리춤을 안고, 얼굴이 그녀의 목덜미에 깊게 닿았다. 찌르르하고 온몸에 전기가 통했다.

"어디 가지 마."

그가 입을 열었다.

"내 눈앞에 있어. 지성화도 만나지 마."

"……."

"정소진도, 나 몰래 만나지 말고."

"……."

"내가…… 내가 잘못했어."

"……."

"알았어?"

"……알았어."

그의 재촉에 그녀는 고개를 끄덕였다.

"가서 좀 자. 피곤할 텐데."

"……."

아무 대답 없는 그녀를, 그는 그대로 몇 초간 더 안고 있다가 팔에 힘을 풀었다. 그에게서 풀려난 그녀는 뒤도 돌아보지 않고 자신의 방으로 들어갔다.

탁— 하고 방문이 닫히는 작은 소리와 함께 그의 입에서 깊은 한숨이 흘러나왔다.

✳ ✳ ✳

새벽 5시.

푸르스름한 새벽 기운이 안개처럼 스멀스멀 집 안 곳곳의 빈틈으로 들어왔다.

침대에 앉아 홀로 생각에 잠겼던 건우는 자리에서 일어나 방 밖으로 나왔다. 욕실을 사이에 두고 맞은편 다정이 있는 방이 보였다. 굳게 닫힌 방문이 그녀의 마음처럼 보였다.

그는 그녀의 방문을 살짝 열고 안으로 들어갔다. 박 대표의 취향이 고스란히 담긴 방, 온통 하얀색인 이곳에도 새벽의 푸른 기운은 여지없이 감돌았다.

쌔근거리는 숨소리로 그는 그녀가 깊은 잠에 빠져 있다는 것을 알 수 있었다. 살짝 내려가 그녀의 허리쯤에 있는 얇은 이불을 몸 위로 잘 덮어 주었다.

"널 어쩌지?"

그녀의 머리맡에 쭈그리고 앉아 그는 속삭였다. 그녀의 퉁퉁 부은 눈과 살짝 벌어진 입술을 물끄러미 바라봤다. 그리고 베개 위로 흘러넘치는 머리카락을 쓰다듬었다.

침대 옆에 놓인 작은 협탁에 등을 기댄 그는 태국 끄라비섬에서의 밤을 떠올렸다.

12. 네가 기억하지 못하는 밤

캐스팅된 영화의 상대역으로 말도 안 되는 여배우가 정해졌다. 아이돌 출신의, 연기 경력이 거의 없는 여자였다. 가장 최근에 단역으로 출연했던 드라마에서 발로 하는 연기라는 소리를 들었던 여자다. 그런데 자신의 상대역이라니.

게다가 이번 영화는 시대물이다. 연기력이 받쳐 주지 않으면 안된다. 소속사의 돈으로 배역을 따낸 것이 분명했다. 동종 업계에서 이런 소문은 발이 보이지 않을 정도로 빠르게 퍼졌다.

이 영화는 절대로 그런 배우도 아닌 사람과 찍을 수 없었다. 감독도 아니고 제작사도 아니지만, 이대로 손 놓고 앉아 있을 수는 없었다. 엄청난 고생까지는 아니어도 꾸준한 노력으로 이 자리까지 올라온 그에게는 이렇듯 쉽게 무언가를 얻는 사람을 이해하고 싶은 마음이 없었다.

그래서 박 대표에게 달랑 문자 하나 남겨 놓고 끄라비에 왔다.

[나는 이 영화 안 찍을 거야. 적어도 그 여자랑은.]

돌아가면 박 대표가 그에게 어떤 소리를 할지 벌써 귓가에 쟁쟁했다.

이곳에 온 지 일주일이 지났고, 드디어 감독과 제작사도 사태의 심각성을 느낀 듯했다.

뜨겁다 못해 후끈후끈했던 열기가 밤이 되니 조금 줄어들었다. 비가 쏟아질 것처럼 습한 공기가 얇은 티셔츠를 감싸 안았다. 결국, 건우는 티셔츠를 벗어 어깨에 걸쳤다. 자외선 차단제를 바른다고 발랐는데도 하얀 피부가 태양에 벌겋게 익었다. 한국으로 돌아가서 박 대표에게 깨질 것을 생각하니 머리가 다 아파 왔다.

해변에서 호텔로 걸어가는 길에 시끄러운 음악과 사람들의 떠드는 소리에 이끌려 조그마한 바에 들렀다. 앉을 곳도 없이 사람들이 들어차 있어 하는 수 없이 그는 바텐더에게 손짓으로 맥주 두 병을 시켜 밖으로 나왔다.

앉을 곳을 찾는 그의 시선이 한 여자에게 고정됐다. 한눈에 알아본 한국 사람. 야외 테이블 하나를 혼자 차지하고 앉아 있었다. 테이블 위에는 빈 맥주병과 칵테일 잔들이 수두룩했다.

'응? 한국 사람인가? 곤란한데…….'

어깨 위로 살짝 내려온 그녀의 갈색 머리카락이 바람에 흔들거린다. 하늘거리는 원피스 자락도 바람을 따라 함께 춤을 추었다. 마르지 않고 적당히 보기 좋은 몸매에 동그란 얼굴과 통통한 볼이 귀여웠다.

그런데 그녀의 눈동자가 달빛에 반짝하더니 이내 눈물이 맺혀 흘렀다. 볼 옆으로 주르륵, 그리고 턱에 한동안 매달려 있다가 이내 똑 떨어졌다.

야외 테이블에 앉은 수많은 관광객 중에서 돌연 그녀가 눈에 띈 것은 흐르는 눈물 때문이었다. 물론 한국인을 만날 일이 거의 없던 이곳에서 우연히 마주친 탓도 있었다.

하지만 그는 한국에서만이 아니라 동남아에서도 유명한 배우다. 깊이 눌러쓴 모자 탓에 아직 그를 알아보는 현지인이나 관광객이 없었지만, 한국인이라면 이야기가 다르다.

'어떻게 할까?'

흐르는 눈물을 주체할 수가 없는지 그녀는 손등으로 턱에 매달린 눈물을 닦았다. 손가락으로 눈을 꾹꾹 누르기도 한다. 어느 정도 눈물이 멈추자 주변을 살폈다. 어둠이 깔린 바지만, 홀로 앉은 여자가 울고 있는 모습이 호기심을 자극할까 봐 주의하는, 아니 창피해하는 모습이다.

그렇게 주위를 둘러보던 시선이 아직도 어찌할 바 모르고 서 있던 건우에게 꽂혔다.

"어?"

그녀의 입이 살짝 벌어졌다. 분홍색의 작고 통통한 입술이 달빛에 촉촉하게 반짝였다.

"이건우……?"

모자를 눌러썼는데도 어찌 알아본 것인지 여자가 그의 이름을 말하는 입 모양이 보였다.

"이건우?"

그녀의 목소리가 조금 더 커졌다. 그는 빠르게 그녀가 앉은 야외 테이블로 다가갔다.

"우와 진짜 이건……."

"조용히 좀 하죠?"

"우와!"

그녀는 자신 앞에 서 있는 그를 보고 눈이 휘둥그레져서는 손으로 입을 막았다. 하지만 그런 그녀의 노력에도 불구하고 옆 테이블에 앉은 동양인 커플이 그를 알아본 것 같았다. 웅성대는 소리가 조금씩 늘어나면서, 바 안에서도 기둥 밖으로 고개를 내미는 사람들이 늘어났다.

"이런……."

건우는 모자를 더 깊이 눌러쓰고 바지에 넣어 두었던 선글라스를 꺼내 썼다.

"당신 진짜 이건우네요?"

술에 취한 여자의 목소리가 한층 높아져 있었다.

그는 몸을 돌려 바를 떠나려다 다시 그녀를 바라봤다. 그리고 아직 눈물이 남아 있는 그녀의 눈가를 응시했다. 왜일까? 그녀를 혼자 두고 떠나기엔 뭔가 찝찝한 기분이 들었다. 아는 사람이 아무도 없는 이곳, 말도 잘 통하지 않는 외국인들이 가득한 이곳에서 외롭게 혼자 술을 마시며 눈물을 흘리는 그녀를 그냥 떠나기 싫었다.

그녀에게 다가가 손목을 잡아끌었다. 높다란 의자에 앉아 있던 그녀의 몸이 주르륵 미끄러져 내려왔다. 건우는 주머니 있는 돈을 전부 꺼내 테이블 위에 두었다. 꽤 많은 돈이니 그녀가 마신 술값에 팁까지 충분할 것이었다.

"왜 이래요?"

술을 많이 마셨는지 살짝 꼬인 혀로 말했다.

"갑시다."

그는 그녀를 끌고 다시 바닷가 쪽으로 걸었다. 웅성대던 사람들도 두 사람이 등을 보이며 떠나는 모습을 의아하게 바라봤다. 그가 과연 이건우인지 아닌지 긴가민가한 눈으로. 뒤통수에 꽂히는 시선들을 모르는 척 무시하고 건우는 빠르게 걸음을 옮겼다.

"어디 가는데요?"

그녀는 손목을 잡힌 채 비틀거리는 걸음으로 그에게 끌려갔다.

"나는 조용히 술을 마시고 싶어요. 그리고 당신은……."

"……."

"당신은 울고 싶은 것 아닌가요?"

잠시 그를 물끄러미 바라보던 그녀가 고개를 끄덕였다.

"그럼 따라와요. 조용한 곳에서 실컷 울게 해 줄 테니."

그는 그녀의 손목 대신 손을 잡았다. 그녀의 뜨거운 손의 감촉이 그의 손바닥에 낙인을 찍는 것 같았다.

바닷가를 돌고 돌아 그는 그녀를 데리고 자신이 머무는 호텔로 들어섰다. 그가 빌린 곳은 풀 빌라였다. 엘리베이터를 타고 꼭대기 층으로 가서 내리자 기다란 복도가 나오고 양쪽으로 각각 두 개의 방문이 있었다. 그는 그중 왼쪽 두 번째 방문을 열고 그녀를 먼저 들어가게 했다.

복층으로 구성된 이 꼭대기 층은 독채형 빌라나 다름없었다. 베란다에는 객실 손님이 사용할 수 있는 개인 수영장이 있고 침실로 들어가는 문을 열면 킹사이즈의 침대와 욕실이 있었다.

"여기는……?"

"내가 묵는 곳이에요. 조용하고 외져서 여기만큼 좋은 곳이 없어요."

조심스레 묻는 그녀의 질문에 그는 거실 소파에 앉으라는 손짓을 했다. 그녀는 그의 손짓에 따라 앉았다.

"마셔요."

그가 냉장고에서 종이 팩에 든 소주 두 개를 꺼내 와 하나는 그녀에게 내밀었다.

"자, 난 조용히 이거 마실 테니, 그쪽은 울든 말든 마음대로 해요."

"안다정이에요."

"네?"

"제 이름이요. 안다정이라고요."

그녀는 그렇게 말하고 종이 팩에 빨대를 꽂더니 쪼옥 하고 소주를 맛있게 빨아 마셨다.

"혼자서 여행 온 거예요?"

건우의 물음에 다정은 고개를 크게 끄덕였다.

"겁도 없네요. 이 먼 타국에 여자 혼자 여행이라니."

"의외로 여자 혼자 여행하기 좋은 나라거든요. 그러는 이건우 씨도 혼자 아니에요?"

"뭐, 나는 남자니까요."

"흥, 겁도 없네요. 대한민국 최정상 배우가 매니저도 없이 혼자서 여행이라니. 그러다 무슨 사고라도 생기면 어쩌려고요?"

"무슨 사고요? 혼자 여행 와서 술 취해 우는 여자 만나서 달래 주는 거요?"

"킥킥."

그의 대답에 그녀는 킥킥거리며 배를 잡고 웃었다. 그녀의 웃음소리를 들으니 그도 기분이 덩달아 좋아졌다. 걱정 따위 미뤄 두고 편안히 수다를 떨고 싶었다.

"술 더 줘요?"

"더 있어요?"

"여행 가방에 한가득?"

"그럼 주세요."

그는 비틀거리는 걸음으로 일어나 침실로 들어갔다. 옷장 문을 열고 안에 던져둔 여행용 가방에서 소주 팩을 손에 들 수 있는 대로 꺼내 들고 다시 다정에게로 돌아갔다.

"자요."

"감사."

그녀는 그가 건넨 소주 팩에 빨대를 꽂고 다시 쪼옥 빨아 마셨다.

"근데 왜 혼자 왔어요? 실연?"

"어? 어떻게 알았어요?"

"진짜 실연?"

그녀의 눈에 다시금 눈물이 고였다. 그리고 격하게 고개를 저으며 손으로 눈물을 쓱 닦았다.

"아, 이놈의 눈물. 멈추지를 않네요."

"무슨 일인데요?"

"하아……."

그녀는 긴 한숨을 내쉬었다. 그리고 그동안 있었던 전 남자 친구와의 일들을 천천히 풀어냈다. 드문드문 감정이 북받치면 잠시 호흡을 고르고 나서 다시금 말을 이었다.

"나쁜 놈이네."

"그렇죠!"

손뼉을 짝 치며 다정이 맞장구를 쳤다.

"내가 자기한테 얼마나 잘했는데. 우리 엄마도 판검사, 하다못해 변호사 사위 둘 거라 믿으셨다고요. 그랬는데……."

그녀는 다시 눈물을 글썽였다.

"나한테 한 배신은 상관없어요. 그런데 우리 엄마한테는 그러면 안 되는 거잖아요. 우리 언니한테도요. 우리가 그 사람 시험 떨어질 때마다 어땠는지 알아요?"

술기운이 잔뜩 돌아 혀가 제대로 돌아가지 않으면서도 그녀는 천천히 말을 이었다.

"우리 엄마는 당신이 부처님께 정성이 모자라서 그런 거라고 자책하셨어요. 그러면서 다시 천 배 기도를 올리셨죠. 언니도 제 앞에서는 멍청하네, 어쩌네 하면서도 그 사람이 신경 쓰지 않게 그 입을 조심하느라 애썼다고요. 그런데…… 그 나쁜 놈이……."

건우는 술기운에 감기는 두 눈을 간신히 뜨고 그녀의 말에 집중하기 위해 애를 썼다.

"아버지는요? 아버지는 뭐라고 하셨는데요?"

"아버지는 돌아가셨어요. 저 어릴 때요."

"아…… 미안해요."

그가 사과했다.

"뭐가 미안해요? 이건우 씨가 우리 아버지를 죽게 만든 것도 아닌데요."

"음, 그럼…… 유감이에요. 아버지가 돌아가셨다니. 살아 계셨다면 그 작자를 죽어라 두들겨 패지 않으셨을까요?"

"그랬겠죠, 우리 아버지……."

"그래서 여기까지 왔어요?"

"네."

다정이 고개를 천천히 끄덕거렸다.

"우리 엄마를 위해서라도 당차게 살아가야 하거든요. 계속 그놈의 그림자 속에서 살 수는 없잖아요. 그래서 여기에 다 묻어 두고갈 거예요! 다시는 뒤돌아보지 않게!"

주먹을 불끈 쥐며 말하던 그녀가 앞으로 살짝 휘청거렸다.

"조심, 조심."

건우가 그녀의 팔을 잡아 간신히 다시 자리에 앉혔다.

"사랑 따위 더는 믿지 않으면 돼요."

그가 말했다.

"더는 믿지 않으면 상처받을 일도 없어요."

"이건우 씨도 누구한테 배신당했어요?"

"……."

"아하, 노코멘트. 알았어요, 대답 안 해도 돼요. 그런데 말이에요. 배신은 사랑을 믿지 않는 사람이 사랑을 믿는 사람에게 하는짓이에요. 딸꾹."

갑작스레 딸꾹질이 터져 나오자 다정은 양손으로 입을 가렸다. 그리고 배시시 웃었다.

"헤헤, 딸꾹질 나네요. 암튼! 내가 배신당했다고 해서 사랑을 더는 믿지 않으면, 딸꾹, 그건 나도 그 사람이랑 똑같은 사람이 되는거라고요."

술에 취한 그녀의 눈에 갑자기 진지한 빛이 불꽃처럼 일다가 사라졌다. 그 불꽃에 건우는 순간 심장이 내려앉는 기분이 들었다.

"아무튼, 나는 그런 이유로 왔어요. 그런데 이건우 씨는 왜 왔나요?"

"그냥, 바람 쐬러 왔어요."

"한가하시네요? 바쁜 사람인 줄 알았는데."

"엄청 바빠요. 그래서 잠깐 온 거예요. 스트레스도 풀 겸."

"나 때문에 쉬는 거 방해받아서 어째요?"

"괜찮아요. 혼자 울게 두면 안 될 것 같아서 데리고 온 거니까."

그의 대답에 그녀는 잠시 그를 뚫어져라 응시했다. 눈물을 머금은 눈에 달빛이 산산이 부서졌다.

"가 봐야겠어요."

그녀가 소파에서 일어났다. 핸드백을 어깨에 걸치고 허리를 꾸벅 숙여 인사했다. 갑작스러운 그녀의 인사에 그도 앉아 있던 자리에서 벌떡 일어났다.

"가려고요?"

"가야죠, 늦었으니까."

그녀가 생긋 웃으며 말했다.

"끄라비에 와서 이건우 씨도 만나고, 이별 여행치고 정말 좋았어요."

"……."

"고마워요."

그녀는 다시 고개를 숙였다. 그도 마주 숙였다.

고개를 든 그녀의 얼굴에 머리카락이 달라붙었다. 그 정도로 습한 공기가 감싸는 밤이었다.

무슨 생각이었는지 건우가 그녀의 얼굴에 붙은 머리카락을 손가락으로 떼어 귀 뒤로 넘겨 주었다. 그리고 그 손가락이 그대로 그녀의 얼굴 옆에 멈추더니 손바닥으로 그녀의 볼을 감싸 어루만졌다. 동그랗게 그녀의 동공이 확장됐다.

"나도 고마워요."

그는 그렇게 말하며 그녀의 얼굴을 쓰다듬었다. 술기운 때문인지, 끄라비섬의 후끈한 열기 때문인지 모르겠지만, 그녀의 뺨이 뜨거웠다.

'귀엽네.'

순간 그녀가 정말 귀엽게 보였다. 놀란 눈을 하고서도 그의 손길을 피하지 않는 그녀를 보니 왠지 그냥 보내고 싶지 않아졌다.

홀로 시간을 보냈던 사흘의 시간 동안 외로웠던 걸까? 아니면 그녀와 비슷한 상황을 겪었던 것이 떠올라 마음이 통한 걸까?

그는 그녀에게 한 발짝 더 다가갔다.

피하지 않는다.

눈이 더 커졌는데도 물러나지 않고 고개를 들어 그를 바라보는 그녀였다. 조금 더 다가가자 그녀의 가슴이 그의 몸에 닿았다. 그는 그녀를 양팔로 안았다. 여전히 고개를 들고 있어 그녀의 턱이 그의 몸을 찔렀다.

'계속해도 될까?'

잠깐 머릿속에 이 질문이 떠올랐다.

"계속……할 거예요?"

그의 머릿속에 들어갔다 나온 것처럼 그녀가 물었다. 그는 미소를 지었다.

"그럴까 하는데요."

"……."

그녀는 말없이 고개를 떨궜다.

허락이 떨어지기를 바라며 그는 잠시 기다렸다. 이윽고 차렷 자세로 서 있던 그녀가 팔을 들어 그의 허리에 감았다. 고개를 들어 그를 바라보는 눈동자에 달빛이 반짝였다.

빨간불에서 초록불의 직진 신호를 감지한 그는 천천히 고개를 숙여 그녀의 입술에 자신의 입술을 갖다 댔다. 뜨거운 열기에 델 것 같아 잠시 입술을 뗐다. 그리고 살짝 벌어진 그녀의 입술을 다시 머금었다.

촉촉하고 폭신폭신하다. 말랑말랑하고 탱글탱글해서 쪽쪽 입술을 부딪칠 때마다 기분이 좋아졌다.

"앗!"

입술을 가지고 장난치는 그의 아랫입술을 그녀가 살짝 깨물었다. 그리고 살짝 빨아들였다. 그것이 기폭제처럼 그의 이성을 마비시켰다. 그는 그녀를 끌어안고 침실 쪽으로 천천히 밀었다.

쿵, 하고 그녀의 머리가 문에 부딪혔다.

"아……."

그녀가 입술을 떼고 살짝 인상을 찡그렸다. 그 모습이 매우 예쁘고 귀여워 보였다. 그래서 벌어진 입술을 다시 머금고 혀를 밀어넣었다. 뜨끈한 숨결과 타액이 그의 혀를 감쌌다. 혀끼리 닿아 서로를 탐하기 시작하자 그의 몸도 뜨겁게 달아올랐다.

간신히 문을 열고 침대에 그녀를 눕혔다.

그녀의 몸 위에서 두 팔로 자신을 지탱했다. 그리고 한 손으로 그녀의 얇은 랩 원피스를 풀고 맨살을 지그시 눌렀다. 몸에서 나오는 열기가 땀을 다 증발시킨 듯 보송보송한 살이 매끄럽고 날카롭게 달빛에 빛났다.

"아웅……."

그의 손이 그녀의 허리와 배꼽을 지나 가슴을 움켜잡았다. 그녀의 입에서 나오는 신음이 그를 유혹해, 그는 그녀의 입술을 입술로 막았다.

그는 혀로 그녀의 입안을 맛보기 시작했다. 키스하면서 브래지어 속으로 손을 넣어 그녀의 젖가슴을 만졌다. 부드럽게 주무르고, 유두를 세게 비틀었다. 하나도 놓치지 않으려 그녀의 몸을 어루만지며 머릿속에 각인시켰다.

그녀는 팔을 그의 목에 둘렀다. 그는 입술을 떼고 그녀를 응시했다. 그녀 역시 그를 바라봤다. 열에 들뜬 눈으로 그녀는 그를 자극했다. 그는 그녀의 몸을 살짝 일으켜 원피스를 몸에서 벗겨 냈다. 그리고 브래지어를 풀어 바닥으로 던졌다. 알몸이 되었어도 그녀는 부끄러워하지 않았다. 오히려 도발적인 시선으로 그를 바라보다 침으로 번들거리는 입술을 혀로 핥았다.

그는 점점 몸을 아래로 내려 그녀의 온몸에 입술로 도장을 찍었다. 빗장뼈로, 젖가슴으로, 유두는 혀로 살짝 건드렸다. 배꼽을 지나 그의 입술이 더 내려가자 그녀는 무릎을 세우고 다리를 살짝 벌렸다.

"아홋, 아아……."

그의 입술이 그녀의 클리토리스에 닿고 혀가 안으로 들어가 살짝 움직이자 그녀는 온몸을 떨었다. 그는 그녀 안으로 깊이 혀를 넣었다 빼기를 반복하면서 허벅지를 손으로 꾸욱 눌렀다. 그녀가 다리에 힘을 주며 무릎을 좁혔다.

"힘 빼요."

그의 말대로 그녀는 힘을 뺐다.

혀로 그녀의 깊숙한 곳을 촉촉하게 적시던 그는 그녀 위로 올라갔다. 그녀는 허리를 살짝 들어 그를 맞이할 준비를 했다.

그는 다급한 손짓으로 바지와 속옷을 한꺼번에 벗었다. 이미 커질 대로 커진 그의 남성이 한껏 고개를 들었다. 그는 더듬더듬 침대 옆 작은 탁자를 더듬어 서랍을 열었다.

"이런."

그의 입에서 황망한 목소리가 흘렸다.

"잠깐 기다려 줄래요? 콘돔이……."

콘돔이 없었다. 호텔에 미리 구비된 것이 있지 않을까 생각했던 것이 오산이었다. 여자를 만날 생각도 없었으니 그에게도 없었다. 찬물을 확 끼얹는 순간이었다.

"가지 마요."

그녀가 반쯤 일어난 그의 팔을 잡았다.

"하지만……."

"가지 마요. 계속해요."

그녀는 자신이 무슨 말을 하는지 알고는 있을까?

하지만 술기운과 흥분으로 이성이 날아간 지는 이미 오래였다. 기대감 어린 눈빛으로 자신을 기다리는 그녀의 눈빛에 그는 다시 몸을 겹쳤다. 그리고 그녀의 한쪽 다리를 들어 자신의 어깨에 걸치고 그대로 자신의 남성을 그녀 안에 넣었다.

"아, 아훗……."

"하아……."

그녀의 그곳으로 그의 단단한 살이 강하게 들어오자 두 사람은 동시에 신음을 흘렸다. 강하고 약하게 아름다운 곡을 연주하듯 그는 몸을 움직였고, 그녀도 그에게 맞춰 합주했다.

머릿속은 온통 흥분과 쾌락의 파도로 출렁였다. 그녀의 손톱이 그의 등을 세게 파고들었다. 흔들리는 몸의 움직임에 따라 그녀의 젖가슴도 흔들렸다. 그는 몸을 살짝 들고 그녀의 가슴을 움켜잡았다.

허리를 앞뒤로 빠르게 움직이다가 깊이 밀어 넣었다. 최고조로 치닫는 그의 움직임에 그녀도 함께하고 있었다. 그녀의 손이 침대 시트를 움켜쥐고 발가락이 둥글게 말렸다.

"아항, 아항…… 아, 앙!"

"으읏."

두 사람은 동시에 절정을 맞이했다.

그날 밤, 모든 것이 변했다. 그녀뿐만 아니라 그의 인생까지.

✽　✾　✽

'그래 놓고, 기억을 못 하다니. 열받잖아.'

아침에 잠에서 깨어 자신과의 격렬했던 밤을 제대로 기억하지 못하는 다정에게 모진 말도 퍼부었다. 그는 모든 것을 기억하고 있는데. 몸의 대화뿐 아니라 그녀가 했던 모든 말을. 그것이 그녀를 다시 만났을 때도 그의 화를 돋웠다. 그녀는 그저 그를 몰상식한 연예인이라고 생각했으니까.

건우는 다정의 베개 옆에 얼굴을 살짝 기대고 그대로 그녀를 바라봤다. 눈을 감고 있어도 부은 눈이 그날 밤과 똑같았다. 상황만 바뀌었을 뿐. 그때는 지성화 때문에, 지금은 자신 때문에 울었다.

그리고 그게 그렇게 화나고 짜증이 나고 마음 아플 수 없었다.

13. 입덧의 습격

　호텔에서 돌아왔던 밤 이후 건우와 다정은 서로 그날의 일에 대해 언급하지 않았다. 어쩌다 비슷한 말이라도 나올라치면 다른 화제로 황급히 바꿨다. 그렇게 어색한 며칠이 흘렀다.

　어느새 다정의 임신이 10주 차에 접어들었다. 이번 초음파 검사에서 다정과 건우는 태아의 손가락 모양이 잡히는 것을 볼 수 있었다. 얼굴 모양도 조금씩 자리를 잡아 누구를 닮았는지 궁금해지기 시작했다. 의사는 다정의 몸 상태가 안정되고 있으니 이대로만 관리를 잘하라고 당부했다.

　병원에서 돌아오는 길, 두 사람은 쇼핑몰에 들러 앞으로 배가 더 나오면 입어야 할 산부복과 속옷도 새로 골랐다. 나중에 아기에게 보여 주기 위해 태아 앨범을 만들기 위한 준비물도 샀다.

　집으로 돌아와서 처음으로 아기에게 함께 말을 걸어 보았다. 어색하지만, 신기했다. 아직 제대로 된 태명도 지어 주지 못했기에 둘 다 '아기야'라고만 불렀다.

건우의 영화가 촬영을 시작하면서 매일 촬영장으로 출퇴근을 하기 시작했다. 그는 새벽같이 일어나 다정이 먹을 음식을 만들어 냉장고에 넣어 두었다. 저녁엔 다정이 식사를 준비하고 그를 기다렸다. 함께 저녁 식사를 마치면 건우는 대본을 들고 연습에 돌입했다.

오늘처럼 촬영 분량이 없는 날이면 아침 일찍부터 그는 대본을 읽었다.

"옛말에 한 나라의 왕이 제대로 서지 않으면 백성들이 고생한다 했지. 하늘의 신이 노해 천재지변이 일어나거나 질병이 나라를 덮치지. 그러니 지금 이 나라의 백성들이 죽어 나가는 것도 어찌 보면 이 나라의 왕이 제대로 서지 않았기 때문 아니겠소? 이 하늘에서 내린 '빗에서' 나온 내가……."

"풉."

건우의 연습하는 모습을 소파에 앉아 바라보던 다정이 웃음을 터트렸다.

"응? 왜?"

"빗이 아니라 빛."

"응?"

그는 그녀가 무슨 말을 하는지 잘 알아듣지 못했다.

"방금 마지막 대사 말이야. '이 하늘에서 내린 빛에서 나온 내가'라는 부분."

"응."

"발음이 '비세서'가 아니라 '비체서'라고."

"아아……."

그는 그제야 고개를 끄덕였다.

"드라마나 영화 볼 때 그런 발음 틀리면 싫더라. 그러니까 다시
해 봐. 내가 봐줄게."

그녀는 아예 그가 테이블에 내려놓은 대본을 집어 들었다. 그리
고 표시가 된 부분을 따라 눈으로 읽었다. 그 모습을 그는 물끄러
미 바라볼 뿐이었다.

"뭐 해? 다시 해 보라니까."

"……."

"설마 자존심 상한 거야?"

그녀의 질문에 이번에는 그가 풋, 하고 웃었다.

"왜 웃고 그러실까?"

"연기에 도움이 되는 거라면 무엇이든 환영이야."

"오, 이건우."

그의 반응에 그녀는 적잖이 놀랐다. 자존심 세우며 날카롭게 굴
줄 알았는데, 의외로 선선히 그녀의 충고를 받아들이는 모습이 신
기했다.

"음, 다시 해 볼게."

"어서어서."

"이 하늘에서 내린 빛에서 나온 내가 왕을 몰아내고 하늘의 뜻
을 받들어……."

"잠깐."

그녀는 다시 그의 말을 멈추게 했다.

"왜?"

"그렇게 대사를 한 호흡으로 하면 안 되지."

"호흡이라……."

"그래, 한번 들어 봐. 내가 읽어 볼게."

그녀가 소파에 기댔던 몸을 일으키고 목을 가다듬은 다음 대사를 한 번 힐끗 봤다. 그는 팔짱을 끼고 그녀를 쳐다봤다.

"음. 이 하늘에서 내린 빛에서 나온 내가 왕을 몰아내고 하늘의 뜻을 받들어 그대들을 위한 왕이 되겠소."

"……."

"들었지? 자, 이번에는 어떻게 다른지 들어 봐."

그는 고개를 끄덕였다.

"이 하늘에서 내린 빛에서 나온 내가, 왕을 몰아내고, 하늘의 뜻을 받들어, 그대들을 위한 왕이 되겠소."

대사를 다 읽은 다정이 턱짓으로 건우를 향해 신호를 보냈다. 봤냐, 하고 묻는 표정에 그는 웃으며 박수를 짝짝 두 번 쳤다.

"잘하는데?"

"내가 좀 하지. 이래 보여도 국문과 나왔거든?"

"오늘부터 너를 내 대본 읽기 상대로 정한다."

"뭐?"

"내가 돈을 많이 벌어 와야 너도 좋지. 안 그래? 그러려면 내가 연기를 엄청 잘해야 할 거야."

그의 말에 그녀는 피식 한쪽 입꼬리만 끌어 올려 웃었다.

"하긴 네가 얼굴로 먹고사는 배우이긴 하지."

"뭐?"

"뭐 그렇다고."

그의 얼굴을 시기하는 사람들이라 해야 할까. 그가 출연한 영화나 드라마 기사에 악성 댓글을 다는 사람들의 말이었다. '얼굴로 먹고사는 배우'라는, 그의 연기력을 폄하하는 그들의 말에 대해 당사자도 알고 있을까 궁금해하던 그녀는 그의 얼굴을 보고 그 답을 알 수 있었다. 어딘지 모르게 씁쓸해 보이는 표정이 그도 이미 알고 있다고 말해 주는 듯했다.

할머니가 돌아가시고 집안 사정이 여의치 않았던 그에게 대학에 진학한다는 것은 사치나 다름없었다. 연기에 대한 꿈을 안고 아르바이트를 하며 고등학교를 간신히 다니면서 아역 단역부터 시작했다. 그러니 같은 연극영화과를 졸업한 동문도 없고, 정식으로 연극이나 영화에 대해서 배운 적도 없었다. 그가 아는 모든 것은 모두 몸으로 부딪쳐 습득한 것이었다. 그리고 그것이 가끔은 서러울 때도 있지만, 대부분은 자랑스러웠다.

"응? 무슨 냄새 안 나?"

대본을 눈으로 읽던 다정은 갑자기 이상한 냄새가 느껴져 인상을 찡그렸다. 말로 설명할 수 없는 복잡한 냄새가 콧속으로 훅 들어왔다. 화장실 냄새와 냉장고 냄새, 쓰레기 냄새 같기도 하고, 아무튼 복잡하게 얽히고설킨 냄새가 속을 뒤집었다.

"냄새?"

킁킁하고 건우가 냄새를 맡아 봤지만, 딱히 이상한 냄새가 나는 것 같진 않았다.

"난 잘 모르겠는데?"

"아니야. 킁, 이상한 냄새가 난단 말이야."

"무슨 냄새?"

"이상한 냄새. 욱."

다정은 소파에서 벌떡 일어나 화장실로 뛰어갔다. 속이 메슥거리더니 신물이 올라왔다. 그녀는 변기 뚜껑을 열고 바닥에 주저앉아 속을 게워 냈다.

"괜찮아?"

건우가 뒤따라와 그녀의 긴 머리카락을 뒤에서 하나로 잡고 등을 두드려 주었다.

"속이 이상해."

아침을 먹지 않은 상태라 게워 낼 것도 없어 속에서 쓴 물만 뱉어 냈다. 그녀는 입가를 휴지로 닦고 변기 물을 내렸다.

"뭐 마실 거라도 줄까?"

"응."

"그래, 이리 와. 주스 마시자."

그는 그녀를 부축해 부엌 식탁 의자에 앉혔다.

"뭐로 주스를 만들어 먹을까나?"

손을 한 번 쓱 비비고 그는 냉장고 문을 열었다.

"윽."

순간 다정이 또다시 헛구역질했다.

"왜 그래? 또 토할 것 같아?"

그의 물음에 그녀는 대답 대신 고개를 세차게 끄덕이고 다시 욕실로 뛰어갔다.

"냉장고에서 냄새나."

"냄새? 이상하네, 며칠 전에 청소했는데."

욕실에서 나온 다정의 말에 건우가 고개를 갸웃했다.

"냄새나서 못 견디겠어."

"설마……."

건우의 머리에서 한 단어가 스쳤다. 그와 동시에 다정의 머릿속에서도 같은 단어가 지나갔다.

"입덧?"

"입덧?"

두 사람은 똑같은 말을 내뱉고 울상을 지었다.

"어떻게 하지?"

"냉장고에 있는 음식 못 먹겠어?"

"냄새나는 것 같아. 메슥거려."

"그럼 다 버리자."

"다? 아깝게 어떻게 그래."

"하나도 안 아까워."

건우가 단호하게 말했다.

"있잖아, 이건우."

"응? 왜?"

"미안한데…… 너한테서도 냄새나."

"응? 나?"

그가 자신을 손가락으로 가리키며 되물었다. 다정은 고개를 끄덕였다. 그녀도 그러고 싶지 않았지만, 갑작스러운 냄새 공격이 사방에서 그녀를 괴롭히는 것만 같았다. 냉장고 냄새, 화장실 냄새, 그리고 건우가 사용하는 향수 냄새까지. 속이 울렁거리고 머리가 어지러웠다.

"씻은 지 한 시간도 안 됐는데."

"제발 부탁이야."

"씻을까?"

"씻고 향수 뿌리지 말아 줘."

"아아, 향수."

그는 손가락을 튕기며 알아들었단 표시를 하고 2층으로 올라갔다.

잠시 후 그는 머리가 젖은 상태로 옷을 갈아입고 내려왔다.

"잠깐 나갔다 올게."

그가 다정에게 말했다.

"응? 어디 가려고?"

"잠깐이면 돼."

"왜? 무슨 일인데? 안 가면 안 돼?"

그녀는 그가 나가는 것이 달갑지 않았다. 갑자기 소진이 떠오른 탓도 있었다.

"아주 잠깐이면 돼. 한 시간도 안 돼서 돌아올게."

그는 그렇게 말하고 걱정스러운 눈빛으로 자신을 올려다보는 다정의 머리를 쓰다듬더니 밖으로 나갔다.

황망하게 그의 뒷모습을 바라보고 있던 것도 잠시, 다정은 다시 올라오는 오심에 입을 손으로 가리고 욕실로 달려갔다.

❅　❅　❅

건우는 정말로 한 시간도 채 되지 않아 집으로 돌아왔다. 하지만 그는 혼자가 아니었다. 양손 가득 쇼핑백을 든 그의 뒤로 경숙이 들어섰다.

"너는, 너는. 내가 입덧 시작하면 바로 연락하라고 했어, 안 했어?"

"엄마?"

"옆집 아줌마들이랑 패 떼고 있다가 이 서방 와서 깜짝 놀랐잖아."

엄마는 투덜거리면서도 얼굴은 웃고 있었다. 아마 집에서 아줌마들과 화투를 치고 있다가 건우가 등장하는 바람에 놀란 것보다 유명 연예인을 사위로 뒀다는 것에 면이 서 기쁜 것이다.

경숙은 건우가 들고 온 쇼핑백 안의 반찬 통들을 꺼내 냉장고에 정리해 놓기 시작했다. 그동안 다정은 코를 막고 부엌 한쪽 벽에 등을 기대고 서서 두 사람을 바라봤다.

"건우 씨가 모시러 가서 좋았겠네, 뭘?"

"그럼, 당연하지."

다정의 말에 경숙이 활짝 웃으며 답했다.

"얼굴이 하얗게 질렸네. 뭐 먹고 싶은 거 있으면 말해. 이 엄마가 다 만들어 줄 테니까."

"입맛이 없어."

"그래도 먹어야지. 이럴 때일수록 잘 먹어야 아기도 건강하게 자라는 거야."

"엄마."

다정은 소매를 걷고 쌀을 씻는 엄마에게 다가가 뒤에서 허리를 껴안았다.

"왜 이래, 얘가."

"엄마⋯⋯."

눈물이 핑 돌았다. 엄마도 입덧이 심했다고 했다. 그럼 엄마는 두 번이나 이런 고통을 겪었다는 뜻이다. 엄마이기 때문에, 엄마니까 참아 내야 했다. 그 생각에 그녀는 가슴속에서 울컥하고 눈물이 솟았다.

"징그러워, 얘. 이 서방 보는데 낯간지럽게."

"보기 좋은데요, 뭘."

건우가 두 여자에게 환한 미소를 지었다.

"출근 안 해도 돼?"

다정이 엄마의 등에서 떨어지며 물었다.

"이번 주는 괜찮아. 내가 또 보험왕 했잖니, 이달에."

"오? 진짜?"

"이 서방이, 이 서방 거랑 아기 보험까지 왕창 들어 준 덕분이지."

"뭐? 건우 씨가?"

다정은 건우를 힐끗 바라봤다. 자신도 모르는 사이에 어떻게 이런 기특한 짓을 했는지, 고마운 마음이 퐁퐁 샘솟았다. 정작 당사자인 그는 뿌듯하면서도 멋쩍은 표정으로 두 여자를 바라볼 뿐이었다.

"어차피 해야 했던 건데 이왕이면 장모님께 들면 좋잖아."

"그럼, 그럼."

그의 말에 경숙이 고개를 세차게 끄덕였다.

"이 서방, 믹서 있어?"

"뭐 가시려고요?"

"쌀 곱게 갈아서 죽 쑤려고."

"주세요, 그건 제가 할게요."

"그럴까? 그럼 부탁 좀 할게."

그는 찬장에서 믹서를 꺼내 경숙이 방금 씻은 쌀을 탈탈 쏟아부었다. 경숙은 그동안 냉장고에서 채소 몇 개를 꺼내 씻어 두었다.

"얘, 넌 거실 가 있든가, 아니면 방에 가서 자든가 해."

"여기 있으면 안 돼?"

"냄새만 맡으면 화장실로 달려갈 텐데 뭐 하러. 이 서방이랑 알아서 할 테니까 넌 쉬고 있어."

주거니 받거니 대화를 나누는 건우와 경숙을 다정은 불안한 시
선으로 바라봤다.

'두 사람만 두고 가는 거 신경 쓰이는데.'

건우는 그런 그녀에게 턱짓으로 나가 있으라 말했다. 입술을 삐
죽거리며 결국 그녀는 거실로 자리를 옮겼다. 방으로 올라가기에
는 뭔가 꺼림칙하고, 그나마 부엌과 가까운 거실 소파에 다리를 올
리고 누워 엄마와 건우가 식사를 마련하는 동안 눈으로 그들을 내
내 좇았다.

다정의 걱정과 달리 음식 준비는 잘 마무리됐다. 오히려 시시덕
거리며 농담을 주고받는 엄마와 건우를 보자니 왠지 소외된 기분
이 들었다.

요리가 완성되고 세 사람은 나란히 식탁에 앉아 경숙이 끓인 채
소죽을 먹었다. 다행히 속이 메슥거리지 않아 다정은 한 그릇을 잘
비워 냈다.

"밥도 먹었겠다, 고스톱 한판 칠까?"

경숙은 집에서부터 가지고 온 화투를 가방에서 꺼냈다.

"이 서방 돈 좀 따 보자."

"어이쿠, 그러실래요? 그런데 쉽지는 않으실 거예요, 장모님."

건우는 웃으며 경숙에게 맞장구를 쳤다.

"사위가 알아서 져 주겠지."

"용돈 드리는 셈 칠까요?"

"호호, 그러면 더 좋고."

경숙과 건우는 깔깔거리며 웃음을 터트렸다.

세 사람이 옹기종기 거실에 모여 앉아 고스톱을 치는 사이 해가

뉘엿뉘엿 넘어갔다. 저녁이 되자 이번엔 지혜가 초인종을 울렸다.

"뭐야? 나만 쏙 빼놓고 고스톱 친 거야?"

그녀가 거실로 들어서자마자 바닥에 깔린 판을 보고 말했다.

"어서 와. 엄마가 우리 돈 싹쓸이해 가는 중이야."

"얘는, 이 서방이 엄마 용돈 주는 거야."

다정의 핀잔에 경숙이 싱글벙글 웃으며 말했다.

"손에 든 건 뭐야?"

"짜잔! 드디어 팥빙수의 계절이 왔지."

지혜가 손을 번쩍 들어 들고 온 보랭 비닐을 흔들어 보였다. 다른 손에는 엄마와 그녀가 갈아입을 옷을 잔뜩 싸 온 커다란 보스턴백이 들려 있었다.

"우리 조카님이 먹고 싶어 할 것 같아서."

"그 조카님은 지금 아무것도 못 먹겠다고 하거든?"

다정이 심술 난 표정으로 지혜에게 말했다.

"제부, 숟가락 좀 줘요."

"네, 처형."

지혜는 다정의 말은 들리지 않는다는 듯 무시하고 건우에게 숟가락을 갖다 달라고 했다. 그가 자리에서 일어나 부엌으로 가자 그녀는 다정의 다리를 찰싹 때렸다.

"아, 왜?"

"잘 지내고 있는 거지?"

"응?"

"네 표정이 지난번하고 묘하게 달라져서 묻는 거야."

지혜가 속삭였다.

'귀신이네, 귀신이야.'

다정은 아무렇지 않은 척 표정을 고쳤다. 자신도 모르는 사이에 건우를 보고 헤벌쭉하고 있었던 것만 아니길 바랐다.

"그래, 지난번보다 둘이 좀 편해진 것도 같고."

"엄마가 보기에도 그렇지?"

경숙까지 끼어들어 거들었다.

"잘 못 지낼 건 뭐래."

다정은 괜히 퉁명스럽게 말했다.

"잘됐네."

"뭐가요?"

지혜의 말에 숟가락을 가져오던 건우가 물었다.

"아, 병원에서 아무 이상 없다고 했다면서요?"

그의 질문에 지혜가 말을 돌렸다.

"네, 잘 크고 있대요. 제가 사진 보내 드렸죠?"

"눈, 코, 입이 아주 제부 쏙 빼닮았던데요."

"다정 씨를 닮은 딸이면 좋겠는데."

"에이, 아들이든 딸이든 다정이보다는 제부를 닮아야죠."

'그래, 맘껏 떠들어라.'

다정은 두 사람의 수다는 신경 쓰지 않고 지혜가 사 온 팥빙수를 크게 떠 한입 먹었다. 차갑다 못해 시린 감각이 입안에 전해지며 머리를 쿵쿵하고 두드렸다.

"천천히 조금만 먹어. 속도 안 좋은데 괜히 차가운 거 먹었다 탈이 날지도 몰라."

경숙이 걱정스레 말했다. 안 그래도 너무 차가워 못 먹을 것 같아 숟가락을 내려놓던 차였다.

"저녁은 너 좋아하는 청국장 끓여 줄게."

"청국장……."

다정은 인상을 찌푸리며 입을 틀어막았다. 다행히 변기로 뛰어가지는 않았지만, 청국장 냄새를 생각하니 속이 뒤집히는 느낌이었다.

'세상 좋아하는 음식 중 하나였는데……'

그녀는 속이 상했다.

"왜? 속이 또 안 좋아?"

건우가 다가와 등을 문지르며 물었다. 다정은 고개를 끄덕였다.

"그 좋아하는 청국장도 안 당겨?"

"응……."

경숙의 질문에 간신히 대답했다.

'죄송해요.'

다정은 눈물이 핑 돌았다. 그녀가 좋아하는 음식이라 엄마가 일부러 준비해 왔을 텐데, 배 속의 생명체는 그것이 정말 싫은 모양이다.

'어떻게 청국장을 싫어할 수 있니, 아가. 나중에 세상에 나오면 이 엄마랑 반드시 면담 좀 하자.'

그녀는 꼭 그러리라 다짐했다.

"냄새가 좀 역하긴 하지? 그럼 뭘 해 먹을까?"

"김치 넣고 고소하게 비지찌개 끓일까요?"

건우가 제안했다.

"비지찌개?"

"네, 제가 잘 만들 수 있는데."

"다정아, 어때? 비지찌개는 괜찮겠어?"

'비지찌개.'

청국장과 달리 이번에는 속이 요동치지 않았다. 그녀는 승낙의 뜻으로 손가락을 들어 오케이 사인을 보냈다.

"그래, 그럼 오늘 저녁은 사위가 끓인 비지찌개를 먹어 볼까?"

"네!"

건우는 자신 있게 말하며 경숙에게 경례를 해 보였다.

✳ ✳ ✳

11시가 지나자 경숙과 지혜는 지난번과 똑같이 손님방으로 웃으며 사라졌다.

바닥에 깔린 담요와 화투를 치우고 건우가 다정에게 손을 내밀었다. 2층으로 올라가자는 신호였다. 이번에는 다정이 그의 손을 잡았다. 그리고 나란히 2층으로 올라가 그녀의 방으로 들어섰다.

"씻고 올게."

다정을 침대에 앉히고 그가 욕실로 사라졌다.

그녀는 이 상황이 이제 더는 싫거나 곤란하지 않았다. 다만 그를 향한 마음이 경고를 보내긴 했다. 좋아하지 말라고. 그도, 이 상황도, 모두 그녀에게 독이 될 뿐이라고. 그러니 마음을 주지 말라고. 경고등이 반짝반짝하고, 윙윙 시끄럽게 울려 댔다.

'이제 어쩔 수 없어. 내 남편이야, 내 남자라고.'

그녀는 고개를 저어 부정한 생각을 떨쳤다. 정소진 따위, 법적으로 이겨 내리라. 정이란 것이 얼마나 무서운 것인지 보여 주겠다 마음먹었다. 아기를 위해서도, 자신을 위해서도 절대 건우를 빼앗기지 않겠다 다짐했다.

침대에서 일어나 옷장 문을 열고 분홍색 종이 상자를 열었다.

297

열어 보지도 않고 받자마자 구석에 처박아 두었던 것이었다.

'그래도 결혼인데……. 첫날밤을 위해 준비했다, 이 언니가.'

그렇게 말하며 지혜가 준 결혼 선물이었다.

상자 안에 있는 새하얀 얇은 종이들을 걷어 내자 검은색 레이스에 작은 진주들로 장식된 속옷 세트가 나왔다. 브래지어와 티팬티, 그리고 속옷만 간신히 가리는 란제리였다. 다정은 얼굴이 새빨개지고, 침을 꿀꺽 삼켰다.

'너무 노골적인데?'

고민됐다. 진짜 사랑하는 부부여도 민망하겠다 싶은 티팬티를 보며 다정은 고개를 내저었다. 너무 대놓고 자신을 안아 달라는 꼴 아닌가 싶었다.

결국, 그녀는 다시 상자를 옷장 안에 밀어 넣었다. 그리고 원래 입고 자는 잠옷으로 갈아입고 침대에 누웠다.

"불 끈다."

건우가 방으로 들어오며 다정에게 말했다.

그가 씻는 사이 그녀는 침대 이불 속에 옆으로 가로누워 등을 보인 채였다. 그 뒷모습이 여전히 자신에게 담을 쌓고 있는 것 같아 그는 서글펐다.

잠옷까지 갖춰 입고 나서야 그는 그녀의 옆에 누웠다. 천장을 보고 누워 이번에는 그녀에게 손가락 하나 대지 않았다. 자신을 제어할 자신이 없었다.

다정이 좋아졌음에도 그렇다고 속 시원하게 말하지 못하는 건 계약 때문이었다. 그가 아무런 생각 없이, 당연히 그녀가 좋아질

리 없다고 단언한 탓에 계약서에 들어갔던 조항이 그의 발목을 잡았다.

자신이 그녀를 좋아한다고 인정하면 계약이 파기되고, 그녀와 아이를 다시는 볼 수 없을지도 모른다. 그렇게 생각하니 평생 그녀를 싫어하는 연기를 해서라도 그런 일은 막겠다는 의지가 불타올랐다.

'망할 박 대표. 뭐 하러 그런 조항은 넣어서.'

애꿎은 박 대표를 욕했다.

"……워."

"응?"

자신만의 생각에 빠져 있느라 그녀가 하는 말을 듣지 못했다.

"고맙다고."

그녀가 다시 말했다.

"뭐가?"

"엄마 데려와 준 거 말이야."

"난 또 뭐라고."

그는 히죽 웃었다.

"어려운 일도 아닌데."

갑자기 그녀가 몸을 휙 돌려 그를 바라보고 누웠다. 속으로는 깜짝 놀랐지만, 그는 애써 차분한 얼굴로 그녀를 바라봤다. 어둠 속에서도 그녀의 눈은 반짝반짝 빛났다.

"내가 주변에 결혼한 사람도 별로 없고, 또 결혼도 이번이 처음이라 잘은 모르지만."

"누군 두 번째인가?"

"시끄럽고."

"말해."

"아무튼 잘은 모르겠지만, 장모님이랑 처형하고 한집에서 며칠 동안 같이 생활하는 거 아무리 좋은 사위라고 해도 쉬운 일은 아닐 거야."

"흠."

"그러니까, 고마워."

그녀는 어두운 방에서 눈동자를 반짝이며 그를 바라봤다.

'으, 그렇게 쳐다보면……'

그는 이성이 마비되는 느낌에 한동안 아무 말도 하지 않았다.

"그럼 상 줄래?"

그가 한참 만에 입을 열었다.

"상?"

그녀가 의아한 눈으로 물었다.

"팔베개하고 자."

"뭐?"

"팔베개해 줄 테니, 내 팔을 베고 자라고."

무덤덤한 말투로 그가 말했다. 하지만 속마음은 달랐다.

'이렇게라도 안고 싶으니까.'

그는 제발 그녀가 순순히 따라 주기를 바랐다.

"이상한 짓 안 할게."

"알았어."

그녀는 머리를 들었다.

너무 순순히 따라 주는 다정을 보며 건우는 잠시 놀란 눈으로 그녀를 응시했다. 또 뭐라 뭐라 시끄럽게 잔소리를 할 줄 알았는데, 이상하리만치 순순히 고개를 들었다.

"뭐 해? 고개 아파."

"아, 응."

다정의 재촉에 팔을 그녀의 목 뒤로 뻗었다. 그러자 그녀가 그의 팔을 베고 누웠다. 그리고 그의 옆으로 바싹 다가와 몸을 붙였다. 피부에 닿는 따스한 온기에 그는 찌릿찌릿한 전기가 온몸을 관통하는 기분이었다. 그의 아랫도리에 천천히 피가 몰리는 것이 느껴져 이를 악물었다.

"더우면 옷 벗어도 돼."

그녀가 말했다. 그가 화들짝 놀라 옆을 바라봤지만, 그녀는 두 눈을 꼭 감은 채였다.

"어차피 다 본 몸이고, 계속 보고 살 몸인데 어때. 그러니까 답답하면 나 신경 쓰지 말고 벗고 자라고."

"어, 으응. 고……마워."

고마운 일인지 아닌지, 그는 고개를 갸웃하며 몸을 일으키고 빠르게 옷을 벗어 바닥에 떨궜다. 잔뜩 부푼 팬티가 들통나지 않기를 바라며 그는 다시 그녀의 머리를 팔로 받쳤다. 그리고 속으로 애국가를 떠올렸다.

한동안 그렇게 두 사람은 움직이지도 말하지도 않았다. 다정이 잠들었다 생각되어 긴장이 풀어지려는 찰나, 그녀가 입을 열었다.

"정소진 씨 말이야."

"……."

"아직도 사랑해?"

그녀의 질문에 그는 대답하지 않았다. 이 좋은 순간에 소진의 이름이 나오는 것 자체가 달갑지 않았다. 아직은 정리되지 않은 것들이 많아 소진에 대해서 어떻게 말을 해야 할지 결정하지 못했다.

"이건우, 자?"

다정이 시선을 들어 건우를 바라보는 것이 느껴지자 그는 눈을 감았다. 차라리 자고 있다고 생각하기를 바랐다. 그렇게 이 순간을 모면하고 싶었다.

"있지……."

하지만 그녀의 입에서 나온 말은 그의 심장을 세차게 뛰게 만들어 잠 따위는 저편으로 멀리 날려 버렸다.

"있지, 나 너 좋아해."

쿵쾅대는 심장을 안고 다음 말을 기다렸지만, 다정은 그 말을 끝으로 잠이 들었다.

어지럽고 혼란스러운 머리와 갑작스러운 고백으로 뛰어 대는 심장과 그녀를 안고 있는 것만으로 흥분된 자신의 몸이, 그가 달빛도 밝은 여름밤을 뜬눈으로 홀딱 지새우는 데 이바지했다.

❋　❋　❋

'나 너 좋아해.'

히죽.

건우는 지난밤 자신의 품에 안겨 단 한마디의 말로 고백을 하고 잠들었던 다정을 떠올리자 입꼬리가 자신도 모르게 슬그머니 올라갔다.

다정과 장모님, 처형이 먹을 아침 식사를 만드는 중에도 그는 콧노래를 멈출 수 없었다. 그것이 지금 영화 촬영장에서까지 이어지고 있었다. 조선 시대 평민 복장을 하고 트레일러 의자에 앉아 메이크업을 받는 동안에도 그의 얼굴에서 미소가 떠나지 않았다.

"무슨 좋은 일 있어?"

헤어와 메이크업을 담당하는 마 선생이 물었다. 단발로 자른 머리카락을 살짝 파마해 항상 풀고 다니는 데다 옷차림이나 목소리도 여성스러워서 오해를 받곤 하지만, 그는 엄연한 남자였다.

"아니요. 좋은 일은 무슨."

"아닌데? 결혼식 다가올수록 얼굴이 핀다, 자기."

마 선생이 건우의 얼굴 메이크업을 고치며 말했다.

"어쩜, 자기는 그지 복장을 해도 얼굴에서 빛이 날 거야. 세상에 이렇게 잘생긴 평민 본 적 있어? 역할에 딱 어울려."

"아하하."

자신을 향한 무한 칭찬에 그가 난처한 웃음을 지어 보였다.

"마 선생님, 감독님이 찾으시던데요."

건우 뒤편의 소파에 앉아 두 사람을 지켜보고 있던 최 매니저가 마 선생에게 말했다.

"감독님이? 왜 나를?"

"글쎄요. 급한 일인 것 같으시던데."

"아이참, 급하면 자기가 올 것이지. 건우 씨 잠깐만."

마 선생이 빗을 내려놓으며 말했다.

"네, 다녀오세요."

건우가 웃으며 마 선생을 트레일러 밖까지 배웅했다. 마 선생이 사라지고 나자 건우는 트레일러 한쪽에 마련된 소파에 드러누웠다.

"감독님이 안 찾으셨다는 거 알면 어쩌려고 그래?"

그가 최 매니저에게 힐끗 시선을 던지며 물었다.

"진짜 찾았어."

"그래?"

"그래. 너 구하려고 거짓말한 것 아니야."

"뭐, 그러면 다행이고."

최 매니저는 건우 맞은편 의자에 앉아 팔짱을 끼고 그를 바라봤다.

"왜? 내 얼굴에 뭐 묻었어?"

그의 시선이 부담스러워 건우가 물었다.

"아니다."

"별."

괜히 건우는 입을 삐죽거리고 대본을 집어 들었다.

잠시 후 마 선생이 돌아오고, 건우는 모든 준비를 마치고 촬영에 들어갔다.

"아니. 지금으로선 우리가 할 수 있는 일이 없소. 그저……."

건우는 대사를 하다 말고 멈췄다. 다음 대사가 떠오르지 않았다.

"컷."

"죄송합니다."

건우가 고개를 꾸벅 숙였다.

"건우 씨, 무슨 일 있어? 오늘 집중을 잘 못 하는데?"

"죄송합니다."

"다시 한번 갑시다."

감독이 손뼉을 탁탁 치며 말했다. 건우는 고개를 좌우로 까닥까닥하고 어깨를 앞뒤로 움직였다. 긴장을 풀기 위해 입도 오므렸다 벌렸다 반복했다.

"자, 준비됐으면 갑니다. 레디, 액션."

감독의 사인에 맞춰 주변이 고요해졌다. 다른 배우들의 시선이 그에게 집중되었다. 전체 장면이 끝나야 단독 샷으로 촬영이 이어질 터인데, 도무지 진도가 나가지 않았다.

"그저, 지금 우리가 할 일은 때를 기다리는 것뿐이오. 무슨 잘못을 저질렀기 때문이 아니라, 우리 자식들, 우리 부모들, 우리 형제자매들을 위해 때를 기다리는 것이오. 이 나라 왕 아래서 우리가 핍박받으며 살아온 시간이 12년! 단 몇 개월의 시간을 기다린다 한들……."

건우는 미간을 찌푸렸다.

"죄송합니다, 감독님."

"오늘 이상하네, 건우 씨. 한 번도 대사 씹힌 적 없잖아?"

건우는 감독뿐 아니라 다른 배우, 스태프 모두에게 허리 숙여 사과했다.

"죄송합니다."

"아무래도 컨디션 난조인 것 같은데 오늘은 일찍 들어가서 쉬어."

"네?"

"건우 씨 없는 장면부터 찍으면 되니까 너무 걱정하지 말고 들어가서 쉬도록 해."

"그래도 될까요?"

"그럼, 그럼. 아예 며칠 쉬도록 해. 이제 초반인데 기운 달리면 영화 어떻게 끌어 나가. 괜찮아질 때까지 쉬고 와."

감독이 고개를 크게 끄덕이며 말했다. 그로서는 이건우에게 투자한 것이나 다름없으니 배우의 컨디션이 난조인 것보다 며칠 촬영을 미루는 것이 더 낫다고 판단한 것이다.

"여기 있는 사람들 모두 건우 씨만 바라보고 있는데, 컨디션이 안 좋으면 안 되지. 그러니까 어서 들어가. 우리 걱정 하지 말고."

"죄송합니다. 오늘 제가 몸 상태가 별로 안 좋은가 봐요. 정말 죄송합니다."

"대신 쉬고 나서 다시는 이런 일 있으면 안 돼요. 알았지?"

"네. 감사합니다."

건우와 최 매니저는 다시금 모두에게 인사를 했다. 평소 행실이 나빴다면 결코 있을 수 없을 일. 하지만 건우는 다르다. 그가 데뷔 이후 지금까지 10년 동안 쌓아 왔던 이미지는 감독과 배우, 스태프까지 모두 그를 믿을 수 있는 사람으로 보게끔 했다.

"내일 촬영장에 밥차 좀 보내 줘."

촬영장을 떠나 옷을 갈아입으며 건우가 최 매니저에게 말했다.

"알았어. 그나저나 너 오늘 무슨 일 있어?"

최 매니저가 물었다.

"아니."

"근데 왜 자꾸 웃어?"

"내가?"

옷을 갈아입고 가발을 벗고, 화장을 지우던 건우가 깜짝 놀라 최 매니저를 바라봤다.

"응. 계속 집중을 못 하고 입가에 웃음이 떠나지를 않아. 대사 외우는 건 일도 아니었던 애가 이상하잖아. 도대체 무슨 일이야?"

건우는 대답 대신 옆에 있는 거울을 바라봤다. 실제로 그의 눈과 입가에 웃음이 걸려 있었다.

'이 상태로 감독과 다른 사람들에게 인사를 한 건 아니겠지?'

불현듯 그는 걱정이 앞섰다.

'나 너 좋아해.'

다정의 목소리가 들렸다.
'정신 차려, 이건우.'
그는 눈을 감고 손바닥으로 뺨을 짝짝 쳤다.

'나 너 좋아해.'

그녀의 목소리가 떠나지 않는다.

'너 좋아해.'

오히려 더욱 머릿속에 울려 퍼진다. 잔잔한 물가에 돌멩이를 던
져 파동을 일으키듯, 그녀의 목소리가 파도가 되어 넘실거린다.
"건우야."
최 매니저 목소리에 눈을 번쩍 떴다.
"대표님이 보자고 하신다."
그가 휴대 전화를 흔들어 보이며 말했다.
"어? 갑자기?"
"응."
"알았어."
오늘 촬영장에서의 일이 벌써 박 대표의 귀에 들어간 모양이다.
'귀찮게 됐네.'

하지만 그는 잘 알고 있었다. 다른 사람은 몰라도 박 대표를 속일 수는 없다. 자신이 무슨 일을 하든 모르는 척하는 최 매니저와는 다르다. 박 대표는 그 자신이 솔직한 만큼 다른 사람의 진실도 꿰뚫어 보는 사람이다.

[나 오늘 늦을 것 같아. 가족들이랑 먼저 저녁 먹어.]

그는 휴대 전화로 다정에게 메시지를 보냈다. 누가 차려 준 밥상을 받아 본 지가 오래라 그녀가 만든 음식을 먹을 때마다 기분이 좋았다. 게다가 오늘은 장모님이 해 주실 텐데, 그 음식을 못 먹는다 생각하니 아쉬웠다.

하얀색 로브를 걸친 박 대표를 보며 건우는 사제를 보는 느낌을 강렬하게 받았다. 이 방에 들어올 때면 항상 사원이나 신전에 온 기분이었는데, 오늘 박 대표는 제대로 사제처럼 보였다.

'어휴, 이 깔끔이.'

먼지가 쌓이거나 자신에게 묻는 것이 싫어 흰옷, 흰 물건만 추구하고 매일같이 청소와 소독을 해 대는 박 대표를 보며 건우는 속으로 진저리를 쳤다.

"앉아라. 최 실장은 잠깐 자리 좀 비켜 줘."

박 대표의 말에 최 매니저는 고개를 끄덕이고 밖으로 나갔다. 건우는 얼룩 하나 없는 흰 소파에 앉았다. 얼마 전 다정과 함께 왔을 때처럼 박 대표의 왼편에 긴 다리를 꼬고 앉았다.

"소진이 돌아왔다며?"

갑작스러운 말에 건우는 깜짝 놀라 박 대표를 바라봤다.

'오늘 촬영 일로 부른 것이 아니었어?'

그의 시선이 묻는 바를 이해했는지 박 대표가 말을 이었다.

"촬영장 일이야 네가 알아서 할 테니 내가 간섭할 필요 없겠지."

"……."

"하지만 소진이 일은 달라."

건우는 대답하지 않았다.

"만났어?"

"어."

"뭐라고 해?"

"뭐라고 이야기를 하기도 전에 안다정이 쳐들어왔어."

건우가 시큰둥하게 말했다.

"다정 씨가?"

"어."

"그래도 남편이라고 네가 바람피우는 건 싫은가 보네."

어쩐지 박 대표가 비꼬는 것 같아 기분이 살짝 상했다.

"소진이랑 어떻게 할 거야?"

"어떻게 할 게 뭐가 있어. 떠난 건 걔야."

"다시 만날 생각 없는 거야?"

박 대표가 재차 물었다.

'소진과 다시 만난다?'

건우는 잠시 눈을 감고 생각했다.

소진을 만난 것은 10년 전 데뷔 초창기 시절이었다. 그녀와 그 모두 신인이었고, 당시 중고생 아역 연기자들의 모임에서 우연히 옆자리에 앉았던 것이 인연이 되었다. 몇 년이 지나자 그때 함께하던 배우들이 거의 연기 생활을 이어 가지 못했다. 그때 두 사람은 서로에게 힘이 되어 주었다.

당시 조연으로 출연한 드라마에서 예상치 못하게 주연을 능가하는 조연으로 인기 주가가 올라간 건우 옆에 CF 스타가 된 소진이 있었다.

일에 치이고 사람에 치일 때, 두 사람은 집 밖으로 한 발자국도 나온 적이 없었다. 둘에서, 둘만의 시간을 보내는 것이 가장 큰 행복이었다.

그렇게 4년이 지나고 어느 날 그녀가 사라졌다.

그가 영화 촬영을 하는 동안 그녀는 휴대 전화에 음성 메시지를 남겨 놓았다.

— 나야. 나 오늘 프랑스로 떠나. 가서 한동안 공부를 할 것 같아.

그녀는 웃거나 우는 목소리가 아니었다. 마치 기계음처럼 명확한 발음으로 아무런 감정도 섞지 않고 말했다.

— 당신이 이 음성을 확인할 때면 이미 난 한국에 없어. 아마 번호도 연결이 안 될 거야.

그녀의 음성 뒤로 시끌시끌하게 울려 대는 소리가 공항임을 말해 주었다.

— 그동안 고마웠어. 앞으로 당신 앞에 나타날 일 없을 거야. 그러니까…….

그녀는 잠시 말을 멈췄다.

— 그러니까 너무 아파하지 마. 너무 오래 추억하지도 말고.
안녕……

그것이 마지막이었다.

그 마지막 목소리를 얼마나 수없이 돌려 들었는지 모른다. 아예
외워 버려서 토씨 하나 틀리지 않고 말할 수 있을 정도였다.

그녀가 남긴 음성대로 그는 다시 전화를 걸었지만, 없는 번호라
고 연결되지 않았다. 집으로 돌아가는 길에선 고행이 형 때문에 울
수도 없었다. 형이나 박 대표 앞에서 눈물을 흘리기엔 건우의 자존
심이 허락지 않았다.

'도대체 이유가 뭘까?'

촬영이 없는 날이면 함께 맛있는 요리도 해 먹고, 침대에서 뒹
굴며 시간을 보냈다. 웃고 떠드는 시간이 소중할 정도였다. 그런데
왜? 건우의 머릿속이 쿵쿵 울렸다.

'언제부터 준비했던 걸까?'

그녀가 떠나고 2년 동안 그를 괴롭힌 질문이었다. 도대체 언제
부터 자신을 떠날 준비를 했던 것일까? 자신은 왜 그것을 알지 못
했을까? 모든 것이 의문이었다.

그런데 그런 그녀가 2년 만에 다시 나타났다. 그것도 다정과의
결혼을 발표한 직후에 말이다.

프랑스로 유학인지 뭔지를 떠나고 나서 그가 온갖 통로로 연락
을 취하고자 했어도 찾을 수 없던 그녀였다. 그녀의 부모님은 그를
만나 줄 생각도 하지 않았다.

하지만 이제 와서야 자신의 눈앞에 나타난 것은 또 뭐란 말인가.

풀어야 할 의문들이 많아 소진을 만나 당장에 따지고 싶은 마음도 있었다. 하지만 그런다고 뭐가 달라지나 싶었다.

그는 '이미' 결혼한 몸이었다.

"결혼한 몸이야."

눈을 뜬 그가 말했다.

"인제 와서 걔가 나한테 뭘 바라는 건지 모르겠는데."

"확실히 정리된 거야?"

박 대표가 건우 쪽으로 몸을 가까이하며 물었다. 그의 하얀 얼굴에 깊은 근심이 어지럽게 새겨졌다.

"정리하고 말 것도 없어."

"사생활에 간섭하지 말라는 거나 둘이 서로에게 사랑의 감정을 키우지 말라고 한 조항은 말이다, 건우야. 다 너를 위한 조항이었어. 언제라도 이 결혼이 후회된다면 네가 빠져나올 수 있도록 말이다. 아무래도 그 조항을 어길 사람은 네가 아니라 다정 씨일 테니까. 그러니까 소진이가 마음에 있다면 만나. 나는 뭐라 하지 않을 테니."

박 대표가 말했다.

'그 조항을 어긴 사람은 안다정이 아니라 나인데 어쩌지, 형?'

건우는 씁쓸한 미소를 지었다.

"내가, 안다정이 좋아졌다면?"

지나가는 투로 그가 말했다. 박 대표는 그에게 가까이 다가섰던 몸을 뒤로 젖혀 소파에 깊이 몸을 파묻었다. 이마에 주름이 생기며 고민이 더욱 깊어진 표정이었다.

"네 마음, 다정 씨한테 확실히 간 거야?"

"글쎄. 나도 잘 모르겠어. 그냥 그 사람이랑 같이 있으면 웃게 돼. 옆에 없으면 자꾸 눈에 밟혀. 이게 사랑하는 감정인지, 그냥 정이 든 건지는 모르겠어."

건우가 솔직한 마음을 박 대표에게 고백했다.

데뷔 때부터 함께했던 박 대표와 최 매니저였다. 그중 박 대표는 그에게 아버지나 다름없었다. 그의 일이라면 발 벗고 나서는 아버지, 뭐든 아낌없는 아버지. 따가운 충고나 조언, 낯간지러운 칭찬까지 박 대표는 건우에게 잊고 있었던 아버지의 존재를 느끼게 해 줬다.

최 매니저 또한 친형이나 마찬가지다. 박 대표에게 하듯이 모든 일을 털어놓고 말할 수는 없지만, 자존심을 내세울 때도 있지만, 그를 친동생 대하듯 아끼는 최 매니저를 그 역시 친형처럼 여겼다.

"다정 씨 마음은?"

건우는 대답하지 않았다. 그녀의 마음은 알고 있었다. 하지만…….

"널 싫어한다면서?"

박 대표가 어두운 얼굴로 물었다.

'그런 줄 알았어, 나도.'

건우의 얼굴도 어두워졌다.

"너만 확실하다면 난 오히려 계약 결혼보다 환영이다."

그의 표정을 보고 나름의 해석을 했는지 박 대표가 말했다.

"대신, 소진인 잘 정리하도록 해."

당연한 말이었다.

'그래야지.'

건우는 천천히 고개를 끄덕였다. 언젠가는 만나야 할 사람, 언젠가는 정리해야 할 사람. 그녀를 정리하기 전엔 다정의 고백에 어떤 대답도 할 수 없음을 알고 있었다.

14. 두발자전거

"무슨 일 있어?"

함께 아침을 먹으며 다정이 건우에게 물었다. 나흘 동안 함께 지내면서 엄마가 해 놓고 간 반찬 덕에 입덧은 훨씬 나아졌다.

하지만 벌써 사흘째 촬영을 가지 않고 있는 건우가 걱정스러웠다. 무슨 일이 있는 걸까? 혹시 자신 때문에 또 곤란한 일이 생긴 건 아닐까? 그녀는 조마조마했다.

"무슨 일 있는 거 아니니까 걱정하지 마."

그녀의 표정을 보고 건우가 웃으며 말했다.

'걱정이 되는데 어떻게 해.'

가슴이 답답했다.

"영화 보러 갈래?"

"영화?"

"응. 집에만 있으면 답답하잖아. 어머님이랑 처형도 가셨는데

315

간만에 둘이 외출 좀 해 볼까?"

"갑자기?"

이상한 기분이 들었다.

'왜 이렇게 자상한 건데…….'

그녀의 가슴이 따끔거렸다. 불안감이 스멀스멀 연기처럼 피어올랐다.

건우가 잠들었다 생각해 고백한 터라 그가 그녀의 마음을 알 것이라고는 조금도 생각지 않았다. 혼자만의 사랑을 키워 가고 있어 그가 친절할수록 불안해졌다.

'마음을 키우면 안 되는데, 그의 곁에 아이와 함께 있고 싶은데, 이 사람은 아무것도 모르면서 왜 이렇게 자상하게 구는 걸까?'

그녀는 입술을 깨물었다.

"영화, 싫어?"

"그게 아니라, 영화관 안이 답답할 것 같아."

"속이 안 좋을까?"

그가 걱정스레 눈을 찡그리며 물었다.

"응, 아직은."

"그럼 산책은?"

산책이라. 사람이 없는 곳이라면 괜찮을 것 같았지만, 더 큰 문제는 따로 있었다.

'오늘 주말인데…….'

다정은 걱정이 앞섰다. 어디를 가더라도 사람이 많을 때였다.

아무리 여론이 두 사람에게 호의적으로 바뀌었다고 해도 아직 대중 앞에 함께 나서는 것이 두려웠다. 최 매니저와 동행하는 병원이나 밤늦게 가는 마트는 괜찮지만, 오늘의 외출은 둘만의 데이트나 다름없는데, 혹시 많은 팬에 둘러싸여 무슨 일이라도 생기면 어쩌나, 욕을 먹는 것은 아닐까, 온갖 걱정이 한꺼번에 밀려들었다.

"고민하지 마."

건우가 말했다.

"응?"

"너 생각 많으면 미간 찌푸리더라."

"내가…… 그래?"

"응."

그가 그녀의 이마에 잡힌 주름을 손가락으로 펴는 시늉을 했다.

'잘도 관찰했네.'

그녀조차 몇 년 전에 알게 된 버릇인데, 그가 알아챈 것이 신기했다. 언제 그렇게 자신을 관찰했는지 궁금했다.

"사람들 걱정 안 해도 돼. 내가 잘 알아서 할 테니까. 나가자."

다 먹은 그릇들을 치우며 그가 말했다.

"계속 집에만 있으면 너한테도, 아기한테도 안 좋아."

"……."

"가자."

식탁을 깨끗하게 닦아 마무리하고 그가 그녀에게 손을 내밀었다.

'믿어도 될까?'

웃고 있는 그를 바라보며 그녀는 잠시 고민했다. 하지만 생각과 달리 그녀는 이미 그의 손을 잡고 일어난 뒤였다. 그를 믿고 싶었다. 좋아하니까. 좋아하는 사람이니까.

여름이 온 도시를 감싸 안고 있는 것 같았다. 뜨거운 열기가 아스팔트를 달궈 아지랑이가 세차게 땅을 뚫고 올라왔다.

주말 여름엔 시원한 곳을 찾기 마련인지 한강 공원엔 사람들이 어마어마하게 많았다.

"으, 여기는 사람이 너무 많잖아."

건우가 주차하는 동안 다정은 불안하게 창밖을 살폈다. 오가는 사람이 너무 많아 얼굴이 딱딱하게 굳었다.

"괜찮아."

"안 괜찮을 것 같은데."

"나만 믿어."

그녀의 울상에도 그는 그대로 차 문을 열고 내렸다. 그리고 차를 빙 돌아 그녀의 문도 열어 주고 손을 내밀어 내리기 쉽게 잡아 주었다.

"이건우다, 이건우."

"꺅! 어떻게 해. 사인해 달라고 할까?"

주차장에 차를 세우고 내리면서부터 주변에 사람들이 몰리기 시작했다. 피리 부는 사나이처럼 건우와 다정의 뒤로 사람들이 꼬리를 물고 쫓아왔다. 손을 잡고 걷는 두 사람의 사진을 찍는 휴대 전화 카메라 셔터 소리가 찰칵찰칵 귀를 울렸다.

'모자랑 마스크도 안 했는데.'

다정은 걱정스레 건우를 쳐다봤다. 선글라스만 쓴 그의 옆얼굴이 희미한 미소를 띠고 있었다. 괜찮다고, 자신만 믿으라고, 그의 당당한 얼굴이 말했다.

"오빠, 사진 같이 찍으면 안 돼요?"

"건우 씨, 사인 좀 해 주세요."

드디어 몇 명의 사람들이 가까이 붙어 두 사람의 앞을 막아섰다. 뒤따라오던 사람들까지 바짝 붙으며 오도 가도 못 하는 상황이 됐다. 건우는 다정의 어깨에 팔을 두르고 가까이 끌어안았다.

"죄송합니다. 오늘은 데이트하러 나온 거라 좀 그런데요."

"에이, 그러지 말고……."

"여기 계신 분들하고 다 사진 찍고 사인하고 그러려면 데이트할 시간이 부족해서요. 대신 저희 여기서 계속 놀 거니까 제 사진은 마음대로 찍으셔도 됩니다."

그의 말에 사람들은 아쉬워하면서도 어쩔 수 없다는 듯 고개를 끄덕였다.

"제 와이프가 임신 중에 오랜만에 집 밖에 나온 거라 양해 좀 부탁드릴게요."

다정은 고개를 살짝 숙였다.

그녀도 사람들의 마음을 잘 알고 있었다. 얼마 전까지 그녀도 이건우 같은 연예인을 길거리에서 만나면 신기하게 쳐다보고 사인이라도 받아 볼까 했으니까. 인터뷰할 때 만나는 유명 연예인에게 사진이나 사인을 요청하고 싶은 마음을 얼마나 굳게 다잡았던가. 그러니 이 사람들이 얼마나 아까운 마음일지 백분 이해했다.

"그럼, 재밌게 시간 보내세요."

"건우 씨도요."

"임신 축하해요."

"결혼 축하해요!"

두 사람은 간신히 인파에서 빠져나왔다.

'일거수일투족 감시당한다는 것이 이런 거구나.'

다정은 혀를 내둘렀다. 자신이었다면 이 상황에서 어떻게 했을지 감도 오지 않았다.

"나도 10년이나 걸려서 터득한 것이니 감탄할 필요 없어."

건우가 말했다.

그는 그녀의 손을 잡고 걸었다. 따듯하지만 땀은 나지 않는 매끈하고 커다란 손. 그녀는 그의 손 감촉이 좋았다.

"풍선 사 줄까?"

"풍선?"

"응, 저기."

그가 손가락으로 한 곳을 가리켰다. 작은 상점에서 풍선과 솜사탕을 팔고 있었다.

"솜사탕은 건강에 안 좋으니까 대신 풍선."

"내가 애야?"

"몸만 컸지."

"뭐라고?"

"농담이야, 농담."

그는 환하게 웃었다. 햇빛 속에서 찬란하게 웃는다. 너무 찬란해서 눈이 부셔 제대로 바라볼 수가 없었다.

"그래, 사 줘."

"진짜?"

"응, 진짜."

다정이 고개를 끄덕이자 그는 그녀의 손을 잡고 상점으로 끌었다. 여느 때처럼 눈이 반짝거리는 그였다.

'쇼핑이라면 뭐든 상관없구나.'

아이 같은 그의 모습에 그녀는 웃으며 따라갔다.

하트 모양으로 할지, 공룡 모양으로 할지 둘이 한참을 실랑이하다 결국 그녀의 뜻에 따라 하트 모양의 은색 풍선을 샀다. 분홍색으로 'Love'라고 쓰인 풍선이었다.

"누가 봐도 데이트네."

"누가 봐도 데이트네."

풍선을 올려다보며 둘이 똑같이 말했다. 다정은 무안한 마음에 고개를 내려 땅만 바라봤다. 데이트 같아서 좋아하는 속마음을 들킬까 봐 조마조마했다.

"자전거 탈까?"

마음을 진정시키는 그녀에게 건우가 물었다.

"자전거? 나 탈 줄 몰라."

그녀가 말했다.

"스물아홉인데 자전거 탈 줄도 몰라?"

"자전거 타는 건 나이랑 상관없거든?"

그의 놀림에 그녀가 발끈해 대꾸했다. 그러자 그가 키득거리며 웃었다.

"아버지가 자전거 안 가르쳐 주셨어? 보통은 아버지들이 알려 주던데."

"편찮으셔서 병원이랑 집만 오가기도 바쁘셨어."

다정은 문득 떠오른 아버지의 뒷모습에 눈을 내리깔았다.

아버지가 간경화로 투병 생활을 시작한 것은 그녀가 초등학교에 입학할 무렵이었다. 매일 집에서 텔레비전을 보거나 정원의 텃밭을 일구는 것이 아버지의 일과였다. 몸이 좋을 때는 함께 손을 잡고 동네 한 바퀴를 돌기도 했다. 그러다 점점 몸이 안 좋아지셨다.

얼굴이며 몸이 노랗게 변해 철없던 그녀가 '아버지 몸은 개나리 같아' 라고 말했던 것이 기억에 오래 남아 있다. 그 무렵 아버지는 병원과 집을 자주 오갈 때였다.

그러다 그녀가 초등학교 6학년이 되었을 때 아버지는 병원에 입

원했다. 결국, 간이 문제가 되어 다른 장기까지 기능을 잃었다. 그렇게 1년을 병원에 계시던 아버지가 집으로 오고 싶다고 엄마에게 사정했다.

퇴원해 집으로 돌아오던 날 1년 넘게 방치된 정원 텃밭을 쓸쓸히 바라보던 아버지는 그날 밤을 넘기지 못하고 숨을 거뒀다.

자전거 보조 바퀴를 떼야 했던 시기에 아버지에게는 힘이 없었다. 다정의 네발자전거는 그대로 집 창고에 처박혀 있었다. 그러다 그녀가 중학교에 들어갈 무렵, 엄마가 고물 장수에게 팔아 버렸다.

지금까지 단 한 번도 생각해 본 적 없던 자전거 때문에 아버지에 대한 모든 기억이 밀물처럼 들이쳤다.

"넌? 넌 할머니가 가르쳐 주셨어?"

고개를 흔들어 기억을 떨치고 다정이 건우에게 물었다.

"아니."

"그럼 너도 못 타?"

"아니. 난 독학했어."

"독학?"

"나는 누구랑 다르게 운동 신경이 좋아서 말이야."

그의 얼굴이 분명 그녀를 놀리는 듯 히죽 웃고 있었다.

"어이구, 대단하시네요."

그녀의 말에 그는 하하하 크게 웃었다.

"또 못하는 건 없어?"

그의 질문에 그녀는 잠시 생각을 해 보았다.

"롤러스케이트."

"롤러스케이트?"

"응. 빙판에서 스케이트는 탈 줄 아는데 롤러스케이트나 인라인

스케이트는 어떻게 안 되더라."

"그 정도면 운동 신경이 아예 없는 거 아니야?"

"뭐, 그렇기도 하고."

그녀는 순순히 인정했다.

"그보다 지금 임신 초기라 자전거 타면 안 돼. 위험해요, 남편
님아."

"그럼 나랑 같이 타자."

그는 저벅저벅 걸어가 대여소에서 자전거를 하나 빌려 왔다. 뒷
좌석에 앉을 수 있게끔 판판하고 넓은 판이 덧대어져 있는 초록색
의 귀여운 자전거였다. 핸들 앞에 하얀색 바구니도 달려 있었다.

"앉아만 있어."

그는 그녀를 뒷좌석에 옆으로 앉히고 분홍색 헬멧을 그녀의 머
리 위에 씌웠다. 그리고 턱 아래로 끈을 조여 주었다.

가까이 다가오는 그의 얼굴에 그녀는 숨을 혹 참았다. 얼굴이
닿을 정도로 가까운 거리라 가슴이 두근거렸다. 그를 좋아하는 마
음을 인식하고 나니 심장이 더 세차게 뛰었다. 얼굴이 빨개지고 침
을 꼴깍 삼켰다.

그가 헬멧을 손으로 통통 두드렸다. 그녀가 들고 있던 풍선은
손잡이에 매달아 두었다.

"아무 생각도 하지 마."

그의 얼굴이 그녀에게서 떨어지며 말했다.

"응?"

"또 미간 찌푸렸는데?"

"……."

"너무 많은 생각이 들 때는 그걸 통제하려고 하지 말고 그냥 흘

러넘치게 돼."

그가 말했다.

"지금은 그냥 바람을 느껴 봐."

그가 자전거에 자리를 잡고 앉았다. 땀에 살짝 젖은 커다란 등이 눈앞에 있다. 듬직한 넓은 어깨 위로 그가 고개를 돌려 그녀를 힐끗 바라봤다.

"꽉 잡아. 출발한다."

그녀는 그의 허리춤을 손으로 잡았다.

"그렇게 잡으면 위험해."

그는 그녀의 손을 끌어당겨 자신의 허리를 감싸 안게 했다. 그리고 자전거를 출발시켰다.

"꺅."

갑작스러운 속도감에 그녀의 몸이 뒤로 쏠렸다. 그녀는 그의 허리를 꽉 안았다. 그리고 그의 등에 몸을 붙이고 얼굴을 기댔다. 페달을 밟는 움직임에 맞춰 등과 어깨 근육이 움직이는 것이 고스란히 전해졌다.

"어때? 재밌어?"

바람을 가르고 그의 목소리가 들려왔다.

두 사람을 바라보던 사람들의 시선이 자전거 속도만큼 빠르게 따라왔다.

"재밌어."

다정은 조용히 답했다.

"뭐라고?"

그가 큰 목소리로 물었다.

"재밌다고!"

그녀는 그에 맞춰 크게 대답했다.

"하하하, 신난다!"

정말 신이 났는지 그는 속도를 올리며 자전거를 몰았다. 웃음소리가 하늘을 가르고 그녀의 귀에 파고들었다.

'아무 생각도 하지 마. 지금은 그냥 바람을 느껴 봐.'

그의 목소리가 들려오는 것 같았다.

그녀는 그의 등에 바싹 기대 빠르게 흘러가는 풍경을 눈에 담았다. 팔과 몸에 닿는 바람의 느낌이 더위를 날릴 만큼 시원했다. 마음속에 무겁게 가라앉고 있던 생각들이 차츰 사라져 가고 있었다.

'고마워, 이건우.'

그녀는 어느새 그의 웃음소리에 맞춰 따라 웃었다.

외출한 김에 차를 타고 인사동에 가서 구경도 하고 맛있는 한정식까지 점심으로 먹었다. 현대 미술관도 들러 의외로 미술에 관심이 많은 건우의 설명을 들었다. 미술을 공부하고 싶은 마음도 있었지만, 대학에 진학할 시기에는 모든 것이 사치였다고 했다.

그와 의미 깊고 재미있는 시간을 보내고 나서 집으로 돌아오니 오후 늦은 시간이 되어 있었다.

"피곤하지 않아?"

집 앞에 다 와 가자 건우가 물었다.

"별로."

다정은 꿈에서 현실로 깨어난 기분이었다. 정말 꿈 같은 데이트였다. 단 한 번도 싸울 일이 없는 날이었다. 그래서 집으로 돌아오는 길이 너무 싫었다. 왠지 집 안에 들어서면 다시 현실이 두 사람을 덮쳐 또 다른 싸움이 생길까 두려웠다.

"들어가서 발 마사지 해 줄게."

건우가 하는 말에 다정은 덜컥 겁이 났다.

'오늘 왜 이렇게 잘해 주는 건데?'

그에게 묻는 대신 그녀는 입을 굳게 다물고 앞만 바라볼 뿐이었다.

"어? 언니?"

집 앞에 서 있는 익숙한 실루엣에 다정은 눈을 동그랗게 떴다. 지혜가 대문 앞 돌담에 기대어 팔짱을 낀 채 건우의 차를 노려보고 있었다.

건우도 지혜를 발견했는지 주차장으로 들어가는 대신 집 앞에 차를 세웠다.

"언니? 여기서 뭐 해?"

다정이 급히 차에서 내리며 지혜에게 다가갔다.

"휴대 전화 확인 좀 해라, 동생아."

"아, 미안. 집에 두고 나갔었어."

"그럴 줄 알았어. 근데 어떻게 그렇게 쌍으로 그러니? 안 그래요, 제부?"

지혜는 다정의 어깨 너머 서 있는 건우에게 물었다. 그는 막, 차에서 내려 두 사람에게 다가오고 있었다.

"죄송합니다, 처형. 오래 기다리셨어요?"

"한 시간쯤? 나는 괜찮은데 이것들이 괜찮을지 모르겠네요."

그녀는 문 앞에 내려놓은 쇼핑백을 손가락으로 가리켰다.

"이게 다 뭐야?"

"너 먹을 반찬들. 엄마가 갖다주라고 해서 왔는데 이렇게 됐네."

"안 쉬었나 모르겠다, 힝."

다정은 울상을 지었다. 건우가 쇼핑백을 들고 대문을 열었다.

"들어오세요. 날도 더운데 그냥 연락을 주시죠. 그랬으면 제가 가지러 갔을 텐데."

"휴대 전화는 휴대하라고 있는 거니 갖고 다니시죠, 두 사람 모두?"

"네, 알겠습니다."

지혜의 더위의 지친 목소리에 다정과 건우는 웃으며 그녀의 등을 밀어 대문 안으로 들어가게 했다.

그때였다. 맞은편 집 앞에 서 있던 검은색 승용차에서 소진이 내렸다.

"건우 씨."

안으로 들어가던 세 사람이 동시에 소진을 돌아봤다. 건우, 다정보다 지혜가 더 놀라서 입을 쩍 하고 벌렸다.

"다정 씨, 미안해요."

소진은 세 사람에게 다가와 꾸벅 고개를 숙여 인사하더니 다정을 향해 말했다.

"건우 씨 좀 빌려 갈게요."

뭐라고 쏘아붙이고 싶어도 다정은 지혜의 눈치를 보느라 어찌할 바를 몰랐다. 도대체 왜 하필 이런 순간에, 오늘 같은 날에 등장하는 건지. 그것도 집으로까지 당당하게 찾아오다니. 지혜만 없었다면 소진의 얼굴에 소금이라도 뿌리고 싶은 심정이었다.

"저기, 소진 씨. 오늘 말고······."

"다녀올게."

건우가 말했다. 다정은 그를 바라봤다.

"처형이랑 집에 있어. 다녀올게."

"이건우……."

"걱정하지 마. 네가 신경 쓰는 그런 일 없을 거니까. 그러니까 마음 편하게 먹고 집에서 기다려. 금방, 금방 다녀올게."

그가 그녀를 향해 자신을 믿으라고 눈으로 말했다.

그런 그를 향해 그녀는 고개를 끄덕였다.

15. 널 좋아해

집으로 들어온 지혜는 연예인을 본 탓에 도통 흥분이 가라앉지 않는 모양이었다. 그녀는 가져온 반찬 통을 냉장고에 넣으면서도 쉴 새 없이 말을 이었다.

"맞지? 정소진이지? 그 정소진?"

"······."

"웬일. 세상에 진짜 예쁘다. 저런 애들은 도대체 뭘 먹고 살아서 저렇게 말랐을까?"

다정은 복잡한 마음에 지혜의 말이나 행동이 눈에 들어오지 않았다. 거실 소파에 쓰러지듯 주저앉아 심각한 표정으로 혼자만의 생각을 곱씹었다.

'왜? 왜 찾아온 건데? 아직 정말로 뭐가 남은 거야?'

혹시나 하는 생각에 입술을 깨물었다.

"근데 둘이 무슨 사이래? 예전에 스캔들 있지 않았어?"

"……."

"선후배 사이라고 했었나? 진짜 사귀었던 거 아니야?"

"……."

"야, 말 좀 해 봐."

지혜가 다정 옆에 털썩 주저앉으며 재촉했다.

"나도 잘 몰라."

다정은 간신히 대답했다. 목 안이 썼다. 어떤 달콤한 사탕이나 초콜릿을 먹어도 가시지 않을 쓴 기운이 입안 가득 번졌다. 다시금 입덧이 도지는 느낌이었다.

"아무래도 안 되겠어."

그녀는 자리에서 벌떡 일어났다. 건우를 믿고 싶었지만, 불안한 마음이 통제되지 않았다.

"응? 야, 왜 그래?"

아무래도 심상치 않은 다정의 표정에 지혜가 불안해하며 물었다.

"가 봐야겠어."

"어디를?"

"이건우한테."

"어디 있는 줄 알고?"

'그래, 걔네가 어디에 갔는지 알고. 나는 위치 추적 앱 따위도 없는데.'

미간을 찌푸리며 다정이 다시 무너지듯 소파에 앉았다.

"왜 그래, 너? 무슨 일이야?"

지혜가 다정의 등을 어루만지며 물었다.

"뭔데 그렇게 사색이 돼서 그래?"

얼음장같이 차가운 몸에 언니의 따뜻한 온도가 닿으니 울컥했다. 다정은 그대로 지혜의 어깨에 얼굴을 기댔다. 눈물이 방울져 지혜의 어깨를 적셨다.

"언니…… 흑, 흐흑."

"어머, 야. 너 왜 그래? 응?"

다정은 혼자 참고 견뎌야 했던, 깊숙이 막아 놓았던 둑이 무너지는 것을 느꼈다. 이리된 이상 어쩔 수 없다는, 언니에게 숨길 수도 숨기고 싶지도 않다는 자포자기한 심정에 눈물이 더욱 흘러넘쳤다.

※ ❋ ※

건우는 계산대에서 아이스커피와 홍차를 받아 들고 자리로 향했다. 소진이 앉아 있는 방의 유리문을 열고 들어가 다시 문을 닫았다. 블라인드까지 치니 밖이 아예 보이지 않았다. 다른 손님들의 눈을 피할 수 있는 개인 공간이 있다는 것이 이 카페에 두 사람이 자주 오던 이유였다.

눈부시게 예쁘다는 표현은 소진에게 딱 어울리는 것이었다. 예나 지금이나 다를 바가 없었다. 넘치게 풍족한 집안에서 부족할 것 하나 없는 외동딸로 자라 구김살이라고는 찾아볼 수도 없었다. 그래서 건우는 자신과 비교되는 그녀의 밝음이 좋았었다.

에스닉풍 블라우스에 무릎 기장의 반바지를 입고 에스닉풍 벨트로 가는 허리를 더 가늘게 보이도록 조인, 예쁜 인형 같은 모습의 소진이 입가에 미소를 가득 띠고 건우를 바라봤다. 2년 전과 하나도 다름없는 모습으로, 그때와 하나도 다름없이 사랑이 가득한 눈으로.

하지만 그의 얼굴엔 표정이 없었다.

"마셔. 그리고 할 이야기 있으면 오늘, 지금, 빨리 말해."

그는 음료를 테이블에 올려놓고 자리에 앉으며 말했다.

"잘 지냈어?"

소진이 건우의 차가운 말을 못 들은 척 웃으며 물었다.

"지난번엔 너무 경황이 없어서 제대로 이야기도 못 했잖아."

다정이 찾으러 왔던 날의 이야기였다. 건우는 대답 없이 물끄러미 소진을 바라보기만 했다.

"어떻게 지냈는지 궁금해. 텔레비전이나 인터넷으로 당신 이야기 간간이 보긴 했는데, 그래도 당신 입으로 듣고 싶어."

"그게 왜 궁금한데?"

그가 물었다.

"왜냐니? 오랫동안 못 봤잖아, 우리."

그의 차가운 면박에도 소진은 웃으며 말했다.

"영화는 잘 찍고 있어? 오늘 늦게나 들어올 줄 알았는데, 다정 씨랑 같이 외출했었나 봐?"

"……."

"말 좀 해. 당신 목소리 듣고 싶어."

건우는 잔을 들어 아이스커피를 한 모금 마셨다. 손이 시릴 정도로 찬 기운이 몸속으로 흘러들어 안 그래도 얼어붙은 그의 마음을 더 꽁꽁 얼어붙게 했다.

"지난번에 안부는 다 물었던 것 같은데."

"묻기만 했지 대답해 주지 않았잖아."

"별로 말해 주고 싶지 않아. 너 없었던 2년 동안 내가 어떻게 지냈는지."

소진은 표정을 지우고 잠시 입을 꾹 다물었다. 그러나 이내 다시 미소 지었다. 마치 자신이 감수해야 할 일이라는 듯이.

"나는 파리에서 보석 공예를 배웠어. 디자인이랑 같이. 이번에 보석 사업을 시작해서 한국에서도 진출했어. 알고 있어?"

"……."

"한동안 한국에 있을 거야. 그래서 말인데."

그녀는 건우의 눈을 뚫어지게 응시했다.

"영화 촬영 끝나면 나랑 같이 파리 가자."

"뭐?"

너무 어이가 없어 건우는 되물었다.

"나랑 같이 파리에 가자고. 나랑 다시 시작하자, 건우 씨."

"하아……."

그는 크고 길게 한숨을 내쉬었다.

"내가 왜?"

"다시 만나, 나랑."

"그러니까 왜?"

"건우 씨, 나 사랑하잖아."

소진이 슬픈 눈으로 바라봤다.

'당신은 나밖에 없잖아.'

그녀의 눈이 말했다.

"착각하지 마. 길 가는 사람 붙잡고 물어봐. 어떤 사람이 2년 전에 끝난 사랑을, 그것도 일방적으로 떠난 사람을 아직도 사랑해? 날 그렇게 로맨티시스트로 생각했다면, 정소진, 사람 잘못 봤어."

그가 그녀의 눈을 피하지 않고 말했다.

"알아, 당신이 상처받은 거. 미안해. 내가 잘못했어. 하지만 그때는 그럴 수밖에 없었어."

"그럴 수밖에 없었다?"

"그래. 나한테는 선택권이 그것밖에 없었으니까."

"왜? 이유가 뭔데? 뭐가 너를 그런 선택을 하게 만들었는데?"

그의 억양에 조금씩 온기가 돌았다. 따듯해지고 부드러워지는 온기가 아니라 끓어오르는 분노로 인한 열기였다. 그의 눈에서는 서늘한 빛이 강하게 뿜어졌다.

손가락이 찌릿찌릿 아릴 정도로 세게 쥔 주먹을 다리 위에 올려놓고 그는 소진을 노려봤다.

'들어나 보자, 그 이유.'

2년 동안 무수히 되뇌었던, 자신이 알지 못하는 진실, 자신이 알고 싶었던 이유가 드디어 그녀의 입에서 흘러나오는 순간이었다.

"아빠가……."

그녀가 힘겹게 입을 열었다.

'아빠?'

건우는 고개를 갸웃했다. 소진과 연애하는 동안 그 역시 그녀의 부모님을 만나 뵌 적이 많았다. 대기업 간부로 알려졌지만, 실상은 대기업 가문의 셋째 아들로 큰 통신 회사의 대표 이사인 그녀의 아버지와 미술관을 운영하시는 어머니. 두 분 모두 고상함이 온몸에 배어 있어 단 한 번도 인상 찡그리는 것을 본 적이 없었다. 언제나 온화한 표정과 부드러운 어조로 대화를 나누곤 했다.

생일 때는 함께 식사도 하고 선물도 주고받았다. 소진의 생일뿐 아니라 건우의 생일까지 챙겨 주셨던 분들이었다. 소진의 어머니는 그에게 손수 미역국까지 끓여 주셨을 정도다.

그래서 소진이 갑작스럽게 이별을 고하고 나서 그녀를 찾기 위해 당연하게 두 분께 연락드렸다. 하지만 두 분은 너무도 매정하게 그를 만나려고도 하지 않고, 간신히 얼굴을 뵀을 때는 입가에 짓고 있던 미소도 싹 거둔 채 아무 말씀도 하지 않아서, 그게 더 가슴에 생채기를 냈다.

두 분을 자신의 부모님처럼 여겼던 지난 4년에 배신당한 기분이었다.

'그런데…… 순서가 뒤바뀌었다니.'

소진이 떠나서가 아니라, 그분들이 그녀를 떠나게 했다니 믿을 수가 없었다.

"너하고 계속 만나면 너를 연예계에서 매장하겠다고 하셨어."

"왜 갑자기? 4년 동안 싫은 내색 한 번 안 하시더니. 한 번도 그런 이야기 없으셨잖아."

"……"

이번에는 소진이 입을 꾹 다물었다.

"말해. 아버님이 갑자기 그러신 이유가 뭐야?"

'네가 나를 떠나서가 아니라, 먼저 나를 떼어 놓으려 하신 이유가 뭔데?'

그의 목소리가 떨렸다.

"내가, 아기를 가졌었어."

"……뭐?"

그는 자신이 잘못 들었다고 생각했다.

'아기라니? 가졌었다니?'

그 말 속에 등장한 '아기'라는 단어도 충격적이었지만, 그녀가 말하는 과거형이 더 신경에 거슬렸다.

"내가 당신 아이를 가졌었어."

"그런데? 왜 과거형이야?"

그의 머릿속을 퉁퉁 치고 올라오던 분노가 갑자기 싸늘하게 식었다.

'사람이 너무 충격을 받으면 모든 감정이 정지되는구나.'

상황과 어울리지 않는 생각만 떠올랐다.

"만나는 건 얼마든지 상관없지만, 결혼은 안 된다고. 절대로 안 된다고. 안 그러면 당신을 연예계에서 매장해 버리겠다고, 흑."

소진의 눈에서 이를 악물고 참았던 눈물이 흘러내렸다.

"선택권이 없었어. 당신을 지켜야 했으니까. 그래야만 했어."

그는 자리에서 일어나 눈물을 흘리는 소진 옆에 다가섰다. 그리고 팔을 끌어 그녀를 일으켜 세웠다.

"말해. 왜 과거형이냐고. 무슨 선택을 한 건데?"

그는 한마디 한마디 힘을 주어 물었다. 그녀의 가냘픈 몸이 흔들렸다.

"겨우 4주였어. 더 늦기 전에 선택해야 했어. 정말 당신을 위해서였어. 어쩔 수가 없었어."

"……."

"미안해. 나는 당신이 아이를 원한다고는 생각하지 않았어. 그런데……."

소진은 손등으로 눈물을 닦아 냈다.

"안다정이라는 여자가 임신했다고, 그래서 당신이 결혼한다잖아. 원래 내 자린데, 원래 나랑 우리 애가 있어야 할 곳인데. 미칠 것 같았어. 견딜 수 없었어."

336

"그래서?"

"그 여자 사랑하는 거 아니잖아. 아이 때문에 그러는 거잖아."

"……."

"내가 키울게. 내 아이처럼, 내가 잘 키울게."

그는 쥐고 있던 그녀의 팔을 놓았다. 허물어지는 모래성처럼 그녀가 의자에 털썩 주저앉았다. 그는 그대로 그녀를 싸늘하게 내려다봤다.

'낯설다.'

그녀가 정말 낯설었다. 사랑을 나누던 4년 동안 누구보다 그녀를 잘 안다고 생각했다. 자신을 누구보다 잘 아는 이도 그녀라 생각했다. 그렇게 믿고 있었다. 그런데 아니었다.

'내가 아이를 원하지 않는다고 생각했다?'

어째서 그렇게 생각했을까? 어째서 자신에게 말하지 않았던 걸까? 모든 것이 의문투성이다.

"나한테 말했어야지."

"……."

"나한테 말했어야지!"

그의 입에서 비명과도 같은 소리가 새어 나왔다. 소진은 고개를 숙인 채 눈물만 뚝뚝 흘릴 뿐이었다.

"넌, 나에 대해서 정말 몰랐구나."

"건우 씨."

"넌 나를 아예 믿지 못했어."

"……."

"앞으로 더는 찾아오지 마."

"건우 씨!"

"내 사랑은, 네가 날 떠나던 날 끝났어."

말을 마친 그는 몸을 돌렸다.

"가지 마. 당신을 위해 내가 여기에 왔잖아."

소진이 건우의 뒤에 대고 말했다.

"나 당신을 위해 무엇이든 할 수 있어. 그 아이도 키울게. 내가
잘 키울게."

"너……."

그는 그녀를 돌아보았다.

"설마 안다정한테도 그렇게 말했어?"

"응?"

"둘이 만났다는 날 안다정한테도 똑같이 말했냐고."

"그래!"

눈을 질끈 감으며 소진이 외쳤다.

"내가 말했어. 그 여자가 그러라고 했어. 자기는 당신이랑 상관
없다고, 당신을 사랑하지도 않는다고……."

"거짓말."

"뭐?"

"안다정이 그렇게 말했을 리 없어."

건우는 확신을 담아 말했다.

"당신이 그걸 어떻게 알아? 그 여자가 분명히……."

"거짓말하지 마. 안다정은 아이를 그렇게 쉽게 포기할 여자가
아니야. 배 속의 아이쯤 우습게 여기는 너와는 차원이 다른 여자
야. 그게 너와 안다정의 차이야."

"건우 씨."

"그 여자가 너와 또 다른 점이 뭔지 알아?"

"……."

"내가 믿으라고 하면 그 여자는 날 믿어."

"그걸 어떻게……."

"그건 어떻게 아느냐고? 안다정이 믿으라고 하면 내가! 내가 믿을 거니까."

경악에 찬 눈으로 자신을 바라보는 그녀를 뒤로하고 건우는 빠른 걸음으로 카페 밖으로 나왔다. 아직도 뜨거운 해는 하늘 어딘가에 걸려 있었다. 그는 보이지 않는 해를 바라보며 손을 들어 눈을 가렸다. 눈물이 차올랐다.

분노와 배신감, 상실감과 허탈감. 뼛속까지 아린 이 느낌을 어떤 말로 설명할 수 있을까.

소진이 처음 그의 눈앞에 나타났을 때 화가 나기도 했지만, 결국 자신을 다시 찾아왔다는 생각에 조금은 반가웠다. 그래도 살아는 있었구나, 하는 안도감과 결국은 나쁘지, 하는 우월감이 있었다.

누구보다 그녀와의 가정을 꿈꿨었다. 누구보다 그녀와의 아이를 원했었다.

'그런데 그녀는 왜 몰랐을까?'

자문해 봤다.

'그래, 아이 이야기는 꺼내 본 적이 없었으니까.'

하지만 그때는 둘 다 어렸다. 결혼 이야기가 오갈 때가 아니었다.

'피임도 제대로 한다고 했었는데…….'

모든 것이 혼란스러웠다. 그대로 있다간 길거리에서 눈물을 흘릴 것 같아 주차장에 세워 둔 차에 급히 올라탔다. 그제야 눈가에 맺혀 있던 눈물이 주르륵 볼을 타고 흘렀다. 뚝 하고 핸들을 적신다.

결국은 소진이 그를 믿지 못한 것이다. 아이를 원하던, 원하지 않던 상의를 했어야 옳다. 그런데 그녀 멋대로 그가 아이를 원하지 않는다고 생각했다. 그녀의 아버지가 뭐라고 협박을 했든 그와 상의했어야 했다. 그와 박 대표가 어떻게든 손을 썼을 것이다. 다 떠나서 배우로 다시는 일을 못 하게 된다 하더라도 그는 그녀만 있으면 됐다.

'너만 있었으면 됐는데. 나는 그것으로 충분했는데……'

그녀는 아니었다. 그와 달리 그녀는 포기할 것이 너무 많았다. 그를 선택함으로 잃어야 할 것이 많았다.

'이해할 수 없지만, 이해한다.'

이율배반적인 감정에 속에서부터 끓어오른 눈물로 얼굴을 적시며 그는 울음을 토했다. 4년 동안의 사랑이, 2년 동안의 배신감이, 꿀렁꿀렁 목으로 넘어왔다.

'소진인 잘 정리하도록 해.'

박 대표의 말이 귓가를 울렸다.

'이제 진짜 정리됐어.'

마지막 울음을 삼키며 건우가 핸들에 묻고 있던 고개를 들었다.

안다정. 불과 두 달 전까지만 해도 그의 인생에 티끌만큼의 관계도 없던 여자. 하룻밤의 정사로 모든 일이 시작됐지만, 어느새 그에게 가장 중요한 사람이 되어 버린 여자였다.

'배신은 사랑을 믿지 않는 사람이 사랑을 믿는 사람에게 하는 짓이에요. 내가 배신당했다고 해서 사랑을 더는 믿지 않으면, 그건 나도 그 사람이랑 똑같은 사람이 되는 거라고요.'

별빛을 받아 반짝이며 그녀가 말했었다.

그럼 이제 자신도 사랑을 믿어 볼까. 안다정을 믿어 볼까. 건우는 상처받아 깨진 마음을 끌어모아 한데 이어 붙였다.

※ ✳ ※

"다녀왔습니다⋯⋯."

집에 들어서서 슬리퍼로 갈아 신으며 인사를 하던 건우는 집 안에 감도는 냉랭한 기운을 감지하고 말꼬리를 흐렸다. 공포 영화에서 귀신이 등장하기 전에 푸르스름한, 어둠 속에서 희미하게 보이는 화면처럼 냉랭한 공기가 스멀스멀 그의 발치로 다가왔다.

"다정 씨? 무슨 일 있어요?"

그는 애써 침착함을 가장하며 거실로 들어섰다. 그리고 다정의 얼굴을 본 순간, 그의 가슴속에서 툭 하고 무언가 떨어지는 소리가 들렸다.

그녀의 얼굴이 엉망이었다. 울었는지 눈가가 붉다.

'또 울었어?'

그가 아무런 설명 없이 소진과 나간 것 때문이라는 것은 알겠다. 그런데 다정 옆에서 그를 노려보는 지혜를 본 순간 일이 더 커졌음을 알 수 있었다.

"여기 좀 앉아 보시죠, 이건우 씨?"

지혜가 이를 악물고 말했다. 그녀로서는 최대한 분노를 자제하고 있는 것이었다. 당장이라도 달려가 어퍼컷을 날리고 싶은데 꾹 참고 있었다.

"이리 오라니까?"

"언니……."

"가만있어, 이 등신아."

말리는 다정을 째려보며 지혜가 말했다.

건우는 천천히 두 사람에게 다가가 소파에 앉았다. 가까이 다가가니 지혜의 분노가 그대로 와닿아 그는 침을 꿀꺽 삼켰다.

"가족 관계 다 떠나서, 나보다 어리니까 말 놓을게."

"……."

"너 내 동생 무시하니?"

그녀는 눈 하나 깜빡하지 않고 말했다.

'이 집안에서 가장 기가 센 사람이 처형인가?'

문득 그런 생각이 떠올랐다.

"대답 안 해? 내 동생 무시하냐고?"

"아니요. 그럴 리가요."

"아니면 우리 집안을 무시하는 거야? 아버지 없다고 우리 무시한 거지?"

"처형!"

막무가내로 말하는 지혜를 건우가 멈추게 했다.

억울했다. 단 한 번도 그런 생각을 해 본 적이 없다. 오히려 다정의 가족을 자신의 가족이라 여기며 좋아했다. 시원시원한 성격의 장모님과 처형은 볼수록 정이 갔다. 다정 앞에서 장모님과 처형을 대했던 행동에 꾸밈은 없었다. 설령 다정이 어떻게 생각했는지 그것까지는 알 수 없지만, 적어도 자신은 두 사람 앞에서 연기한 것이 아니었다. 진심으로 대해 주기에, 자신도 진심으로 그들을 대했다.

"어디다 대고 처형이야?"

지혜는 씩씩거리며 언성을 높였다.

"어쩜 그렇게 감쪽같이 엄마랑 나를 속일 수가 있어? 두 사람 제정신이야?"

그녀는 열이 뻗치는지 손목에 차고 있던 고무줄로 긴 머리를 높이 올려 묶었다. 동작 하나하나에 화가 섞여 있는 듯했다.

다정은 옆에서 벌건 눈으로 지혜를 곁눈질하며 눈치를 봤다.

"후……."

머리를 다 묶고 지혜는 길게 숨을 내쉰 뒤 다정과 건우를 번갈아 바라봤다. 다정은 시선을 피하고, 건우는 지혜의 눈을 피하지 않고 응시했다. 한참을 그렇게 물끄러미 두 사람을 바라보다 지혜는 입을 열었다.

"아기만 없으면 되는 거지?"

그녀의 입에서 나온 말에 다정이 고개를 홱 돌렸다.

"무슨 소리야?"

"애만 없으면 이 결혼 아니, 이 사기 행각은 안 해도 되는 거잖아."

"언니!"

"처형!"

건우와 다정은 너무 놀라 동시에 벌떡 일어나 소리쳤다.

"진작 이랬어야지. 뭐 하러 이런 놈한테 놀아나."

"언니!"

"당장 나랑 병원 가자."

지혜가 다정의 손목을 잡았다.

"안 돼!"

다정이 지혜의 손을 뿌리쳤다. 그녀의 얼굴에 공포와 분노가 함께 서렸다. 눈가에 다시 눈물이 맺혔다.

"그럼? 그럼 이놈 애를 낳을 거야? 너 혼자서 키우기라도 하려고? 아니면 이 쇼윈도 부부 행세를 계속할 거야?"

지혜가 따발총처럼 쏘아 댔다.

"어찌 되든 내 인생이야. 애는 절대 못 지워."

"그럼 이렇게 살겠다는 거야? 저 자식 바람피우는 것도 모르는 척하면서?"

"결혼하라고 등 떠밀 때는 언제고!"

"그때랑은 상황이 다르지. 진작 얘기를 했었어야 할 것 아냐."

두 여자의 싸움을 바라보며 건우는 난감해했다.

'바람피우는 남편이 된 건가?'

소진과의 일이 모두 정리된 순간에 이런 상황이 발생하다니, 정말 타이밍 한번 기가 막혔다. 뜨뜻미지근하게 행동한 자신의 잘못이니 그는 아무 말 없이 두 사람을 계속 지켜봤다.

"엄마한테 말하면 너네, 둘 다 끝장이야."

"엄마한테 말하기만 해."

"말하면? 말하면 뭐? 이걸 그냥 두라고?"

"엄마한테 말하면 나 다시는 언니 안 봐."

다정이 높였던 목소리를 낮추고 말했다.

"죽을 때까지 언니 안 봐. 절대 안 볼 거야."

그녀는 그대로 지혜를 노려봤다. 맹수에게서 새끼를 보호하려는 초식 동물처럼, 가련하고 필사적이었다.

"어휴, 정말. 미치겠네."

지혜는 고개를 홱 돌려 다정의 시선을 피했다.

잠시 그렇게 소강상태에 접어들었다. 한차례의 폭풍우가 휩쓸고
지나간 자리에 서로에게 남은 것은 아무것도 없었다.

잠시 후 지혜는 가방을 들고 소파에서 일어나 현관으로 걸어갔
다. 그런 그녀의 뒷모습을 다정은 아무 말 없이 눈으로만 좇았다.

건우는 지혜의 힘없는 걸음을 따라 밖으로 나갔다.

"집에 모셔다드릴게요."

"됐어요."

뒤도 돌아보지 않고 지혜가 대답했다. 그녀는 다시 그에게 존대
를 사용했다.

'무엇을 의미하는 걸까? 이대로 지켜보겠다는 허락일까?'

그는 궁금했다.

"내가, 다정이 봐서 참는 거예요."

그녀는 대문으로 향하는 돌계단에 멈춰 서서 말했다.

"네, 알아요."

건우는 답했다. 왜 모르겠는가? 그는 충분히 지혜의 진심을 느
낄 수 있었다. 그를 향한 분노와 동생을 향한 걱정이 고스란히 그
의 마음에 닿아 전해졌다.

"다정이 눈에서 한 번만 더 눈물 나오는 날엔 내가 가만 안 둬요."

말을 마치고 지혜는 계단을 내려가 대문을 나섰다. 그녀의 말의
의미를 잠시 곱씹던 건우는 그녀를 따라 문밖으로 뛰어나갔다.

"처형!"

그의 부름에 그녀가 걸음을 멈췄다.

"저도 다정 씨 눈에서 눈물 나는 거 싫어요."

그녀가 몸을 돌려 그를 바라봤다.

"진심이에요."

의아한 눈으로 이유를 묻는 지혜를 바라보며 그가 진심을 가득 담아 말했다.

"저희 관계가 좀 복잡하긴 한데, 아무튼 저 다정 씨 두고 바람 같은 것 안 피워요."

"……."

"시작은 이상했어도 남편으로서 아빠로서 최선을 다할 겁니다."

그가 말을 쏟아 냈다.

"당연히 그래야지."

혼잣말처럼 조용하게 지혜가 말했다. 하지만 건우는 충분히 그녀의 목소리를 들을 수 있었다.

"감사합니다."

뒤돌아 언덕을 내려가는 그녀를 향해 건우는 허리를 꾸벅 숙여 인사했다.

지혜가 돌아가고 다정은 방으로 가 침대에 누웠다. 깃털처럼 가벼운 이불을 덮자 온몸을 폭 감싸는 촉감에 저절로 눈이 감겼다.

'이대로 안 깨어났으면…….'

다정은 눈을 질끈 감았다.

'아니면 모조리 다 꿈이든가…….'

이건우를 알기 전으로 돌아가고 싶었다. 모든 게 다 꿈이어서 이건우를 다시 만나지 않기를 바랐다.

끄라비에서 있었던 그와의 하룻밤을 지워 버리고 싶었다. 아니,

아예 끄라비에 가지 않았으면 어땠을까. 그라는 존재를 그저 드라마나 영화에서만 만났다면, 그랬다면 여느 여자들처럼 그녀 역시 그를 좋아했을지 모른다. 어쩌면 이 모든 것이 꿈이어서 깨고 나면 성화가 아직 그녀를 사랑할지도 모른다.

'하, 그건 또 싫다.'

그녀는 도리질을 쳤다. 이미 성화의 바닥까지 봤다. 꿈에서 깬다 한들 그가 좋을 것 같지 않았다. 어쩌면 꿈에서 깨고서도 이건우를 짝사랑하고 있을지 모른다. 그렇다면 그건 정말 최악이다.

"자?"

방문이 열리며 건우의 목소리가 들려왔다.

그녀는 숨을 참고 가만히 있었다. 방문을 등지고 누워 그가 그녀의 얼굴을 볼 수 없었다. 차라리 그냥 문을 닫고 나가 버렸으면 했다. 아니, 자고 있다 생각하고 본심을 말해 주면 안 될까 싶었다. 도대체 그의 진심은 무엇인지 궁금했다.

"일어나면 맛있는 것 해 줄게."

대답 없는 등을 향해 그는 조용히 말하고 문을 닫았다. 그녀의 바람과는 정반대로 그는 자신이 자고 있다고 생각하지도, 진심을 말하지도 않았다.

'흘려버리자. 흘러넘치게 내버려 두자.'

그녀는 그렇게 되뇌다 잠이 들었다.

✳   ✳   ✳

'얼마나 잔 거야?'

다정이 잠에서 깨 눈을 뜨자 보이는 것은 아무것도 없었다. 어느새 어둠이 짙게 깔린 밤이 되었다. 너무 오래 잔 듯싶어 그녀는 벌떡 일어났다.

미지근한 방바닥에 맨발을 딛고 일어나 옷을 갈아입었다. 입고 나갔던 옷 그대로 잠이 든 것이 불편했는지 이제야 몸이 뻐근한 것이 느껴졌다.

편안한 실내복으로 갈아입고 방문을 열었다. 고요하고 또 고요한 성, 자신이 성에 갇힌 공주 같다는 생각이 들자 다정은 웃음이 났다.

'나이가 몇인데 공주라니……. 곧 왕비 될 나이고만.'

그녀는 그 생각에 또 웃었다.

1층도 2층도 불이 다 꺼져 있었다.

"이건우?"

그녀는 조용히 건우를 불렀다. 하지만 그는 대답이 없었다.

'또 나간 건가?'

서글픈 마음이 고개를 들었다.

"이건우, 집에 없어?"

그녀는 그의 방문을 살짝 열고 고개를 빼꼼히 집어넣었다. 어렴풋이 침대에 누운 그의 형상이 눈에 들어왔다.

"자?"

그녀는 그에게 다가가 말을 걸었다. 쌕쌕거리는 숨소리가 낮고 거칠다.

"이건우?"

그녀는 침대 머리맡에 무릎을 꿇고 앉아 그의 얼굴을 물끄러미 바라봤다. 긴 속눈썹, 높은 콧대, 말랑말랑하게 부드럽고 투명한 분홍색 입술. 어느 곳 하나 잘생기지 않은 곳이 없다. 하얀 피부가 어둠 속에서도 빛이 나는 것 같았다.

눈썹을 가리는 앞머리를 손가락으로 살짝 들다 다정은 깜짝 놀랐다. 이마에 땀이 흥건했다.

"이건우?"

그녀는 그의 이마에 손등을 댔다. 뜨겁게 끓는 열기가 전해졌다. 쿵 하고 심장이 내려앉았다.

"이건우, 눈 떠 봐. 야, 이건우!"

그녀는 그의 팔을 흔들며 깨웠다.

"왜?"

갈라지는 목소리와 함께 그가 간신히 눈을 뜨며 말했다. 휴, 하고 안심이 되자 한숨이 절로 나왔다. 의식이 있으니 다행이라는 생각에 그녀는 가슴을 쓸어내렸다.

"어디 아파?"

"아니."

걱정스레 묻는 그녀를 바라보며 그가 대답했다.

"열이 높은 것 같은데? 병원 가자."

"됐어."

"됐긴 뭐가 돼. 일어나. 응급실에……."

꿇었던 무릎을 펴는 그녀의 팔을 그의 손이 붙잡았다.

"왜……? 일어나. 열이……."

"병원은 됐어."

"하지만……."

"좀 자면 돼."

"그럼 기다려 봐. 물수건 해서…… 앗."

계속 자리를 뜨려는 그녀를 그가 힘껏 잡아당겼다. 그녀가 풀썩

하고 그의 머리맡에 앉았다. 그러곤 그녀의 몸을 당겨 자신의 옆에 눕게 했다. 깜짝 놀란 그녀는 다시 일어나려 했지만, 그의 팔과 다리가 어느새 그녀를 꽁꽁 잡고 있었다. 열이 올라 뜨거운 몸이 그녀를 태워 버릴 것 같았다.

"이건우."

"그냥 잠깐만 이러고 있어."

열에 들뜨고 잔뜩 갈라진 목소리로 그가 말했다.

"이러지 마."

다정은 입술을 깨물며 말했다. 의미 없는 신체 접촉이 계속되면 그에 대한 마음을 접기가 힘들다는 것을 아는 그녀였다. 차라리 진짜 쇼윈도 부부로 살아가는 것이 자신의 마음을 적당선에서 유지하는 데 도움이 된다.

"널 좋아해."

그에게서 벗어나기 위해 몸을 움직이던 그녀는 갑작스러운 그의 말에 온몸이 돌처럼 굳었다. 고개를 살짝 들어 그의 얼굴을 바라보려 했다. 하지만 그의 턱이 그녀의 정수리에 딱 붙어 있었다. 옆으로 그녀를 향해 돌아누운 그의 목선과 가슴만 눈에 들어올 뿐이었다.

그녀는 침을 삼켰다.

"왜 말이 없어?"

그가 물었다.

"응?"

그녀가 깜짝 놀라 되물었다.

"널 좋아한다고."

부드러운 목소리가 가슴에서 울렸다.

"하지만 정소진 씨가……."

"진작 끝난 관계였어."

그가 말했다.

"걔가 갑자기 나를 떠났거든. 뭔가 억울하기도 하고, 이해도 안 되고……. 그래서 이유가 알고 싶었던 것 같아. 지금 와서 이렇게 말도 안 되게 내 앞에 나타날 줄 몰랐어."

목소리가 잠긴 것은 아픈 탓일까, 아니면 그녀 때문일까. 다정은 그의 말이 믿기지 않아 혼란스러웠다.

"어쨌든 이제 이유를 알았고, 찌꺼기처럼 남아 있던 미련조차 사라졌어."

"하지만……."

떨리는 그녀의 목소리를 끊으며 그가 말했다.

"널 좋아해. 너뿐이야, 이 바보야."

그의 말이 가슴을 쿵쾅 두드렸다. 또 찌르르하고 뱃속을 울렸다.

"너는 어때? 나 좋아해?"

그가 물었다. 자신의 고백을 들었을 거라고는 조금도 생각하지 않는 그녀는 대답하지 않았다.

"어떠냐니까?"

"몰라."

그녀는 그렇게 말하고 그에게서 몸을 돌렸다. 스르르, 살짝 그의 힘이 풀리더니 이내 다시 그녀를 뒤에서 끌어안았다.

"모른다니?"

"말해 주지 않을 거야."

"뭐?"

"끝까지 궁금하게 만들 거야."

그동안 정소진 때문에 가슴 아팠던 것들이 억울해 모조리 갚아 주겠다는 못된 심보였다.

"나 아픈데?"

그가 불쌍한 목소리를 내며 말했다.

"몰라. 절대 말 안 할 거야."

그녀는 그 목소리를 모르는 척했다.

"그럼 할 수 없지."

체념한 듯한 목소리로 그가 말했다.

"대답하게 해 줄게."

"응?"

그는 그대로 그녀의 허리를 끌어안은 손에 힘을 주고 목덜미에 고개를 파묻었다. 그리고 뜨거운 입술과 혀로 그녀의 목을 살짝, 핥았다.

"읏……."

움찔하고 놀라는 그녀의 반응에 아랑곳하지 않고 그는 그대로 계속 입술을 움직였다.

'어찌 이렇게 잘 안단 말인가?'

다정은 입 밖으로 터져 나오려는 신음을 이를 앙다물어 참았다. 왠지 소리를 내면 이 싸움에서 지는 것 같았다.

"참지 마."

건우가 목덜미에서 입을 떼고 말했다.

"뭐, 뭘?"

다정은 간신히 되물었다.

"네 성감대는 내가 다 알아."

그렇게 말하며 그는 허리에 감은 손 하나를 그녀의 티셔츠 속으로 집어넣고 옆구리 맨살을 쓱, 스치듯 만졌다. 그녀는 몸속에서 폭죽이 터지는 기분이었다. 짜릿하고 찌릿하고 펑펑 터지는 감촉이 심장 주변에서 어른거렸다.

그의 뜨거운 입술이 그녀의 목에서 점점 내려갔다. 티셔츠를 걷어 올리고 등뼈 하나하나에 입술을 각인시키듯 뜨겁게 찍었다. 어느새 그의 손은 브래지어 위에서 가슴을 지그시 눌렀다.

"대답 안 해?"

그녀의 몸에서 살짝 얼굴을 떼며 그가 다시 물었다. 그녀는 아직도 입을 꾹 다문 채였다.

"그렇단 말이지?"

갑자기 그는 몸을 일으켜 그녀를 이불 속으로 끌어당겨 눕혔다. 반쯤 올라간 티셔츠 아래 드러난 배 위로 그의 양손이 자리를 잡았다. 그녀의 다리 위에 앉은 그는 빠르게 자신의 티셔츠를 벗었다. 영화 때문에 몸 관리를 한 덕에 더욱 매끈하고 탄탄한, 뜨끈뜨끈한 몸으로 그녀를 향해 천천히 다가왔다.

쪽, 하고 다가왔던 입술이 두 번째 마주칠 때는 조금 더 오래 머물렀다. 녹아드는 키스에 몸이 달아 긴장이 풀리는 순간을 놓치지 않고 살짝 벌어진 입술 사이로 그의 혀가 밀고 들어왔다.

"이건우…… 아……."

건우가 입술을 떼자 다정이 그의 이름을 헐떡이는 호흡 사이로 불렀다.

"왜?"

그는 흥분으로 솟은 그녀의 유두를 손끝으로 간지럽히며 물었다. 그녀의 몸에 오스스 소름이 돋았다.

"이러면 안 돼, 우리."

"왜?"

"아기가⋯⋯."

"걱정하지 마. 선생님께 다 여쭤봤으니."

다정은 깜짝 놀라 손바닥으로 그의 가슴을 살짝 밀었다.

"여쭤보다니? 뭘?"

"임신 10주가 지난 아내를 둔 남편이 궁금해하는 거. 살살, 조심해서 무리하지 말고 적당히 하라고 하시던데?"

"그런 걸 물어봤단 말이야?"

"응."

놀래서 동그래진 눈으로 바라보는 그녀를 향해 그는 해맑게 웃었다. 그러곤 더는 기다려 주지 않겠다는 듯 그녀의 티셔츠를 머리 위로 끌어 올렸다. 아무런 저항도 없이, 그럴 생각도 없이 그녀가 팔을 들어 그가 옷 벗기는 것을 도왔다.

어두운 방, 살짝 열린 창문으로 미지근한 바람이 불어오는 곳에서 두 사람은 나체가 되었다.

그는 그녀의 입술에 키스를 이어 갔다. 뜨거운 손바닥으로 탱탱한 그녀의 젖가슴을 만졌다. 손가락 사이에 유두를 끼고 살짝 비틀었다. 이어서 입술을 아래로 내려 그녀의 가슴을 입에 물었다. 입안에서 혀로 핥고, 빨고, 마음껏 농락했다.

"아훗⋯⋯."

그녀의 입에서 참고 있던 신음이 흘러나왔다. 그 소리에 맞춰 그의 손이 살짝 벌어진 그녀의 다리 사이로 들어갔다.

"긴장 풀어. 힘들게 하지 않을게."

허벅지 힘이 풀리자 그의 손가락이 그녀 안으로 들어왔다. 가늘고 기다란 뜨거운 손가락이 그녀 안을 찔렀다. 그의 손가락이 그녀 안에서 움직이며 살짝 긁고 중간중간 쿡쿡 찔러 댔다. 그 움직임에 그녀의 몸이 움찔거렸다. 그는 엄지손가락으로 그녀의 클리토리스를 문질렀다.

"아, 아, 거…… 거긴."

흥분으로 목소리가 높아진 다정이 기겁하며 움직이는 그의 팔을 잡았다. 그는 그대로 움직임을 멈추고 고개를 들어 그녀를 바라봤다. 그의 눈이 웃고 있었다.

"대답할 거야?"

"으……"

"더 괴롭힐까?"

"그, 그만."

"진짜? 정말 그만하라고?"

장난기 가득한 눈이 그녀를 바라봤다.

"아니, 그게 아니라……."

"좋아?"

"좋아."

뭐가 좋으냐고 묻는지도 모르면서 그녀는 선뜻 답했다.

"내가? 아니면 지금 여기가?"

그는 그녀 안에 넣은 손가락을 다시 움직였다.

"읏, 두…… 둘 다."

그녀가 몸을 움찔거리며 답했다.

"예쁘다, 너."

그는 대답이 만족스러운지 그녀 안에서 손가락을 뺐다. 그리고 그녀의 다리를 살짝 벌리고 천천히 그의 것을 집어넣었다.

더 뜨거운 것이 있을까 싶을 정도로 그의 것은 불덩어리 같았다. 그것이 중심을 헤집고 들어와 천천히 움직이자 그녀는 발끝부터 정수리까지 불꽃이 이는 것 같았다.

그의 움직임을 따라 그녀도 함께 움직였다. 그러다 보니 너무도 선명하게 끄라비에서의 밤이 떠올랐다. 너무도 아름답고 황홀했던 그와의 섹스가 온몸에 각인되어 익숙하게 절정으로 치달았다.

발가락에 힘이 들어가고 손으로 그의 머리카락을 감싸 쥐었다. 빠르게 움직이던 그가 천천히 들어왔다 밀려 나갔다. 그리고 절정의 순간 두 사람은 서로의 몸을 거세게 껴안았다.

"하아……."

그가 그녀의 어깨 위로 얼굴을 파묻으며 쓰러졌다.

"괜찮아?"

거친 숨을 몰아쉬며 그녀가 물었다.

"아주 좋아. 쌩쌩해."

그가 답했다. 숨을 고르느라 오르내리는 몸의 무게가 고스란히 그녀에게 전해졌다.

"열 더 오르겠다."

"괜찮아. 그냥 열일 뿐이야."

"괜찮긴. 아프면 내가 곤란하다고."

"넌 괜찮아? 안 힘들어?"

"괜찮아."

흥분으로 이성이 마비될 지경에서도 서로 마지막 이성의 한 줄기를 놓지 않고 있었던 것은 배 속의 아기 때문이었다. 격렬하게 이어질 수도 있었던 행위가 그나마 부드러운 선에서 끝난 것이다.

하지만 그녀의 대답을 그는 다른 의미로 생각했나 보다. 그가 몸을 돌려 그녀를 바라봤다. 그 눈이 반짝 빛났다.

"그럼 한 번 더……."

"두 번은 무리야."

그가 다시 고개를 침대에 파묻었다.

"오늘 말고."

그녀의 말에 그가 다시 고개를 들었다.

"오늘 말고? 그럼 내일?"

"어휴, 안 돼요. 조심해야 하거든, 아직 몇 주 동안은."

"임신 힘들다."

그가 울상을 지어 보이며 말했다.

"배 속에 아기가 있는 건 나거든?"

그녀의 말에 그는 입술을 삐죽거렸다.

뜨겁게 올랐던 열기가 사그라지니 몸에 오스스 소름이 돋았다. 다정이 가늘게 떨고 있는 것을 감지했는지 건우가 발치까지 밀려 났던 이불을 끌어 두 사람의 몸을 덮었다. 그리고 아직 열이 내리 지 않아 뜨거운 자신의 몸으로 그녀를 폭 안았다.

"그나저나 아기 말이야. 태명 무엇으로 할까?"

그의 가슴을 통해 소리가 전해졌다.

"태명이라, 글쎄."

"생각해 둔 것 없어?"

"건다 어때?"

"건다?"

"응, 건다. 다정과 건우에서 이름 한 자씩 합쳐서……."

"운명을 건다?"

건우는 잠시 생각에 잠기더니 이내 고개를 끄덕였다.

"괜찮네. 좋아. 그걸로 하자. 건다야, 엄마 배 속에서 잘 자라야 한다."

그는 다정의 아랫배에 손을 올리고 말했다. 그 모습이 너무 귀엽고 사랑스러워 다정은 고개 숙인 그의 코에 쪽 하고 입을 맞췄다.

"응?"

갑작스러운 그녀의 행동에 놀란 그가 눈을 크게 떴다.

"진작 이렇게 착하게 굴지. 그동안 왜 그렇게 속을 썩인 건데."

"내가?"

그는 이해가 가지 않는 표정이다.

"그래, 이건우. 내가 얼마나 마음 졸이고 속상했는데."

그녀가 말했다.

"미안. 다시는 안 그럴게."

그는 그녀를 가슴에 꽉 껴안았다.

"정소진 씨……는 정말 다 정리된 거야?"

"응."

무심하게 스치듯 대답하는 그였다.

"많이 힘들어?"

"뭐가?"

"정소진 씨랑 헤어진 거 말이야. 이렇게 아플 정도로 힘드냐고."

다정의 질문에 그는 아무 대답 없이 그녀의 머리카락에 얼굴을 묻었다.

"많이 힘들구나."

"아니야."

그가 말했다.

"그저 2년 동안 묵은 체증이 한꺼번에 내려가는 중이라 그래."

"체증?"

"가슴이 답답했어. 아까도 말했지만, 갑자기 나를 떠난 이유를 몰랐으니까. 억울했던 걸 거야. 배신감도 들었고."

"그래."

다정은 딱히 이유를 더 묻지 않았다. 그 여자의 사정 따위 알고 싶지도 않았다. 그래도 왠지 다른 것 하나는 물어야만 할 것 같았다.

"진작 끝났다며? 근데 왜 다시 자꾸 나타나는 건데?"

그는 대답이 없었다.

"응? 알려 줘."

그녀는 고개를 들어 그의 턱을 바라봤다. 눈 감은 것은 알겠는데 방 안이 어두워 그의 표정이 보이지 않았다.

"왜? 또 2번 조항 어긴 거야?"

뾰로통하게 그녀가 물었다.

"아, 맞다."

건우가 갑자기 몸을 벌떡 일으켰다.

"왜?"

"중요한 걸 잊을 뻔했어."

그는 일어나 속옷과 겉옷을 챙겨 입었다.

"뭐 해? 설마 대답하기 싫어서 도망가는 거야?"

다정이 이불로 몸을 가린 채 물었다.

"아니. 정말 중요한 일이 있어서 그래. 너도 어서 옷 입어."

"어디를 가려고?"

"서재."

"서재?"

"응, 서재. 옷 입으라니까."

그의 재촉에 그녀는 마지못해 일어나 주섬주섬 바닥에 떨어진 옷을 주워 입었다. 옷을 다 챙겨 입은 그녀의 손을 그가 잡아끌어 1층으로 내려갔다.

별채에 있는 벽 한 면이 통유리로 된 서재에 들어선 그는 책상으로 가 서랍을 뒤지기 시작했다.

"이건우, 뭐 하는 거야?"

"찾을 것이 있어."

"그게 뭔데?"

"잠깐만……. 찾았다!"

한참을 이리저리 뒤적거리던 그가 손에 웬 서류 봉투를 번쩍 들어 보였다.

"그게 뭔데?"

질문에는 대답도 없이 그는 그녀를 끌고 서재 소파에 앉혔다. 다정의 맞은편에 앉은 그는 서류 봉투에서 무언가를 꺼냈다. 그 두께와 봉투에 박힌 회사 로고를 보고 그녀는 단번에 그것이 무엇인지 알 수 있었다.

"어? 그거……."

"맞아. 우리 계약서."

"내 것도 네가 갖고 있었던 거야?"

"응. 박 대표한테 받아 뒀거든."

그렇게 말하고 그는 계약서를 좍좍 찢었다.

"어? 어?"

깜짝 놀란 다정의 눈이 점점 커지고 입에서는 외마디의 소리가 나왔다.

"이제 필요 없잖아, 이런 거."

찡끗, 그녀에게 윙크까지 해 보이는 건우였다.

"이렇게 쉬운데……."

다정이 혼잣말하듯 입을 열었다.

"응?"

"이렇게 쉬운데, 이렇게 쉽게 찢길 거였는데."

"근데?"

"왜 그렇게 복잡하게 군 건데……."

마음 아프고, 마음 졸이고, 생채기가 났던 일들이 한꺼번에 무너지면서 다정은 긴장이 풀렸다. 그러자 자연스럽게 볼을 타고 눈물 한 줄기가 흘렀다.

"어, 어……."

다정의 눈물을 보고 당황한 건우가 놀란 토끼 눈이 되어서는 그녀 앞에 무릎을 꿇고 올려다봤다.

"울지 마."

끅끅 올라오는 울음을 삼키며 다정이 손바닥으로 눈물을 닦았다. 건우가 그녀의 양 볼을 손으로 감쌌다. 커다란 엄지손가락이 그녀의 눈물을 닦아 냈다.

"네가 울면 내가 어떻게 해야 할지 모르겠어."

그는 진심으로 당황한 것처럼 보였다.

"끄라비에서도 그런 거야?"

다정이 물었다.

"거기서도 나 울고 있었던 것 같은데."

"알긴 아네. 그건 기억하고 있나 봐?"

"울던 것까지는."

"하, 정말."

건우는 잠깐 한숨을 쉬더니 이내 다정의 입술에 갑작스레 입을 맞췄다.

"응? 뭐야?"

놀라서 고개를 빼려는 그녀의 얼굴을 꽉 잡고 다시 쪽, 다가왔다가 멀어졌다.

"그때나 지금이나 예쁜데."

"그런데?"

"열받아. 하나도 기억을 못 한다니."

그는 볼을 빵빵하게 하며 불만스러운 표정을 지었다. 그 모습에 울던 다정은 웃음이 터져 버렸다. 그제야 그는 그녀의 얼굴에서 손을 뗐다.

"기억할 거야. 기억하도록 노력해 볼게."

여전히 자신의 앞에 무릎 꿇고 앉아 있는 건우를 향해 다정이 말했다.

'이제 네 진짜 모습을 아니까.'

그녀가 알고 있던 모든 모습, 싸가지 없던 그, 막말하던 그, 싸늘하던 그, 그리고 아이 같은 그, 그녀의 편을 들어 주던 그, 그녀를 사랑스럽게 바라보던 그, 다정한 그, 관능적인 그, 그 모든 모습이 전부 이건우였다. 이제 다 알아 버렸으니 그를 믿는다. 믿을 수밖에 없다.

이제야 진짜 부부니까.

16. 스캔들

서로의 마음을 확인하고 며칠이 지나, 꼭두새벽부터 다정과 건우는 소속사 건물을 빠른 걸음으로 들어섰다.

— 두 사람 같이 사무실로 와.

박 대표의 어두운 목소리가 아직도 귓가를 울렸다. 무슨 일이 있는 건지 전화로는 이야기하기가 길다며 꼭 함께 오라는 말과 함께 전화를 끊었다.

지난 10년 동안 그와 알고 지내면서 이런 경우가 처음인지라 건우도 당황했다. 그래서 옆에서 깊이 잠든 다정을 깨워 급하게 준비를 하고 달려온 것이다.

처음 다정을 소속사에 데려올 때, 박 대표에게 부탁해 대표 사무실로 가는 길의 직원들을 모두 안 보이게 했다. 하지만 오늘은 이른 시간이니 사람이 없을 것이라 여겼는데, 오산이었다. 건우와 다정을 보고 수군거리는 직원들의 모습이 이쪽저쪽에서 보였다. 그들의 얼굴엔 호기심과 안타까움, 짜증 등등의 온갖 감정이 묻어 있었다.

'무슨 일이 생기긴 생긴 모양이군.'

건우는 다정의 손을 잡고 발걸음을 재촉했다.

대표실 문밖에 최 매니저가 마중을 나와 있었다. 평소 편안한 의상을 입던 그가 웬일로 슈트 차림이었다. 그의 안색도 슈트 색깔만큼 어두웠다.

"무슨 일이야?"

건우가 물었다.

"들어가자."

그의 질문에 대답하지 않고 최 매니저는 먼저 문을 열고 대표실로 들어섰다.

"왔니? 왔어요? 앉아요, 두 사람."

역시나 흰옷으로 차려입은 박 대표가 건우와 다정에게 자리를 권했다. 다정이 고개를 숙여 인사하는 것을 눈으로만 받았다. 평소라면 그녀의 인사를 이렇게 지나칠 리 없는 박 대표이건만, 피곤해 보이는 인상이나 사무실을 가득 채운 탁한 공기가 긴장감을 부추겼다.

최 매니저는 문을 닫고 그대로 문에 기대섰다.

"무슨 일이야? 왜 그래, 새벽부터."

재촉하듯 건우가 소파에 앉으며 물었다.

"어젯밤 아니, 오늘 자정 조금 지나서 기레 신문사 연예부 기자가 이런 메일을 보내왔어."

이마에 깊은 근심을 새겨 넣은 박 대표가 메일 내용이 출력된 종이를 건우와 다정에게 내밀었다.

"읽어 봐. 그러고 나서 이야기하자."

박 대표의 말대로 두 사람은 메일 내용을 함께 읽어 내려갔다.

"아니……."

건우보다 빠르게 내용을 파악했는지 옆에서 다정이 손으로 입을 가렸다. 그녀는 혼란스러운 표정으로 박 대표와 최 매니저를 번갈아 바라봤다. 건우는 조금 더 빠르게 메일 내용을 읽었다.

「박수고 대표님, 기레 신문사 연예부 김○○ 기자입니다. 확실히 여름이 시작되었군요. 건강하시죠?

다름이 아니라 제보받은 내용이 있어 연락드립니다. 그게, 배우 이건우 씨와 관련된 일인데요. 제 정보원에 따르면 이건우 씨와 수차례 스캔들이 있었던 정소진 씨가 몇 년째 장거리 연애 중이라는 겁니다. 얼마 전에 카페에서 데이트하는 것도 목격된 바 고, 아직도 만남이 있는 것 아닌가 싶군요.

아무튼, 그러던 중에 태국에서 술에 취한 이건우 씨를 지금 아내 되시는 안다정 씨가 유혹해 성관계를 가진 뒤 임신했고, 이건우 씨는 그 책임감에 결혼하게 되었다는 겁니다. 태국에서 두 분이 함께 호텔로 들어가는 것을 본 목격자도 찾았습니다.

저희가 오늘 아침 일찍 기사를 낼 예정인데, 그동안의 정도 있고 해서 미리 메일을 보냅니다. 대응하실 시간이 충분할지는 모르겠지만, 그래도 안 알려 드리는 것보다는 낫겠지요.」

종이를 든 건우의 손이 부들부들 떨렸다.

'정보원? 목격자? 도대체 이게 무슨…….'

박 대표를 향해 시선을 돌린 건우의 눈에 당혹스러운 빛이 가득했다. 놀라기도 했고, 말도 안 되는 이야기에 화도 났다.

이대로 기사가 나갔다간 다정이 다칠 것이 뻔했다. 대놓고 꽃뱀이라는 표현만 쓰지 않았을 뿐, 내용은 실상 그녀를 모욕하는 것이었다.

"일단 기사 내지 말라고 요청을 했는데."

박 대표가 황망한 표정으로 다정과 건우를 바라봤다.

"거부당했어."

"거부?"

"응. 그쪽에서는 아무래도 특종이니까. 큰 건이지. 다른 쪽에서는 전혀 모르는 단독 보도고."

"그럼 어떻게 해? 그냥 이대로 손 놓고 있을 거야?"

저절로 말이 거칠게 나왔다. 다정이 그런 그의 손을 잡았다. 건우가 시선을 돌리자 그녀가 그를 향해 고개를 저었다. 진정하라는 의미였다. 차분하게 생각하라고 말하고 있었다.

하지만 정작 그녀의 눈에 공포가 차 있었다. 그리고 그는 그것을 놓치지 않았다.

"이대로 내보내면 안 돼. 그건 알지, 형?"

"물론 알아. 하지만 기사를 막을 방법은 없으니까 일단, 그 기사에 대한 대응을 준비 중이야……."

"어떻게?"

"후……."

박 대표는 깊이 숨을 몰아쉬었다. 이 문제로 잠을 못 잔 탓에 10년은 더 늙어 보였다.

"일단 소진이 일을 인정하는 것부터?"

"뭐?"

건우는 어이가 없었다. 그걸 굳이 인정할 이유가 뭔가 싶었다.

"우리가 쌓아 놓은 네 이미지가 있으니까 최대한 포장은 하겠지. 하지만 그렇다고 거짓말만 할 수는 없어. 인정할 것은 인정하고 시작해야지."

박 대표가 말했다.

"소진이에게 연락해 볼까 생각도 했다만……."

"하지 마."

"그래. 일단 우리 쪽에서 할 수 있는 데까지 막아 보고 그래도 안 되면 어쩔 수 없이 도움을 요청해야지."

그도 내키지 않는다는 목소리였다.

'도움을 요청한다?'

건우는 박 대표의 차선책이 전혀 마음에 들지 않았다.

"정소진 씨가 도와줄까요? 그분은 저를 미워하고 있어요."

말없이 이야기를 듣고 있던 다정이 끼어들었다. 건우의 손을 잡은 그녀의 손이 땀으로 축축하게 젖어 있고, 귀신을 만난 사람처럼 얼굴은 하얗게 질려 있었다.

"그럴 일이 없기를 바랄 뿐이에요. 그보다, 다정 씨가 마음을 단단히 먹어야 할 겁니다."

"저요?"

"네. 이 기사가 공격하고 있는 대상은 건우가 아니라 다정 씨니까요."

"온 세상이 시어머니란 말이군요."

"온 세상의 시댁 중에서도 막장이겠죠."

다정은 천천히 고개를 끄덕였지만, 미간은 절로 찌푸려졌다.

그런 그녀의 옆모습을 보며 안타까운 마음에 건우는 이를 악물었다. 자신을 만나는 바람에 이런 상황에 휩쓸리게 된 것이니 미안한 마음에 속이 타들었다.

"너도 편치는 않겠지만, 촬영에 복귀하고."

"지금 촬영이 문제야?"

"이럴 때일수록 아무 일도 없다는 듯이 행동하라는 말이야."

박 대표가 근엄한 투로 말했다.

"회사에서 할 수 있는 대로 최선을 다할 테니까."

"알았어."

딱히 두 사람이 더 할 일은 없다, 집에서 조용히 이 상황이 지나가길 기도하라는 박 대표의 말을 듣고 비틀거리듯 건우와 다정은 사무실 밖으로 나왔다.

"오늘은 일단 집에서 쉬면서 상황을 지켜보도록 해. 내일 아침에 데리러 갈 테니 촬영장 갈 준비하고."

소속사 건물에서 나와 차를 타며 최 매니저가 말했다.

"다정이 혼자 집에 있게 하고 싶지 않아."

"난 괜찮아."

건우의 말에 다정이 그의 손등을 토닥이며 말했다.

"집에 있을게. 괜찮을 거야."

그를 안심시키려 애써 괜찮은 척하는 것이 뻔히 보였다.

'그게 그렇게 쉬운 일이면 내가 이렇게 걱정도 안 해.'

괜한 걱정거리를 주고 싶지 않아 건우는 다정을 향해 희미한 미소를 지었다.

새벽 모임을 가졌던 네 사람의 바람이 무색하게 건우의 스캔들은 어마어마한 폭탄이 되어 대한민국에 떨어졌다. 텔레비전이나 인터넷에서 큰 이슈를 몰고 와 모든 사람이 그들의 사정을 궁금해했다.

게다가 다정에게는 힐난이, 건우와 소진에게는 동정의 여론이 생겨났다.

"절대 텔레비전 틀거나 인터넷 하지 마. 휴대 전화도 당분간 꺼놓고, 집 전화만 이용하고."

촬영장에 나가기 위해 옷을 갈아입으러 방으로 들어간 건우가 뒤따라 들어온 다정에게 다시금 당부했다. 그의 얼굴에 근심 걱정이 가득했다. 웃음기라고는 찾아볼 수 없을 정도였다. 다정은 일부러 그에게 더 밝은 웃음을 보였다.

"내 걱정 하지 말래도. 집에 있는 동안에 귀도 막고, 눈도 막고 있을 테니까."

"그래. 장모님이랑은 통화했어?"

"엄마하고도 하고 언니랑도 했어. 두 사람한테도 사람들 하는 말 신경 쓰지 말라고 했어. 집에서 아무것도 보지 말고 듣지 말라고도 했고."

"잘했어. 내가 이따 다시 전화드려야겠다."

그는 그녀에게 다가가 이마에 입을 맞췄다.

"일하러 가기 싫다."

"뭐? 돈 벌어 와야죠, 건다 아빠."

"그냥 너랑 그거나 하고 싶은데."

"그거?"

다정의 물음에 그는 그녀의 허리를 껴안아 자신에게로 끌어당겼다. 그리고 그녀의 입술에 농밀하게 입을 맞췄다.

"이거."

"야해, 이건우."

"이거 하는 동안에는 아무 생각도 들지 않을 거야."

"최 매니저님 오실 시간 다 됐거든?"

"고행이 형 오려면 아직 30분이나 남았거든?"

"안 돼. 힘들어."

그녀가 단호하게 말했다. 마음속에서는 그녀도 이런 복잡한 일따위 다 던져 버리고 그와 함께 침대 위에서 뒹굴고 싶었다. 넓은품에 안겨 그를 받아들이며 다른 생각 따위 안 하고 싶었다. 그냥그의 손에 녹아내리는 것을 원했다.

하지만 그럴 만한 상황이 아니었다.

"그래, 이럴 때가 아니지."

체념 섞인 건우의 목소리가 머리 위에서 울렸다.

'너도 힘들겠지.'

다정은 그의 가슴에 얼굴을 기대고 생각했다. 그녀야 모든 것을다 끊고 집에서 기다리기만 하면 된다. 모든 관심이 식을 때까지,대중들이 그녀를 잊을 때까지.

하지만 건우는 다르다. 그는 사람들 앞에 나서는 직업을 갖고있다. 과장 섞어 온 세계가 집중하는 그의 일거수일투족을 보란 듯이 사람들 앞에 내보여야 한다. 개인적인 감정을 섞을 수도 없다.그건 프로가 아니니까. 프로답게 모든 감정을 지우고 일에 몰입해야 한다. 그러니 그 속은 그녀보다 더 시커멓게 타들어 가고 있을 것이 분명하다.

그녀는 새삼 연예인이라는 직업이 얼마나 힘든 일인지 피부로 느낄 수 있었다. 그 안타까움에 그녀는 그의 허리에 두르고 있던 팔에 더욱 힘을 주어 안았다.

"뭐야? 유혹하는 거야?"

"조용히 해."

"큭큭."

얼굴이 보이지 않아도 그의 입에서 흘러나온 웃음소리에 그녀는 안심했다. 아무리 상황이 개떡같이 굴러가도 두 사람이 서로에게 의지가 될 수 있다면 그걸로 족했다.

"갔다 올게."

"응."

"뭐 먹고 싶은 거 있으면 바로 메시지 보내고."

"응."

그러고서도 한참을 껴안고 있었다. 최 매니저가 초인종을 누르는 소리에 그제야 서로에게 두른 팔을 힘겹게 내렸다.

건우는 마저 옷을 갈아입고 집을 나섰다. 다정은 현관에서 그를 배웅하며 손을 흔들고 밝게 웃어 보였다.

그가 없는 집은 생명이 존재하지 않는 우주의 낯선 별 같았다. 그녀의 마음처럼 집 안도 무기력한 공간으로 바뀌어 버렸다. 그가 돌아오기 전까지 이 집은 낯선 별, 무중력의 공간을 떠도는 우주 쓰레기 같다.

신경 쓰이는 일이 생기니 오히려 입덧은 줄었다. 냄새에 민감한 것이 덜하니 냉장고 문을 여는 것도 수월해지고, 그만큼 먹는 것도 더 나아졌다.

다정은 냉장고에서 건우가 만들어 놓은 먹음직스러운 애플파이를 꺼냈다. 빵칼을 꺼내 먹을 만큼만 자르고 나머지는 다시 냉장고에 넣어 두었다.

'못하는 게 없는 남자, 칫.'

그녀의 머릿속에 잠깐이지만 그를 향한 시기심이 스쳐 지나갔다. 하지만 식탁 의자에 앉아 이내 애플파이의 맛을 보고는 그런 생각이 싹 가셨다.

'맛있다.'

눈이 번쩍 뜨이고 반짝 빛날 정도로 훌륭한 맛이었다.

'나중에 배우 못 하게 되면 빵집이나 차리자고 할까?'

그런 생각이 저절로 들 정도였다.

"네게 그러겠다고는 했지만, 궁금해서 견딜 수가 없다."

그녀는 혼잣말로 웅얼거리고 우유와 함께 파이를 꿀꺽 삼켰다. 그리고 거실 테이블로 가 휴대 전화를 집어 들었다. 그리고 꺼 두었던 전원을 켰다.

전원이 들어오는 동안 다정은 속으로 제발, 하고 주문을 걸었다. 건우와 그녀의 걱정과 다르게 세상 사람들은 두 사람에게 관심이 없기를 바랐다.

따르르르릉.

커다란 집을 울리는 갑작스러운 휴대 전화 벨소리에 다정은 깜짝 놀라 하마터면 전화기를 바닥에 떨어트릴 뻔했다.

발신자는 잡지사의 이 팀장이었다.

"여보세요?"

— 아, 다정 씨.

피곤이 묻어나는 이 팀장의 목소리가 수화기 너머로 전해졌다.

— 드디어 전화받는구나.

"죄송해요. 전화기 꺼 놨었어요."

— 뭐, 그래야 했겠지. 몸은 좀 괜찮고?

"네, 뭐. 무슨 일로 전화를……."

불안한 생각이 스멀스멀 피어올라 다정은 재빨리 용건을 물었다.

— 다른 것이 아니라……. 미안해, 다정 씨. 지난번 인터뷰를 잡지에 실을 수가 없겠어.

"네? 왜요?"

그녀는 깜짝 놀라 소리쳤다.

— 상황이 그렇게 좋지가 않네. 나도 다정 씨 생각하면 그대로 싣고 싶은데, 윗선에서 까였지 뭐야.

"팀장님, 지금 돌고 있는 이야기들 다 거짓말이에요."

그녀는 답답한 마음에 이 팀장에게 사정했다.

"저희 좀 도와주세요. 그 인터뷰밖에는 믿을 게 없어요."

— 하아, 다정 씨…….

이 팀장은 길게 한숨을 쉬었다.

— 지금 그 기사를 내보내면 우리 모두 다 죽는 거야. 다정 씨 사정은 안됐지만, 추락하는 비행기인 줄 뻔히 알면서 탈 수는 없잖아?

"팀장님!"

— 미안, 끊을게.

"잠시만요, 팀장님!"

— 왜 자꾸 그래, 다정 씨.

"저랑 건우 씨 이렇게 쉽게 추락하고 말 거라고 생각 마세요.

절대로 이대로는 안 죽어요. 절대 사람들이 원하는 방향으로 내버려 두지 않을 거라고요!"

— 응, 알았어. 열심히 잘해 봐.

이 팀장은 그대로 전화를 끊었다.

'추락하는 비행기라고?'

다정은 입술을 깨물었다.

'좋아, 그래. 확인해 보면 되잖아. 내 두 눈으로 확인한다, 내가.'

그녀는 통화가 무참히 끊어진 휴대 전화를 다시 들어 인터넷 창 버튼을 눌렀다. 그리고 조용히 기도했다. 이 팀장의 말처럼 추락하는 비행기까지는 아닐 것이라고, 그저 일부 사람들의 시기와 질투가 만든 촌극일 뿐이라고, 그렇기만을 간절하게 빌었다.

'제발, 제발, 제발.'

하지만 인터넷 창을 열자마자 그녀의 바람은 무참하게 깨졌다. 연예란뿐만이 아니라 일반 뉴스 메인에서도 두 사람과 관련된 기사가 수두룩했다.

다정은 그 기사 중 박 대표에게 메일을 보냈던, 단독 보도를 올렸던 기사를 찾아내 클릭했다.

기사의 내용은 그녀가 메일에서 읽었던 것과 크게 다르지 않았다. 대신 태국에서 두 사람을 봤다던 외국인 목격자의 진술을 확인할 수 있었다.

「어떤 여자가 비틀거리는 이건우를 부축해 호텔로 들어가는 걸 봤어요.」

목격자의 말이 인용되어 있었다.

'거짓말.'

다정은 입술을 깨물었다. 술은 그녀가 더 많이 마셨을 것이다. 그와 이야기를 나눴던 것 같지만, 그건 밖이 아니었다. 분명 그의 호텔 방에서 있었던 일이다. 기억도 제대로 안 나는데 그녀가 그를 끌고 그의 방으로 갔다는 것은 말이 되지 않았다. 그녀의 방이었다면 모를까, 그가 어디에 묵는 줄 그녀가 어떻게 알고 데려갔단 말인가.

댓글은 더 가관이었다.

「이혼해라.」

「꽃뱀한테 제대로 걸렸네. 불쌍하다, 이건우랑 정소진.」

「어디서 이상한 년한테 걸렸네.」

「태국 내가 갈걸.」

「이쯤 되면 자진 이혼 해야 하는 거 아닌가?」

휴대 전화를 들고 있는 다정의 손이 부들부들 떨렸다. 공포와 분노로 온몸이 덜덜 떨렸다.

'이혼이라니, 남의 일이라고 너무 쉽게 이야기하는 거 아니야?'

그녀는 무너지듯 바닥에 주저앉았다. 대리석의 차가운 기운이 온몸에 흘러들어 팔로 몸을 감쌌다.

세상에 혼자 남겨진 기분이 이런 것인가 싶었다. 눈물이 나오려는 것을 붙들어 잡았다.

'절대 울지 않을 거야.'

너무 억울해서 울고 싶지 않았다. 보는 사람 하나 없지만, 오기가 동했다. 내가 이깟 악성 댓글에 무너지랴, 이를 악물고 덜덜 떨리는 몸을 진정시키려 애썼다.

'건다야, 엄마는 절대 무너지지 않을 거야. 널 위해서.'

다정은 심호흡을 몇 번 길게 했다. 그러자 조금은 몸과 마음이 안정되는 기분이 들었다.

딩동—

그 순간 울려 대는 초인종 소리에 다정은 흠칫 몸을 떨었다.

'누구지? 올 사람이 없는데?'

기사가 터지자마자 박 대표가 한 일은 건우와 다정이 집이 아닌 다른 곳에서 머무는 것처럼 거짓 정보를 흘리는 것이었다. 그래서 집 전화도, 집 앞도 조용했다. 아무도 다정이 지금 이 집에 머무는 것을 몰랐다.

이 때문에 다정은 궁금증을 안고 소파 손잡이를 잡고 일어나 인터폰으로 다가갔다. 하지만 화면엔 아무도 보이지 않았다. 텅 빈 골목길이 전부였다.

'애들이 장난쳤나?'

어린아이들이 하는 장난을 떠올리며 다정은 몸을 돌렸다.

딩동—

하지만 다시 초인종이 울렸다.

"누구세요?"

그녀는 버튼을 누르고 벨을 누른 사람을 찾았다. 하지만 텅 빈 화면처럼 아무 대답도 들려오지 않았다.

'뭐야, 도대체.'

어떻게 할까 고민하던 중, 또다시 초인종이 울렸다.

결국 그녀는 현관문을 열고 밖으로 나갔다. 후텁지근한 공기가 폐로 깊숙이 들어왔다. 숨이 막힐 듯한 더위와 얼굴을 쨍쨍하게 비추는 태양에 그녀는 잠시 인상을 찡그리고 하늘을 올려다봤다.

그리고 대문으로 발걸음을 옮겼다.

푸르른 잔디가 보송보송하게 물을 머금고 있었다. 일정한 시간이 되면 돌아가는 스프링클러와 주말마다 잔디를 깎는 건우의 부지런함이 매끈한 잔디밭을 만들어 둔 탓이다.

"누구세요?"

그녀는 대문으로 향하는 돌계단을 내려가며 다시금 물었다.

'응? 대문이 왜?'

분명 아침에 건우가 나갈 때 문을 닫았던 것 같은데, 활짝 열린 대문이 그녀 시선에 들어와 의문을 자아냈다.

"누구세요?"

그녀는 문을 닫으려 다급하게 돌계단을 성큼성큼 내려갔다.

툭—

그때 뒤에서 인기척이 들리더니 그녀의 등을 떠미는 손길이 느껴졌다. 이렇다 할 반응을 보이기도 전에 그녀의 몸이 기우뚱하더니 아래로 내딛던 발목이 꺾였다.

"앗!"

하늘과 땅이 뒤집혔다. 계단을 굴러 대문 바로 앞에서 멈췄다.

"윽."

손으로 땅을 짚고 일어나려던 다정은 다시 바닥에 얼굴을 쿵 찧었다. 팔에 힘을 줄 수가 없었다. 꺾였던 발목에서도 통증이 일었다. 무엇보다.

'배 아파…….'

격렬하게 쥐어짜는 통증이 아랫배에서 느껴졌다. 혹시 모를 불안감과 두려움이 온몸을 휩쌌다. 119나 경찰을 부르고 싶은데 휴대 전화는 거실에 두고 왔다.

"사…… 살려…… 주세요."

그녀는 울먹이며 입을 열었다.

"살려 주세요……."

눈물이 목에 걸렸다. 갈비뼈 사이를 찌르는 통증에 목소리를 크게 낼 수도 없었다. 볼을 타고 흐르는 눈물이 땅을 적셨다.

"흥, 감히 누구를 넘봐!"

낯선 목소리가 그녀를 향해 소리쳤다. 날카로운 조소와 함께 그 목소리가 대문을 넘어가 사라졌다. 검은색 단화를 신은, 그녀를 계단에서 밀어 버린 여자가 멀어져 갔다.

'잡아 주세요. 저 여자 좀 누가 잡아 주세요.'

아득해지는 정신 사이로 다정은 손을 내밀어 그 낯선 목소리의 주인공을 잡으려 애썼다.

"뭐야? 이 집은 문도 열어 놓고 살아?"

잠시 후 또 다른 목소리가 귀를 울렸다.

"어? 안다정?"

목소리의 주인공이 놀라며 그녀에게 뛰어왔다.

'지성화…… 네가 여기엔 왜?'

멀어지는 의식 속에서도 반갑지 않은 성화였다.

"다정아! 안다정!"

성화가 그녀의 몸을 일으키는 것이 느껴졌다.

'아파. 흔들지 마. 아프다고…….'

의식의 끝에는 멀리서 울려오는 구급차 소리가 있었다.

✳ ✳ ✳

어렴풋이 무거운 눈을 뜨자 하얀 천장과 밝은 불이 눈에 팍 박혔다. 눈이 부셔 찌푸려지는 얼굴을 펴고 다정은 간신히 정신을 차렸다.

"다정아? 정신 들어?"

"엄……마?"

건조하게 메마른 목에 살짝 침을 바르고 다정은 엄마를 향해 고개를 돌렸다. 걱정스레 자신을 바라보는 사랑하는 경숙의 얼굴에 그녀는 눈물이 핑 돌았다.

"아이고, 이게 뭔 일이라니."

경숙은 그제야 긴장이 풀렸는지 의자에 풀썩 주저앉았다. 그러면서도 다정의 손을 꽉 잡고 놓지 않았다.

"무슨 일이 있었는지 기억나?"

경숙의 어깨 너머로 지혜의 얼굴이 불쑥 나타나 물었다. 지혜의 눈에도 눈물이 맺혀 있었다.

"누가, 계단에서 밀었어."

다시 떠올려 봐도 무서운 순간이었다. 하늘과 땅이 뒤바뀌던 순간, 시야가 까맣게 변했다.

'아, 맞다.'

다정은 아기 생각이 떠오르자 몸을 벌떡 일으켰다.

"아흐……."

갑작스레 몸을 움직이자 통증이 밀려왔다. 왼 손목이 붕대로 칭칭 감겨 있었다. 오른쪽 다리는 깁스를 해 공중에 매달린 채였다. 갈비뼈도 욱신거렸다.

"왜 그래? 뭐 필요한 거 있어?"

지혜가 물었다.

"건다…… 아니 아기는? 아기는 무사해?"

다정은 언니를 붙잡고 물었다. 그러자 지혜는 몇 초간 아무 대답 없이 다정을 바라보기만 했다. 지혜의 입꼬리가 위로 올라가며 희미한 미소가 나타나기까지 다정은 수억 년의 시간이 흐르는 것만 같았다.

"무사해."

그 미소 끝에 지혜가 말했다.

"정말? 후우……."

닭똥 같은 눈물이 또르르 흘렀다.

'감사합니다. 부처님, 하느님, 성모 마리아, 알라신, 기타 등등.'

다정은 살려 달라는 자신의 기도를 세상에 있는 어느 신 하나가 들어주었다는 마음에 응어리 맺혔던 가슴속에서 무언가가 쭉 내려가는 기분이었다.

"지금은 아기보다 네 몸이 우선 아냐?"

다정은 날카로운 성화의 목소리에 손등으로 눈물을 쓱 닦아 내고 그가 서 있는 창가 쪽을 바라봤다. 그는 창가에 기대서서 그녀를 무섭게 노려봤다.

"성화가 119에 신고해서 널 병원에 데려왔어."

경숙이 옆에서 말했다.

"고마워하지 않아도 돼."

성화가 별것 아니라는 듯 말하고 다정에게 다가왔다.

"그러니까 이건우랑 헤어지고 나한테 오라고 했잖아. 지금 네 모습을 봐 봐."

"성화야, 그건 좀……."

"어머님도 그러지 마세요. 이건우 때문에 다정이가 지금 어떤 취급을 받는지 모르세요? 애 오늘 죽을 뻔했다고요!"

성화가 경숙을 향해 소리쳤다.

"병실이 시끄럽군."

병실 문이 열리며 건우의 목소리가 들려왔다. 최 매니저도 함께였다. 혼이 빠져나간 사람처럼 하얗게 질린 얼굴로 들어선 건우가 성화를 보더니 인상을 구겼다.

"너 이 새끼……."

성화는 건우를 향해 다가가더니 주먹 쥔 손을 뻗었다.

"어? 어어?"

쿵—

건우를 향해 날아갔던 주먹이 허공을 갈랐다. 너무 쉽게 건우가 몸을 살짝 피한 탓에 중심을 잃은 성화가 바닥에 넘어졌다.

"안다정……."

건우는 성화를 돌아보지 않고 그대로 다정에게로 다가가 그녀의 손을 잡았다.

"괜찮아? 무슨 일이 있었던 거야? 왜 집 밖으로 나온 건데?"

그의 눈가에 눈물이 맺혔다. 인상을 찡그린 얼굴에 고통이 가득했다.

"일어나시죠."

최 매니저가 성화에게 손을 내밀었다.

"됐습니다."

성화는 그 손을 무시하고 일어나 옷을 툭툭 털었다.

"이건우, 조심하도록 해. 내가 두 눈 크게 뜨고 지켜볼 테니까."

"나가시죠."

"어이, 내 말 듣는 거야?"

"안 나가면 경비를 부르겠습니다."

최 매니저가 그를 문으로 밀며 말했다.

"밀지 맙시다. 내 발로 걸어 나갈 테니. 다정아, 무슨 일 있으면 바로 나한테 연락해. 알았지?"

성화는 밖으로 나가면서도 계속해서 소리쳤다. 최 매니저가 그를 데리고 빠르게 병실 밖으로 사라졌다.

"이 서방, 이제 어떻게 할 건가?"

"잡아야죠, 범인을."

무겁고 낮은 목소리로 그가 대답했다. 영혼의 반쪽을 분노가 끓어 넘치는 지옥에서 소환한 것처럼 무서운 목소리였다.

"범인을 잡는다고 해결될 문제가 아닌 거 같은데요, 제부?"

지혜가 딱딱하게 말했다.

"일단 범인부터 잡고 봐야죠."

여전히 다정을 향해 걱정스러운 시선을 던지며 건우가 대답했다.

"아, 난 모르겠다, 정말. 물이나 떠 올게요."

지혜는 어깨를 축 늘어뜨린 채 고개를 저으며 물병을 들고 병실을 나갔다.

"이 서방 왔으니 나도 잠깐 볼일 보고 올게."

"네, 어머님."

"자네 밥 안 먹었으면 같이 나가고."

"아니요. 괜찮습니다. 처형이랑 같이 드시고 오세요. 제 매니저가 좋은 식당으로 안내해 드릴 겁니다."

"입맛도 별로 없어."

경숙은 한숨을 푹 내쉬며 다정의 손을 한 번 더 꾹 힘주어 잡고는 밖으로 나갔다.

"괜찮아?"

건우가 경숙이 앉아 있던 의자에 자리를 잡으며 다정의 머리를 쓰다듬었다.

"괜찮아. 건다도 괜찮아."

"끅."

다정의 말에 결국 건우는 얼굴을 침대 위에 파묻고 참았던 눈물을 쏟아 냈다.

"이건우, 괜찮다니까."

"흑, 다…… 나 때문이야."

다정은 건우의 머리를 쓰다듬었다.

"고개 들어 봐, 응?"

"……."

"어서."

건우가 무겁게 고개를 들어 벌겋게 변한 눈으로 다정을 바라봤다. 그녀는 힘들지만, 미소를 지어 줬다. 걱정하지 말라고, 괜찮다고. 하지만 의지와 다르게 그녀의 눈에서도 눈물이 흘러내렸다.

"미안해."

그가 말했다.

"뭐가?"

"전부. 다 나 때문이야."

"그렇지 않아. 지금 네가 여기 있어서 얼마나 다행인데."

"절대 용서 못 해."

"응?"

"잡히기만 해. 절대 용서하지 않을 거야. 너한테 못 할 소리 내뱉는 사람들 다 고소할 거야."

"이건우, 그러지 마."

"절대 안 돼. 안 참을 거야."

그의 눈에 불꽃이 일렁였다.

❋ ❋ ❋

경찰서장은 자신이 경찰로 근무했던 28년의 세월 동안 두 번째로 이렇게 많은 취재진에 둘러싸여 출근해 보았다. 그 이유야 세간에 주목받고 있는 배우 이건우의 배우자 사건 때문이었다.

오래전 일이지만 연쇄 살인범이 잡혔을 때와 얼추 비슷한 수의 취재진이 몰려들었다. 물론 체감상 그때보다 지금이 더 크게 와닿았다. 자신 앞에 그 유명한 이건우가 앉아 있었으니까.

"서장님께서 만나 주실 줄은 몰랐네요."

캔 커피를 마시고 테이블에 내려놓는 건우의 우아한 팔 동작을 보며 서장은 감탄했다.

"다른 것도 아니고 이런 일로 만나 뵙게 되어 유감입니다."

이마에 송골송골 맺힌 땀을 닦으며 서장이 말했다.

'사인해 달라고 하면 실례겠지? 아쉽구먼, 아쉬워.'

서장은 한창 사춘기를 보내고 있는 딸을 위해 건우에게 사인을 요청할까 싶었지만, 그 충동을 꾹 참고 있었다.

"골목길과 이건우 씨 댁 대문 앞의 감시 카메라 분석 결과, 용의자를 검거하는 것에 성공했습니다. 그런데 말입니다."

서장은 혀로 입술을 살짝 축였다.

"이 여자가 정신과 치료를 받고 있어서 말이죠. 그 부모님도 형편이 어려워 다 큰 딸을 24시간 돌볼 여건이 안 되고⋯⋯. 그래서 합의를 좀 했으면 하고⋯⋯."

말을 잇던 서장은 건우와 눈이 마주치고 입을 다물었다.

이건우의 선행에 대해서라면 귀에 가시가 앉도록 여경들에게 들어 왔다. 하다못해 남자 경찰들 사이에서도 이건우에 대해서라면 좋은 말밖에 들은 기억이 없었다. 그런데 지금 자신을 바라보는 이건우는 그런 이미지와 상반되게 굉장히 냉정하고 무서운 눈을 하고 있었다.

"그건 좀 힘들겠습니다."

이건우 대신 그와 동행한 일행 중 한 명, 소속사 대표라던가 하는 사람이 말했다.

'저놈은 무슨 옷을 저렇게 하얗게 차려입고⋯⋯.'

서장은 건우에게서 시선을 돌려 박 대표를 바라봤다.

"정신 이상이든 뭐든 일단 범인을 두 건의 살인 미수로 고소했으면 합니다. 차후 이런 일이 또 발생하지 않는다는 법이 있나요?"

"하지만 초범이고, 법정으로 가더라도⋯⋯."

"네, 벌금형이나 집행 유예 아니면 병원 수감 정도겠죠. 하지만 그래도 선례를 남겨야 한다는 것이 저희 쪽 입장입니다. 그러니 합의는 없다고 전해 주셨으면 하네요."

박 대표의 말에 서장은 으음, 하는 신음과 함께 입을 다물었다. 그 역시 이번 사건이 쉽게 넘어가서는 안 된다는 생각을 하고 있었다.

하지만 범인의 부모님 사정이 딱했다. 중학교에 다닐 때부터 왕

따를 당해 정신과 치료를 받기 시작한 딸내미가 직업도 없이 연예
인만 쫓아다니고, 게다가 형편이 어려워 내외가 모두 하루 열여덟
시간 일을 하고 있었다.

"좋습니다. 판단은 법원에서 하겠죠. 어쩌면 구속 수감 되는 것
이 범인 가족에게도 더 도움이 되는 일일 수도 있으니, 일단 검사
에게 그렇게 연락하도록 하겠습니다."

서장은 마음을 정했다.

"한 가지 더 요청할 일이 있습니다."

무거운 침묵을 유지하던 건우가 입을 열었다.

"뭐죠?"

"사이버 수사대에 의뢰할 사건이 있습니다. 형, 자료."

건우의 말에 최 매니저가 들고 있던 서류 봉투를 서장에게 내밀
었다. 서장이 묵직한 봉투를 열어 내용물을 꺼내 보았다.

"이게 뭔가요?"

"제 기사들에 달린 악성 댓글입니다. 쉽게 넘길 수 없는 욕설과
근거 없이 양산되는 뜬소문들을 골라 프린트한 것입니다. 출처와
아이디도 쉽게 찾으실 수 있도록 정리했습니다."

"그래서……."

"이 사람들 모두 명예 훼손으로 고소합니다."

"네?"

서장의 눈이 휘둥그레졌다.

"복잡하고 오래 걸릴 텐데요. 또 찾아내고 보면 그냥 심심해서
그랬다는 사람이 대부분일 겁니다."

오랜 세월 경찰로 근무하면서 한두 번 경험한 일이 아니었다.
아주 보통의 일반 사람들이, 아무런 이유 없이 이런 짓을 한다. 경

고성 조치를 받은 후에 자신의 잘못을 뉘우치는 사람도 있고, 뭐이깟 일로 경찰에 신고까지 하냐는 사람도 있었다. 양쪽이 서로의 얼굴을 마주하고 나면 신고한 쪽에서는 결국, 어이없고 기분만 더 나빠질 뿐이었다.

"그래도 얼굴을 보고 싶네요."

"이건우 씨 얼굴을 보고 싶어서 이러는 사람도 있습니다, 개중에는."

실제로 그런 사람도 있었다.

"실컷 보라죠."

건우가 답했다.

'만만치 않은 놈이군.'

서장은 건우를 바라보며 씁쓸하게 웃었다.

"좋습니다. 이것도 저희가 수사를 진행하도록 하겠습니다. 다만 악의가 없는 단순 관심에 목마른 사람일 경우에는 따로 연락드리지 않고 훈방 조치 하겠습니다. 그래도 괜찮으시겠습니까?"

잠시 고민에 빠진 건우는 박 대표와 최 매니저를 힐끗 바라봤다. 그들이 고개를 끄덕이자 그는 다시 서장을 향해 말했다.

"그렇게 하십시오."

"좋습니다."

"다음번에는 좋은 일로 찾아뵈면 좋겠네요."

건우의 말에 서장이 활짝 웃었다.

"사건이 잘 마무리돼서 이건우 씨가 이 경찰서의 명예 경찰이 되어 주신다면 더 좋겠지요."

"좋군요. 사건이 마무리되면 저희 쪽으로 연락 주시기 바랍니다."

건우가 서장과 악수를 하며 답했다.

세 사람이 서장실을 떠나자 서장은 이마에 맺힌 땀을 손바닥으로 닦아 냈다. 천하의 경찰 서장인데 배우 한 사람에게 이토록 기가 눌린 것이 창피할 지경이었다. 다른 사람들을 밖으로 내보낸 것이 이토록 다행일 수가 없었다.

그는 소파에 기대어 잠시 숨을 고른 뒤 전화기를 들고 사건 관련 팀을 소집했다.

17. 다른 준비

나빠질 대로 나빠진 여론을 피해 다정은 친정집으로 퇴원했다. 왜 상해까지 입은 자신이 여전히 욕을 먹어야 하는지 이해가 되지 않았다. 지혜의 말을 들으니 자작극이라는 얼토당토아니한 말까지 들리는 모양이었다.

"어떻게 안 되는 거야, 이 서방?"

경숙이 건우를 붙들고 한탄했다.

다정이 몸과 마음을 추스를 때까지 한동안 촬영을 미루기로 한 건우도 함께 머물렀다. 경숙은 그런 그를 볼 때마다 심기가 불편했다. 유명 사위를 둔 탓에 눈에 넣어도 아프지 않을 막내딸이 고생하고 있다는 생각에 잠시나마 그와의 결혼을 등 떠밀던 자신을 탓했다.

게다가 망할 놈의 기사 때문에 동네 아줌마들이 경숙을 대하는 태도가 완전히 돌변했다. 부러워할 때는 언제고 지금은 뒤에서 쑥

덕거리는 통에 귀가 간지러웠다. 우리 딸은 절대 그런 애가 아니라고 백날 이야기해 봤자 소용없었다.

"죄송합니다."

건우가 경숙 앞에 무릎을 꿇고 앉아 고개를 숙였다.

'그러고 보면 이 사람은 또 무슨 죄인가. 과거를 정리하지 못한 죄?'

경숙은 속으로 고개를 저었다. 그녀가 살아온 날들이 과거라는 것이 얼마나 쓸모없는 것인지 알지 않느냐며 말을 걸었다. 인생의 동반자를 만나는 순간, 자식이 생기는 순간, 배우자의 과거 따위 말 그대로 과거에 묻어 버리는 것이 현명하다. 이제 와 장막이 걷힌 사위 역시 피해자였다.

'그러니 미워하지 말자.'

그래도 눈앞에 그가 있으니 미움이 샘솟는 것은 어쩔 수 없었다. 딸은 깁스 탓에 제대로 움직이지도 못하고 방에 누워 있다. 그러니 저 멀쩡한 놈에게 화풀이해도 어쩔 수 없지 않은가. 이랬다저랬다, 마음이 갈팡질팡 요동쳤다.

"꽃뱀이라니. 내 딸보고 꽃뱀이라니."

"……."

"정소진이라는 애는 뭐야? 아직 정리가 안 된 건가? 정리가 안 됐는데 우리 다정이를 만난 것은 아니지?"

"아닙니다. 벌써 끝난 사이입니다."

"그럼 이 사달이 다 뭐란 말이야?"

경숙의 언성이 높아졌다.

"정말 정소진에 대해서는 염려하지 않으셔도 됩니다. 모두 끝났으니까요. 이 일은 제가 최대한 빠르게 수습하겠습니다."

"나는, 나는 정말이지……."

경숙은 입을 다물었다. 낯빛이 다 죽은 사람 같은 건우에게 더 모진 말을 퍼붓고, 더 닦달해 봤자 해결되는 일은 없다. 이 집에 있는 사람들은 다 한편이었다. 이 문밖에 있는 사람들은 모두 적이다. 그녀는 그렇게 생각하기로 했다. 그러니 한편인 건우에게 뭐라 해서는 안 된다.

그녀는 몸에 켜켜이 사리가 쌓이는 기분이었지만, 눈을 감아 버렸다. 부처님의 자비가 자신의 가족에게 쏟아져 내리기를 바랐다. 당장 내일이라도 천 배 기도를 시작해야겠다 마음먹었다.

"여기가 어디라고 찾아와? 당신, 미쳤어?"

현관 밖의 소란스러운 소리에 경숙과 건우가 고개를 돌려 문을 바라봤다.

"누가 왔나?"

"제가 나가 볼게요. 여기 계세요."

건우가 경숙을 저지하며 자리에서 일어났다.

삐걱하고 기름칠이 필요한 오래된 현관문을 여니, 대문을 바라보며 허리에 손을 올린 채 씩씩거리고 있는 지혜의 등이 보였다.

"처형."

"어, 잘 나왔어요. 이 여자 좀 우리 집에서 내보내 줄래요?"

'이 여자?'

건우는 시선을 지혜의 등 너머 대문 쪽으로 보냈다.

"너……?"

소진이 과일 바구니를 손에 들고 서 있었다. 그녀는 긴 머리를 풀어 헤치고 청초해 보이는 흰색 원피스를 입은 채 꼿꼿한 자세로 그를 똑바로 바라봤다.

"네가 여기를 왜 와?"

건우가 지혜 옆으로 다가와 소진을 바라보며 물었다. 울컥하고 치밀어 오르는 울분에 그는 주먹을 꽉 쥐었다. 어찌 보면 이 모든 일이 다 소진 때문이라는 생각 탓이었다.

"안다정 씨를 만나러 왔어요."

"다정이는 왜?"

"둘이서 나눌 이야기가 있어요."

분을 삭이는 그와 달리 소진의 목소리는 차분했다. 그녀는 빛을 잃은 사람처럼 보였다. 그것이 무엇을 의미하는 것인지, 그에 대한 끈질겼던 집념이 정리된 것인지 궁금했다.

"당신 말이야. 혹시 이 기사들 그쪽이 뿌린 거 아니야?"

옆에서 지켜보던 지혜가 날카로운 목소리로 물었다.

"네?"

"우리 다정이랑 제부를 갈라놓으려고 이 스캔들 자작한 것 아니냐고."

"죄송하지만, 저도 지금 이러는 거 쉬운 일 아니에요."

소진은 지혜를 향해 또박또박 답했다.

"다정 씨만 잠깐 보고 가겠습니다. 다정 씨만 잠깐 만나고 갈게."

그녀는 지혜와 건우에게 차례로 말했다.

"나랑 이야기해."

건우가 그녀에게 한 발 다가서며 말했다.

"당신이랑 할 말 없어."

그녀가 그에게서 다시 한 발 물러서며 말했다.

"도대체 여기는 어떻게 알고 온 거야?"

그의 입에서 짜증 섞인 말이 튀어나왔다.

"나야. 내가 여기로 와 달라 했어."

현관이 열리며 목발을 짚은 다정이 얼굴을 내밀었다.

"다정아……."

지혜가 현관으로 가 다정을 부축했다.

"괜찮아, 언니. 들어가."

"여기로 저 여자를 왜 불러? 무슨 좋은 소리 듣겠다고."

"할 말이 있다길래. 나도 들을 말이 있고."

"그래도……."

"괜찮으니까 들어가. 엄마한테 잘 말해 줘."

"내가 못 살겠다, 정말."

그래도 지혜는 다정의 눈에 보이는 확고한 의지를 눈치채고는 집 안으로 들어갔다.

"이건우, 당신도 들어가."

"안다정……."

"걱정하지 말고 들어가."

건우는 잠시 다정을 바라봤다. 그리고 다시 고개를 돌려 소진을 바라봤다. 그러더니 이내 체념하고 무거운 발걸음을 현관으로 돌렸다.

"무슨 일 생기면 바로 소리 질러."

"정소진 씨가 무슨 귀신도 아니고, 실례네요."

"아무튼. 너무 오래 밖에 있지 말고. 피곤할라."

"알았네요."

다정은 건우의 팔을 툭툭 치며 집 쪽으로 밀었다. 흠, 하고 짧은 한숨과 함께 건우는 집으로 들어갔다.

"모두 다정 씨 편이네요."

한참을 서로 마주 보고 서 있다가 소진이 먼저 입을 열었다.

"그러네요. 이쪽으로 와요."

다정은 익숙하지 않은 목발을 짚은 채 쩔뚝이며 정원으로 걸어 갔다. 그리고 커다란 석류나무 가지에 묶어 놓은 그네 의자에 앉았 다. 목발은 나무에 살짝 기대 놓았다. 그녀의 움직임을 바라보던 소진은 현관 앞에 들고 왔던 과일 바구니를 내려놓았다. 그리고 다 정의 옆으로 와 앉았다.

"여기까지 오라고 해서 미안해요. 보다시피 거동이 편치 않아서 요."

"괜찮아요. 이런 시기에 만나자고 해서 내가 미안하죠."

두 사람은 다시 한동안 입을 다물었다.

다정은 고개를 들어 석류나무를 찬찬히 뜯어봤다. 잎사귀에 벌 레가 먹었는지 구멍이 송송 뚫린 것도 있고, 빳빳하게 하늘로 고개 를 들고 가지에 열심히 매달려 있는 잎사귀들도 있었다.

그 생명력이란 것이 참으로 대단해 몇 해 전 태풍이 왔을 때도 끈질기게 살아남았던 나무였다. 뿌리가 뽑히지는 않을까 창밖으로 나무를 보며 걱정하던 가족 모두가 한시름 놓으며 돌아가신 아버 지가 보살펴 주신 거라고 입을 모았었다. 그도 그럴 것이 생전 아 버지 당신이 가장 좋아하시던 과일인 석류를 직접 심은 것이었다.

"건우 씨 마음을 알았으니, 다정 씨 마음도 확실히 알고 싶었어 요."

침묵을 깨고 소진이 말했다. 다정은 고개를 내려 옆에 앉은 소 진에게 시선을 돌렸다. 인형처럼 가느다란 팔에 원피스의 레이스 가 바람에 가냘프게 나풀거렸다.

건우에게서 사정을 정확히 들은 바가 없었다. 솔직히 다정은 두 사람의 사정 따위 알고 싶지도 않았다. 그저 모든 것이 정리되어 남편으로 아이 아빠로 자신의 곁에 그가 머물러 주기를 바랐다.

"제 마음이요?"

"네. 아이 때문인지 아니면 정말 건우 씨를 사랑하는지 알고 싶어요."

"그게 왜 중요해요?"

"네?"

소진이 깜짝 놀라며 다정을 바라봤다. 다정은 그런 소진을 무표정하게 응시했다.

"전자든 후자든 소진 씨와는 이제 전혀 상관없는 일이잖아요."

다정은 되도록 감정을 억제하며 말했다. 화가 나고, 분하고, 마음 같아서는 한 대 패 주고 싶은 소진이었지만, 그런 마음을 숨기고 꾹 참았다. 상대가 개념 없이 행동했다고 자신까지 그러고 싶지 않았다. 다만, 사실은 되도록 냉정하게 말했다.

"소진 씨와 관계없는 사람들의 일에 관심이 많네요."

"후."

소진이 짧게 숨을 내뱉더니 입꼬리를 끌어 올리며 미소를 띠었다.

"맞아요. 다정 씨 말이 다 옳아요. 저는 제삼자, 전혀 상관없는 사람이죠."

"……."

"하지만 저는 건우 씨가 정말 행복해지길 바라요."

"그러니까 그게 왜 중요한데요?"

소진은 땅으로 시선을 내리깔았다. 그리고 발로 땅에 있는 흙을 살짝 파내고 다시 덮는 행동을 반복했다.

"지난 2년은 정말 악몽 같은 시간이었어요."

"정소진 씨, 나는 그런 거 알고 싶지 않아요. 당신의 삶이나 내 남편 된 사람과의 사랑이나 이별 이야기, 아무것도 궁금하지도 않고 알고 싶지도 않아요."

다정은 길게 이어질 것 같았던 소진의 말을 처음부터 끊었다.

"다정 씨는……."

소진이 다정을 물끄러미 바라봤다. 여전히 소진의 얼굴엔 희미한 미소가 자리 잡고 있었다. 빛을 잃은 미소였다. 처음 건우와 다정 앞에 나타났을 때완 달랐다.

'체념한 걸까?'

다정은 궁금했다.

"그래요. 중요한 말만 할게요."

마음을 먹었는지 소진이 정면을 바라봤다. 입가에 걸렸던 미소가 점점 희미해졌다.

"다정 씨 마음에 따라 제가 지금 이 사건을 해결할 수도 있을 것 같아서, 그래서 다정 씨 마음을 물어본 거예요."

"네? 어떻게 해결을……."

"그게 중요한가요?"

중요할 리 없다. 이 사건이 어떻게든 좋은 쪽으로 빨리 해결될 수만 있다면 다정은 쌍수를 들고 환영할 일이었다.

하지만 정소진이 나선다니…….

'뭘, 어떻게 하려고?'

의심이 증폭되는 것을 막을 길이 없었다.

"걱정하지 마요. 말했잖아요. 저는 건우 씨의 행복을 원한다니까요."

소진이 다정을 향해 씁쓸한 미소를 지었다.

'그렇다면야……'

가라앉고 있는 배에 던져진 구명줄이라 생각하고 한번 믿어 볼까 싶었다.

"그 사람을 사랑해요. 이건우 씨를요. 솔직히 처음 소진 씨와 만났을 때도 그랬다는 말은 못 하겠어요. 그때는 어찌 됐건 아이 아빠니까 뺏기고 싶지 않은 마음이 컸어요."

소진은 아무 대꾸 없이 듣기만 했다.

"하지만 지금은 아니에요. 소진 씨가 건우 씨의 행복을 얼마나 바라는지는 모르겠지만, 나만큼은 아닐 거라는 확신이 들어요. 지금은 그 무엇보다 이건우가 나에게 제일 중요해요. 그를 사랑해요."

속사포처럼 쏟아지는 말을 마치고 다정은 숨을 골랐다. 듣고 있는 사람이 아무런 반응도 하지 않은 채 정면만 바라보고 있으니 왠지 무안했다. 안 그래도 날도 더운데 얼굴이 더 화끈거려 그녀는 손으로 부채질을 했다.

'뭐라고 반응을 좀……'

답답한 마음에 힐끗 다시 소진을 바라보는데, 그녀가 그네 의자에서 벌떡 일어났다. 삐꺽하고 흔들리다 멈추는 것에 맞춰 다정도 일어났다.

"다정 씨 마음 잘 알았어요. 조금만 기다려 줘요. 곧 좋은 소식이 있을 거예요."

"정소진 씨……"

"감사의 인사는 됐어요. 지금까지 두 사람 앞에 나타났던 것에 대한 사과로 생각하세요."

소진은 손에 들고 있던 가방에서 선글라스를 꺼내어 썼다. 그리고 뒤돌아 대문으로 발을 옮기려다 멈칫하더니 다시 다정을 향해 돌아섰다.

"마지막으로 하나만 더 물어볼게요."

"네? 네……"

"다정 씨는 준비되어 있어요?"

"뭐가요?"

"이 결혼 말이에요. 이번에는 나나 건우 씨가 막을 수 있겠죠. 하지만 결혼 생활 내내 이런 일이 또 발생하지 않는다는 법은 없어요. 모두가 다정 씨를 보호하려 하겠지만, 다음번엔 정말 이 정도로 끝나지 않을지도 모르죠. 어찌 됐든 공인의 가족이니까요."

"지금 겁주는 거예요?"

"현실을 말하는 것뿐이에요. 대한민국 연예계에 전무후무한 일이라 나도 어디까지가 일어날 법한 일이라고 말하기는 뭐하지만요."

"……"

"다정 씨가 마음 단단히 먹고 앞으로의 생활에 준비가 되어 있기를 바라요. 그게 다정 씨와 아이뿐만 아니라 건우 씨를 위한 길이니까요."

그 말을 끝으로 소진은 몸을 돌려 다정의 집을 떠났다.

'하, 끝났어. 진짜로……'

어쩐지 개운해야 할 마음이 무거웠다. 누가 가슴을 꽉 내리누르고 있는 것처럼 답답했다. 다정은 다시 그네 의자에 무거운 몸을 실었다.

'뭐야, 이 마음은? 개운해야지, 이제 진짜 다 끝났는데. 이제 이 건우는 내 것인데.'

어렴풋이 다정은 자신의 마음이 하는 소리를 들었다. 모든 장애물이 정리되어 가는 마당에 정소진이 던지고 간 돌멩이가 창문을 깨트린 것이다.

'마음 단단히 먹고 앞으로의 생활에 준비가 되어 있기를 바라요.'

'이런 일이 또 발생하지 않는다는 법은 없어요.'

'다정 씨와 아이뿐만 아니라 건우 씨를 위한 길이니까요.'

메아리치듯 소진의 목소리가 귓가를 울렸다.

"어떻게 하면 좋지……?"

다정은 얼굴을 양손으로 감쌌다. 신음을 내뱉듯 갈라진 목소리가 손가락 사이로 흘러나왔다.

"나 준비되지 않아. 언제가 되더라도 준비가 안 될 거야."

이건우라는 사람의 부인이 된 것이 드디어 실감 났다. 그동안 대중 매체를 피한 탓도 있었지만, 아이를 잃을 뻔하고, 목숨이 위태하던 순간에도 살갗에 와닿지 않던 것이었다. 사건 자체가 큰 탓에 이유를 생각하지 않았다. 그런데 이 모든 일이 이제야 사무치게 와닿았다. 조각칼로 하나하나 이유가 새겨졌다.

'이건우이기 때문에…….'

'내 남편이 이건우라서…….'

'내 아이 아빠가 이건우니까…….'

당연하면서도 마음 아픈 이유였다.

'그와 먼저 사랑에 빠지고 나서 결혼을 하고 아이를 가졌다면, 익숙해질 수 있었을까? 준비되었을까?'

다정은 그 질문에 답할 수 없었다. 겪어 보지 못한 일이라서가 아니었다. 그 상황에 닥쳤다 해도 자신은 준비되지 못했을 거란 확신이 들었다. 그리고 이런 일은 계속 반복될 것이다. 상상 속의 상황뿐만 아니라 지금 이 현실의 미래에서도.

"무슨 생각 해?"

고개 숙인 다정의 눈에 익숙한 단화가 들어왔다. 갈색 단화, 건우가 일이 없는 평상시에 자주 신는 신발이었다.

'하, 언제 이런 것까지 알게 됐지?'

그녀는 허탈한 미소를 지었다.

"응? 무슨 생각을 하는데 그런 미소를 지어?"

그가 삐걱 소리를 내며 옆에 앉았다.

"아무것도."

"응?"

"그냥, 아무 생각도 안 하고 있었는데 네 목소리를 들으니까 웃음이 나네."

"아닌 것 같은데. 날 생각하는데 그렇게밖에 못 웃는단 말이야?"

"그런가?"

"너무하네."

그가 심통 난 표정으로 입술을 삐죽여 다정은 활짝 웃었다.

"이제 됐지?"

"훨씬 보기 좋네. 그래서…… 정소진이 뭐래?"

"비밀."

"뭐?"

"안 알려 줄 거야."

"네 입 여는 법은 내가 잘 알고 있다고 했을 텐데."

"엄마네 집에서 그런 짓을 할 생각은 아니겠지."

다정의 말에 건우는 다시 뾰로통한 표정을 지었다.

"조만간 해결될 거야. 너무 걱정하지 마. 즐겁고 행복한 생각만
해."

그가 진지한 얼굴로 돌아와 그녀의 손을 토닥이며 말했다.

"내가 다 해결할게. 우리 가족을 지키는 일이니까."

"알아. 네가 잘 해결할 거라는 거. 내 걱정 하지 마."

그녀가 자신의 손을 토닥이는 건우의 손을 감싸 쥐었다. 그를
안심시키면서도 그녀의 마음은 편치가 않았다.

정소진의 말이 옳았다. 지금은 건우가 막아 줄 수 있다. 하지만
늘 건우에게 의지만 하고 살아갈 수는 없었다.

'나도 우리 가족을 지키고 싶어. 그런데 내가 할 수 있는 일이
있을까?'

자신이 그의 곁에 있어서 모두에게 피해가 간다면, 그녀가 선택
할 수 있는 답안지는 하나밖에 없지 않은가 하는, 불공평한 답안지
에 대한 불만이 가슴속에서 부글부글 끓었다.

✻　✻　✻

"집으로 오시게 하자."

"무슨 소리야?"

"굳이 우리가 병원으로 갈 이유는 없다는 말이야."

"어휴, 말도 안 되는 소리."

식탁 맞은편에 앉아 아침을 먹으며 내놓은 건우의 의견에 다정은 따끔하게 고개를 저어 반대했다.

그녀의 임신이 13주 차에 들어섰다. 입덧은 거의 사라져 고약하게 코를 찔러 대던 갖가지 냄새들에 그다지 반응하지 않게 되었다. 음식도 웬만큼 잘 먹은 덕에 입덧으로 빠졌던 살이 다시 붙었다. 그리고 아랫배가 살짝 볼록해진 것을 눈으로 확인하게 되었다.

"임신 13주 차면 건다가 움직이는 모습도 볼 수 있다고. 그리고 기형아 검사도 해야 하고, 나 백신도 맞아야 해. 그러니 병원에 가야 한다고."

"그런 거 다 갖고 오시라 하지 뭐."

건우는 고집을 꺾을 생각이 없었다.

불과 이틀 전에 다정의 친정에서 두 사람의 집으로 돌아올 수 있었다. 거의 열흘 가까이 되는 요양이었다.

그사이에도 여론은 진정되지 않았다. 한쪽에서는 자작극이 아니냐는 말까지 거론돼 건우는 그 사람들 역시 명예 훼손으로 고소했다.

그 역시 사람들에 대한 실망이 컸고, 팬들에게 받은 상처가 큰데, 다정이 받았을 상처를 생각하니 속이 타들어 갔다. 미안함은 매일 배로 커지는데 그가 해 줄 수 있는 일이란 것은 고작 해명과 고소가 다였다.

"아니면 다른 병원으로 옮기자. 기자들이 쫙 깔렸을 텐데 굳이 그곳으로 가야 할 이유는 없어. 다른 병원을 알아보자."

"이건우, 이럴수록 더 당당하게 행동하라며?"

"어?"

그녀가 젓가락을 국그릇 옆에 가지런히 내려놓고 그를 물끄러미 응시했다.

"나한테 했던 말 잊었어? 이럴수록 더 당당하게 행동하라면서?"

"하지만……."

"나도 이제 익숙해져야지. 'The 이건우'랑 가족이 됐는데."

농담 섞인 말과 함께 다정은 어깨를 일부러 더 쫙 펴고 고개를 살짝 치켜들며 말했다. 보란 듯이, 당당하게. 그런 그녀를 보고 건우는 풋, 허탈한 웃음을 터트렸다.

"무리할 필요 없어."

"무리하는 거 아니야. 그보다 부탁이 있어."

"부탁?"

"네 스타일리스트 좀 불러 줘."

"내 스타일리스트?"

"응. 박 대표님께 직접 부탁드릴까?"

"갑자기 스타일리스트는 왜?"

엄청 궁금한 표정으로 건우가 되물었다.

"병원에 기자들이랑 팬들이 많을 거잖아. 초췌한 모습으로 가고 싶지 않아. 너무 화려하면 그것도 욕먹겠지만, 최소한 네게 어울리는 모습으로 가고 싶어."

"흠……."

"부탁이야."

"부탁까지 할 필요 없어. 너잖아. 너니까 상관없어. 수고 형한테 지금 연락할게."

건우는 의자에서 일어나더니 바로 박 대표에게 전화를 걸어 사정 설명을 했다.

쏟아져 들어오는 아침 햇살에 그의 얼굴에선 빛이 났지만, 정작 부엌에서 그를 바라보는 다정의 눈에는 어두운 그림자만 보였다.

'어깨가 무겁네, 이건우. 나 때문에……'

다정은 살짝 한숨을 내쉬었다.

"한 시간 내로 준비해서 집으로 올 거야."

건우가 다시 식탁으로 돌아오며 말했다.

"그렇게나 빨리? 그것도 집으로? 숍으로 내가 가도 되는데."

"지금은 밖보다 집이 더 안전하니까."

그가 말했다.

'언제까지 이렇게 지내야 하는 건데? 언제까지 버틸 수 있다고 생각해?'

자신의 눈에 떠오른 질문이 혹여 건우에게 전해질까 다정은 황급히 고개를 돌렸다.

스타일리스트와 메이크업 아티스트 등 서너 명의 사람들이 한 시간도 채 되지 않아 건우와 다정의 집에 도착했다. 그들은 박 대표에게서 사정 설명을 들었는지 별다른 이야기 없이 다정을 데리고 그녀의 방으로 올라갔다.

건우는 한 시간가량을 거실에서 묵묵히 기다리며 사람들과 함께 도착한 최 매니저를 괴롭혔다.

"도대체 진정될 기미가 보이지를 않잖아. 언제까지 이렇게 숨죽이고만 있어야 하는데?"

"숨을 죽여? 범인은 선처나 합의 없이 바로 재판으로 직행할 거고, 악성 댓글은 모조리 고소하고 있어. 소속사 측에선 할 수 있는 모든 액션을 다 취했고."

"내가 나서야겠어."

"네가 뭘 어떻게?"

"기자 회견."

"하아, 건우야……."

최 매니저는 소파에 기댔던 몸을 앞으로 수그려 건우에게 가까이했다.

"너 올해 최악의 배우로 뽑히고 싶어? 벌써 한차례 큰 소동을 벌였잖아."

"안 되면 은퇴 선언이라도 해야지."

"은퇴?"

최 매니저의 작은 눈이 번쩍 뜨였다.

"무슨 소리를 하는 거야, 대체?"

"지금 나한테 가장 중요한 사람은 안다정과 배 속의 아이야. 다른 것은 어찌 되든 상관없어."

"너 아무리 그래도 어떻게……."

최 매니저는 충격받은 얼굴로 말을 잇지 못했다.

"너, 나랑 박 대표가 널 어떻게 여기까지 오게 했는지 잘 알잖아."

"물론 잘 알아."

건우는 처음 박 대표와 최 매니저를 만났을 때를 떠올렸다. 친할머니가 돌아가시기 1년 전, 그가 막 길거리 캐스팅으로 드라마에 아역으로 출연했을 때였다.

소속사가 없었던 그가 홀로 촬영장에 왔다 갔다 하면서도 힘든 티 하나 내지 않고 감독과 스태프, 선배 연기자들에게 싹싹하게 굴었다. 그 모습을 당시 막 사업을 시작한 박 대표와 최 매니저가 우연히 발견하고 명함을 내밀었다.

그 작은 시작이 지금에 이르렀다. 세 사람이 함께 일궈 낸 성과였다.

"그런데 여자 하나 때문에⋯⋯."

최 매니저의 말에 건우의 눈썹이 구불거렸다.

"미안. 하지만 맞잖아. 불과 한 달 전까지 네 삶에 없던 여자야. 그저 여행지에서 잠시 스쳐 갔던 여자야."

"지금은 아니야. 형이 나에게 어떤 의미인지 형도 잘 알잖아. 형이나 수고 형이나 모두 내 가족과도 같은 사람이야. 하지만 안다정은 달라. 그녀는, 그녀는 진짜 내 가족이야. 이제 정말 내 가족이라고. 나는, 무슨 일을 해서라도 그녀와 아이를 지킬 거야."

건우는 최 매니저를 이해시키기 위해 천천히 말을 이었다.

"형들에게 진 신세는 10년 동안 함께하면서 다 갚았다고 생각해. 섭섭한 마음은 이해하지만, 내가 형들을 믿는 만큼 형들도 나를 이해하고 믿어 줬으면 좋겠어."

"건우야."

무릎 위에 놓인 건우의 손을 최 매니저가 덥석 잡았다.

"네가 어떤 마음인지 알고 싶었다."

그렇게 최 매니저는 건우의 손등을 토닥이며 웃었다.

"언제부터 그렇게 능글맞아진 거야, 대체."

건우는 볼멘소리로 답하고 미소 지었다.

"준비 다 됐어요."

두 사람의 대화가 끝나기가 무섭게 위층에서 사람들이 우르르 내려오며 말했다. 마지막으로 목발과 함께 다정이 천천히 손잡이를 잡고 계단을 내려왔다.

'안……다정?'

건우는 자신의 눈을 의심했다.

하얀색의 나풀거리는 시폰 원피스를 입은 그녀는 조금 전까지 피곤하고 초췌해 보였던 모습이 말끔히 사라졌다. 그녀의 어깨를 살짝 덮는 머리카락은 굵게 물결쳐 흘러내렸고, 나이답지 않게 통통한 볼살을 살짝 가려 얼굴이 작아 보였다. 게다가 메이크업 아티스트가 만진 그녀의 얼굴은 화사하면서도 차분한 톤으로 바뀌었다.

"너무 예쁘다."

건우가 빠른 걸음으로 걸어가 그녀를 부축하며 말했다.

"진짜? 아직 거울을 못 봐서……."

"정말 예뻐. 내 말 믿어도 돼. 그렇지, 고행이 형?"

건우는 최 매니저의 동의를 구하며 물었다. 그의 기대에 부응하듯 최 매니저는 놀란 얼굴로 고개를 끄덕였다.

"오늘 진짜 멋지십니다, 다정 씨."

"아하하, 감사합니다. 갑작스러운 부탁이었는데 이렇게 빠르게 준비해 주셔서 감사해요."

쑥스러운 듯 다정의 볼이 분홍색으로 변했다.

"저희가 미리 생각했어야 했는데 미흡했네요. 아무튼, 준비가 끝났으니 이제 나가 볼까요?"

"네!"

두 사람을 태운 밴이 병원 앞에 도착하자 다정은 잠시 숨을 골랐다. 이미 밖에는 기자들의 카메라 플래시가 팡팡 터지는 중이었다. 두 사람을 향한 아니, 다정만을 향한 비난에 이제 정면으로 부딪칠 때였다.

"준비됐어?"

"응."

건우는 그녀의 손을 꼭 잡고 밴의 문을 열었다. 파팟, 소리를 내며 눈이 부시게 터져 대는 플래시와 무슨 질문을 하는지도 알아들을 수 없을 정도로 많은 목소리가 귀에 와 닿았다.

"……습니까?"

"정소진 씨와는……?"

"안다정 씨, 이건우 씨와……?"

"……없습니까?"

건우는 다정의 어깨를 감싸 안았다. 최 매니저가 그들을 데리고 기자들 무리를 헤치며 병원 안으로 들어섰다. 병원 안으로는 기자들이 들어올 수 없어 시끄러움은 조금 가셨지만, 두 사람에게 쏟아지는 다른 환자와 보호자들의 시선은 소리의 강도보다 더 두 사람을 따끔거리게 했다.

수군거리는 소리, 이따금 휴대 전화로 사진을 찍는 사람들, 그 사람들의 손가락이 가리키는 방향. 다정은 숨이 멎을 것 같았지만, 일부러 더 당당하게 보이려 고개를 치켜들었다.

'찍을 테면 찍어 봐. 나는 아무것도 잘못한 것이 없어.'

어깨를 감싸고 있던 건우는 다정이 긴장으로 살짝 굳은 것을 느끼고 그녀의 손을 깍지 껴 꽉 잡았다.

"가자."

다정은 고개를 끄덕이고 그의 걸음걸이에 맞춰 걸었다.

"이리로. 병원 측에서 조용히 올라갈 수 있도록 의사 전용 엘리베이터를 이용하도록 해 줬어."

"고마운 일이네."

세 사람의 앞과 뒤로 각각 두 사람씩 경호원이 달라붙었다.

"너무 요란하게 들어가는 거 아닐까?"

다정이 걱정스러운 마음에 물었다. 지금은 무엇 하나도 사사롭게 행동할 수 없기 때문이었다.

"괜찮아. 그냥 경호원일 뿐이야. 그보다 걷는 거 안 힘들어? 휠체어에 타고 이동할래?"

"아니, 그냥 걷고 싶어."

다정은 깍지 낀 건우의 손을 잡고 다른 한 손으로 목발을 짚으며 천천히 앞으로 걸어갔다.

진찰실 앞까지 이동하면서 무수히 많은 사람의 의문 섞인 시선과 비난의 손가락질을 받았다. 그리고 이 생생한 비난은 그녀가 결정했던 선택들에 대해 서슬 퍼런 칼날을 들이댔다. 정신을 난도질당하는 기분에 그녀는 엘리베이터에서 잠시 눈을 감았다.

'절대, 절대 준비될 수가 없어.'

다시금 그녀는 뼈저리게 현실과 이상의 차이, 일반인과 공인의 삶의 차이에 대해 느낄 수 있었다. 그리고 생각하고 싶지도 않았던 또 다른 선택 옵션이 다시 그녀를 덮쳤다.

❈ ❋ ❈

"아이는 건강하게 잘 자라고 있고, 나만 스트레스에 주의하라잖아. 그러니까 걱정하지 말고 촬영에 복귀하도록 해."

소파에 앉은 건우의 다리를 베고 누워 다정이 말했다.

"어차피 나를 계속 쓰고 싶은 생각도 없을걸, 장 감독님?"

"설마……. 지금 공공의 적은 나고, 넌 동정표도 많은데?"

"그래도 주연 배우한테 자꾸 구설수가 생기면 제작자는 당연히 싫지. 좋은 일로 오르락내리락하는 것도 아니니까."

"이래저래 내가 민폐구나."

"또, 또? 그렇게 생각하지 말라고 했지?"

딱—

건우가 손가락으로 다정의 이마에 꿀밤을 먹였다.

"아, 아파."

다정이 이마를 문지르며 건우를 째려봤다.

"아무튼, 이따 감독님하고 잘 이야기해 봐. 돈 벌어 와야지, 건다 아버지."

"우와, 마누라 잔소리 장전이네?"

"마누라?"

"응, 마누라."

"킥킥. 잔소리할 때가 좋은 거야. 다 애정이 있어서 잔소리도 하는 거라고."

"네, 네. 알겠습니다, 마누라님."

"으, 마누라라고 하니까 늙은이 된 기분이야."

다정이 이마를 찌푸렸다.

"내년에 나이 서른이면 늙긴 했지."

"맞을래?"

"큭, 농담. 농담입니다, 마님."

"허, 이젠 또 마님이야?"

두 사람은 얼굴을 마주 보며 웃었다.

"나 나갔다 올 동안 집에 꼼짝 말고 있어야 해. 또 함부로 밖에 나가지 말고. 문도 열어 주지 말고. 에이, 경호원들 괜히 가라고 했어. 사건 해결될 때까지는 그냥 둘걸."

"뭐라는 거야? 경찰 아저씨들이 한 시간에 한 번씩 순찰해 주시는 것도 감사한 일이거든? 공권력을 이런 일에 쓰다니, 사람들이 알면 세금 낭비라고 또 욕할 거라고."

"그러니까 경호 업체를……."

"어허, 됐네요."

다정은 벌떡 일어나 앉았다.

"걱정하지 마. 나는 정말, 정말 괜찮으니까. 봐, 다리 반깁스도 풀었어. 갈비뼈 금 간 것도 이제 많이 좋아졌고."

그녀는 한동안 깁스를 했던 왼 다리를 툭툭 치며 말했다. 다친 인대의 움직임을 최소화하기 위해 착용했던 반깁스는 이틀 전에 제거했다.

"흠……."

"괜찮다고."

"사람들이야 몇 주 지나면 우리 일을 까맣게 잊어버리겠지만, 우리는 잊을 수가 없는 일이잖아. 특히 너는 더 상처가 클 거야. 앞으로 이런 일이 또 일어날 수도 있어. 그런데 그냥 괜찮다는 말로 정말 끝나도 되는 거야?"

건우의 말에 다정은 소진을 떠올렸다. 소진도 똑같은 말을 했다.

'이번에는 나나 건우 씨가 막을 수 있겠죠. 하지만 결혼 생활 내내 이런 일이 또 발생하지 않는다는 법은 없어요. 모두가 다정 씨를 보호하려 하겠지만, 다음번엔 정말 이 정도로 끝나지 않을

지도 모르죠.'

다정은 희미한 미소를 띠며 생각했다.

'너희는 같은 세상을 살아와서 누구보다 더 이 삶에 대해 잘 알겠지.'

건우와 소진만이 아는 세상에 발을 들이민 것에 대한 후회가 밀려왔다.

"괜찮아."

'자꾸 겁주지 마.'

"자꾸 그러면 아무 데도 못 가게 한다?"

'내 옆에 계속 있을 거야? 죽을 때까지?'

"얼른 준비해. 최 매니저님 또 기다리실라."

눈물이 흐를 것 같아 다정은 다급히 소파에서 일어나 건우에게 등을 보였다.

"안다정."

그녀의 손목을 건우가 잡아챘다.

"왜?"

그녀는 그를 돌아보지 않고 물었다.

"너는 괜찮다고 하는데, 나는 왜 이렇게 불안하지?"

그녀는 몸을 돌려 그를 바라봤다. 환한 웃음을 얼굴 가득 띠고서.

"불안할 게 뭐가 있어. 그러다 노이로제 걸리겠다."

"뭔가 찜찜해."

"어이구, 어서 준비해. 괜히 또 내 핑계 대지 말고."

그녀는 그의 손을 잡아끌어 소파에서 일어나게 했다. 그리고 그의 등을 밀어 2층으로 올라가게 했다.

어깨를 축 늘어트리고 올라갔던 그는 잠시 후 외출 복장으로 내려왔다. 그녀는 그를 현관에서 배웅했다.

"잘 다녀와."

"갔다 올게."

"응."

"뽀뽀."

"어이구."

싫은 척하면서도 다정은 눈을 감고 입술을 쭉 내밀었다. 키득거리는 웃음소리와 함께 따뜻한 건우의 입술이 살짝 닿았다 떨어졌다.

"간다."

그가 현관문을 닫고 사라지자 다정은 어깨를 축 늘어뜨렸다. 그리고 깊은 한숨을 내쉬었다. 몸에서 긴장이 풀리자 주저앉고 싶은 마음이 들었다.

'후, 할 수 있어. 안다정, 꼭 해야만 해.'

다정은 풀린 다리에 억지로 힘을 주어 방으로 갔다. 그리고 화장대 서랍 안에 넣어 두었던 편지지와 볼펜을 꺼내어 부엌으로 갔다. 식탁 위에 편지지와 볼펜을 가지런히 올리고 그녀는 잠시 그것들을 물끄러미 바라봤다.

주르륵, 한쪽 눈에서 눈물이 흘러내렸다. 그리고 그녀는 펜을 들었다.

「건우 씨에게……」

첫마디를 마치기가 무섭게 턱에 매달렸던 눈물이 툭 하고 떨어져 편지지를 적셨다. 다정은 펜을 들지 않은 손으로 쓱 눈물을 닦아 냈다. 하지만 이내 또 다른 눈물방울이 떨어져 편지지를 적시지 않으려는 그녀의 노력을 무색하게 만들었다.

18. 도망쳐 봐야 손바닥 안이지

주차장 문이 닫히자 건우는 입가에 살짝 지었던 미소를 싹 거두었다. 어느 정도 그에게 쏠렸던 관심이 줄어들자 집 밖에서 진을 치던 기자들은 사라지고, 그들도 이제는 그의 동선을 따라 움직였다.

그들이 자신을 따라다니는 것은 그에게 문제 되지 않았다. 언제나 있었던 일이니까. 조금 과하다 싶을 정도이기는 해도 자신이 선택한 길이었다.

하지만 다정에게는 낯설고 스트레스를 주는 일일 터였다. 그러니 기자들이 집 밖에 상주하듯 있지 않고 그의 동선을 따라 움직이는 것이 훨씬 나았다. 그녀에게 피해가 덜 가는 일이라면 복잡하고 귀찮은 그들을 꼬리에 붙이고 돌아다니는 일쯤, 그에게는 아무렇지 않았다.

현관문을 열기 전 그는 잠시 심호흡을 했다. 다정에게 최대한 밝은 모습을 보여 주고 싶어 입가에 미소도 다시 재장전을 했다.

그녀의 예상대로 그에 대한 동정의 여론 때문인지 감독은 여전히 그를 주연에서 뺄 생각이 없어 보였다. 대신 복잡한 일들이 최대한 마무리될 때까지 촬영은 무기한 연장됐다. 그나마 그동안 쌓아 놨던 그의 명성 덕분에 이런 대접도 가능했다. 그러니 이 좋은 소식을 그녀에게 최대한 행복한 얼굴로 알려 주고 싶었다.

아무것도 걱정하지 말라고, 모든 일이 잘 돌아가고 있으니 너는 나만 믿으면 된다고.

"나 왔어."

현관의 불이 팟 하고 켜지자 건우는 신발을 벗던 동작을 멈췄다.

어둠과 정적. 이 공간에 지금 있으면 안 될 것이 존재하고 있었다.

"안다정?"

혹시나 하는 불안감에 던지듯 신발을 마저 벗고 건우는 거실로 뛰어가 불을 켰다. 아무 이상 없이 모든 것이 그대로인 모습에 오히려 불안감이 스멀스멀 더 커졌다.

뛰어서 2층으로 올라가 다정의 방문을 벌컥 열었다.

"안다정, 자?"

깜깜한 어둠에 눈이 익숙해지자 빳빳하게 잘 정돈된 침구가 시야에 들어왔다. 심장이 터질 듯이 고동쳤다.

맞은편 자신의 방문을 열고 불을 켰다. 화장실도 마찬가지로 확인했다. 2층 어느 곳에서도 다정의 모습을 확인할 수 없었다. 그는 다시 1층으로 뛰어 내려와 방마다 확인했다. 밖으로 나가 별채까지 확인을 끝낸 그는 집에 다정이 없다는 것을 확실히 깨달았다.

다시 본채로 돌아와 소파에 풀썩 쓰러지듯 앉았다. 그제야 테이블 위에 가지런히 놓여 있는 편지 봉투가 눈에 들어왔다. 봉투 오른쪽 아래에 둥글고 깔끔한 필체로 '건우 씨에게'라고 쓰여 있었다.

'설마, 안다정……'

떨리는 손가락으로 봉투를 집어 편지지를 꺼냈다. 편지를 읽는 그의 눈에 어느새 눈물이 고이기 시작했다.

「건우 씨에게…….

새삼스럽네요. 항상 '야, 너, 이건우'라고 불렀는데. 그래도 이제는 이렇게 부르려고 합니다. 집에 내가 없어서 많이 놀랐을 얼굴이 선해요. 하지만 어쩔 수 없었습니다. 어찌 되든 당신만 있다면, 우리 아이만 있다면, 그러면 다 이겨 낼 수 있을 거라고 생각했어요. 나는 강한 사람이라고, 강한 엄마이자 강한 여자라고 스스로 다독이면서요.

그런데 아니었어요. 사람들 이야기가 맞아요. 나는 당신에게 어울리지 않습니다. 우리의 결혼은 처음부터 말이 되지 않았어요. 요즘 같은 세상에 임신했다고 해서 꼭 남편이 있어야 하는 것도 아니고, 굳이 당신도 나까지 책임질 일은 아니었어요. 우리 두 사람 다 상황에 쫓겨 너무 성급하게 서류에 서명한 것이죠.

이제는 사람들의 관심과 시선에 지치고, 모든 것이 무서워졌습니다. 그래서 당신을 떠나야겠다고 마음먹었어요. 이렇게 떠나는 순간이 되니 정소진 씨의 마음도 이해가 간다고 하면, 분명 당신은 배신감을 느끼고 화를 내겠죠. 이해합니다. 그래도 그 분노의 힘으로 살지는 마요.

아기는 건강하게 낳아 잘 키울게요. 언젠가 내가 준비되기 전까지는 아이도 나도 찾지 말아 주세요. 찾을 수도 없는 곳에 가 있겠지만, 괜한 고생을 할까 걱정입니다. 때가 되면 우리가 당신에게 연락할게요. 그리 오래 걸리지 않도록 하겠습니다.

다시 한번 당부하지만, 분노의 힘으로 살아가지 말아요. 그렇게 살아가기엔 앞으로 살날이 너무나 길어요. 그리고 정소진 씨를 용서하고 받아 주는 것도 생각해 보길 바랍니다. 어쩌면 나보다도 그녀가 당신을 더 아끼고 사랑해 줄지 몰라요. 어쨌든 그녀는 비난을 감수하고 돌아왔으니까요.

미안해요. 떠나면서 주제넘죠? 미련이 남았나 봐요. 무서워서 도망가면서도 사람의 욕심이란 정말 끝이 없는 것 같네요.

마지막으로……

정말 아무것도 아닌 나라는 여자를 사랑해 줘서 고마워요. 평생 잊지 않을게요.

다시 만나는 날까지, 몸 건강히 나름 행복하게 살아 줘요.

안녕.」

편지지 중간중간 번져 있는 눈물 자국에 건우는 심장이 타들어 갔다. 그의 눈에서 떨어진 눈물이 다정의 눈물 자국 위에 겹쳐졌다. 타들어 가는 심장이 가루가 되어 날아가고, 그는 편지를 끌어안고 오열했다.

숨이 막히고 머리가 지끈지끈 울렸다. 커다란 집 안에 홀로 남겨진 것이 이렇게 무섭고 외로울 수가 없었다. 그녀가 지금껏 홀로 느꼈을 오만 가지 감정들의 강물이 자신에게 한꺼번에 홍수처럼 밀려들었다.

한참을 그렇게 건우는 편지를 끌어안고 울었다.

도저히 멈출 것 같지 않은 눈물을 간신히 닦아 내고 후후, 하고 숨을 몰아 내쉬었다. 그리고 가슴 안에서 구겨진 편지지를 억지로 펴 내 다시 고이 접어 편지 봉투 안에 넣었다. 그렇게 하면 그녀가 남긴 말을 하나도 기억하지 못할 거라고, 자신은 읽지 않았다고 생각하고 싶었다.

"젠장!"

머리와 가슴에 선명히 낙인처럼 찍혀 버린 편지의 내용에 그는 입 밖으로 욕설을 퍼부었다.

'안다정⋯⋯. 찾아내 주겠어. 온 세상을 뒤져서라도 찾아낼 거야!'

그는 주먹을 불끈 쥐고 소파에서 일어났다.

❊ ❊ ❊

경숙과 지혜는 놀란 눈으로 건우를 바라봤다. 붉게 충혈된 그의 눈에서 절망과 분노가 쏟아졌다.

"다정 씨, 어디 있습니까?"

갈라지고 건조한 목소리로 그가 물었다.

"무슨 소린지 모르겠네. 다정이가 어디 있냐고? 함께 집으로 돌아갔잖아?"

경숙은 어리둥절한 표정으로 되물었다. 그녀는 지금 건우의 말이 하나도 이해되지 않았다.

"다정이 어디 갔는데?"

"제발, 장모님. 알고 계시면 말씀해 주세요."

"글쎄, 그게 무슨 소리냐고!"

경숙이 펄쩍 뛰며 무릎 꿇고 앉은 건우에게 다가앉았다.

"다정이 없어진 거야? 자네가 옆에 있지 않았어?"

그녀는 그의 손을 덥석 잡고 물었다.

'왜 내 딸을 자꾸 힘들게 하는 건데?'

경숙은 자신이 막내딸을 등 떠밀어 결혼하게 만든 것 같아 자책했다.

"편지만 남겨 놓고 사라졌어요."

"사라지다니?"

"모르겠어요. 정리되면 연락하겠다고, 그렇게만……."

건우는 참았던 눈물을 삼켰다.

"안지혜, 너! 너 알고 있었어?"

경숙이 지혜에게 돌아앉으며 물었다. 지혜는 침을 꿀꺽 삼키고 등만 쭉 폈을 뿐 대답하지 않았다.

"대답해! 너 다정이 어디 있는지 알아, 몰라?"

"알아."

"어디 있는데? 너 이럴 거 알고 있었어?"

"나도 전화로 통보받았어. 그러니까 내 탓으로 돌리지 마."

지혜는 차분한 목소리로 대답했다.

"어디 있습니까?"

울먹이는 목소리로 건우가 물었다. 하지만 지혜는 그에게 시선을 두지 않았다.

"어디 있어요? 제발요, 처형……."

"……."

"다정 씨에게 가야 합니다. 대답해 주세요. 제발요, 제발……."

그는 쓰러지듯 이마를 마루에 떨구고 눈물을 터트렸다.

"너 어서 말 못 해?"

경숙은 지혜를 다그쳤다. 경숙의 눈에서도, 지혜의 눈에서도 눈물이 흘렀다.

"말 안 하겠다고 약속했어."

"뭐야?"

"다정이가 사정사정했단 말이야. 절대로 이건우에게 말하지 않겠다고 약속했어."

지혜는 입술을 깨물었다. 저렇게 오열하는 건우를 보니 마음이 아팠다. 그가 다정을 얼마나 사랑하고 아끼는지, 그의 마음이 그대로 전달됐다.

하지만 다정은 지혜의 동생이었다. 건우가 다정을 얼마나 사랑하든 피를 나눈 자신보다 더 아끼겠는가. 설령 그렇다 하더라도 지혜는 동생과 한 약속을 지키겠다고 맹세까지 했다.

— 약속 어기면 나 다시는 엄마랑 언니 안 봐. 나 혼자 아기 데리고 사라져 버릴 거야.

어릴 적부터 멍청할 정도로 한번 결심하거나 약속한 것은 무슨 일이 생기든 꼭 지키던 애가 다정이었다. 그런 애가 다시는 안 보겠다고, 사라져 버린다고 했으니 정말 그럴지도 모른다는 걱정이 앞섰다. 절대 엄마에게 막내딸을 평생 못 보는 일을 겪게 할 수는 없었다.

"빨리 말 안 해? 너 나 죽는 꼴 보고 싶어?"

경숙이 울부짖었다.

"말하면…… 걔 다시는 우리 안 볼 거야."

지혜가 얼굴을 구기며 말했다.

"말해. 안 그러면, 너 진짜 내 장례 치를 줄 알아."

"엄마……."

"어서!"

"다정이……."

그녀가 손등으로 눈물을 쓱 닦자 건우도 고개를 번쩍 들었다. 그의 기다란 속눈썹에 알알이 맺힌 눈물방울을 보고 지혜는 어쩔 수 없는 노릇이라고 생각했다. 이게 다 다정이를 위한 일일 거라고 스스로를 안심시키며 그녀는 입을 열었다.

"끄라비에 갔어요. 일주일 정도 쉬다 다른 곳으로 옮길 거예요."

"끄라비? 거기는 또 왜?"

"내가 어떻게 알아. 이건우 씨랑 처음 만났던 데니까 정리할 겸 갔나 보다 하는 거지."

눈물을 닦은 건우의 눈이 끄라비라는 말에 번쩍 빛났다.

'또 이별 여행 간 거야?'

그는 웃음이 나려는 것을 간신히 참았다. 다정이라면 분명 그럴 것이라고 미리 알아챘어야 했는데, 그걸 놓치다니. 자신이 바보처럼 느껴졌다.

"데려오겠습니다."

건우가 말했다. 다정의 위치를 확인하고 나니 확실히 안심한 목소리였다.

"그래, 이 서방. 우리 다정이 꼭 데려와, 응?"

"네, 장모님. 걱정하지 마세요. 다시는 어디 도망 못 가게 꼭 데려올게요."

"그래, 그래."

경숙도 그제야 안심이 되었는지 눈물을 닦은 눈가에 웃음이 달렸다.

건우는 끄라비로 가기 전 마지막으로 자신이 해야 할 일이 있음을 깨달았다. 그리고 그 일을 실행에 옮기기 위해 경숙과 지혜에게 인사하고 자리에서 일어났다.

※　✻　※

최 매니저와 박 대표는 건우를 한동안 바라보다 서로의 얼굴을 마주 봤다. 이것이 꿈이기를, 둘이서 똑같은 꿈을 꾼 것이라고 누군가 말해 주기를 바라다 현실임을 깨닫고 동시에 울상을 지었다.

"진심이야?"

박 대표가 건우에게 물었다.

"진심이야. 나 지금 눈에 뵈는 것 하나도 없어."

건우는 무거운 목소리로 답했다.

"어제 고행이한테 전해 듣기는 했다만……."

"불과 하루 만에 나도 이렇게 결정하게 될지 몰랐어. 미안해. 그런데 이 방법밖에 없어. 이게 최선이야. 이번 영화까지만 할게. 영화만 마무리되면 더는 이쪽 바닥에 안 있을 거야."

"앞으로 일이 어떻게 될지도 모르는데 굳이 은퇴까지 거론할 필요가 있을까?"

박 대표는 침착하게 건우를 설득했다.

"일단 모든 활동을 한동안 중단하는 것으로 하자. 영화도 우리 쪽에서 잘 묶어 둘 테니까 가서 다정 씨 데리고 와, 일단. 그리고 한동안 쉬는 것으로 하자. 감독님도 네 사정을 이해해 주실 거야.

다른 사람들 분량 먼저 촬영할 수 있도록 할게. 우리 쪽에서 할 수 있는 일은 뭐든 다 해 둘게."

"형, 아니 박 대표……."

"은퇴는 절대 안 돼!"

박 대표가 벌떡 일어나며 목소리를 높였다.

"내가 정말 이 말까지는 안 하고 싶었는데……."

건우가 소파에 등을 기대며 말했다.

"우리 계약 올해 말까지야. 한마디로 몇 개월 있으면 난 자유의 몸이란 말이지."

"야, 너……."

하얀 얼굴이 더 하얗게 질리며 박 대표가 자리에 주저앉았다.

"건우야. 수고 형 말은 성급하게 은퇴를 이야기할 필요가 없다는 뜻이야."

최 매니저가 끼어들었다.

"네가 원하는 바가 무엇인지도 알았고, 네 결심이 선 것도 잘 알았어. 하지만 우리가 하는 일이 뭐야? 네가 하는 일을 옳은 방향, 좋은 방향으로 이끌고 돕는 거야. 그러니까 내일까지 잘 생각해 봐, 응?"

"형. 내일까지 생각하고 자시고 할 필요가 있을까? 나는 지금도 많이 늦었어. 안다정이 다른 곳으로 이동하기 전에 그녀를 따라 끄라비로 가야 해."

"알겠어. 알고 있어, 우리도."

"그리고 혼자 집으로 돌아가고 싶지도 않아. 텅 비고 컴컴한 집에 혼자 있으면 무슨 생각이 드는 줄 알아? 우주에 혼자 떠 있는 기분이야. 온 우주가 나를 잡아먹으려는 것 같다고. 근데 더 갑갑

한 건 뭔지 알아?"

그의 질문에 두 사람은 아무 대답도 하지 않고 그를 바라볼 뿐
이었다.

"내가 느낄 그 감정을 지금 끄라비에서 안다정은 모든 걸 다 혼
자 감당하고 있을 거라는 거야. 말도 통하지 않고 아는 사람 아무
도 없는 곳에서 그녀 혼자……."

그는 말을 잇지 못했다.

한참을 아무런 말 없이 서로의 얼굴만 바라보다 건우가 먼저 입
을 열었다.

"알았어. 형들 말대로 한동안 활동 중단하는 것으로 할게. 대신
기자 회견은 직접 할 거야. 내일. 그리고 바로 공항으로 이동할 수
있게 해 줘. 부탁할게."

그의 말에 후, 하고 박 대표가 한숨을 내쉬었다.

"알았어. 뒷일은 걱정하지 마. 우리가 깔끔하게 처리할 테니. 가
서 다정 씨나 확실하게 마음 돌려서 데리고 오도록 해."

"그건 걱정하지 마."

건우는 박 대표를 향해 한쪽 눈을 찡긋했다.

✽　✼　✽

습하다 못해 숨이 턱 막히는 날씨에 다정은 리조트에서 나와 눈
살을 찌푸렸다. 선글라스와 챙이 넓은 모자를 썼음에도 따가운 햇
볕이 그대로 얼굴에 쏟아지는 기분이었다.

그녀는 리조트에서 해변으로 걸어 나와 제일 가까이에 있는 바
에 들어갔다. 아직 이른 오전 시간이라 바에는 사람이 별로 없었

다. 야자나무 잎사귀와 어우러진 나무 테이블을 닦고 있던 바텐더가 다정을 보더니 밝게 웃으며 인사했다. 그녀 역시 미소로 답하고 테이블 하나에 자리를 잡았다.

오렌지 주스를 주문하고 천장에 달린 선풍기가 천천히 돌면서 그나마 뜨거운 공기를 순환시키는 것을 멍하니 바라봤다. 그러다 문득 벽에 매달린 텔레비전이 눈에 들어왔다.

바텐더에게 리모컨을 받아 아무 생각 없이 채널을 돌렸다. 리조트에서는 간간이 한국 방송도 볼 수 있었다. 어쩌면 바에서도 볼 수 있지 않을까 하는 마음에 리모컨을 누르던 손이 어느 순간 멈췄다.

화면에 큼지막한 자막으로 '이건우, 활동 잠정 중단'이라고 쓰여 있었다. 그리고 기자 회견 장면이 스쳤다.

'이게 무슨……'

다정의 눈이 커졌다. 환각에 빠진 듯한 기분에 텔레비전이 잘 보이는 자리로 이동해 볼륨을 최대한 높였다.

『오늘 오전 8시, 배우 이건우 씨의 기자 회견이 열렸습니다. 그는 직접 기자 회견장에 나타나 잠정적으로 활동을 중단한다고 밝혔습니다.』

기자의 말이 끝나고 건우의 얼굴이 화면에 잡혔다.

『제 일이 제가 세상에서 가장 사랑하는 두 사람에게 상처를 주었습니다.』

그는 굳은 얼굴을 한 채 느리지만 또렷한 목소리로 입을 열었다. 붉게 충혈된 눈과 피곤해 보이는 까칠한 얼굴이지만, 다정에게는 누구보다 보고 싶었던 얼굴이었다.

빨려 들어가듯 그녀는 테이블에서 일어나 텔레비전으로 가까이 갔다.

『마음의 상처뿐 아니라 생명이 위험할 정도의 신체적 위해를 가했습니다. 저는 제가 하는 일 때문에 제가 사랑하는 사람이 이런 일을 겪는 것을 견딜 수가 없습니다. 확인되지 않은 소문이 생산되고 점점 자라서 그것이 마치 사실인 양 퍼져 나가는 환경 속에서 살아온 지난 10년입니다. 하지만 이번 일은 제게 큰 충격을 주었습니다. 지금 당장은 저와 제 일보다 더 중요한 것이 있습니다. 바로 가족입니다. 사랑하는 가족을 위해 한동안 활동을 중단하겠습니다. 팬 여러분들이 이 일로 충격을 받고 실망을 하실 것을 압니다. 하지만…….』

그는 여기서 잠시 말을 멈추고 카메라를 똑바로 바라봤다.

『하지만 제가 받았을 충격과 실망도 이해해 주시기 바랍니다.』

그는 말을 마치고 자리에서 일어나 90도로 허리를 숙여 인사하고 자리를 떠났다. 기자들의 이어지는 질문에 대신 답하기 위해 최 매니저가 자리에 앉았다. 카메라 플래시가 강하게 터졌다. 기자 회견 장면은 그것으로 끝이었다.

'활동 중단이라니⋯⋯.'

다정은 충격을 받아 아무 생각도 할 수 없었다. 연예계에서 도
태되고 뒤처지는 것은 한순간이다. 그런데 자신이 뭐라고 활동 중
단까지 선언한단 말인가. 다정은 심장이 너무 뛰어서 입 밖으로 튀
어나올 것 같았다.

『이건우 씨의 기자 회견이 있던 시간에 스캔들의 또 다른 주인공
이었던 정소진 씨도 자신의 소셜 미디어를 통해 결혼 소식을 발표했
습니다. 이건우 씨와의 열애 사실은 인정하지만, 이미 2년 전에 정
리가 되었고 다음 달에 프랑스 파리에서 신혼 생활을 시작한다
고⋯⋯.』

이어지는 정소진의 소식에 다정은 충격을 감당하기가 힘들어졌
다. 자신에게 말했던 해결 방법이 결혼이라는 것이 믿을 수 없었
다. 갑작스러운 그녀의 결혼이 자신 때문이 아니길 바랄 뿐이었다.

아직 마시지도 못한 주스값을 테이블 위에 올려 두고 다정은 다
급한 발걸음으로 해변에 나왔다. 투명하고 푸른 바닷물을 바라보
며 그녀는 무릎을 짚고 심호흡을 길게 했다.

벌써 갈색으로 타 버린 발을 감싼 샌들이 상황과 동떨어지게 해
맑은 색깔로 웃는 것 같아 꼴 보기 싫었다. 무엇이 좋다고 시장에
서 덜컥 사 버린 건지, 색동저고리처럼 오색으로 물든 샌들을 벗어
손에 들었다.

'도대체 왜⋯⋯?'

다정의 머릿속에서는 이 질문이 떠나지 않았다. 그녀를 찾을 수
도 없을 터인데 도대체 무엇 때문에 활동 중단까지 선언했단 말인

가. 분명 제멋대로인 건우의 성격이 제대로 한 건 한 것이라 여겼다. 최 매니저와 박 대표는 무슨 죄인가 싶어 그녀는 가슴이 답답해졌다.

"나도 모르겠다."

그녀는 하얀 모래 위에 그대로 주저앉았다. 바닷물이 닿지 않는 곳의 모래는 햇볕을 받아 뜨겁게 달아올라 있었다. 하지만 온도 따위 신경 쓰지 않았다. 한기가 돌 정도로 충격적인 소식을 접한 뒤라 오히려 뜨거운 모래가 살에 닿는 것이 반가울 정도였다.

'이제 어떻게 하지? 한국으로 돌아갈까? 아니야, 이제 겨우 이틀 됐는데.'

다정은 고개를 절레절레 저었다. 이렇게 쉽게 돌아갈 생각이었다면 이 먼 곳까지 도망쳐 오지도 않았다. 이곳에서 나흘간 더 머물다 방콕에 들러 치앙마이로 갈 예정이었다.

'오늘 본 소식은 그냥 모르는 척하자.'

그녀는 반짝이는 바다를 바라보며 다짐했다.

'왜…….'

또르르 볼을 타고 흘러 턱에 매달린 눈물을 손등으로 닦으며 그녀는 절망했다.

툭―

순간 정수리에 와 닿는 묵직한 느낌에 다정은 화들짝 놀라 뒤를 돌아봤다. 하얗고 매끈한 발을 보니 그녀의 눈에 눈물이 더욱 넘쳐 흘렀다. 고개를 들자 그녀의 눈에 햇빛을 받아 번쩍이며 빛나는 건우의 얼굴이 보였다. 웃으며 바라보는 그의 얼굴을 확인하자 그녀는 스스로가 한심할 정도로 안도감이 들었다.

"이건우…… 여기는 어떻게……?"

울먹이는 목소리로 묻자 그가 그녀 앞에 무릎을 꿇고 앉았다.

"도망쳐 봐야 이건우 손바닥 안이지."

"찾지 말라고 했잖아."

마음과 다른 말이 나갔다.

"언제는 내가 말 들었나?"

"싫어졌대도. 무섭다니까?"

"거짓말쟁이. 이제는 네 표정만 봐도 다 알 수 있어."

건우가 바람에 흐트러진 그녀의 머리카락을 매만지며 말했다.

"거짓말 아니야."

"지금도 거짓말."

그의 말에 다정은 입을 다물었다.

처음 함께 산부인과 검진을 갔을 때 건우가 다정을 바라보던, 그때는 연기였던 사랑 가득했던 눈이 지금 이곳에 있었다. 이번엔 연기가 아니었다. 사랑을 가득 담은 밝은 갈색 눈동자가 그녀를 향해 반짝였다.

그는 몸을 살짝 일으켜 청바지 주머니 속에서 상자를 꺼냈다. 그리고 한쪽 다리를 세워 다시 자세를 바로잡았다. 그리고 그녀를 향해 상자를 열어 보였다.

"안다정."

그가 목소리를 가다듬고 그녀의 이름을 불렀다.

"나와 결혼해 줘."

그녀는 그의 프러포즈와 손에 들린 반지를 보고 깜짝 놀라 양손으로 입을 가렸다. 단순한 은색 링에 작은 다이아몬드가 알알이 박혀 있었다. 그녀는 선뜻 아무런 대답도 하지 못하고 반지와 그의 얼굴을 번갈아 바라봤다.

"네가 자꾸 생각나."

그녀의 머뭇거림에 그가 다시 입을 열었다.

"눈앞에 아른거려. 눈을 감든 뜨든 온통 너야. 너를 안던 순간이, 너를 만지던 감촉이 너무 생생해. 꼭 내 안에서 네가 살아가는 것 같아. 그런 널 내가 어떻게 잊고 살아갈 수 있겠어."

"……."

"네 말대로 처음부터 잘못됐던 거야. 아이 때문이 아니라 너이기 때문에, 너라서 함께하고 싶어. 모든 순간을, 모든 삶을, 너와 함께. 그러니, 나와 결혼해 줘."

그의 눈에도 눈물이 맺히고 그녀의 눈에서는 계속해서 눈물이 흘러내렸다.

"어서 대답해."

"……."

"거짓말하지 말고. 널 위해 모든 것을 포기하고 날아왔어."

"……좋아."

그녀가 아주 작은 목소리로 답했다.

"안 들려."

"좋아. 너랑 결혼할게."

그녀는 고개를 세차게 끄덕이고 그의 목을 껴안았다. 그리고 참았던 울음을 터트렸다. 따뜻한 그의 몸에 그녀의 마음이 녹아들었다. 안도감이 들자 두려움도 사라졌다.

그녀도 그와 똑같은 것을 느끼고 있었다. 눈을 떠도 눈을 감아도 그가 보였다. 그를 만지던 순간, 그를 안던 순간이 모두 생생했다. 그가 그녀 안에서 살아 있는 것을 느꼈다. 그러니 더는 다른 사람들의 시선에 두려움을 느끼고, 그 두려움 때문에 그에게서 도망칠 수 없었다.

그의 어깨를 눈물로 흠뻑 적시고 간신히 울음을 그친 그녀에게 그의 입술이 천천히 다가왔다. 뜨겁고 끈적이는 바람과 태양 속에서 두 사람은 앞으로 한 발자국 나아가는 선약의 키스를 나눴다.

19. 언약식

"응, 엄마. 만났어요."

휴대 전화를 붙들고 다정은 울먹이며 통화를 이어 갔다. 건우와 만나 프러포즈를 받고 함께 그녀가 묶는 방으로 돌아오자마자 한국에 있는 엄마에게 전화를 걸었다.

"미안해. 걱정했지? 그보다 엄마, 나 건우 씨랑 진짜 결혼하기로 했어."

— 뭐? 그게 무슨 소리야? 이 서방이랑 너는 이미 부부잖아.

"하하. 그러게, 엄마. 우리는 이미 부부인데, 하하하."

전후 사정을 모르는 엄마에게 건우와 진짜 결혼을 하겠다고 했으니 이상하게 여기는 것이 당연했다. 다정은 그런 엄마에게 웃으며 얼버무렸다.

"응, 응. 같이 갈게요. 쪼금만 쉬고 갈게요. 한 사나흘 정도 같이 있다가."

그녀는 침대 끄트머리에 앉아 다리를 흔들며 말을 이었다. 끄라비에 잠깐 머물렀을 뿐인데 뜨거운 태양에 팔다리가 까맣게 그을렸다.

"그럼 끊어요."

엄마와의 통화를 끝내고 다정은 침대에 몸을 누였다. 그간의 모든 고통과 서러움이 사라져 온몸에서 기운이 쭉쭉 빠졌다.

위이잉, 위이잉.

다시 울리는 휴대 전화 진동 소리에 그녀는 발신자를 확인했다. 하지만 저장되어 있지 않은 번호였다.

"여보세요?"

— 정소진이에요.

소진의 목소리에 다정은 몸을 벌떡 일으켰다. 그리고 욕실을 슬쩍 곁눈질했다. 건우가 샤워하는 중이었다.

— 여보세요? 다정 씨, 듣고 있어요?

"네, 네. 듣고 있어요."

— 내 소식 들었어요?

다정은 소진의 약혼 소식을 떠올렸다.

"네, 들었어요. 어떻게 된 일이에요?"

— 건우 씨나 다정 씨한테 못 할 짓을 했어요. 미안해요.

"그게 무슨……?"

소진의 알 수 없는 말에 다정은 고개를 갸우뚱했다.

— 부모님께서 정해 놓은 혼사 자리가 있었어요. 이번에 두 사람 앞에 나타난 것은 어찌 보면 그 결혼을 하기 전 마지막 발악 같은 것이었어요.

"그 사람과 결혼하기 싫어서 우리 앞에 나타났단 뜻이에요?"

— 반반이었어요. 이 결혼도 싫고, 건우 씨도 되찾고 싶었고요. 아무튼 내 욕심 때문에 두 사람을 곤란한 상황에 빠트린 것 같아 미안하게 생각해요.

다정은 입술을 깨물었다. 무엇이 사람을 이토록 어리석게 만들 수 있는지 궁금했다. 어쩌면 세상의 모든 사랑이 그럴지도 모른다. 자신조차도 어리석게 건우를 피해 도망쳐 왔었으니.

"당신이 말한 해결이라는 것이 결혼이에요?"

— 그런 셈이죠. 내가 결혼 소식을 발표하면 두 사람을 난처하게 만드는 스캔들도 결국은 방향을 잘못 잡은 엉뚱한 해프닝이 될 뿐이니까요.

"그 결혼 꼭 해야 해요?"

왠지 모를 안타까움에 다정이 소진에게 물었다.

— 네?

"그 결혼, 우리 때문이라면 하지 말라고요."

— 후후훗. 꼭 두 사람 때문은 아니에요. 이 모든 사달에도 불구하고 약혼자가 저를 사랑해 주기 때문에 결혼하기로 했어요.

"……."

— 나도 나를 사랑해 주는 사람과 결혼하고 싶어요. 잘하는 거겠죠?

소진의 목소리에 물기가 섞여 있는 듯했다.

"그럼요. 잘하는 거예요. 여자는 사랑받는 결혼을 해야 행복한 법이니까요."

— 고마워요, 다정 씨.

"나도 고마워요, 소진 씨."

두 사람은 잠시 아무런 말 없이 전화기를 들고 있었다.

— 다시는 두 사람 앞에 나타나지 않을게요.

"그럼 더 고맙고요."

— 잘 지내세요. 아기도 순산하시고요.

"네, 소진 씨도 잘 지내요."

전화를 끊고 다정은 침대에서 일어나 창문 밖을 바라봤다. 작열하는 태양이 그 언젠가의 태양처럼 모래와 바다를 끓어오르게 했다.

✳ ✳ ✳

우거진 갈대밭 가운데로 나무 발판이 놓여 있었다. 바다에서 불어오는 바람이 갈대를 흔들며 쏴아아 소리를 냈다.

무릎까지 내려오는 기장의 흰색 드레스를 입은 다정은 천천히 나무 발판을 밟고 갈대 사이를 걸어갔다. 바닷바람에 굵게 웨이브를 넣은 머리카락이 흩날렸다.

굴곡진 길을 따라 걸어가니 나무로 지은 작은 돔 형태의 건축물이 보였다. 이 공원에서 새들의 소리를 감상할 수 있도록 만들어진 공간이었다. 처음 이곳에 건우와 함께 왔을 때 이 돔 속에서 여러 새의 울음소리를 들어 볼 수 있었다.

돔 근처까지 올라가니 그 작은 공간에 모인 사람들이 한눈에 들어왔다. 고운 단홍빛 치마에 상아색 저고리를 입은 엄마와 감색 정장을 입은 언니가 다정을 향해 웃고 있었다. 반대쪽에는 오늘 같은 날에도 흰옷을 차려입은 박 대표와 슈트 차림의 최 매니저가 있었다. 두 사람도 그녀를 향해 환하게 웃어 보였다.

그리고 또 한 사람.

"어서 와, 안다정."

네 사람 가운데 서 있는 이건우, 멋진 예복을 차려입은 그가 그녀를 향해 손을 내밀었다.

그녀는 그곳에 올라서기 전 잠시 고개를 돌려 바다를 바라봤다. 이곳에선 서해가 매우 작아 보였다. 건너편으론 인천이 바로 눈에 들어왔다. 태양이 뉘엿뉘엿 넘어가는 하늘이 노을로 인해 핑크빛으로 물들어 장관을 이뤘다.

이곳 근처에 예쁜 집을 얻어 이사했다. 이제 매일 이런 아름다운 풍경을 집에서도 볼 수 있다.

그런데 오늘 하늘은 왜 이렇게 특별히도 아름다운 것인지, 그녀는 하늘에 둥둥 떠 있는 듯한 기분을 주체할 수가 없었다.

그녀는 건우의 손을 잡았다. 하얗고 가느다란 손가락이 그녀의 손가락 사이를 파고들었다. 두 사람의 손바닥이 딱 밀착됐다.

"자, 신부가 도착했으니 언약식을 시작할까요?"

건우 뒤편에 서 있던 연세 지긋한 노인이 말했다. 오늘 두 사람의 결혼식을 위해 특별히 모신 분이었다.

스캔들 이후 두 달이 지났다. 임신은 21주 차. 이제는 누가 봐도 임산부라 할 정도로 다정의 배가 볼록하게 나왔다.

여론은 빠르게 방향을 바꾸어 다정과 건우에 대한 동정표가 늘어났다. 하지만 건우의 활동 중단은 계속됐다. 그 때문에 두 사람은 결혼식을 가족들과 조촐하게 치르기로 마음먹었다. 기자들도 연예인들도 초대하지 않고 조용하게 언약식만 진행하기로.

딱 한 사람 예외가 있었는데, 그것은 주례였다.

'김 선생님이 해 주셨으면 좋겠어.'

결혼식을 상의하며 건우가 다정에게 말했다.

김 선생님은 건우가 처음 아역을 맡았을 때 아버지 역할로 나왔던 연기자 선배님이었다. 그는 매우 유명한 원로 배우로 건우를 친아들처럼 여기며 아꼈고, 건우 역시 그를 존경하고 따랐다.

실제로 스캔들이 터졌을 때 개인적으로 건우에게 연락해 안부까지 물어 왔던 분이셨다. 그 때문에 다정은 건우의 바람을 거절할 이유가 없었다.

'그렇게 해.'

'정말?'

'당연하지.'

'이런 결혼식을 하게 해서 미안하다.'

건우는 진심으로 다정에게 미안해했다.

'괜찮아. 난 너만 있으면 돼.'

'장모님께도 죄송하고.'

'앞으로 우리 엄마가 이건우가 사위라고 엄청 자랑하고 다니실 텐데, 그걸 창피해하지 않으면 돼.'

'한동안 장모님 쫓아다니면서 '제가 사위입니다' 하고 다녀야겠다.'

'그럼 용서받고도 남아.'

그렇게 두 사람의 조촐한 결혼식과 주례가 결정됐다.

김 선생님 앞에 건우와 다정은 나란히 마주 보고 서서 양손을 맞잡았다.

"신랑은 언제나 신부를 사랑하고 존중하며, 이생에서 삶을 다하는 순간까지 그녀를 위해 온몸과 마음을 다해 헌신해야 합니다."

김 선생님의 말씀에 건우는 고개를 끄덕였다.

"신부 역시 언제나 신랑을 사랑하고 존중하며, 이생에서 삶을 다하는 순간까지 그를 위해 온몸과 마음을 다해 헌신해야 합니다."

다정도 고개를 끄덕였다.

"서로의 언약서를 낭독하겠습니다."

최 매니저가 재킷 안주머니에서 하늘색 봉투를 꺼내어 건우에게 건넸다. 건우는 목소리를 가다듬고 봉투 안의 편지글을 읽었다.

"처음 당신을 봤을 때 당신을 두고 혼자 떠날 수 없었습니다. 그 이유가 항상 궁금했어요. 무엇 때문이었을까. 낯선 타국에서 당신이 혼자 흘렸던 눈물 때문이었을까 생각한 적도 있습니다. 하지만 이제 와 생각해 보니 그날 나는 당신의 아름다운 영혼을 본 것입니다. 누구보다 아름다운, 누구보다 사랑스러운 영혼을 보고 만 것이지요. 그래서 나는 당신을 붙잡았습니다."

또르르, 다정의 볼에 눈물이 흘렀다.

"힘든 일이 많았고, 앞으로도 힘든 일이 많겠지요. 하지만 그런 고난들을 다 잊을 정도로 당신을 행복하게 해 줄 겁니다. 사랑이 가득 차서 그 어떤 나쁜 기운들도 당신의 영혼을 더럽힐 수 없게 할 겁니다. 이생이 다하는 순간까지, 어쩌면 다음 생의 시작에서도."

건우는 편지지를 다시 고이 접어 봉투 안에 넣은 뒤 김 선생님에게 건넸다. 그리고 다정의 볼에 흐르는 눈물을 손가락으로 부드럽게 닦아 주었다.

'다시는 울리지 않을 거야.'

그의 눈이 말했다.

이번엔 다정이 지혜에게서 분홍색 편지 봉투를 건네받았다. 경숙이 슬쩍 건네준 손수건으로 눈물과 콧물을 마저 닦아 내고 그녀는 봉투를 열어 편지지를 꺼내 들었다.

"다시금 당신 앞에 편지를 내밀면 당신은 기겁하겠지요."

그녀가 편지의 첫대목을 읽자 풋 하고 모두가 웃었다. 사정을 모르는 김 선생님만이 의아한 눈으로 모두를 둘러봤다.

"흠흠."

다정은 겸연쩍은 마음에 헛기침을 몇 번 한 뒤 다시 편지를 읽었다.

"이번 편지는 당신에게 하는 사랑의 맹세니 너무 겁먹지 말아요. 처음 당신과 만난 순간을 기억해 냈습니다. 모자를 깊숙이 눌러쓰고 사람들의 눈을 피해 들어온 당신을, 나는 멋도 모르고 큰 소리로 불렀지요."

두 사람의 첫 만남을 그녀가 기억해 냈다는 사실에 건우의 눈이 놀라서 커졌다.

"분명 자리를 혼자 피할 수도 있었는데 당신은 내 손을 잡고 나갔죠. 그리고 영원히 잊어버릴 수 없는 추억을 남겨 주었어요. 그날 밤 당신의 친절과 당신의 열정이 내 온몸에 새겨졌답니다."

모두가 들을 것을 염두에 두고 썼지만, 막상 소리 내어 읽으니 부끄러움이 밀려와 그녀는 빨개진 얼굴을 편지지로 가렸다.

"앞으로 다시는 당신을 떠나지 않을 거예요. 당신의 삶 속에서, 당신의 몸속에서, 당신의 마음속에서 나는 살아갈 것입니다. 그 누구에게도 당신을 뺏기지 않을 것이고, 그 누구에게도 나를 뺏기지 않을 거예요. 이생이 다하는 순간까지, 어쩌면 다음 생의 시작에서도"

건우와 똑같은 문장으로 언약서를 끝맺은 그녀는 편지를 접어 봉투에 넣고 마찬가지로 김 선생님에게 전했다.

김 선생님은 두 사람에게서 받은 봉투를 열어 편지지를 꺼냈다. 그리고 두 사람이 쓴 언약서에 사인하고, 그것을 박 대표가 들고 있는 액자에 끼워 넣었다.

"자, 이로써 두 사람이 진정한 부부가 되었습니다. 두 사람이 함께하는 동안 이 언약서에 적힌 내용을 기억하고 지키기 위해 온 힘과 마음을 다하길 바랍니다. 이제 신랑과 신부는 키스하세요."

다섯 사람의 박수를 받으며 건우와 다정은 입을 맞췄다.

서해 너머로 떨어지는 태양이 두 사람의 사랑처럼 불타오르며 하늘을 분홍색으로, 보라색으로, 붉은색으로 물들였다.

❊　❊　❊

건우와 다정은 테이블을 사이에 두고 마주 앉아 서로의 눈을 바라보았다. 서로를 바라보는 눈에 하트 모양이 둥둥 떠다녔다.

"주문하신 파르페와 아이스크림 나왔습니다. 맛있게 드세요."

얼굴에 웃음을 띠고 다가온 종업원이 초콜릿과 과자가 꽂힌 파르페와 컵에 담긴 밀크 아이스크림을 두 사람의 테이블에 올려 두고 갔다. 계산대로 돌아가서는 다른 직원들과 함께 수군거리는 소리가 카페를 가득 채운 음악 사이사이로 들려왔다.

이런 반응쯤은 다정에게 이제 아무렇지도 않았다. 그녀는 원피스 아래 볼록하게 튀어나온 배를 살짝 쓰다듬고 파르페를 자신에게로 가까이 끌어당겼다.

"맛있게 먹어."

"응. 잘 먹을게."

"근데 이렇게 다녀도 될까? 예정일이 다가오는데."

"괜찮아. 아직 사흘이나 남았는걸."

다정은 파르페에 꽂힌 기다란 모양의 과자를 쭉 빼내 아이스크림과 휘핑크림을 잔뜩 묻혀 입안으로 집어넣었다.

"그래, 뭐. 건다가 엄마 생각해서 예정일에 딱 맞춰 나오면 좋겠지만."

"그럴 거야. 우리 건다는 착하니까."

다정이 아삭아삭 맛있는 소리로 과자를 씹으며 말했다. 건우는 그런 그녀를 바라보며 그저 흐뭇하게 웃었다.

"너도 좀 먹어, 앗……."

초콜릿 과자를 다시 파르페 컵에서 빼내 건우의 얼굴 앞에 쑥 내밀다 말고 다정이 인상을 찡그렸다.

"왜?"

"응, 아니야."

"또 건다가 찼어?"

"응. 그런 것 같아."

그녀는 다시 그에게 웃음 지었다.

"깜짝 놀라게 좀 하지 마라."

"나 때문에 놀랄 일이 있기는 한가?"

"당연하지. 내가 너 사라졌을 때……."

"아아아아. 기억 안 난다. 안 들린다."

그의 말을 못 듣는 척 그녀는 귀를 막고 고개를 절레절레 흔들었다.

"그래, 알았어. 다신 안 꺼내기로 했지."

"……."

"아무튼, 너 때문에 놀랄 일도 있다고."

"아무리 그래도 내가 더 놀라지. 그놈의 인기는 사그라지지도 않아요."

"그놈의 인기에서 그놈이란 나 말인가?"

"네, 그렇습니다."

둘은 동시에 웃음을 터트렸다.

"내 인기가 아직 여전한 걸 다행으로 여겨. 조만간 복귀할 것 같으니까."

"아, 정말? 언제?"

"말이 조만간이지, 반년은 있어야 해. 건다도 같이 키워야 하고."

"우리 걱정은 말고. 정말 다행이다."

그녀가 활짝 웃었다. 그가 활동 중단을 선언한 지 8개월 가까이 지났다. 각종 촬영은 물론 인터뷰에도 응하지 않고 말 그대로 백수 노릇을 하면서 그녀 옆에 있었다.

기자 회견을 통해 그의 진심이 전해졌는지 여론의 태도가 180도 바뀌었다. 정소진의 결혼 소식도 그것에 한몫했다. 지금은 거의 모든 사람이 그의 활동 재개를 기다리고 있었다.

상처 입었던 그의 마음이 다시 열리기를 기도하던 다정도 그의 입에서 복귀 소식을 들으니 기쁘지 않을 수 없었다.

"아……."

웃고 있던 다정의 얼굴이 다시 살짝 찡그려졌다. 그녀의 아랫배에 묵직한 통증이 느껴졌다. 평소 건다가 발로 찰 때 느꼈던 태동이 아니었다.

"또?"

"응. 조금 이상해."

그녀가 숟가락을 테이블에 올려놓으며 말했다.

"이상해?"

"병원으로 가야 할 것 같아."

"지금?"

"응. 아무래도. 아!"

그녀가 테이블을 잡고 몸을 수그렸다. 허리를 숙이니 조금은 통증이 가시는 것 같았다.

"차에 준비 다 되어 있지?"

"어? 응, 응."

당황한 기색이 역력한 건우가 다정에게 다가와 손을 잡고 부축해 일으켰다. 축축하게 젖은 두 사람의 손이 서로가 얼마나 긴장했는지 여실히 보여 줬다.

❄ ❄ ❄

"아악! 아파!"

"후, 후, 후. 호흡 기억해."

"후, 후, 후."

"옳지, 옳지. 장모님이랑 처형도 곧 오실 거야. 그러니까 조금만 힘내자, 응?"

분만실 침상에 누운 다정은 얼굴이 하얗게 질린 채 구슬땀을 쏟아 냈다. 그 옆에서 건우가 다정의 손을 꼭 잡은 채 겁에 질려 있었다.

지난 7개월 동안 이 순간을 위해 준비했건만, 막상 눈앞에 닥치니 긴장된 마음에 어쩔 줄 몰랐다.

"후, 후, 후. 호흡을 길게, 길게."

"호흡! 호흡 같은 소리 하고 있네!"

다정은 짜증이 솟구쳤다.

"네가 낳아 봐! 왜 애는 여자만 낳는 건데!"

다정이 소리 질렀다. 그녀의 얼굴은 온통 고통으로 얼룩지고 눈물과 땀으로 범벅이었다.

"네가 뭘 알아! 네가 뭘 아느냐고! 아악!"

"다정아……."

"이게 다 너 때문이야! 이건우, 너 때문이라고!"

엉엉 울음을 터트린 다정은 말과 달리 건우의 손을 꼭 잡았다. 의지할 사람이라곤 그뿐이었다. 남편, 보호자, 아이 아빠. 그녀에게 많은 의미를 지닌 사람이었다.

"자, 다정 씨. 제가 힘주라고 하면 힘주세요. 힘 빼라고 할 때는 꼭 힘 푸셔야 합니다. 아셨죠?"

"빨리 꺼내 주세요. 빨리요!"

"자, 지금부터 힘주는 거예요. 시작합니다."

의사의 말에 다정은 힘껏 아랫배에 힘을 주었다. 건우와 함께 산모 수업을 다니면서 힘주는 방법을 배웠더랬다. 얼굴이 벌겋게 변하면 힘을 잘못 주는 것이다. 그렇게 하면 눈에 실핏줄이 터질지도 모른다. 다정은 연습할 때의 느낌을 되새기며 다시 힘을 주었다.

'연습한 대로만, 제발. 건다야, 제발…….'

다정은 아기에게 텔레파시를 보냈다.

콧구멍으로 수박이 튀어나오는 고통이랬다. 아니다, 배 위로 오토바이 수백 대가 지나가는 고통이랬다. 그런데 막상 그 산통이 닥치니 그 어느 것 하나 제대로 이 고통을 표현해 주지 못했다. 수박이 아니라 커다란 늙은 호박이 나오는 것 같았다. 오토바이가 아니라 트럭 수천 대가 지나가는 고통이라면 이해가 갔다.

하루처럼 길게 느껴지는 수십 분의 시간이 지나가고 나서야 다정은 무언가 크고 무거운 덩어리가 몸에서 쑥 빠져나가는 기분을 느꼈다.

"으아아아앙!"

이윽고 들려오는 우렁찬 울음소리에 반쯤 일으켰던 그녀의 몸이 침대 위로 풀썩 쓰러졌다. 의사의 지시에 따라 건우는 상기된 표정으로 아기의 탯줄을 잘랐다.

"축하드려요. 정말 예쁜 공주님이네요."

간호사가 피를 살짝 닦아 낸 쭈글쭈글하고 붉은 아이를 수건으로 감싸 다정의 가슴에 올려 눕혔다. 그러자 인상을 찡그리며 울먹거리던 조그마한 입술이 다물어지고 새근거리며 숨을 몰아쉬었다.

"진짜 예쁘다. 정말 예뻐."

건우가 눈물을 글썽이며 땀으로 범벅이 된 다정의 머리카락을 넘겨 주었다. 아기를 바라보는 그의 눈에 경이감이 서렸다.

"진짜 작아, 그치?"

다정은 눈물을 흘리며 자신의 가슴에 누워 심장 소리를 듣고 있는 아기를 바라봤다. 다시 봐도 믿기지 않았다. 이 작은 아기가 모든 것의 시작이었다. 이 작은 아기가 두 사람에게 오기 위해 많은

난관을 이겨 내고 모든 역경에서 승리했다.

"정말 작고 예뻐. 둘 다, 정말 예쁘다."

"이건우, 울어?"

"기뻐서 그래, 기뻐서."

눈물이 가득한 얼굴을 마주하고 두 사람은 웃었다. 기뻐서 흘리는 눈물은 얼마든지 흘려 줄 수 있었다. 생생한 기쁨이 지난 수개월 동안 두 사람을 괴롭히던 모든 것들을 잊게 했다.

"아기 이름은 지었어요?"

"네, 그럼요."

질문하는 간호사를 향해 건우가 고개를 끄덕였다. 그는 손바닥으로 얼굴의 눈물을 거칠게 닦아 내고 한차례 심호흡을 한 뒤 간호사를 향해 빙긋 웃었다.

"아이의 이름은 해랑, 이해랑이에요."

이해랑.

두 사람의 아기가 딸이든 아들이든 상관없이 지어 줄 수 있는 이름을 고르다 선택한 순우리말 이름이었다. 해랑은 해와 함께하는 밝고, 명랑한 사람이라는 뜻이었다. 다른 모든 것을 떠나 자신들의 아이가 항상 행복하고 건강하길 바라는 마음에서 한마음으로 지어 주었다.

"해랑. 예쁘네요. 공주님에게 잘 어울려요."

간호사는 환하게 웃으며 아기 침대 명찰에 '이해랑' 이라고 적었다.

에필로그

"으아아아앙. 응애, 응애."

"해랑아 울지 마. 제발 부탁할게."

다정의 이마에 깊은 주름이 잡혔다. 벌써 20분째, 해랑이의 울음이 그치지 않아 실랑이 중이었다. 아이의 울음엔 네 가지의 이유가 있다고 누가 말했던가.

'배가 고파서, 용변을 봐서, 잠을 자려고, 아파서라고? 웃기시네. 그냥 우는 거야, 그냥. 엄마를 괴롭히기 위해서라고!'

잠이 쏟아지고 짜증이 치미는 것을 다정은 모정으로 참고 있었다.

"자, 여기."

하품하며 안방으로 들어서는 건우의 손에 젖병이 들려 있었다. 잠을 자다 간신히 팬티만 걸쳐 입고 아래층으로 내려간 그는 냉장고에 미리 짜 두었던 모유를 데워 들고 왔다.

"왜 이렇게 오래 걸린 거야?"

살짝 짜증 섞인 목소리로 다정이 물었다.

"미안. 잠결이라……."

"잠결이라 뭐?"

"온탕기 버튼을 누른지 알았는데 그냥 기다리고 있었지 뭐야."

"내가 못 살아."

다정은 건우를 살짝 흘겨보고 해랑이에게 젖병을 물렸다. 하지만 역시나 해랑이는 고개를 흔들어 젖병을 뱉어 냈다.

"도대체 뭐가 문제인 거니? 잠 좀 잘 수 없을까, 아가?"

여전히 울음을 그치지 않는 해랑이에게 다정이 애원하며 물었다. 당연히 대답은 돌아오지 않았다.

해랑이가 태어난 지 이제 겨우 두 달. 산후조리원에서 돌아오고부터 이 고된 밤이 시작되었다. 네 시간마다 배가 고파서 일어나는 것을 제외하고도 해랑이는 두 번씩은 꼭 더 깨서 울어 댔다.

"도저히 안 되겠다."

지켜보던 건우가 말했다. 그는 작은 탁자 위에서 휴대 전화를 들어 어딘가로 전화를 걸었다.

"누구한테 거는 거야? 벌써 새벽 3시인데……."

"쉿."

그는 입에 손가락을 가져다 댔다. 이윽고 누군가 전화를 받았는지 그가 반색했다.

"어머님, 죄송해요. 주무셨죠?"

'아, 엄마…….'

다정은 건우가 전화를 건 상대가 자신의 엄마인 것을 알자 안심이 되었다.

"아니요. 그런 것이 아니라 해랑이가 자꾸 밤에 깨서 울어요.

배가 고픈 것도 아니고, 기저귀를 갈아 줘도 계속 그래요. 네, 네…… 아…… 네."

그는 심각한 표정으로 전화 통화를 계속 이어 갔다.

"알겠습니다. 네. 아니에요, 저희가 어떻게든 해 볼게요. 네, 네. 혹시 그 방법이 통하지 않으면 어머님께 다시 연락드릴게요. 주무시는데 죄송해요. 네, 네……. 감사합니다, 어머님."

통화가 길게 이어지더니 드디어 그가 전화를 끊었다.

"엄마가 뭐라고 하셔?"

"다 너 닮아서 그런 거라고."

"뭐?"

다정은 어처구니가 없었다.

"내가 뭘?"

"자기도 갓난아기일 때 해랑이처럼 오밤중에 깨서 아무 이유 없이 울어 댔대."

"말도 안 돼. 난 기억에 없어. 처음 듣는 이야기라고."

억울함에 다정은 볼을 부풀리고 입을 삐죽였다.

"당연히 기억에 없겠지. 말했잖아, 갓난아기일 때라고."

"그래서 엄마는 나를 어떻게 재웠대?"

"그게 있지……."

건우는 곤란한 표정으로 어색한 웃음을 흘렸다.

* * *

이사를 온 이 동네는 밤이 되고 새벽이 오기 전이면 곳에서 들어오고 나가는 통통배들의 소리가 가까이에서 들려왔다. 새로 도시가 들어선 이곳에 두 사람은 예쁜 3층짜리 전원주택을 얻었다.

이건우가 산다는 소문에 낮에는 여전히 몇몇 사람들의 호기심 어린 방문이 대문 밖으로 이어졌다. 그래도 아직은 조용히 살아가고 있다.

정원으로 나온 건우는 유모차에 해랑이를 태우고 천천히 밀며 정원을 돌았다.

"으, 추워."

다정은 발목까지 오는 두꺼운 겨울용 점퍼를 입고도 추워서 이가 덜덜 떨리는 것을 어찌할 수가 없었다. 새벽 3시에 산책이라니. 이해할 수 없는 엄마의 조언이었지만, 그래도 어쩔 수 없었다.

'해랑이만 잠재울 수 있다면…….'

그리고 그 기도가 통했는지, 아니면 엄마의 방법이 특효약인지, 아니면 둘 다인지 해랑이는 밖으로 나온 지 10분이 지나자 유모차 안에서 새근새근 잠들었다.

"드디어!"

완전히 지친 목소리로 다정이 어깨를 축 늘어뜨렸다.

"많이 힘들지?"

건우가 다정의 어깨를 보듬어 안으며 말했다.

"응, 진짜 힘들어."

"이렇게 힘들 줄 몰랐는데."

"진짜 몰랐지."

"후회해?"

"아니, 그럴 리가 없잖아."

진심을 가득 담아 다정이 답했다. 그깟 잠 좀 못 자면 어떠하랴, 낮에 자면 될 것을. 그깟 뱃살이 좀 트면 어떠하랴, 다른 사람 보여 줄 것도 아닌데.

그녀에게는 세상에서 그 무엇보다 소중한 보물이 두 가지나 생겼다. 그것도 세상 사람 모두가 부러워할 만큼 잘생기고 잘나고 사랑스러운 보물이. 그러니 불평불만이 입 밖으로 나오는 것은 그녀조차 어찌하지 못할 본능이라 쳐도, 입 밖으로 나온 순간 모두 잊어버리는 불평불만이었다.

"매일 이렇게 산책을 해야 하는 걸까?"

"어머님 말씀으로는 한 3개월 정도는 더 고생해야 할 거래."

"다행히 날씨는 점점 더 따듯해지겠네."

"다행히 나는 언제나 당신과 함께할 것이고."

낯간지러운 말에 그녀는 몸을 비비 꼬며 그에게 자신의 몸을 살짝 부딪쳤다.

"어이쿠."

그가 엄살 섞인 목소리와 함께 휘청거렸다.

"5년이 지나도 10년이 지나도 나는 당신과 함께하겠지?"

다정이 물었다.

"당연하지."

건우가 몸을 바로 하고 그녀를 꼭 껴안았다.

"10년이 지나도 20년이 지나도, 죽을 때까지 우리는 함께일 거야."

"어쩌면 다음 생애서도?"

"어쩌면 다음 생애서도."

다정은 건우의 가슴에 얼굴을 파묻었다.

'행복해서 죽을 것 같다는 건 이럴 때를 두고 하는 말인가 봐.'

그녀는 행복해서 눈물이 났다. 지금 이 순간은 꿈에서도 만난 적이 없었다. 1년 전의 우연이 세 식구를 만들었다. 이건 운명이었다. 다정하고, 달콤한, 앞으로 3개월은 여전히 잠이 부족하겠지만, 그래도 행복한 운명이었다.

— The end

외전 1. 지혜와 고행

"이건우, 조심하도록 해. 내가 두 눈 크게 뜨고 지켜볼 테니까."

"나가시죠."

"어이, 내 말 듣는 거야?"

"안 나가면 경비를 부르겠습니다."

최고행 매니저는 지성화를 병실 문 쪽으로 밀며 말했다.

"밀지 맙시다. 내 발로 걸어 나갈 테니. 다정아, 무슨 일 있으면 바로 나한테 연락해. 알았지?"

성화는 계속해서 소리쳤다. 고행이 그를 데리고 빠르게 병실 밖으로 나왔다.

'피곤한 사람이군.'

복도로 나가서도 한동안 씩씩거리며 분을 삭이지 못하는 성화를 보며 고행은 혀를 찼다. 성화는 고행이 싫어하는 부류의 사람이었다. 주제를 모르고 덤비는 사람, 자신이 뭐라도 된 듯 착각 속에

사는 사람. 그리고 그런 사람들의 주제를 확실히 일깨워 줄 때만큼
고행에게 기쁜 순간이 없었다.

"아무튼, 다정이에게 무슨 일이 또 생기면 내가 가만 안 있을
겁니다. 알겠어요?"

성화가 씩씩거리며 말했다.

"그쪽이 무슨 상관이죠?"

"그쪽? 무슨 상관?"

고행의 말에 성화의 굵은 눈썹이 꿈틀거렸다.

"그쪽이라는 표현이 거슬린다면 바꾸죠. 지성화 씨가 다정 씨와
무슨 상관이 있습니까?"

"흥. 이건우만 아니었으면 지금쯤 다정이랑 나는……."

"아무 사이도 아니죠."

고행은 성화의 말을 끊었다.

"지성화 씨. 법무법인 A에 근무하다 지난달 말일 자로 해고되
신 것으로 압니다. 법무법인에 굉장히 중요했던 의뢰인의 사건을
완전히 망치셨다고? 하필 약혼녀였던 동료 변호사의 아버님이 의
뢰인이었고요."

"이봐, 당신……."

"법무법인과 약혼녀 집안에서 손을 쓴 터라 다른 변호사 사무실
로 옮길 수도 없고, 파혼까지 당하셨죠."

고행의 말에 성화의 얼굴이 하얗게 질렸다.

"안다정 씨의 이혼을 맡거나 혹은 그게 잘 안 되면 이건우의 담
당 변호인을 하고 싶은 모양인데, 죄송합니다만."

고행은 잠시 말을 끊었다. 그리고 비스듬하게 고개를 살짝 기울
이며 성화를 바라봤다. 그의 얼굴에 비웃음이 가득한 것을 굳이 성

화에게 숨기지 않았다.

"저희 소속사는 아마추어 초짜 변호사에게 우리나라 최고 톱스타를 맡길 정도로 허술하지 않습니다. 안다정 씨의 이혼 역시 전혀 예정에 없는 일이고요. 그러니 그 알량한 자존심이라도 마저 건질 생각이 있다면 지금이라도 조용히 사라지시죠."

"이, 이⋯⋯."

성화는 얼굴이 벌겋게 달아올라 고행을 노려봤다. 분노 게이지가 머리끝까지 차올랐는지 붉게 변한 얼굴이 터지기 일보 직전의 폭탄처럼 보였다.

"그리고 말인데⋯⋯."

고행이 성화에게 한 발짝 다가섰다.

"한 번만 더 두 사람 곁에 나타나면 개인 사무실을 내더라도 다시는 변호사 노릇 못 하게 사회에서 매장시켜 드리죠."

싸늘하게 식은 그의 말투에 성화의 얼굴이 더욱 하얗게 질렸다. 고행의 말이 허세가 아니라 실제로 자신을 그렇게 만들 수 있다는 강한 확신이 서린 협박이었기 때문이다.

"내, 내가 오늘은 바, 바쁜 일이 있어서⋯⋯."

시계도 차지 않은 손목을 바라보며 시간을 확인하는 행동을 하는 둥, 횡설수설하면서 성화는 뒷걸음질 치며 빠른 걸음으로 VIP 병실에서 멀리 달아났다.

'어리석군. 정말이지 어떻게 저런 놈이 다정 씨와⋯⋯.'

팔짱을 끼고 서서 멀어져 가는 성화를 바라보던 고행은 고개를 절레절레 저었다.

"대단하시네요."

자신을 향한 말에 고행은 고개를 돌려 목소리의 주인공을 확인했다. 물병을 손에 들고 막 병실 문을 나서던 지혜였다. 그녀는 병실 문에 기대어 팔짱을 끼고 그를 응시했다. 핫팬츠와 끈으로 된 민소매 티셔츠가 시원스럽게 그녀의 몸매를 드러냈다.

"별말씀을."

고행은 지혜를 향해 살짝 미소를 지으며 답했다.

"칭찬으로 한 말이 아닌데요?"

그녀는 그를 향해 미간을 찌푸리며 말했다.

"그런가요?"

"그렇게 선한 얼굴로 그런 협박을 하시다니, 대단하다는 뜻이었어요."

그녀의 말에 그는 다시 빙그레 웃었다.

"선한 얼굴로 봐 주셨다니 감사하네요."

"초점이 잘못된 거 아니에요? 그런 뜻이 아니었잖아요, 방금도?"

그녀의 날이 선 말에 그는 어깨를 으쓱했다.

'내가 원하는 대로 생각하고 사는 겁니다.'

그런 의미를 가득 담아 아무렇지 않다는 뜻으로 다시 웃어 보였다.

"흥. 계약 결혼이나 하는 이건우나, 그걸 가만히 놔둔 매니저나 똑같은 사람이겠죠."

그녀는 더 볼 것도 없다는 듯이 말을 마치자마자 그를 스쳐 지나갔다.

'이런. 처형한테 제대로 찍혔군, 우리 건우.'

그는 자신에게 쏟아진 비난은 아무렇지 않게 흘려듣고 오직 건우에게만 신경을 썼다. 건우를 위해 살아온 10년의 세월이었다. 그러니 지혜가 건우를 향한 나쁜 감정을 씻어 버리는 길을 찾아야겠다고 다짐했다.

✳ ✳ ✳

2년 후.

지혜는 집에 막 도착한 건우와 다정에게 해랑이가 막 잠들었다고 알렸다. 건우는 옷을 갈아입겠다며 2층으로 올라가고, 다정은 지혜를 끌고 소파로 가 앉았다.

"언니, 많이 힘들었지?"

"전혀. 애기들이 다 해랑이 같으면 백 명도 키울 수 있겠어."

"그런 말 마. 얘가 우리랑 있을 때랑 다른 사람이랑 있을 때가 다르다니까."

"너나 그런 소리 하지 마. 해랑이가 얼마나 착한 공주님인데."

지혜는 그렇게 말하면서도 어쩔 수 없이 아픈 어깨를 주물렀다.

이제 막 두 살이 된 해랑이는 얌전할 때는 정말 얌전하다가도 잠이 오려고 하면 떼를 썼다. 안아 달라, 책을 읽어 달라, 엄마를 찾고 아빠를 찾고…….

'으아, 진짜 집에 가고 싶다.'

칭얼거리다 잠든 해랑이 옆에 지쳐 쓰러지기 일보 직전에 건우와 다정이 돌아온 것이다.

가끔 두 사람이 시사회나 영화제, 결혼식과 같이 공식 석상에 함께할 때면 조카바보가 된 지혜는 해랑이를 대신 봐 주곤 했다.

엄마가 함께할 때도 있었지만, 오늘은 갑작스럽게 잡힌 스케줄이라 그녀 혼자 해랑이를 돌봐야 했다.

"정말 고마워, 언니. 이거 오늘 행사장에서 받은 건데, 언니 주려고 내가 하나 더 받아 왔지."

"오, 진짜?"

"그럼. 신상이래, 신상."

지혜는 다정이 내민 쇼핑백을 풀어 봤다.

"우와 이거 진짜 예쁘다."

그녀는 안에 들어 있는 화장품을 꺼내 보고 감탄했다. 크리스털 병에 들어 있는 기초 화장품 세트였다. 한 병에 수십만 원이나 하는 최고가 제품이라 평소에는 엄두도 내지 못하는 것이었다.

"오, 좋은데. 아이 돌본 피로가 싹 가셨어."

"전혀 안 힘들었다 하더니?"

"뭐, 그렇다는 거지. 암튼, 고맙다 동생."

그녀는 화장품을 다시 잘 포장해 쇼핑백에 넣었다.

"이건 엄마 갖다드려."

다정이 똑같은 쇼핑백 하나를 더 지혜에게 내밀었다.

"왜, 너 쓰지 않고? 이거 엄마랑 나눠 쓸게."

"난 건우 씨가 이것저것 많이 받아 와서 많아. 괜찮으니까 엄마랑 언니랑 하나씩 써."

"오, 애 키우더니 철들었네."

그녀들이 웃으며 이야기를 나누는데 건우가 옷을 다 갈아입고 거실로 내려왔다.

"피곤하시죠, 처형?"

"네, 조금요. 그런데 이 선물들을 보니 피곤도 싹 가시네요."

"하하하. 그 정도로 되겠어요? 해랑이가 잠들 때 엄청 떼를 썼을 텐데요."

"그래도 해랑이가 '이모, 이모' 할 때 얼마나 귀여운데요. 그거 봐서 참는 거죠. 이런 선물이랑."

지혜는 해랑이의 애교를 떠올리며 활짝 웃었다.

"언니도 빨리 결혼해야지."

"어휴, 야. 난 제부 때문에 눈이 높아져서 글렀어."

다정의 말에 지혜는 고개를 절레절레 저었다.

"아무튼, 저는 이만 갑니다."

그녀는 묵직한 쇼핑백 두 개를 들고 일어났다.

"아, 밖에 고행이 형이 기다리고 있어요."

"네?"

"처형 모셔다드리고 퇴근한다고 차에 있거든요."

"아니, 꼭 안 그래도 되는데……."

"어서요."

건우는 시혜의 쇼핑백을 빼앗아 들고 앞서 나갔다. 당황하는 그녀를 향해 다정은 웃으며 고개를 끄덕여 보이고 그녀에게 팔짱을 꼈다.

'어쩔 수 없지. 신세 좀 져야겠네.'

지혜는 단념하고 다정과 함께 건우를 쫓아 주차장으로 갔다.

고행이 검은색 스포츠카에 앉아 있다가 세 사람이 들어서는 것을 보고 밖으로 나왔다. 그는 머리부터 발끝까지 온통 검은색이었다. 그래도 장례식장 복장과는 사뭇 다른 세련된 느낌이 들었다. 그의 재킷 앞주머니에 꽂힌 화려한 무늬의 붉은색 행커치프 때문이었다.

"안녕하세요?"

감기에 걸린 건지, 아니면 피곤한 건지 그의 목소리 끝이 많이 갈라졌다.

"네. 저는 안녕한데, 그쪽은 아니네요?"

"감기요."

"아, 그러시구나."

그녀는 이전에 병원에서 봤던 고행의 이미지 때문에 아직도 그를 그렇게 좋게 보지 않았다. 건우와 다정의 결혼식 때, 다정의 출산 이후에, 그리고 오가면서 가끔 만나도 길게 이야기를 나누지 않았던 것은 그때 가졌던 편견 때문이었다.

겉과 속이 다른 사람.

그것이 고행에 대한 지혜의 평이었다.

이 때문에 그녀는 오늘 그의 차를 얻어 타고 집으로 가는 것이 달갑지 않았다. 게다가 감기라니, 옮으면 어쩌라고.

"타세요. 모셔다드리죠."

"굳이 안 그러셔도 되는데."

"제 집도 지혜 씨 집 근처거든요."

"아, 네."

지혜는 말끝을 흐리며 답했다.

다정은 그런 지혜의 옆구리를 쿡 찔렀다. 더 사양하는 것도 예의가 아니라는 눈초리에 지혜는 어쩔 수 없이 뾰로통한 표정으로 조수석에 올라탔다. 건우가 짐을 뒷좌석에 실어 주었다. 지혜는 창문을 내리고 다정과 건우에게 인사를 했다. 그리고 고행의 차가 주차장을 벗어나 달리기 시작했다.

"아기 좋아하나 봐요?"

얼마간 이어졌던 침묵이 어색했는지 고행이 지혜에게 물었다.

"그냥 그래요."

그녀는 여전히 불퉁하게 대답했다.

"아이 갖고 싶지 않아요?"

"별로요."

그녀는 그의 질문이 마음에 들지 않아 단답형으로 답했다.

"왜요?"

'어휴, 정말.'

그녀는 창밖을 바라보던 시선을 돌려 운전하는 고행을 바라봤다.

"왜 그런 것이 궁금해요?"

"그냥요."

그는 여전히 앞만 보고 운전하는 중이었다.

"여자는 꼭 애를 갖고 싶어 해야 돼요?"

"그건 아니죠."

"저는 애들 별로 안 좋아해요. 됐죠?"

"네."

두 사람은 다시 침묵했다.

"그쪽은요?"

조금 뒤 이번에는 지혜가 고행에 물었다.

"저요?"

"네, 그쪽요. 여기 그쪽 말고……."

"네, 저 말이죠. 저도 애는 별로."

"안 갖고 싶어요?"

"네."

"왜요?"

"남자도 꼭 아이를 갖고 싶어야 합니까?"

"뭐, 아니죠."

"애들 안 좋아해요. 그리고 저는 비혼주의자입니다."

"비혼?"

"결혼이라는 제도를 안 좋아해요. 생각도 없고요."

'신기한 남자네.'

그제야 지혜는 고행에게 호기심이 생겼다.

"연애는요?"

"그것도 별로."

"혹시 여자 안 좋아해요? 남자를 좋아하시나?"

"여자 좋아합니다."

"연애 별로라면서요?"

"그래도 여자를 좋아할 수는 있죠. 뭐, 딱 필요한 순간 빼고는 찾을 일도 없지만."

"딱 필요한 순간이 언제인데요?"

그녀의 질문에 그는 대답하지 않았다.

"언제인데요?"

"……."

"어어? 왜 대답을 못 하실까? 이상하네?"

끼이이익—

그는 갑자기 차를 골목길에 세웠다. 가로등 하나 없고 인적도 드문 골목길의 어둠 속에서 차가 멈춰 섰다. 그는 어리둥절한 채 놀란 눈을 하는 그녀를 향해 몸을 돌렸다. 차가운 그의 눈동자가 또렷하게 그녀를 바라봤다.

"섹스하고 싶을 때. 그때가 제가 여자를 찾는 순간입니다."

그의 대답에 그녀는 한동안 얼어붙었다. 그러다 슬며시 입가에 미소를 띠었다.

"나도 그런데."

"뭐요?"

"나도 남자 찾을 때는 그때밖에 없거든요. 섹스가 필요할 때."

두 사람은 다시금 서로를 응시했다.

"그럼, 지금……."

"그럼, 지금……."

두 사람의 입에서 동시에 똑같은 말이 튀어나왔다.

"할래요?"

그가 물었다.

"여기서요?"

그녀가 되물었다.

"싫어요?"

"흐음. 글쎄요."

그녀는 웃으며 대답했다. 그리고 자동차 문에 있는 버튼을 눌러 운전석을 뒤로 쭉 넘겼다. 완전히 누운 자세가 될 때까지 그녀를 바라보고 있던 그는 입고 있던 재킷을 벗어 뒷좌석으로 던졌다. 그리고 기어 바를 넘어 그녀의 위에 자신의 몸을 겹쳤다.

✻　✻　✻

지혜의 손이 부들부들 떨렸다.

'두 줄, 두 줄이라니.'

세면대 위에 올려 둔 임신 테스트기에 선명한 빨간색 두 줄이 떠 있었다. 그녀는 손이 떨리고 몸이 떨렸다. 거울 속 자신의 얼굴에 떠오른 절망감에 그녀는 눈을 감았다.

똑똑똑.

"안지혜, 안 나오고 뭐 해?"

"지, 지금 나가."

그녀는 휴지로 대충 테스트기를 둘둘 말아 감싸고 휴지통에 버렸다. 그리고 볼을 손바닥으로 찰싹찰싹 때렸다.

'정신줄 바싹 잡자. 놓치면 안 돼.'

그녀는 몇 차례 심호흡하고 욕실 문을 열고 밖으로 나왔다. 에어컨의 찬 공기가 속옷만 입은 그녀의 살갗에 차갑게 와 닿았다.

"왜 이렇게 오래 걸렸어?"

고행이 지혜를 걱정스러운 눈으로 맞이했다. 샤워 가운을 걸치고 있어도 그의 탄탄한 몸이 그대로 드러났다. 이미 반년 가까이 지속한 관계 덕분에 눈을 감아도 그의 몸 구석구석을 선명하게 떠올릴 수 있다.

"아무것도, 아무것도 아니야."

그녀는 그의 시선을 피해 호텔 침대에 풀썩 쓰러져 몸을 뉘었다. 그리고 에어컨 바람을 피해 이불을 끌어 덮었다.

그는 잠시 그런 그녀를 바라보다 욕실로 들어갔다. 그리고 휴지통 속에 남겨져 있는 수상한 물체를 손에 들었다.

빨간 줄 두 개. 그것이 의미하는 바를 모르는 그가 아니었다. 띵한 어지럼이 몰려와 그는 잠시 세면대를 짚고 눈을 감았다.

초반에는 그가 확실히 피임했었다. 관계가 지속되고 얼마 지나자 지혜가 피부에 칩을 삽입하는 피임을 했다. 그런데 임신이라니,

도무지 어떻게 된 영문인지 알 수 없었다.

"신경 쓰지 마."

담담한 목소리에 고행은 눈을 뜨고 욕실 문가에 서 있는 지혜를 바라봤다. 그녀 역시 당황한 모습이 역력했다. 그녀의 성격대로 아무렇지 않은 척하는 것이다.

"우리는 다정이네랑 달라."

"다르다니?"

"당신이 특별히 나를 책임져야 할 이유가 없다는 말이야. 그리고 우리 둘 다 아이를 좋아하지 않잖아. 그러니……."

"그러니 지우자고?"

"……."

지혜는 섣불리 대답하지 않았다.

상점이나 길에서 칭얼거리고 떼쓰는 아이들을 볼 때면 골치가 아프고 고개를 절레절레 젓는 그녀였다. 하지만 해랑이가 태어나고 나서 마음이 조금 바뀌었다. 조카가 이렇게 예쁜데 내 배 속으로 나온 자식은 얼마나 예쁠까 싶었다.

하지만 그런 마음 때문에 고행에게 억지로 부담을 시울 수는 없었다. 두 사람의 관계도 마음을 주고받는 것보다 육체적인 것에 집중되어 있었다.

'어쩌면 멈추라는 하늘의 뜻일지도 모르지.'

그녀는 아이를 지울 생각보다 고행과의 관계를 정리할 생각이었다. 그런데 왜 마음이 아플까. 찌릿한 통증이 가슴을 울렁거리게 했다.

"어쩌면 지금 멈추라는 하늘의 계시일지도 모르겠군."

고행이 말했다. 자신이 했던 생각과 너무 똑같아 지혜는 깜짝 놀란 눈으로 그를 응시했다.

"이렇게 끝나서 유감이야."

"응?"

"응? 뭐가?"

그의 의아한 눈빛에 그녀는 자신이 뭔가 실수했다는 느낌을 받았다.

"왜 그래?"

"내 말을 잘못 이해하고 있군. 나는 이런 무의미한 관계를 멈추고 당신과 새로운 관계를 시작할 생각이야."

"누구랑? 나랑?"

"그래. 안지혜, 너랑."

지혜는 그의 말에 오스스 소름이 돋은 팔을 끌어안았다.

"이해가 되지 않아."

"안 그래도 너와 새롭게 시작하고 싶었어."

"새롭게 시작하다니, 무슨 소리야?"

그녀의 질문에 그는 대답하지 않고 천천히 그녀에게로 다가섰다. 그녀는 당황한 표정으로 한 발 뒤로 물러서다 벽에 등이 닿자 고개를 빳빳이 들고 그를 바라봤다. 그는 한 손으로 그녀의 얼굴을 부드럽게 쓰다듬었다. 그리고 천천히 그녀의 턱을 손으로 살짝 올리고 입술에 키스했다.

정사를 나누면서 주고받던 입맞춤이 아니었다. 몸이 아니라 마음을 녹이는 키스에 그녀는 정신이 날아갈 것 같아 온몸이 긴장됐다.

"나도 결혼이란 걸 해 볼까 하는데. 그 전에 너랑 연애부터 하고 싶어. 어때?"

"……."

너무 놀란 나머지 그녀는 잠시 아무 말도 하지 못했다.

"다시 말하지만 우리는 다정이네와 달라. 그리고 나도 다정이와 다르고. 나는 혼자서도 아이를 키울 수 있고, 굳이 이런 일로 남자 발목 붙잡을 생각 없어."

그녀의 입에서 폭포수처럼 말이 튀어나왔다.

"하아……. 안지혜."

그가 한숨을 길게 내쉬었다. 사뭇 진지한 표정으로 내려다보는 그의 얼굴이 그녀를 긴장시켰다.

"내가 그동안 표현을 잘 못했나 보다. 내 말은…… 널 좋아한다는 뜻이야. 여자로, 애인으로, 부인으로, 내 아이의 엄마로서 나와 함께해 달라는 거야."

자신의 두근거리는 심장 소리가 직통으로 그녀의 귓바퀴에 전달되고 있었다. 그의 고백이 그녀의 마음을 움직이지 않았다면 거짓말이다. 하지만 그런데도 그녀는 마음을 굳게 먹고 한 손으로 가까이 다가와 있는 그의 몸을 슬쩍 뒤로 밀었다.

"임신했다고 해서 쉽게 넘어가고 싶지 않아. 애는 나 혼자서도 키울 수 있거든."

그녀가 떨렸던 마음을 추스르고 다시 담담하게 말했다.

"그러니 정말 내 마음을 얻고 싶은 거라면 처음부터 시작해야 할 거야."

"처음부터?"

"썸부터 제대로 시작하자는 거야. 그렇게 썸도 타 봐야, 당신에게 넘어가서 연애도 해 볼 수 있겠지. 잘되면 결혼도 할 수 있을 거고. 하지만 그게 잘 안 되면 당신은 그냥 정자 제공자일 뿐이야.

조금 나은 경우 공동 양육자로 해 줄 수도 있어."

"……."

"그러니 제대로 날 꾀어 봐. 내 마음이 완전히 넘어가지 않으면 절대 당신이랑 결혼할 생각 없으니까."

고행은 묵묵히 그녀의 말을 듣기만 하다 이내 미소 지었다. 당당한 모습이 마음에 드는 그녀였다. 어느 순간에도 남자에게 밀리거나 여자라서 기죽지 않았다. 그런 지혜를 좋아하는 자신이 그녀의 제안을 놓칠 리 없다.

"어때?"

그녀의 도전적인 질문이 날아왔다.

"좋아. 제대로 꾀어 주지."

고행은 호기롭게 답했다.

그는 절대 그녀를 놓칠 생각이 없었다.

외전 2. 린다

　잔잔한 클래식 음악이 흐르고, 다정은 천천히 스트레칭을 시작했다. 앉은 자세에서 허리를 꼿꼿이 펴고 어깨를 쫙 폈다. 무릎을 구부려 팔로 안고 등을 천천히 뒤로 밀었다가 다시 머리를 밀며 허리를 폈다. 다리를 앞으로 쭉 펴고 팔을 알라 스콩(á la Seconde)에서 앙 오(en haut)로 변화시키며 발끝을 향해 허리를 숙였다 펴는 것을 반복했다. 중간중간 자세가 변할 때마다 거울로 허리와 골반, 루어백의 위치를 확인했다.

　출산 이후에 취미로 시작한 발레가 몸에 익자 건우와 상의해 작은 방 하나를 발레 교실과 비슷하게 만들었다. 정원을 향하는 창을 제외한 벽면 전체에 거울을 설치했다. 개인용 발레 바도 두어 스트레칭이 끝나면 기본 발레 동작도 착착 복습했다.

　뻣뻣하기만 했던 몸이 조금이나마 유연해지고, 근육이라고는 찾아볼 수도 없던 몸에 작고 기다란 근육들이 서서히 자리 잡았다.

해랑이를 아주머니에게 맡기고 오로지 발레 동작에만 집중하는 매일 한 시간이 다정에게 가장 자유롭고 편안한 시간이었다.

따르르르릉.

거실에서 울리는 전화벨 소리에 다정은 잠시 정신이 흩어졌다. 잠시 이어지던 전화벨 소리는 잠시 후 끊어졌다. 아주머니가 전화를 받은 것 같았다.

똑똑똑.

"사모님, 전화가 왔는데요."

밖에서 아주머니의 목소리가 들렸다.

'사모님이라니, 으으.'

여전히 적응되지 않는 호칭에 다정은 잠시 미간을 찌푸렸지만, 이내 얼굴에 미소를 띠고 스트레칭 매트 위에서 일어나 방문을 열었다.

아주머니 품에 안겨 까르르 웃고 있는 해랑이의 볼을 살짝 쓰다듬고, 아주머니에게는 눈인사한 후 거실로 가 수화기를 들었다.

"전화 바꿨습니다."

— 안다정 양인가요?

높고 날카로운 음색의 여자 목소리가 들려왔다. 나이는 오십 대 정도 됐을까. 말끝을 끄는 말투가 고상하다기보다 고상한 척하는 것 같아 거슬렸다.

"네, 그런데요. 누구신가요?"

— 건우 엄마예요.

"네?"

— 이건우 엄마 되는 사람입니다.

"아……."

예상치 못한 상대방의 말에 다정은 입을 벌리고 아무런 대답도 하지 못했다. 고아나 다름없다고 했던 건우의 말과 결혼식에서조차 볼 수 없었던 시어른의 모습에 그녀는 그들의 존재를 까마득하게 잊고 살았다.

'고아나 다름없다고 했지, 고아라고는 안 했는데 어떻게 이렇게 까맣게 잊어버릴 수가 있었을까.'

난감해하던 다정은 건우 탓을 할 수밖에 없었다. 그가 소개한 적도 없고, 연락처를 알지도 못하니 다정으로서는 없는 사람들로 치부하고 살았다.

— 아직 거기 있나요, 안다정 양?

"아, 네. 안녕하세요, 어, 어……."

'어머님이라고 부르는 것이 맞을까?'

갑작스러운 의문에 다정은 쉽게 수화기 속 상대에게 어머님이라는 호칭을 사용하지 못했다.

— 아무래도 아들 결혼식도 못 간 데다, 손주도 안아 보지를 못했으니 인녕하시는 않겠죠?

그걸 질문이라고 하냐는 듯 책망하는 말투였다.

"아, 네……."

— 그래서 말인데 이번 주 토요일에 내가 거기에 찾아가도 되겠죠?

"네? 이번 주 토요일이요?"

— 그래요.

"바로 내일모레인데……. 건우 씨랑은 통화하셨어요?"

그녀의 질문에 어머님은 대답이 없었다.

"저기, 어머님?"

결국, 다정은 어머님이라 불렀다.

— 아, 건우한테는 다정 양이 말해 줘요.

"네?"

— 그럼, 점심시간에 맞춰서 갈게요. 바빠서 이만……

"저, 저기요? 여보세요? 어, 어머님?"

수화기에서는 뚜뚜거리는 신호음만 울렸다.

❋　❋　❋

"누구라고?"

침대에 몸을 뉘던 건우가 팔로 몸을 지탱한 채 어정쩡한 자세로 다정을 내려다봤다. 잠옷으로 갈아입은 그녀는 베개를 베고 누워 그를 향해 '나는 아무것도 모르오'라는 눈빛을 보냈다.

"어머니?"

"응. 전화가 왔는데 '건우 엄마 되는 사람'이라 하셨어."

"그래서?"

"안녕하세요, 했더니 안녕 못 하신대."

"왜?"

"결혼식도 못 봤고, 해랑이도 못 봤고. 저기, 나 꼭 고자질하는 기분이거든?"

찝찝한 마음에 다정이 투덜거렸다. 시어머니 되는 사람과의 불편했던 통화 내용을 다른 사람도 아니고 남편에게 말해도 되나 싶었다. 그래도 건우에게는 엄마인데, 팔은 안으로 굽는 법 아니던가.

"한 글자도 빼놓지 말고 다 말해. 고자질 아니야. 사실을 말하는 거니까."

"후, 나는 모르겠다."

"그래서 또 뭐라 하셔?"

"모레 집에 오시겠다고."

"뭐?"

건우는 말 그대로 침대에서 펄쩍 뛰었다.

"쉿, 조용. 해랑이 깰라."

다정은 몸을 일으켜 잠시 아기 침대에 있는 해랑이를 살폈다. 다행히 해랑이는 새근거리는 숨소리를 내며 꿈나라를 여행 중이었다.

"우리 집에 오신다고?"

"응."

건우는 충격을 받아 정신이 몽롱했다.

어머니라니. 중학교 3학년, 할머니 장례식장에서 본 이후로 단한 차례도 만난 적이 없었다. 재혼해 이민했다는 말은 박 대표로부터 전해 들었다. 건우에게는 직접적인 연락이 오지 않았지만, 박대표에게는 간간이 소식을 전하는 모양이었다.

하지만 그마저도 어머니가 재혼했던 때가 마지막이었다. 그러니 7년 만에 연락이 닿은 것이다. 그것도 그의 집으로 직접.

'도대체 왜 인제 와서? 한국에 있는 거야? 나한테 원하는 것이 뭔데? 해랑이한테 할머니 노릇이라도 하겠다는 건가?'

온갖 질문이 머릿속에서 소용돌이쳤다.

"그만."

다정이 건우의 팔을 끌어당겼다.

"응?"

"생각 그만하고 여기 누워."

그녀가 자신의 옆자리를 툭툭 쳤다. 그는 웃으며 그녀 옆에 누웠다.

"팔베개."

다정의 주문에 그는 왼팔을 뻗어 그녀의 머리를 받치고 오른팔로 몸을 껴안았다. 가슴에 폭 와 닿은 그녀의 숨결이 알몸인 그의 가슴에 뜨겁게 닿았다.

"고민할 필요 없어. 그분은 하루만 더 지나면 오실 테니까."

"……."

"궁금한 것이 있으면 그분께 직접 여쭤봐."

"오시는 것도 달갑지 않아. 엄마라니, 그런 호칭을 자신에게 썼다는 것 자체가 믿을 수 없어."

"그래, 나도 그렇게 생각해."

다정은 건우를 다독였다. 그에게서 어머니와 아버지의 이야기를 들은 것은 결혼식 준비가 한창일 때였다. 그의 배우 활동도 중단했던 때라 결혼식을 조촐하게 치르기로 하면서 꼭 초대해야 할 가족, 친지, 친구들에 대해 상의했을 때였다.

'아버지라는 사람은 자신의 어머니가 죽었는데 울지도 않았어. 그냥 와서 슬쩍 보고 갔을 뿐이야. 원래 사업하는 데 정신이 팔려서 가족들한테는 소홀했던 사람이야. 자기 자신밖에 모르고. 지금은 멀리 지방에서 중소기업을 운영하고 있는 걸로 알고 있어. 그래도 어머니보단 나은 사람이라, 내 생일이면 미안하다는 문자는 남기시는 분이지.'

건우는 분노와 슬픔을 넘어 체념한 목소리였다.

'어머니는 대단한 사람이지. 아버지 사업이 한창 힘들었을 때 그냥 가출했어. 아버지에게 이혼 서류를 우편으로 보내왔지. 그렇게 남편도 버리고 자식도 버렸는데 뭐가 그렇게 당당한지, 내가 배우로 성공하는 것을 보고 초반에 연락이 꽤 왔었어. 물론 박 대표한테. 수고 형이 나한테 자세한 말을 해 주진 않았지만, 급전 때문이었던 것 같아. 재혼해서 외국으로 나간다는 연락이 마지막이었어.'

그 이야기를 들었을 때 다정은 속으로 얼마나 분노했는지 모른다.

'나에게는 수고 형과 고행이 형이 가족이야.'

직설적으로 말하는 성격인 박 대표나 차갑고 말이 없는 최 매니저에게 별다른 감정이 없었던 다정은 건우의 이야기를 들은 후에 그들을 대하는 태도가 바뀌었다. 자신의 사랑을 지켜 준 고마운 사람들, 그래서 그녀 역시 그들을 가족으로 대했다.
'어머니라는 사람이 원하는 것이 뭘까?'
건우 못지않게 다정도 건우 어머니의 속내가 궁금했다.

✲ ✲ ✲

"긴장돼?"
"응, 조금. 아무래도 너무 오랜만에 보니까."
다정은 웃으며 건우의 손등을 톡톡 두드렸다. 긴장한 기색이 역력한 그의 얼굴을 보니 그녀까지 되레 긴장됐다. 건우 어머니의 방문을 박 대표와 최 매니저에게 알리자 두 사람은 동시에 어깨를 으쓱였다.

'건우에게는 미안하지만, 원하는 것이 딱 하나라는 것은 분명해요. 그러니 너무 기대하지는 않았으면 좋겠군요.'

자세한 말을 덧붙이지 않아도 그 말에 숨은 의미를 다정은 파악할 수 있었다.

딩동—

초인종 소리에 건우와 다정은 동시에 소파에서 일어났다. 다정은 재빨리 인터폰으로 달려가 문 열림 버튼을 눌렀다. 15년 만에 만나는 어머니의 모습을 건우가 인터폰으로 확인하게 하고 싶지 않았다.

현관문을 열고 두 사람은 밖으로 나갔다. 또각또각 구두 부딪치는 소리가 들리고, 얼마 지나지 않아 화려한 보랏빛 투피스를 입고 깃털이 달린 챙 넓은 모자를 쓴 오십 대 중반으로 보이는 여인이 시야에 들어왔다. 옷과 달리 얼굴 화장은 수수했다.

'멋쟁이시네.'

다정이 본 건우 어머니의 첫인상이었다.

건우 어머니 뒤로 까만 슈트를 입은 젊은 남자가 양손에 과일 바구니와 쇼핑백을 들고 따라 올라왔다.

"안녕, 아들?"

그녀는 마중 나온 아들 내외를 발견하자 환하게 웃으며 손을 흔들었다. 마치 어제도 만났던 사이처럼 대수롭지 않은 인사였다.

"안녕하세요, 어머님?"

다정은 당황한 기색을 숨기며 손을 가지런히 모으고 허리를 숙여 정중하게 인사했다. 가까이에서 바라본 건우 어머니는 나이보다도 한참은 젊어 보였다.

"어머님 말고 린다라고 불러요. 외국에서 오래 생활을 해서 그런지 한국식 호칭에 익숙하지가 않아요."

"그, 그래도⋯⋯."

"아니면 마미라고 부를래요?"

'마미라니⋯⋯.'

다정은 빠르게 고개를 저었다.

"아들, 인사 안 하니?"

린다는 뚫어져라 건우를 바라봤다.

"들어오세요."

메마른 표정과 목소리로 대답하고 건우는 먼저 집 안으로 들어섰다.

"차가운 건 제 아빠를 꼭 빼닮았어."

린다는 투덜거리며 그를 뒤따랐다.

'후, 긴 하루가 되겠구나.'

다정은 어깨가 축 늘어지는 것을 간신히 끌어 올렸다.

린다를 따라왔던 남자는 집 안에 물건을 내려 두고는 정중하게 인사를 하더니 집 밖으로 나갔다. 그녀를 태우고 온 기사나 비서쯤으로 다정은 생각했다.

"좋은 집이구나."

거실에서 집 안을 휘 둘러보며 린다가 말했다.

"여기로 앉으세요."

다정은 린다에게 소파를 권하고 부엌으로 가 차를 준비했다.

"차가운 것으로 드릴까요?"

"아니, 따뜻한 홍차 있으면 부탁해요."

"네."

집에 홍차가 있어 다행이라 여기며 다정은 티포트에 물을 끓였다.

린다는 허리를 꼿꼿하게 세우고 소파에 앉았다. 다리를 가지런하게 모으고 앉아 핸드백을 다리 위에 올리고 망사 장갑을 낀 손을 얌전히 모았다. 고상함이 온몸에서 자연스럽게 배어 나왔다.

반면 건우는 그녀의 오른편 1인용 소파에 등을 기대 다리를 꼬고 앉아 있었다. 한쪽 팔로 턱을 괴고 비스듬한 시선으로 그녀를 노려봤다.

그는 실망했다. 그가 마음속으로 그리던 어머니는 이렇게 세련되고 고상한 여성이 아니었다. 삶에 찌들고 고생을 많이 한, 그래서 세월의 흔적이 얼굴에 묻어나는 모습이었다. 한데 린다라는 이름은 무엇이고, 이 패션은 무엇이며, 이 자세는 또 무엇인가.

"뜨거우니 조심히 드세요."

두 사람의 어색한 공기를 깨트리며 다정이 거실로 차를 들고 왔다.

"두 사람을 보니 좋구나."

린다가 웃으며 말했다.

"여기는 왜 오셨어요?"

건우가 삐딱한 자세를 고치지 않고 그대로 질문을 던졌다.

"바로 본론이네."

린다는 그럴 줄 알았다는 듯 말했다. 그녀는 천천히 다정이 내온 찻잔으로 손을 뻗었다. 그리고 차를 살짝 맛보고 다시 테이블에 내려놓았다.

"내가 해외로 나간 것은 알고 있니?"

"이름을 들으니 확실히 알겠네요."

"훗, 냉소적이기는."

건우의 비꼬는 말투도 린다는 그냥 흘려 넘겼다.

"영국에서 온 좋은 남자를 만나 재혼을 했어. 같이 영국으로 갔고, 그곳에서 10년 넘게 살았단다."

"그런데요?"

"그 사람이 죽었어."

"……안됐군요."

"꼭 그렇지는 않아. 그가 나한테 회사를 남겼거든. 그것도 매우 큰 회사를."

그녀는 두 사람이 처음 들어 보는 회사 이름을 말했다.

"너희는 잘 모르겠지만, 가구와 생활 디자인 용품에서 두각을 나타내는 기업이란다."

"그런데요?"

"곧 한국에서도 사업을 시작해서 내가 잠시 한국에 머물 것 같아. 그래서 말인데, 20년 가까이 못 나눈 모자지간의 시간을 보내고 싶단다."

"하, 하하."

기가 차서 나오는 맥 빠진 웃음소리가 건우의 입에서 나왔다.

"항상 궁금했어요."

"뭐가?"

"제멋대로 구는 성격이 누구를 닮은 걸까. 아버지 쪽일까, 어머니 쪽일까."

"……."

"당신을 닮았던 거군요, 나는."

차가운 그의 말에 다정까지 심장이 얼어붙는 느낌이었다. 하지만 린다는 꼿꼿한 자세를 허물지 않았다. 그녀의 입가에 살짝 걸린 미소도 마찬가지였다.

"네가 나를 얼마나 미워하고 원망하는지 잘 안다. 나도 이러기가 쉽지 않아. 용기를 내서 찾아온 거란다."

"멋대로 말이죠."

"이건우, 내 처지도 이해할 나이 아니니?"

"무슨 입장이요? 학교에 갔다 왔더니 짐을 싸서 사라져 버린 당신의 입장이요? 이혼 서류를 우편으로 보낸 입장이요? 할머니에게 맡겨진 채 부모를 그리워하던 어렸던 내 입장은 어쩌고요?"

"그건……."

건우는 자리에서 벌떡 일어났다. 그의 얼굴이 시뻘건 분노로 가득 찼다.

"할머니가 돌아가셨을 때조차 당신은 나한테는 단 한마디도 하지 않았어! 그저 얼굴만 살짝 들이밀고 사라졌지!"

"네 아빠가 널 거두리라 생각했으니까."

"당신은 모성이란 없는 사람이야. 자기 자식을 버리고 가 놓고, 단 한 번도 찾지 않았지. 소속사로 연락을 해서도 돈만 바랐어."

"그렇지 않아. 너를 만나게 해 달라는 내 요구를 박 대표가 오해한 거다. 돈을 던져 주면서 널 찾지 말라고 했어."

"내가 그렇게 해 달라고 했으니까!"

린다는 고개를 저었다. 그녀의 얼굴에 드디어 감정이 보였다. 깊은 절망감이었다.

"한두 번으로 오해가 풀릴 거라고는 생각하지 않았어. 그래도 어렵네, 이런 말 듣는 거."

"할머니 돌아가시고 내 삶이 어땠는지 알게 된다면 지금 힘든 것쯤은 아무것도 아니라고 느끼게 될 거야."

건우는 말을 마치고 그대로 2층으로 올라가 버렸다.

거실에 남은 린다와 다정은 서로의 얼굴을 멀뚱히 바라볼 뿐이었다.

"미안해요, 다정 양. 못 볼 꼴을 보였군요. 우리 모자지간이 풀 이야기가 많아요. 그러니 이해 바라요. 그런데 아이는 어디 있나요? 손녀딸을 안아 보고 싶은데."

"죄송하지만……."

다정은 힘겹게 운을 뗐다.

"아이는 오늘 친정 엄마가 돌보고 계세요. 그리고 저는 무조건 건우 씨 편이에요. 그러니 제게 이해를 바라지 마세요."

"후후, 건우가 아내를 잘 만났군요."

"죄송합니다. 이만 돌아가 주세요."

"알겠어요. 나도 갑자기 나타나서 시어머니 노릇을 할 생각은 없답니다. 조만간 또 보죠."

린다는 자리에서 일어나 현관으로 향했다. 복도에서 잠시 건우가 올라간 2층 계단을 바라보더니 짧은 한숨과 함께 고개를 살짝 젓고 마저 걸어갔다.

"실례 많았습니다."

"안녕히 가세요."

린다가 나가고 다정은 현관에 있는 과일 바구니와 쇼핑백에 시선이 닿았다. 쇼핑백 안을 들여다보니 웬 상자가 들어 있었다. 그녀는 그것을 들고 거실로 돌아와 포장을 뜯었다.

'아…….'

그녀는 깜짝 놀라 입술을 깨물었다.

해랑이에게 주려고 사 왔는지 상자 안에 여자아이가 입는 예쁜 하얀색 드레스가 들어 있었다. 분홍색 구두와 공주 머리띠도 함께였다. 해랑이가 봤으면 분명 까르르 웃음을 터트리며 린다에게 안겼을 것이 분명했다.

상자 한쪽에서 작은 엽서 봉투를 발견한 다정은 그것을 열어 보았다. 시원시원한 글씨가 한눈에 들어왔다.

「다시는 상처 주지 않을게. 미안하다, 건우야.」

다정은 린다를 그냥 보낸 것을 조금 후회했다.

'어쩌면 좋은 분일지도…….'

린다의 말대로 이 자리에 오기가 쉽지 않았을 것이다. 재가해 타국에서 살았고, 그 남편마저 죽었으니 핏줄인 건우가 떠올랐을 것이다.

'다음에 또 보자고 했으니 그때 감사 인사를 해야겠네.'

다정은 잠시 드레스를 쓰다듬으며 바라보다 자리에서 일어났다. 그리고 2층에서 홀로 서러움과 그리움, 그리고 분을 가라앉히고 있을 건우에게로 향했다.

외전 3. 시나리오

거실 테이블 위에 있는 두툼한 대본이 다정의 시선을 끌었다. 다음 달에 크랭크 인 하는 건우의 새로운 영화 대본이다. 칸 영화제에 매년 초청되는 유명 감독의 작품인 데다 유명한 드라마 작가의 첫 영화 시나리오였다. 게다가 캐스팅된 주연, 조연 배우들이 모두 연기력이 쟁쟁해 사람들의 기대를 한 몸에 받는 작품이었다.

감독, 작가, 제작사와의 첫 미팅을 마치고 돌아온 건우의 눈에는 빛이 번뜩였다. 지금껏 그가 출연했던 작품들과는 사뭇 다른 장르였기에 배우로서의 흥미가 동한 터였다.

해랑이는 어린이집에 갔고, 건우는 위층에서 낮잠을 자고 있었다. 시간이 빈 다정은 대본을 들고 처음부터 찬찬히 읽어 내려갔다. 건우가 직접 대본에 자신의 대사를 형광펜으로 표시해 놓고 작은 글씨로 감정선까지 메모해 둔 덕분에 그녀는 쉽게 내용을 파악할 수 있었다.

'이게 뭐야!'

얼마간 말없이 대본을 읽던 다정은 갑자기 이맛살을 찌푸리고 대본을 탁 덮었다. 그리고 그것을 들고 건우가 잠든 안방으로 들어섰다.

"이건우, 일어나 봐."

그녀는 엎드려 누워 있는 건우를 불러 깨웠다.

"으, 조금만 더 잘게."

그는 이불을 끌어 덮으며 말했다.

"일어나. 할 말 있으니까."

"아, 좀."

"하나, 둘⋯⋯."

"일어났습니다."

건우가 벌떡 일어나 앉으며 말했다. 졸린 눈을 비비고 다정을 바라보는 눈에 원망이 가득했다.

"나 어제 공연 연습 하느라 늦게 잔 거 알면서."

두 사람이 결혼하자마자 건우는 꿈에 그리던 대학교 연극영화과에 입학했다. 이제 4학년 졸업반이 된 그는 졸업 공연 연습을 하느라 없는 시간을 쪼개어 쓰고 있었다. 졸업 후에는 대학원에서 석박사 과정을 밟을 생각이었다.

"이게 뭐야?"

"뭐?"

다정은 건우 앞으로 대본을 툭 던졌다.

"뭐긴, 새 영화 대본이잖아?"

"나도 그건 아는데, 내용이 이게 뭐냐고."

그녀는 허리에 양손을 짚고 되물었다.

이번 작품이 지금까지 건우가 해 왔던 배역과 내용과는 전혀 다르다는 것을 그에게 '들어' 알고 있었지만, 방금 그녀가 읽은 대본은 가히 충격적이었다. 19금, 청소년 관람 불가 딱지가 떡하니 영화 포스터에 붙을 만큼 야하고 잔인한 심리 스릴러였다.

"너무 야하잖아. 내가 지금 읽은 부분이 3분의 1 정도 되는데, 여기까지 정사 장면이 몇 개인지 알아? 그리고 너무 세밀하잖아. 이거 직접 찍을 거야?"

"당연하지. 난 대역 안 써."

"너무 야해. 포르노 수준이라고."

"말이 심하다."

그는 피곤한 표정으로 얼굴을 문질렀다. 그녀의 반응을 이해하지 못하는 것은 아니지만, 이미 결정된 일에, 그것도 자신의 '일'에 이렇게 반응하는 것은 익숙지 않았다.

"그냥 가벼운 정사 장면일 뿐이야."

"정사 장면? 전라 노출에, 관계 장면에 대한 자세한 묘사도 있거든?"

"주연 배우들도 다 훌륭한 선배님들이고, 감독도 연출 쪽에서 알아주는 분인 거 알잖아? 감독님 영화 봤으면 어느 정도 예상했던 일 아니야?"

그는 다시 침대에 누워 눈을 감았다.

"일어나."

"싫어. 잘 거야."

"그 감독님 작품 중에서도 수위가 최고일 것 같은데?"

"응, 맞아."

"상대 여배우는?"

그는 그녀에게 유명한 여배우의 이름을 말했다. 그보다 열 살은 더 많은, 하지만 아역부터 연기 생활을 해 오고 연기력으로는 대한민국에서 모르는 사람이 없을 정도로 유명한 배우였다. 게다가 그 배우의 관능미란, 영화계에서 손에 꼽힐 정도였다.

"으, 내가 좋아하는 사람이네."

"이미지 바꾸고 연기 공부도 될 거야."

"으으, 정말 싫다. 네가 배우인 거 이럴 땐 정말 싫어."

"질투하는 거야?"

그가 눈을 번쩍 뜨고 물었다. 그의 얼굴에 장난이 가득했다.

"아니, 전혀."

그녀는 불안한 마음에 그렇게 말하고 대본을 들고 방을 나가려 했다. 그러나 그녀의 손목을 끌어당기는 건우가 더 빨랐다.

"아!"

"어디를 도망가시나?"

그는 그녀를 끌어당겨 침대에 눕혔다. 그리고 그녀를 자신의 몸으로 누르고, 위에서 지그시 내려다봤다. 입가에 미소가 가득하고, 눈을 가득 채우던 졸음은 사라진 상태였다.

"왜…… 왜?"

"정 불안하면 대본 연습 좀 해 볼까?"

"뭐?"

"정말 야한지, 안 야한지 해 보면 알겠지."

"무슨 그런…… 꺅!"

그는 그녀가 입은 원피스를 살짝 걷고 한 손을 집어넣어 그녀의 배꼽 옆을 스치듯 어루만졌다.

"거칠어도 참아."

그가 갑자기 그녀의 팬티를 끌어 내렸다. 갑작스러운 움직임에
그녀는 다리를 모았다.

"이런 내용은 없었어."

"아직 못 읽은 거겠지."

그녀의 항의엔 아랑곳하지 않고 그는 원피스를 마저 끌어 올렸
다. 그리고 그녀의 브래지어를 빠른 손놀림으로 풀어내고 가슴을
입안에 물었다.

"아흥……."

그녀의 입에서 신음이 흘렀다. 두 사람이 평소 나누던 부드러운
섹스와는 감촉도 속도로 달랐다. 그는 눈빛까지 완전히 다른 사람
이 되어 그녀의 몸을 혀로 훑었다. 그러더니 갑자기 그녀의 손목을
머리 위로 올리고 원피스로 손목을 묶어 침대 기둥에 고정시켰다.
그녀를 움직이지 못하게 만든 그는 그대로 그녀 안으로 자신을 밀
어 넣었다.

"앗!"

"그만할까?"

그가 살짝 이를 드러내며 웃었다. 평소와는 전혀 다른 그의 모
습에 그녀는 소름이 돋을 정도였다. 약간 무섭기도 했다. 하지만
그의 연기를 받아 주는 것은 결혼 5년 차인 그녀에게는 어려운 일
도 아니었다.

"아니, 계속해."

그녀는 대본 속 그의 이름을 말했다. 그러자 그는 살짝 뻑뻑한
그녀 안을 그대로 휘저으며 움직이기 시작했다. 그는 손으로 그녀
의 가슴을 꽉 잡고 몸을 일으켜 그녀의 엉덩이가 침대에서 살짝
들리게 했다. 그대로 더 깊고 강하게 그는 자신을 그녀에게 확인시

켰다.

"아…… 으으흥."

"헉…… 헉……."

깊은 신음이 방 안을 가득 채우던 어느 순간, 그는 허물어지듯
그녀 위로 쓰러졌다.

"어때?"

"후우, 인정. 너한테 딱 맞는 배역이네."

"그렇지? 나도 그렇게 생각해."

그는 킬킬 웃었다. 그가 웃을 때마다 가슴에 닿은 머리카락이
그녀를 간지럽혔다.

"실제로 하는 건 아니지?"

"당연하지. 그러면 포르노지."

건우가 다정의 묶였던 손목을 풀어 주며 답했다.

"그래도 너무 적나라해. 이런 장면이 거의 반 이상이잖아."

"줄거리상 필요한 거야. 이런 장면을 어떻게 연출해 낼지가 난
더 궁금한데."

"으, 내가 너의 반만큼만 감독님을 믿었으면 좋겠다."

"요, 질투쟁이."

그는 손가락으로 그녀의 콧날을 살짝 튕겼다.

"이렇게 안고 있으니 신혼 같네."

"방해하는 딸내미도 없고."

"한 번 더 할까?"

그의 말에 그녀는 눈을 흘겼다.

"몸이 반응하는 걸 모르는 척하고 있었는데."

"그런 것 같아서 묻는 거야."

"그럼 이번엔 이 장면으로 해 보자."

"응?"

그녀는 대본에서 충격받았던 장면을 펴서 그의 얼굴 앞에 내밀었다.

"오, 이건 좀……."

"왜? 실제로는 어려울 것 같아?"

"해 보면 알겠지."

그와 그녀는 동시에 얼굴 가득 도전을 받아들이는 의기양양한 웃음을 지었다.

"5년이나 지났는데……."

다정을 그윽한 눈길로 바라보며 건우가 말했다.

"지났는데, 뭐?"

"우리는 아직도 서로에 대한 애정이 그대로야. 그치?"

"아마도?"

일부러 다정은 돌려 대답했다.

"그렇게 말해도 날 사랑하는 거 다 알아."

"글쎄, 그것도 아마?"

"밀당하는 거야?"

"그럼. 결혼 생활에도 적절한 밀당이 있어야 하거든. 그래서 우리가 아직도 달콤한 결혼 생활을 유지하는 거지."

그녀가 그의 목에 팔을 둘렀다.

"어째 갈수록 여우가 되어 가는 것 같다."

"이건우랑 살려면 어쩔 수 없어."

"왜?"

"예쁘고 멋진 여배우들이 주위에 그득한데 나만 바라보게 하려면 여러 가지 기술이 필요하거든."

"다행이네, 잘 터득한 것 같아서."

그가 키득거리며 웃었다.

"사랑해."

그가 웃음을 멈추고 그녀의 콧잔등에 입 맞추며 말했다.

"나도. 사랑해."

고개를 들어 그의 입술에 쪽, 입을 맞춘 그녀가 말했다.

두 사람의 다정한 결혼은 계속 진행 중이었다.

작가 후기

안녕하세요, 해인입니다.

전자책으로는 여러 작품으로 독자 여러분을 만났지만, 종이책으로는 처음 인사드리네요.

작년 여름, 뜨거운 날씨에 '다정한 결혼'이 첫 연재를 시작했어요. 뜨거웠던 날씨만큼 뜨거웠던 반응에 놀란 기억이 아직도 선명합니다.

한창 우울한 내용의 다른 작품을 쓰다 지쳐 뭔가 새롭고, 재미있고, 흥미로운 내용을 쓰고 싶어 생각해 낸 것이 '다정한 결혼'의 시작이었어요. 구체적인 내용보다 '원 나이트와 임신'이 퍼뜩 떠올랐죠. 거기에 '연예인 남주'라는 살을 붙여 시놉시스를 짜게 되었습니다.

다정은 편모 가정에서 자란 막내딸이지만, 당차게 세상을 살아가려고 노력하는 약간의 허당끼와 푼수 기질을 지닌 여성으로 그리고 싶었어요. 이제 세상에 나온 다정이 제 의도대로 보일지 걱정이네요.

반면, 건우는 고아가 아님에도 고아처럼 혼자서 세상에 맞서 자라 톱 배우가 된 남성이에요. 공적으로는 미담이 속출하지만, 사실은 제멋대로 구는, 가면을 쓰고 살아가는 인물이죠.

서로 상반되는 환경에서 살아온 두 인물의 다정하지 못한 결혼 생활을 그려 내고 싶었습니다. 그리고 갖은 고난을 겪고 나서 결국은 사랑에 골인하는 과정을 보여 드리고 싶었어요.

가벼운 마음으로 키보드 자판을 두드리며 초반 두 사람의 옥신각신하는 모습을 쓰면서 매우 즐거웠습니다. 생각지도 못한 독자분들의 뜨거운 성원에도 많은 힘을 받았고요.

솔직히 말씀드리면 연재를 하면서 매 순간이 즐겁진 못했어요. 응원의 목소리도 있었지만, 그만큼 쓴소리도 많았거든요. 그래서 결말을 지을 때쯤엔 정말 힘들게 자판을 눌렀으니까요. 하지만 뒤돌아 생각하면 독자님의 쓴소리 덕분에 원고를 수정하고 교정하면서 부족했던 부분을 많이 보완할 수 있었습니다. 그 한순간을 못 견딘 제가 낯부끄러워 쥐구멍에 들어가고 싶을 정도예요.

아무튼, 그렇게 '다정한 결혼'이 종이책으로 나오게 되었습니다.

부족한 저를 끌어 주신 뿔미디어 모든 분들께 감사드려요. 특히 이 편집자님, 감사합니다. 이 작품에 새 생명을 주셔서 뭐라 감사의 말씀을 드려도 부족해요.

그리고 언제나 힘이 되어 주시는 독자 여러분들, 사랑합니다. 더욱 강인한 정신력으로 무장하고, 더 즐겁고 사랑스러운 내용으로 곧 찾아뵙겠습니다.

이해인 드림.

다정한 결혼

초판 1쇄 찍음 2018년 3월 6일
초판 1쇄 펴냄 2018년 3월 13일

지은이 | 이해인
펴낸이 | 정 필
펴낸곳 | **(주)뿔미디어**

기획 · 편집 | 이영은
표지 디자인 | 박현진

출판등록 | 2002년 9월 11일 (제1081-1-132호)
주소 | 경기도 부천시 원미구 소향로 17, 303(두성프라자)
전화 | 032)651-6513 / 팩스 | 032)651-6094
E-mail | dahyangs@naver.com
블로그 | http://blog.naver.com/dahyangs
비북스 | http://b-books.co.kr

값 9,000원

ISBN 979-11-315-8815-4 03810

※파본은 구입하신 서점에서 교환하여 드립니다.
※이 책은 (주)뿔미디어를 통해 독점 계약되었습니다.
저작권법에 의해 보호를 받는 저작물이므로 무단 전재와 무단 복제를 엄금합니다.

세상의 모든 장르소설

B북스

장르소설 전용 앱 'B북스' 오픈!

남자들을 위한 **판타지 & 무협,**
여자들을 위한 **로맨스 & BL**까지!

구글 플레이에서 **B북스**를 다운 받으시고, 메일 주소로 간편하게 회원 가입하세요.
아이폰 유저는 **B북스 모바일 웹**에서 앱 화면과 똑같이 이용하실 수 있습니다.

http://www.b-books.co.kr

이제 스마트폰에서 B북스로 장르소설을 편리하게 즐기세요.

www.b-books.co.kr

www.b-books.co.kr